MONJA LUZ

Wer Verfehlung deckt

EIN MAINZ KRIMI

Das Werk, einschließlich seiner Teile, ist urheberrechtlich geschützt. Für die Inhalte ist die Autorin verantwortlich. Jede Verwertung ist ohne ihre Zustimmung unzulässig. Die Publikation und Verbreitung erfolgen im Auftrag der Autorin, zu erreichen unter: tredition GmbH, Abteilung „Impressumservice", Halenreie 40–44, 22359 Hamburg, Deutschland.

© 2022, Monja Luz · monjaluz.com
Satz u. Layout/e-Book: BÜCHERMACHEREI · Gabi Schmid · buechermacherei.de
Lektorat/Korrektorat: BÜCHERMACHEREI · Ursula Hahnenberg · buechermacherei.de
Covergestaltung: Buchcoverdesign.de / Chris Gilcherı · buchcoverdesign.de
Bildquellen: Sandra Jungen · sandrajungen.de; #167284300, #210857278, #210857278, #98960899, #36623278, #47247889, #48556455, #82690538, #126985753, #167284300, #299076726, #312084509, #415705330, #431285611, #456258300, #333213888 | AdobeStock und freepik.com

ISBN Softcover: 978-3-347-51765-3
ISBN Hardcover: 978-3-347-51768-4
ISBN E-Book: 978-3-347-51769-1

*Meiner Schwester Dunja.
Danke, dass du an meiner Seite stehst.*

24. März, fünf Jahre zuvor

Meine Liebe,
es ist Zeit, Abschied zu nehmen. Abschied von einem Leben, das mich nicht wollte. Ich habe nicht in die Form, die für mich vorgesehen war, hineingepasst. Du auch nicht. Doch während du darüber hinausgewachsen bist, bin ich verkümmert.
Wir tragen beide das Erbe unserer Eltern in uns. In dir sehe ich deutlich Mutters Abbild und im Spiegel begegnet mir Vaters. Auch ihre dunkle Seite ruht in uns. Ja, sie ruht nur! Nichts kann sie komplett ausschalten.
Und doch schaffe ich es nicht, sie zu aktivieren. Dabei gibt es so viele, gegen die sich meine Wut richtet, an denen ich Rache üben möchte. Rache, danach trachte ich. Der Rechtsweg bleibt mir verwehrt, weil keiner sich aus seinem fragilen Konstrukt des Alltags herauswagt, auch du nicht. So bleibt mir nur ein Weg. Einige von uns sind vorausgegangen, ihnen werde ich folgen. ...

Unter das Ende des Briefs setzt er seine Unterschrift, dann legt er ihn zweimal gefaltet neben die leeren Blisterpackungen. Nach kurzem Zögern greift er zum Wasserglas. Die milchig weiße Flüssigkeit schwappt leicht über, rinnt über seine Finger. Er wischt die Hand an seiner Jeans ab und trinkt. Der erste Schluck – bitter. Mit gleichmäßigen Zügen leert er das Glas.

KAPITEL 1

Donnerstag, 15.3., im Morgengrauen

Der Flügelschlag eines einzelnen Vogels stört die nächtliche Stille. Ein Geräusch, das nicht zur Ruhe der Mainzer Altstadt passt, hat die Taube aufgeschreckt. Aufgeregt flatternd landet sie auf dem Dachfirst gegenüber. Die frostige Kälte kriecht unter ihr Federkleid.

Aus einem Fenster weht ein Vorhang. Winkt zum Abschied in den auffrischenden Wind, der das Morgengrauen ankündigt. Allmählich breitet sich diffuses Licht aus. Es wird dauern, bis es die versteckten Winkel auf dem kleinen Platz ›Kirschgarten‹ erreicht, jene Ecken, die im Schatten liegen und durch die Straßenbeleuchtung noch dunkler, bedrohlicher wirken.

Früher, als der Platz zur Immunität des Mainzer Domkapitels gehört hat, ist er geschlossen gewesen, nur ein Durchgang hat ihn mit dem Rest der Stadt verbunden. Heute ist die Seite zur Augustinerstraße hin offen. Auf allen anderen Seiten umgeben den Kirschgarten Fachwerkhäuser, einige wuchtig, himmelwärts strebend, andere dazwischen gequetscht. Die schmucken Fassaden, so früh im Jahr ohne die leuchtend roten Geranien, das Holz lasiert, der Putz geweißelt, schmeicheln den Augen des Betrachters. Seit alters her lädt der Platz zum Verweilen und Kraft tanken ein.

Auch an diesem Morgen liegt noch ein Hauch von Normalität auf der Szenerie. Er verflüchtigt sich abrupt, als ein Streifenwagen von der Augustinerstraße in dem Platz einbiegt. Das tanzende blaue Licht huscht über die Hausmauern. Zwei, drei Fenster leuchten auf, Silhouetten der Bewohner erscheinen in den Vierecken. Sie beobachten, wie aus dem Dunkel einer Nische eine Gestalt hervortritt. Unsicher versucht sie, in das Licht der Scheinwerfer zu gelangen.

Die Polizisten steigen aus und schaffen es gerade rechtzeitig, die junge Frau aufzufangen, bevor sie zu Boden stürzt.

»Er ist tot. Andreas ist tot.«

❖ ❖ ❖

Von der Fuststraße biegt Chris in die Johannisstraße ab. Sein Blick huscht hinüber zur Kirche. Kurz nur, dann streicht er sich übers Gesicht, schiebt die Erinnerung beiseite, wie er mit Sandra an seiner Seite durch den Mittelgang zum Altar schreitet. So viele Versprechen und alle gebrochen.

Auf dem Leichhof lässt er den Wagen im Schritttempo rollen und wirft seiner Kollegin Klaudia einen Seitenblick zu. Sie ist erst seit kurzem beim Kriminaldauerdienst. Vor ihrer Elternzeit war sie bei der Schutzpolizei.

»Deine erste Leiche?«, fragt er.

»Jein, gesehen habe ich schon einige, aber die Leichenschau ...«

»Das wird schon, mit der Zeit lernst du, die Gefühle auszuschalten, und die Abläufe routiniert abzuspulen.«

Aber ja, der Zeitpunkt könnte nicht ungünstiger sein, kurz vor Ende der Nachtschicht und auf nüchternen Magen. Da hat Klaudia echt Pech. Sie können es sich nicht aussuchen. Klar würde er lieber mit der Decke über dem Kopf im Bett liegen und den neuen Tag schlafend begrüßen. Er gähnt ausgiebig.

Chris parkt den Wagen am Ende der Leichhofstraße.

Vielleicht haben sie Glück, und es handelt sich um einen Suizid, mit Abschiedsbrief, handgeschrieben, dem Toten eindeutig zuordenbar.

»Lass uns den Rest laufen. Bereit?«

»Bereit, Kriminaloberkommissar Muth.«

»Gut. Scheint, als wären schon einige Schaulustige unterwegs.«

»Stimmt. Fällt denen nichts Besseres ein so früh am Morgen?« Klaudia schüttelt den Kopf.

Was soll er darauf sagen? Des einen Routine, des anderen Sensation? Solange sie sich ruhig verhalten und keine Fotos oder Videos machen, blendet er die Umstehenden aus.

Sie holen ihr Equipment aus dem Kofferraum und laufen los.

»Polizei, treten Sie bitte zur Seite!«, fordert Klaudia die Leute in der hinteren Reihe auf und hält ihren Dienstausweis jedem, der sich umdreht, vor die Nase. Chris überlässt es ihr den Weg freizumachen. Er wirft einen Blick über die Leute hinweg zum Kirschgarten, dort stehen ein Streifenwagen, die Ambulanz und der Notarztwagen. Einer der Kollegen hinter der Absperrung hebt grüßend die Hand. Chris nickt zurück.

Derweil bahnt sich Klaudia zielstrebig einen Weg durch die Menge.

»Wir müssen mehr nach rechts«, rät er ihr, weil die Passanten ihr die Sicht versperren. Sie schwenkt in die angegebene Richtung und endlich stehen sie auf dem Platz. Eines der Häuser im hinteren Bereich ist mit Polizeiband abgesperrt, die Haustür weit geöffnet.

»Guten Morgen«, begrüßt er die Kollegen von der Schutzpolizei. »Hättet ihr nicht eine halbe Stunde später Bescheid geben können? Dann wäre ich jetzt im Feierabend.«

»Frag uns mal! Auch nicht toll, wenn die Schicht gleich so losgeht und die Fälle aus der Nacht noch nicht übergeben sind.«

»Auch wieder wahr«, stimmt Chris zu und beeilt sich, Klaudia zum Haus zu folgen.

Der Flur hält das Versprechen der schmucken Fassade nicht. Schmal, düster, die Bodenfliesen verschlissen, die Treppenstufen ausgetreten. Chris hat den Hype nach alten Häusern mit angeblichem Flair nie verstehen können. Zuviel Vergangenheit, die die neuen Bewohner erdrückt.

Im Treppenhaus begrüßen sie eine junge Kollegin, neben der eine etwa gleichaltrige Frau steht, die teilnahmslos, verstört wirkt. Ihr kindliches Gesicht, verunziert von dunklen Augenringen, verschwindet fast im Kragen des Daunenmantels, der viel zu groß für sie ist und sie zu verschlingen scheint. Chris bleibt stehen, während Klaudia die Stufen hinaufeilt.

»Frau Koch hat den Toten gefunden. Sie wohnt nebenan und hat sich gewundert, dass die Wohnungstür offen stand. Als auf ihr Klingeln und Rufen niemand geantwortet hat, ist sie rein«, informiert ihn die uniformierte Kollegin.

An die feurigen Locken, erinnert er sich. Doch wie war ihr Vorname? Der will ihm einfach nicht einfallen. Er wendet sich an die Zeugin.

»Wissen Sie, wer der Tote ist?«

Sie reagiert nicht auf seine Frage, starrt weiter auf den Boden.

»Sie vermutet, es ist Andreas Jung, der Journalist. Er lebt allein in der Wohnung«, erklärt die Kollegin, dann beugt sie sich zu ihm und flüstert: »Der Anblick der Leiche hat sie mitgenommen, Chris. Was ich verstehen kann. Aber mach dir selbst ein Bild. Zweiter Stock, links.«

»Danke.« Warum fällt ihm ihr Name nicht ein? Irgendein gewöhnlicher, da ist er sich sicher. Einer, den viele Frauen in seinem Alter haben, und der zu ihrer Zeit bereits aus der Mode gewesen ist. Beim besten Willen kann er sich nicht erinnern, das muss an der Müdigkeit liegen.

Er steigt die Treppe hinauf und mit jedem Schritt erhöht sich seine Aufmerksamkeit, aktivieren sich die letzten Reserven, wird er wacher. Helfen, beschützen ist seine Berufung. Schon in der Schule hat er Schwächeren beigestanden, wenn sie für etwas bestraft wurden, das sie nicht gemacht hatten, sich aber nicht trauten, die wahren Übeltäter anzuschwärzen. Chris hat die Schläge der anderen eingesteckt.

Auf halber Treppe kommen ihm die Sanitäter und der Notarzt entgegen. Chris drückt sich in eine Ecke, um die Männer durchzulassen. In den jahrhundertealten Häusern ist Platz Mangelware. Das geschnitzte Holzgeländer ist viel zu wuchtig für die Stiege, etwas Zweckmäßiges hätte es auch getan.

»Heute waren wir brav. Wir haben fast nichts angefasst«, informiert ihn der Arzt. »Die Leichenflecken sind deutlich ausgeprägt. Todesursache ungeklärt. Sieht nach einer Kopfnuss für euch aus.«

Die drei lachen. Den Witz begreift Chris nicht, lässt es aber gut sein.

»Okay, dann bin ich gespannt«, antwortet er stattdessen und geht weiter.

Bevor Chris die Wohnung betritt, zieht er Einweghandschuhe an. Hinter der Eingangstür befindet sich direkt der großzügige Wohnbereich. Die weiße Sitzgarnitur ist chic, aber wenig zweckmäßig mit den niedrigen Lehnen und ohne Kissen. Auf dem Tisch stapeln sich Glasuntersetzer aus Schiefer. Und der flauschig weiße Läufer wurde sicher noch nie von sandigen Laufschuhen betreten.

Aus dem Nebenraum, dem Schlafzimmer, hört er Klaudia telefonieren. »Ich weiß, dass du genervt bist. Aber wir haben kurz vor Dienstschluss eine Leiche gemeldet bekommen. Die Todesursache ist ungeklärt, das fällt dann eben in die Zuständigkeit des Kriminaldauerdienstes. Wir müssen schauen, ob wir Fremdverschulden ausschließen können, wenn nicht, geben wir an die Kripo ab. Aber erst einmal muss ich hierbleiben.«

Sie schaut Chris an, rollt mit den Augen und schüttelt den Kopf. »Ja, Schatz. Kriminaldauerdienst steht für dauerhaft im Dienst, rund um die Uhr. Die Kollegen in der Bereitschaft werden nur hinzugezogen, wenn wir das entscheiden.«

Chris findet es gerecht, dass auch die Kolleginnen diese sinnlosen Diskussionen führen müssen. Wie oft hat er Sandra seine Überstunden erklären müssen! ›Warum musst ausgerechnet du immer länger bleiben?‹, so oder so ähnlich hat ihre immer wiederkehrende Frage gelautet. Als würde in den Schichten der anderen nichts passieren. Sie hat ihm nie so ganz getraut und am Ende hat sie damit recht behalten.

»Nein, ich kann nicht sagen, wie lange es dauern wird. Wir machen jetzt die Leichenschau, da kann ich nicht mal schnell verschwinden. Ich bitte dich um eine halbe Stunde, um deine Tochter in den Kindergarten zu bringen, mehr nicht.«

Ja, mit Kindern wird das Zusammenleben nicht einfacher. Trotzdem wären Sandra und er diesen Weg gerne gemeinsam gegangen. Chris stoppt das aufsteigende Gedankenkarussell und tritt ans Bett. Der Tote liegt auf dem Bauch, Arme und Beine ausgestreckt.

Ungefähr so liegt er mit Vollrausch im Bett, allerdings komplett angezogen, nicht nackt wie der hier. Und ohne Latex-Kopfmaske. Das war wohl mit Kopfnuss gemeint. Sonst gibt es keine Auffälligkeiten, keine offensichtlichen Verletzungen, kein Blut, nicht einmal das Laken ist in Unordnung.

Chris analysiert die verschiedenen Szenarien: Ein schiefgegangenes Sexspiel liegt im Bereich des Möglichen. Oder einen Suizid? Wobei Lebensmüde dazu neigen, sich für den Tod herzurichten. Aber gut, da hat jeder seine eigenen Vorstellungen vom passenden Outfit. Und wenn Nacktsein das bevorzugte ist, warum dann nicht aus dem Leben verschwinden, wie man es betreten hat?

Während er auf Klaudia wartet, inspiziert er den Raum. Auch auf der Suche nach einem Abschiedsbrief. An jedes mögliche Beweismittel stellt er eine Nummern-Markierung. Wobei es kaum etwas gibt, was würdig wäre zu kennzeichnen.

Bett und Nachttische weiß lackiert, Hochflorteppichboden, ebenfalls weiß. Alles sauber, kaum Gebrauchsspuren. Es wirkt wie hergerichtet für ein Hochglanzmagazin. Eines von denen, die Sandra überall hat herumliegen lassen, schon lange bevor sie sich für den Kauf der Eigentumswohnung für ihre kleine Familie entschieden hatten, die sie mit viel Herz kuschelig und zweckmäßig eingerichtet hatten. Bereit für krabbelnde Mitbewohner, die neugierig alles erkunden wollen.

Im Kleiderschrank hängen Businesshemden und modische Anzüge, in den Fächern liegen Socken und Wechselwäsche. Mit wenig Interesse betrachtet er die einzelnen Teile. Nichts Auffälliges, dezente Farben, durchweg Marken der gehobenen Preisklasse, die Chris selbst für seinen Hochzeitsanzug nicht gekauft hätte. Für ihn hätte es ein gebrauchter getan, aber Sandra hat auf keinen Fall die Altlasten eines anderen Paars übernehmen wollen. Vielleicht hätte es ihnen Glück gebracht.

Unterm Fenster steht ein Kasten, ähnlich einer altertümlichen Schatztruhe. Chris öffnet sie. Kein Schatz! Obwohl, ... wie man es nimmt.

Drinnen liegt verpacktes Sexspielzeug. Chris greift nach dem erstbesten. Eine Art Rohr, kurz mit einem verstärkten Ring an einem Ende. Es ist weicher, als er dachte, mit starkem Druck, lässt es sich zusammendrücken. Eine Beschreibung für die Anwendung findet er nicht. Für Eingeweihte wohl selbsterklärend. Ratlos betrachtet er es von allen Seiten, bis er Klaudias Blick bemerkt. Sie dreht sich grinsend weg.

»Und heute ist Kuscheltiertag. Frag bitte nicht, welches sie mitnehmen will. Das Häschen ist erprobt, bei dem gibt es keine Verwechslung. Ich beeile mich. Hab dich lieb, Schatz.« Mit einem Seufzer beendet Klaudia das Gespräch und holt den Fotoapparat hervor.

»Hast du eine Ahnung ...?«, beginnt Chris seine Frage und hält ihr das Teil hin.

»Nein, dafür bin ich zu lange verheiratet. Wenn meiner damit ankommen würde, müsste er auf der Couch schlafen. Was willst du denn mit dem Zeug, ist doch eklig.«

So verwerflich findet er diese Lustspender nicht. Mit der richtigen Frau kann er sich das vorstellen. Wenn nicht luststeigernd, dann zumindest lustig, entkrampfend.

Klaudia entwirrt den Gurt der Kamera und streift ihn über den Kopf, dann kontrolliert sie die Einstellungen. Chris legt sein Fundstück zurück und wartet, bis sie den privaten Ärger heruntergeschluckt hat.

Wann er sich auf die Suche nach einer neuen Partnerin begeben wird, hat er final nicht entschieden. Langsam wird es Zeit für Dates. Auf Sandras Rückkehr zu warten, hat er abgehakt. Aber ihm fehlt die Motivation, sich auf jemand Neues einzulassen.

»Also, was haben wir?«, reißt Klaudia ihn aus seinen Überlegungen. Sie steht am Bett und schießt ein paar Fotos.

»Auf seiner Rückseite konnte ich keine Verletzungen erkennen. Wenn du alles hast, schauen wir vorne nach.«

Klaudia nickt, und Chris fasst den Toten an Schulter und Hüfte und dreht den Körper herum. Klaudia beugt sich über die Bettkante und nimmt die Leiche in Augenschein.

»Keine Verletzungen, keine Einstiche, soweit ich das mit dem bloßen Auge sehen kann.« Sie macht weitere Fotos.

Er presst eine Hand auf die deutlich sichtbaren Leichenflecken. Dabei erklärt er Klaudia die Vorgehensweise und was er daraus schließt: »Schau, die Leichenflecken werden auf Druck deutlich heller und der Abdruck bleibt sichtbar, wenn ich die Hand wegnehme. Das deutet auf einen Tod vor maximal acht Stunden hin. Da die Leichenstarre den Hals, aber noch nicht die Arme erreicht hat, würde ich von maximal vier Stunden ausgehen.«

»Das wird dauern, bis ich Prognosen zum Todeszeitpunkt machen kann. Am Kopf versteift sich die Muskulatur zuerst, richtig?« Klaudia legt die Kamera beiseite und betrachtet die Latexmaske aus nächster Nähe.

»Genau, vielleicht sollten wir ihm das Ding ausziehen, um weitere Erkenntnis zu bekommen. Noch würde ich mich nicht auf Fremdverschulden festlegen.«

»Bäh«, stößt Klaudia plötzlich hervor und wendet sich ab.

Was ist denn jetzt? Neugierig legt Chris die Leiche ab und beugt sich über das Gesicht. Hinter den Augenlöchern der Maske kann er geronnenes Blut erkennen. Die Lider fallen nach innen. Oh, da fehlt was oder ist nach innen gedrückt.

»Meinst du, sie wurden herausgeholt?«, fragt Klaudia, die wieder näherkommt.

Vorsichtig befingert Chris das rechte Lid, anheben kann er es nicht, da die Leichenstarre bereits eingetreten ist.

»Denke, die sind weg«, stellt er fest. »Zumindest können wir jetzt sicher sein, dass es sich um ein Tötungsdelikt handelt.«

»Hat der Täter die mitgenommen? Als Trophäe?« Klaudia sieht weiß um die Nase aus.

»Möglich«, antwortet er und bückt sich einer Eingebung folgend, um unters Bett zu schauen. In seiner Singlewohnung findet sich, aus unerfindlichen Gründen, alles dort wieder.

»Bingo.« Eine knappe Armlänge entfernt liegen die Augen. Er braucht einen Moment, um sich von dem Anblick loszureißen. Fast scheint es ihm, als würden die Augen nur darauf warten, jede seiner Bewegungen mit ihrem Blick zu verfolgen.

Klaudia kniet sich neben ihn und reicht ihm die Kamera. »Machst du Fotos?«

Das Gefühl beobachtet zu werden verfliegt. Er platziert eine Nummer-Markierung unterm Bett und fotografiert aus verschiedenen Blickwinkeln.

»Schon krank, oder?«, bemerkt Klaudia, als er fertig ist.

»Ja. Aber für die Ermittlung kann das einen entscheidenden Hinweis auf den Täter geben.«

»Müssen wir die mitnehmen?«, fragt Klaudia und Chris hört deutlich ihren Ekel.

»Ich tüte sie ein und lege sie zur Leiche, damit sie mit in die Gerichtsmedizin gebracht werden.

Erneut geht Chris auf die Knie und schaut unters Bett. Er zögert einen Moment, trotz der zahlreicher Leichen, an die er bislang Hand anlegen musste, hat er noch nie Augen in Händen gehalten. Einzeln sammelt er sie ein. Sie sind leicht, dafür fest, nicht schlüpfrig. Er legt den Umschlag auf die Brust des Toten.

Derweil zückt Klaudia ihr Handy und ruft die Leitstelle an. »Okay, ich warte.« Wieder rollt sie mit den Augen und schüttelt den Kopf.

Chris grinst. Vielleicht hat das Opfer auch dauernd mit den Augen gerollt und irgendwer war davon genervt. Es gibt die absurdesten Motive. Der Spruch eines Kollegen ›Gibt's nicht, gibt's nicht‹, stimmt leider allzu oft. Er stockt, und beschließt, seinen Gedankengang zum Augenrollen für sich zu behalten. Seine Kollegin schlägt sich ganz gut, kein Grund sie mit solchen Mutmaßungen zu beunruhigen.

Auf den Grund, warum dem Opfer die Augen entfernt wurden, ist er gespannt. Er wird die Kollegen vom K11 bitten, ihn auf dem Laufenden zu halten. Echt schade, aber mit der Feststellung, dass der Tod durch Fremdverschulden herbeigeführt wurde, übernimmt das Kommissariat für Kapitaldelikte die Ermittlungen.

Er geht ins Nebenzimmer, um sich weiter umzusehen. Schließlich müssen sie auf das Ermittlerteam warten, da kann er in der Zwischenzeit die Sicherung der Spuren fortführen.

Nach einem ersten Rundumblick, zieht er sachte die Luft durch die Nase, riecht den leichten Duft von Reinigungsmittel. Kein abgestandener Qualm, kein Mief von feuchten Wänden. Dann lässt er den Raum auf sich wirken. Rechts ein Flachbild-Fernseher, eingefasst von weißen Regalen. Darauf Fotos. Alle zeigen Andreas Jung, zum Teil mit mehr oder weniger bekannten Promis, die meisten von Städtetrips oder am Meer. Sonst gibt es keine persönlichen Gegenstände.

Die Küchenzeile rechts neben der Eingangstür komplettiert den Wohnraum. Die Aufteilung ist durchdacht, nur die Gemütlichkeit fehlt. Das liegt weniger am fehlenden Schnickschnack, den eine Wohnung durch die Hand einer Frau erhält, sondern an der akribischen Ordnung: die Couch an die Wand gerückt, der Sessel im rechten Winkel dazu. Von keinem Sitzplatz aus kann man gemütlich fernsehen.

Auf der anderen Seite des Eingangs geht es zum Bad. Chris wirft einen Blick hinein. Klein und ebenso zweckmäßig. Die glänzenden Wandfliesen reflektieren das Licht der Deckenstrahler, sodass der Raum gut ausgeleuchtet ist und nicht schummrig oder muffig wirkt. Die Rundum-Beleuchtung des Spiegels entlarvt jede Unreinheit. Er betrachtet sein müdes Gesicht mit dem Bartschatten. Wie oft hat Sandra ihn am Morgen von sich weggeschoben, wenn er kuscheln wollte? Im Laufe der Beziehung immer öfter. ›Dein Bart kratzt. Geh erstmal ins Bad.‹

Sind das die ersten Anzeichen gewesen?

Zurück im Wohnraum trifft Chris auf Klaudia, die gerade aus dem Schlafzimmer kommt.

»Die Kollegen sind informiert, SpuSi sind auf dem Weg, der Bestatter auch, Rechtsmedizin war ein Drama.«

»Na ja, ist ja auch noch früh«, bemerkt Chris.

»Ja, klar. Zum Glück gibt es auch dort motivierte Frauen, die unbürokratisch handeln.«

Chris wird hellhörig. »Du meinst Maja an de Beecke?«

»Ja, du kennst sie? Sie hat zwar keine Bereitschaft, hat sich aber trotzdem zurückgemeldet«, antwortet Klaudia, während sie die Fotos auf der Kamera checkt.

Er dreht sich weg. Durch die schmalen Fenster sieht er hinüber zu den Fassaden der gegenüberliegenden Fachwerkhäuser. Die aufgehende Sonne spiegelt sich in den taufeuchten Schieferdächern. Zwei Tauben turteln auf dem Dachfirst.

Ausgerechnet Maja!

KAPITEL 2
Donnerstag, 15.3., nach der goldenen Stunde

Bei jedem Türklappen zuckt Chris zusammen. Seine Hände schwitzen in den Einweghandschuhen, er fühlt sich unwohl in seinem erhitzten Körper und verflucht die fiebrige Freude auf ein Wiedersehen mit Maja. Er sehnt sich nach einer Dusche. Am besten einer eiskalten.

Die Altbauwohnung hat sich mittlerweile mit Beamten gefüllt, kaum Platz, um jemand aus dem Weg zu gehen, und kein Ort, um in ihrer Nähe zu sein.

Hoffentlich taucht der Hauptkommissar von K11 bald auf, dann kann er verschwinden und eine Begegnung mit Maja vermeiden. Allerdings muss Imhof aus dem Urlaub geholt werden, wegen des Krankenstands in der Abteilung. Der wird es sicher nicht eilig haben. Und Klaudia hat nicht einmal gefragt, ob es für ihn okay ist, bis zur Übergabe ans K11 am Tatort zu bleiben, bevor sie gegangen ist. Sie hat schließlich eine Familie, die auf sie wartet und sie braucht.

»Morgen.« Der schneidende Gruß macht Chris' Hoffnung zunichte.

»Hallo, Maja.«

»Ach, Chris.« Ihr Blick streift ihn kurz, was reicht, um seinen Puls zu beschleunigen.

»Wo muss ich hin?«, fragt sie mehr in den Raum als Chris.

»Schlafzimmer!«, antwortet er und in seinen Ohren klingt es wie ein zweideutiger Befehl. Erinnerungen steigen auf. Er würde jetzt liebend gerne verschwinden und nicht zusammen mit Maja eine Leichenschau machen.

»Wir gehen davon aus, dass es Andreas Jung, der Eigentümer der Wohnung, ist.« Er berichtet, was sie bisher ermittelt haben.

Während Maja ihre Untersuchungen beginnt, steht Chris mit gezückter Kamera bereit, falls weitere Fotos notwendig sein sollten. Dabei fixiert er das Display, um nicht Maja anschauen zu müssen. Nicht ihr Aussehen ist ausschlaggebend, zumal ihre schlanke Figur in dem

Schutzanzug pummelig wirkt und ihr volles Haar unter der Kapuze den Kopf deformiert wirken lässt. Vielleicht sollte er sich darauf konzentrieren und so seinen Körper austricksen.

»Ich denke, die haben es beim Kopulieren übertrieben«, rutscht Chris heraus.

Majas Blick bringt ihn zum Schweigen. *Okay, heute ist sie nicht für Späße zu haben. Kann sie die Affäre nicht einfach vergessen?* Ob sie deshalb gekränkt ist, hat er nie hinterfragt. Ihm war alles über den Kopf gewachsen, die Ausreden, die er erfinden musste, die Rückversicherungen bei seinen Freunden, das sie die Scheinverabredungen auch bestätigen, falls Sandra bei ihnen nachfragen sollte. Es hat nicht an Maja gelegen, die absolut keine Forderungen gestellt hat. Deshalb hat er im Spätjahr ihrem erneuten Angebot auf eine Wiederholung zugestimmt. Da war die Trennung beschlossen und er frei. Aber aufgewärmt schmeckt's nur bei Muttern!

»Also keine äußerlichen Verletzungen, die zum Tod geführt haben«, unterbricht Maja seine Gedanken.

»Außer den Augen.«

»Davon stirbt man nicht zwingend. Außerdem wurden sie post mortem herausgenommen. Wo habt ihr sie gefunden?«

»Die lagen unterm Bett.«

»Der Tod dürfte gegen 2.00 Uhr heute Morgen eingetreten sein.«

»Was glaubst du, woran er gestorben ist?«, fragt Chris.

»Vermutungen helfen euch kaum weiter. Nach der vollständigen Obduktion kann ich mehr sagen. Vielleicht hilft seine medizinische Vorgeschichte weiter. Wie auch immer, da musst du dich in Geduld üben.«

»Hm, okay.« Chris reibt sich den Nacken, ein Kribbeln breitet sich aus. Manchmal turnt ihn ihre ruppige Art eben doch an. Er muss dringend weg und kalt duschen.

»Hilft dir das?«, fragt Maja.

Chris starrt sie an, kann sie seine Gedanken lesen? Oder was meint sie?

»Aber du gibst den Fall ab, oder etwa nicht?«

»Ja, schon, ich bin aber auch am Fortgang der Fälle interessiert, die ich ans K11 abgebe.«

»Deshalb wollte ich wissen, ob dir meine Vermutung, er könnte an Herzversagen gestorben sein, weil ich Vergiften und Erdrosseln ausschließen kann, weiterhilft.«

»Ja, ja. Klar. Danke.«

Wieder dieser unergründliche Blick, der gleichermaßen angenehm wie unangenehm ist.

»Was habt ihr hier eingetütet?« Maja beugt sich über den Toten und deutet auf den Umschlag um dessen rechte Hand. Der weiße Schutzanzug spannt über ihrem Hinterteil. Um nicht darauf zu starren, stellt sich Chris neben sie, berührt sie leicht. Als hätte er sich verbrüht, zuckt er zurück.

»Das habe ich eben entdeckt, der Tote hat etwas in seiner Faust. Ich vermute, dass es Haare sind, vielleicht vom Täter oder Täterin. Es sind lange, blonde Haare«, erklärt Chris. Täuscht es oder zittert seine Stimme? Verdammt.

»Okay, ich schaue es mir an.« Maja richtet sich auf, kommt ihm wieder gefährlich nahe.

Das ist volle Absicht. Er weicht aus. Spielt sie mit ihm? Ist sie auf eine Fortsetzung aus?

Laut fragt er: »Dann haben wir die DNA des Täters?«

»Wir haben Haare, die zu jemandem gehören.« Maja fixiert ihn.

Er bemüht sich, dem Blick nicht auszuweichen. »Okay, danke.«

»Bitte gern.« Dabei zaubert sie ein Lächeln auf ihre leicht geöffneten Lippen.

Chris flieht ins Nebenzimmer. Wieso schafft es Maja so mühelos, ihn aus der Fassung zu bringen?

Er fängt den belustigten oder doch eher mitleidigen Blick eines Kollegen auf und er fragt sich, wie hoch die Gerüchteküche gekocht ist.

Im Wohnraum trifft er Paul, dem Leiter von K17, der kriminaltechnischen Untersuchung. »Habt ihr was Konkretes gefunden?«

Paul unterbricht seine Arbeit und setzt ein ernstes Gesicht auf. Doch Chris kennt ihn als Spaßvogel, der gerne auf Kosten anderer Scherze reißt, und genau auf die Abwechslung setzt Chris. Er will nicht an Maja denken, nicht an Sandra, nicht an den Druck in seinen Lenden.

»Nichts Spannendes. Falls das Opfer den Täter kannte, und davon gehen wir aus, weil es keine Einbruchsspuren gibt, haben sie sich nicht lange mit dem Vorspiel aufgehalten. Die Wohnung ist aufgeräumt. Kein benutztes Geschirr, keine Klamotten, die rumliegen.«

»Seine habt ihr nicht gefunden?«

»Nein, nichts. Selbst der Schmutzwäschekorb ist leer. Und im Kleiderschrank ist alles fein säuberlich aufgehängt oder zusammengelegt. Das ist alles ungetragen.«

»Ja, ist mir aufgefallen. Der Täter muss die Kleider des Opfers mitgenommen haben.«

»Oder der Typ lief generell nackt durch die Gegend. Soll es ja geben. Das sollte unbedingt bei der Befragung seines Umfelds überprüft werden.« Paul zwinkert belustigt.

Darauf antwortet Chris nicht. Anscheinend kennt Paul die Kolumne des Opfers in der Wochenzeitung nicht. Und ebenso wenig das Online-Magazin, in dem er sich stets kritisch über die Stadtväter respektive -mütter äußert. Falls das Opfer wirklich Andreas Jung ist. Bisher haben sie ihm die Kopfmaske nicht abgenommen.

Chris wendet sich den Fotos im Regal zu. Er hätte große Lust, an dem Fall dranzubleiben. Geistesabwesend greift er eins der Bilder. Auf allen strahlt ein dunkelhaariger Mann mit athletischem Körperbau in die Kamera. Allerdings wirkt das Lächeln aufgesetzt, wie gemeißelt.

Von Chris selbst gibt es nur wenige Fotos, auf denen er lächelt, meistens bekommt er nur ein verkrampftes Schmunzeln zustande. Vielleicht sollte er sich antrainieren, die Mundwinkel zu heben, schließlich lässt sich das Gehirn überlisten, es kann den Unterschied zwischen Fake und ehrlicher Mimik nicht unterscheiden. Wer weiß, vielleicht würde sein Leben sich auf wunderbare Weise verwandeln.

Er holt eins der Fotos aus dem Rahmen.

»Ziemlich selbstverliebt«, meint Maja, die plötzlich hinter ihm steht.

Er dreht sich nicht um, lässt ihre Bemerkung im Raum stehen. Seine Lust auf Smalltalk liegt bei null. Vor allem, wenn er dabei Gefahr läuft, sich in zweideutige Aussagen zu verstricken, und damit Maja eine Vorlage zu geben, ihn vor den Kollegen vorzuführen.

»Guter Body.« Maja deutet auf ein Foto, das Andreas Jung in Badeshorts zeigt. Dabei streift sie Chris' Arm. »Ich würde sagen, er ist unser Opfer.«

Chris nickt, tritt einen Schritt zur Seite.
Hoffentlich taucht Imhof bald auf. Er muss hier raus.

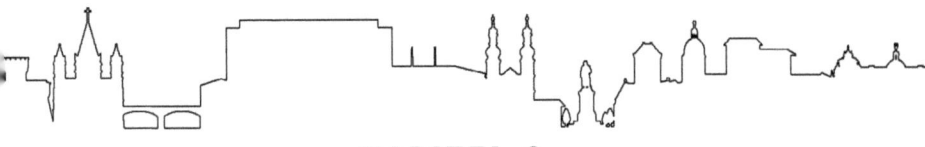

KAPITEL 3
Donnerstag, 15.3., Tagesanbruch

JAKE BREMST DEN WAGEN AB; SCHAULUSTIGE versperren den Weg in die Altstadt. Kurz ist er versucht auf die Hupe zu drücken oder die Sirene seines mobilen Blaulichts einzuschalten, hält sich aber zurück. Die Leiche läuft ihm nicht weg, auf die paar Minuten kommt es nicht an.

Außerdem würde er lieber drehen und wegfahren. Er hat hier nichts zu suchen. Er hat Urlaub. Warum ist er überhaupt ans Telefon gegangen? Nur weil er die Nummer die Leitstelle erkannt hat? Die hätten einfach den nächsten auf der Liste angerufen. Wobei die wegen der alljährlichen Grippewelle nicht allzu lang sein dürfte. Doch ein kleiner Teil in ihm, vielleicht auch ein größerer, will nicht in Urlaub. Im Grunde ist es kein Urlaub, mehr eine Reise. Eine Reise in die Vergangenheit, die er jedes Jahr Mitte März antritt.

Jake lässt den Motor aufheulen, um die Meute und seine Gedanken zu verscheuchen. Er kann sich etwas Besseres vorstellen, als seine Zeit mit Herumstehen zu vertrödeln, in der Hoffnung, eine Sensation aus nächster Nähe mitzubekommen. Noch mal tippt er im Leerlauf aufs Gas. *Jetzt macht schon Platz!*

Den empörten Blicken begegnet er, indem er auf das Blinklicht auf dem Dach des Einsatzwagens zeigt. Nach und nach kommt Bewegung in die Menge, keiner will seinen hart erkämpften Platz am Ort des Geschehens aufgeben. Jake trommelt mit den Fingern aufs Lenkrad. Er ist spät dran und bereut die Entscheidung, mit dem Wagen zum Kirschgarten zu fahren, statt das letzte Stück zu Fuß zurückzulegen.

Endlich entsteht eine schmale Gasse zwischen den Passanten. *Na, geht doch.*

Vorsichtig manövriert Jake sein Auto hindurch und parkt neben dem Bestattungswagen. Mit einem Nicken begrüßt er die Kollegen und öffnet den Kofferraum. Neben ihm taucht Polizeihauptmeister Max Herz auf. Er trägt den Spitznamen Herzbube, nicht nur wegen seiner rotblonden Haare und dem Ankerbart, sondern auch weil er seine Abteilung mit Herz führt. Nur in der Hierarchie nach oben eckt er öfter an. Damit hat er zahlreiche Pluspunkte bei Jake gesammelt, der selbst auch wenig davon hält, Anerkennung auf Grund der Rangverhältnisse zu zollen.

»Na, Jake. Deinen Urlaub schon hinter dich gebracht?«

»Nein, der hat noch nicht mal angefangen.«

»Tja, das sind die Vorteile von Alleinerziehenden wie mir. Von denen verlangt keiner Flexibilität.« Max zieht an der selbstgedrehten Zigarette, was Jake mit einem Brauen heben quittiert. Eigentlich sollen Polizisten als Vorbild fungieren und im Dienst nicht rauchen.

»War eine lange Nacht«, beantwortet Max die unausgesprochene Frage, »und Zuhause kann ich auch nicht rauchen, weil die Mädels empfindlich sind.«

»Ich habe da kein Thema mit, da gibt es Schlimmeres, was unseren Ruf in der Öffentlichkeit ruiniert.«

Max lässt die Zigarette fallen und bevor Jake sich darüber wundern kann, wird er von hinten angesprochen.

»Herr Imhof, gut dass ich Sie treffe.«

Als Jake sich umdreht, bemerkt er Staatsanwalt Lehmkühler auf sie zukommen. Er schüttelt Jake die Hand.

Der hat noch gefehlt, um dem Morgen den letzten Rest von Wohlbehagen auszutreiben.

Jake erwartet eine Ansprache von Lehmkühler. Doch der scannt die Menschenmenge. Wahrscheinlich damit er nicht eine zufällig anwesende Prominenz oder gar die Presse übersieht. Max begrüßt er nicht. Der atmet den verbliebenen Zigarettenqualm aus, hebt die Kippe auf und verstaut sie in einen Taschenascher.

»Ich sorge dann mal für Ordnung, damit du dich in Ruhe mit dem Staatsanwalt austauschen kannst.« Dabei zwinkert Max ihm zu.

Unwillig wartet Jake, bis Lehmkühler sich ihm zuwendet, dabei wäre es Zeit, endlich die Ermittlung aufzunehmen. Trotz der frühen Morgenstunde besticht der Staatsanwalt mit perfektem Styling und verströmt mehr als einen Hauch Rasierwasser, der sich mit dem verbliebenen Zigarettenrauch vermischt.

»Haben Sie Informationen für mich?« Endlich scheint der Staatsanwalt seine Suche nach einem bekannten Gesicht aufzugeben.

»Nein, ich bin eben erst angekommen.«

»Ach so.« Der Staatsanwalt richtet seine Krawatte.

Das ist so typisch. Für ihn zählen Äußerlichkeiten, sich in Szene setzen und mit fremden Federn schmücken. Aber wehe, es läuft etwas schief oder es gibt schlechte Presse für die Ermittler, dann wechselt er schnell die Fronten.

Wobei, wenn man weiß, wie man mit ihm umgehen muss, lässt er sich leicht manipulieren. Denn nach außen wirkt er distanziert und erhaben, aber in Wirklichkeit hat er kein Rückgrat und lässt sich mit fein dosiertem Widerstand leicht aus der Ruhe bringen.

»Dann schreiten wir mal zur Tat. Kommen Sie.«

Gemeinsam laufen sie zum Haus, und Jake lässt dem Staatsanwalt den Vortritt, der sogleich die Treppe hinauf eilt.

»Dritter Stock, richtig?«

Jake bleibt zurück und spart sich die Antwort. Den mit Kollegen bevölkerten Tatort wird er wohl kaum übersehen. Stattdessen wendet er sich an die Streifenpolizistin, die mit einer Frau im Flur steht. »Hallo, Kathrin.«

Jake mag ihre aufgeweckte Art, und wie sie in ihrem Umfeld gute Laune verbreitet. Sie ist erst seit Kurzem im Dienst. Heute hat sie ihre roten Haare zu einem Zopf geflochten und über die Schulter nach vorne gelegt.

»Guten Morgen, Jake. Das ist Frau Koch, die Nachbarin, die den Toten gefunden hat.

»Guten Morgen, Frau Koch. Ich bin Kriminalhauptkommissar Imhof.«

Die Frau beachtet ihn nicht, starrt vor sich hin. Die Arme eng um ihren Oberkörper geschlungen, der nur aus einem Daunenmantel zu bestehen scheint.

»Wir konnten sie noch nicht befragen«, flüstert Kathrin ihm zu.

»Wollen Sie nicht lieber in Ihrer Wohnung warten, Frau Koch? Wir kommen später zu Ihnen.«

»Nein, ich will da nicht hin.« Sie drückt sich an die Wand, ihr Blick huscht kurz zu ihm und zurück zum Boden.

»Nie mehr geh ich da hoch.« Sie schüttelt den Kopf. »Nie mehr.«

Jake hebt beruhigend die Hände.

Ja, der Tod hat kein liebliches Gesicht. Das wirft einen schnell aus der Bahn, vor allem, wenn er ohne Vorankündigung den Lebensweg kreuzt.

»Wie Sie möchten. Sie können Ihre Aussage bei meiner Kollegin machen.«

Kathrin nickt. »Kommen Sie bitte mit, Frau Koch.«

Diese zögert, im Schatten scheint sie sich wohler zu fühlen. Erst als Kathrin ihr die Hand auf den Rücken legt und sie sanft vorwärts schiebt, setzt sie sich in Bewegung und lässt sich hinausführen.

Als Jake die Treppe hinauf will, kommen ihm die Bestatter mit dem Sarg entgegen. Er tritt zur Seite. Heute hat sich alles und jeder zur Aufgabe gemacht, ihn vom Ankommen abzuhalten.

Ärgerlich, jetzt werde ich das Opfer erst in der Gerichtsmedizin zu Gesicht bekommen. Hoffentlich taugen die Tatortfotos etwas.

Als der Sarg über den Platz getragen wird, geht ein Raunen durch die Menge der Schaulustigen. Egal, wie beängstigend der Tod erscheint, übt er doch eine unerklärliche Faszination auf die meisten aus. Oder es liegt an der Sensationslust, die den Menschen seit Jahrhunderten anhaftet und sich durch die Neuen Medien ins Absurde steigert.

Auf dem Weg nach oben streicht Jake über die polierte Oberfläche des gedrechselten Holzgeländers. Es fügt sich angenehm in die Wölbung seiner Hand. Das Gefühl stärkt seine Gewissheit, dass Menschen nicht nur Gewalt und Tod mit ihren Händen schaffen. Je weiter er hinauf geht, desto tiefer vergräbt er die düsteren Gedanken an Tod, Verlust und das Leben an sich. Er schafft Platz für ein neues Kapitel menschlicher Abgründe, das aufgeschlagen auf ihn wartet.

»Hey, Jake.« Vor der Wohnungstür schält sich Maja gerade aus dem Schutzanzug. Darunter trägt sie eine körperbetonte Bluse und Bluejeans.

»Guten Morgen, Maja. Entschuldige, dass ich so spät dran bin.«

Wenn er schon kein Glück mit dem zugeteilten Staatsanwalt hat, dann wenigsens mit der zuständigen Gerichtsmedizinerin. Majas Kompetenz und ihre Geradlinigkeit trösten über ihr oftmals zickiges Verhalten hinweg. Ihre Laune kippt manchmal, besonders, wenn ihr fachliches Wissen nicht gebührend beachtet wird. Aber immerhin hat sie Fachwissen.

Mit beiden Händen lockert Maja ihre blonde Haarpracht auf.

»Ich habe deinem Kollegen Muth alle Infos gegeben, die die äußere Leichenschau hergab. Mehr heute Nachmittag. Staatsanwalt Lehmkühler habe ich auch vertröstet. Wenn es dir passt, kannst du gegen 16:00 Uhr in mein Gruselkabinett kommen.«

»Mache ich«, ruft Jake Maja hinterher, die bereits die Treppe hinunter eilt.

Immer in Action. Ob sie deshalb nie geheiratet hat? Wobei er das nicht mit Sicherheit weiß. Ihr Privatleben hält sie unter Verschluss. Und das kann er sehr gut nachvollziehen. So, wie man den Job besser nicht mit nach Hause nimmt, bleibt Privates besser fern von Kollegen und Vorgesetzten. Damit hat er gute Erfahrung gemacht.

Durch die angelehnte Tür hört er Stimmen, er streift einen der bereitliegenden Schutzanzüge über und lauscht.

»Also entweder hat er eine reinliche Putzfrau oder der Täter hat sich die Zeit genommen, penibel aufzuräumen und zu putzen.«

Jake erkennt die Stimme von Chris, dem Kollegen vom KDD.

Noch ein Glücksgriff, findet Jake, Muth arbeitet gründlich. Da braucht er sich keine Sorgen zu machen, dass der Tatort nicht ausreichend mit Fotos dokumentiert wurde. Er drückt die Tür auf. »Oder eine Kombination aus beiden«, wirft er statt einer Begrüßung ein.

Direkt hinter der Tür halten die Kollegen ihre Besprechung ab. Staatsanwalt Lehmkühler steht in der Mitte, mit gezücktem Handy, auf dem er herum wischt. Er trägt als Einziger keine Schutzkleidung. Um ihn herum stehen Chris, Paul und zwei weitere Kollegen des kriminaltechnischen Untersuchungsdienstes. Jake begrüßt alle reihum per Handschlag.

Wahrscheinlich hat Lehmkühler alle zusammengetrommelt, nachdem Maja ihm eine Abfuhr erteilt hat. Sie hat eindeutig ein Problem mit Männern, die sich aufgrund ihrer gesellschaftlichen Stellung in den Vordergrund spielen. Und da steht Lehmkühler ganz oben auf der Liste der lokalen Prominenz in Mainz. Es vergeht keine Woche, in der der Staatsanwalt nicht per Video über seine Arbeit berichtet.

Er hätte als Kreisel zur Welt kommen sollen, dann würde sich alles um ihn drehen. Zumindest hätte er das Gefühl.

»Hallo, Jake, Kombination aus beiden? Meinst du damit die Putzfrau oder -mann war der Mörder?«, fragt Chris, bei dem die Begrüßungsrunde endet. Damit hat er die Lacher auf seiner Seite.

»Nun ja. In Ermangelung eines Gartens können wir nicht auf den Gärtner setzen«, kontert Jake. »Aber jetzt ernsthaft, ich habe genügend Zeit vertrödelt, ich war gerade auf dem Weg in Urlaub.«

»Sorry, dafür. Nur der Fall birgt einige Ungereimtheiten, da müssen wir vom KDD schweren Herzens an euch übergeben.«

»Ach, schon okay. Ich hatte nichts Wichtiges vor ...« Jake winkt ab. Sofort meldet sich die leise Stimme des schlechten Gewissens. Nichts Wichtiges? Der Besuch am Grab seiner Tochter? Die Blumen liegen im Kofferraum. Heute Abend werden sie erfroren oder verblüht sein oder beides.

Chris gibt ihm einen kurzen Überblick und schließt mit den Worten: »Wir haben uns gerade darüber gewundert, dass die Wohnung keine Gebrauchsspuren aufzeigt.«

»Genau«, mischt sich Paul ein, »es gibt so gut wie keine verwertbaren Fingerabdrücke. Die Mülleimer sind alle geleert. Es gibt keine Schmutzwäsche. Mal sehen, ob es im Bett brauchbare Spuren gibt. Das nehme ich mir gleich vor.«

»Handy?«, fragt Jake.

»Keines gefunden. Seinen Laptop nehmen wir mit. Der ist nicht passwortgeschützt und seinen E-Mail Account können wir öffnen. Scheint, als wäre alles noch da. Bei seinen Onlinespuren war er nicht gründlich beim Säubern.«

»Kollegen. Ich möchte Sie ausdrücklich darauf hinweisen, dass wir bei der Berichterstattung besonders vorsichtig sein müssen.« Staatsanwalt Lehmkühler verstaut sein Smartphone in der Innentasche seines Jacketts und wippt auf den Ballen vor und zurück. »Sie wissen, wie die Journalisten sind, wenn einer von ihnen zum Opfer wird. Keine Informationen gehen raus, ausschließlich über die Pressestelle oder mich.«

»Also wie immer.« Jake kann sich den Kommentar nicht verkneifen. Der Typ geht ihm so was von gegen den Strich.

Lehmkühler stoppt in der Aufwärts-Bewegung, verharrt einen Moment auf den Zehenspitzen. »Ich verlasse mich auf Sie.« Mit diesen Worten wendet er sich ab und verschwindet.

»Als würden wir ständig Interviews geben und Interna ausplaudern«, bemerkt Paul, nachdem die Wohnungstür ins Schloss gefallen ist.

Jake zuckt mit den Schultern. Wenn Paul es nicht passt, soll er direkt etwas sagen und nicht warten, bis die Luft rein ist. Das Hintenherum nervt, stiftet Unfrieden. Obwohl er gerade Paul sehr schätzt. Seine Familie bewirtschaftet einen Obsthof in Ingelheim. Wegen seiner Körpergröße witzeln die Kollegen gerne über Paul, dass er sogar für die Johannisbeerernte eine Leiter braucht. Bei vielen spricht da der Neid, weil Pauls Leistungsvermögen im Gegensatz zu seiner Größe enorm ist.

»Ich würde gerne ein Blick auf den Tatort werfen, bevor ihr dort weitermacht.« Jake unterbricht seine eigenen Gedanken, um endlich die Ermittlungen aufzunehmen.

»Tu dir keinen Zwang an«, erlaubt Paul. »Wäre nur toll, wenn ich zum Mittagessen zu Hause wäre.«

Jake folgt Chris ins Schlafzimmer und lässt seinen Blick durch den Raum schweifen.

Paul schließt sich ihnen an. »Wenn du dich beeilen könntest, wir hatten nämlich auch kein Frühstück.« Dann deutet er auf die geöffnete Truhe unterm Fenster. »Hier, falls du Anregungen für deine Matratzengymnastik brauchst.«

Jake wirft einen flüchtigen Blick auf das Sexspielzeug darin. Die Bemerkung lässt er unkommentiert, wie immer, wenn jemand auf sein mönchsgleiches Singleleben abzielt. Sein Leben, seine Sache.

»Frühstück ist eine gute Idee.« Mit einem Blick zu Chris fährt er fort. »Das gönnen wir uns jetzt, oder?« Und zu Paul gewandt fragt er: »Wann schickt ihr uns erste Ergebnisse?«

»Wie immer schnellstmöglich. Wenn ihr uns Kaffee bringt, doppelt so schnell«, erwidert Paul augenzwinkernd.

KAPITEL 4
Donnerstag, 15.3., zur Frühstückszeit

CHRIS GÄHNT MEHRMALS AUSGIEBIG, WÄHREND Jake in der Bäckerei für die Kollegen der KTU Coffee-to-go und belegte Brötchen ordert und alles einem der Streifenpolizisten aushändigt.

Eigentlich sehnt er sich nach einer Dusche und seinem Bett, wobei die Reihenfolge austauschbar wäre. Doch deswegen Jakes Angebot zum gemeinsamen Frühstück abzulehnen, ist undenkbar. Die Chance, sich gleich mit Jake auszutauschen, den er sehr schätzt, lässt er sich nicht entgehen. Auch wenn dessen Körpergröße eher im unteren Mittel liegt, ist er ein Großer, wenn nicht der Größte unter den Ermittlern. Zumindest für Chris. Dann kann er später ruhig schlafen und muss nicht dauernd an den Bericht für das K11 denken.

Als Jake fertig ist, gibt auch Chris seine Bestellung auf und folgt Jake an einen der Stehtische im hinteren Bereich.

»Der Fall kam kurz vor deinem Feierabend rein, richtig?«, fragt Jake ihn direkt.

»Ja, das lässt sich leider nicht vermeiden.« Chris schüttet Zucker in seinen Kaffee und rührt um. Einen doppelten Espresso hat er gleich an der Theke getrunken. Der Koffeinschub wird ihm helfen, die Müdigkeit in Schach zu halten. Der Fall ist fernab von seiner Routine und mit Jake darüber zu reden wird ihn zusätzlich wach halten.

»Also, frag was du wissen möchtest.«

»Okay. Ich brauche Unterstützung bei der Ermittlung und kann darauf verzichten, dass ein halb genesener Kollege ins Team geholt wird. Was hältst du davon, wenn du mit mir am Fall dranbleibst? Quasi in der Spitze, als mein Back-up.«

»Im Ernst?« Chris stellt seinen Kaffeebecher ab, vor Aufregung zittern seine Hände. Damit hat er nicht gerechnet.

»Das wäre super.« Nein, grandios, megageil, jubelt Chris lautlos, während sich ein breites Grinsen über sein Gesicht zieht und die

Müdigkeit vollends vertreibt. Von allen Kollegen im Ermittlerteam ist Jake der mit der höchsten Erfolgsquote, die es offiziell nicht gibt. Aber Chris führt seine eigene Statistik. Besonders die Ermittlungen, bei denen er am Tatort war und seine Beobachtungen zur Falllösung beigetragen haben.

»Ich kläre das mit deinem Vorgesetzten. Dir muss nur klar sein, dass sicher einiges an Überstunden auf dich zu kommt.«

»Kein Problem.« Als gäbe es im Moment irgendetwas, was er lieber mit seiner Zeit anstellen würde.

»Sicher? Du kannst es gerne erst mit deiner Frau besprechen.«

Chris greift nach dem Ring an seiner rechten Hand und dreht ihn. Ein Relikt aus vergangenen Zeiten oder ein Anker, der ihn an sein altes, geregeltes Leben erinnert. *Gut beobachtet, Kollege.* »Ich lebe seit fast einem Jahr getrennt.«

Darauf schweigt Jake und lässt keine Regung erkennen.

In der Gesprächspause wägt Chris ab, wie viel Jake über seine privaten Verstrickungen wissen kann. Soll er die Karten auf den Tisch legen?

Besser nicht, wieso sollten gerade jetzt Gerüchte hochkochen. Nicht von jedem kann er einen Schulterschlag für einen Seitensprung erwarten.

Ist Jake geschieden? Oder Witwer? Chris ist nicht sicher, er weiß nur, dass Jake alleine lebt, was des Öfteren zu Spekulationen unter den Kollegen führt.

»Dann steht die Scheidung ins Haus?« Jakes Miene bleibt unbewegt.

»Mal sehen.« Chris seufzt und fährt sich mit der Hand durchs Gesicht. »Zum Zeitpunkt der Trennung war Sandra schwanger. Momentan versuchen wir, eine Regelung zu finden, wie oft ich die Kleine sehen darf. Ich habe also genug Zeit und bin froh, wenn ich Ablenkung habe.« Bildet er sich das ein, oder verdunkelte sich Jakes Blick gerade? Glaubt er, dass der private Stress ihn ablenkt? Oder hat er doch Gerüchte gehört?

»Gut, dann leite ich alles für deinen Einsatz im K11 in die Wege.«

Der Duft des Marzipanhörnchens breitet sich im Auto aus. Chris schnuppert in die Bäckertüte. Er mag kein süßes Gebäck, aber Sandra liebt es.

»Wie regelmäßig sprichst du mit deiner Ex-Frau?«, fragt Jake, während er in die Große Langgasse abbiegt.

»Wir schreiben uns das Nötigste. Seit dem Streit wegen des Vaterschaftstests zu Weihnachten haben wir nicht mehr telefoniert.«

»Vaterschaftstest?«

»Ja, sie hat einen Neuen, ich wollte sicher gehen.« Die altbekannte Hitze steigt Chris den Hals hinauf. Ohnmächtige Wut auf sich selbst. Wie konnte er Zweifel daran haben, dass dieses süße, wundervolle kleine Wesen seine Tochter ist.

»Aha.«

Jake parkt vor dem Präsidium und schaltet den Motor aus.

Resigniert legt Chris den Kopf in den Nacken. Sandra kann verdammt dickköpfig sein. Seine Affäre hat sie schwer gekränkt.

»Die Situation ist verfahren.«

Wenn Sandra gleich schwanger geworden wäre, hätten sie jetzt ein intaktes Familienleben. Doch das monatliche Hoffen auf ein positives Testergebnis, die unzähligen Untersuchungen und der Frust, dass es an seinen Spermien gelegen hat, war ihm zu viel geworden. Vielleicht hat er seine Manneskraft beweisen wollen – wenn nicht Sandra, dann einer anderen Frau.

»Sie hat unserer Beziehung keine Chance gegeben.«

In der anschließenden Stille erinnert sich Chris an die Zeit nach der Trennung. Mehrmals ist er während der Dienstzeit unentschuldigt verschwunden. Später, als er von seiner Tochter erfahren hat, hat er Nachforschungen angestellt. Er hat alle Männer überprüft, die mit seiner Frau in Kontakt standen, um festzustellen, ob die Beziehung bereits vor der Trennung intensiv gepflegt worden ist. Weil er dafür seine Berechtigungen in den Polizeiverzeichnissen missbraucht hat, ist er abgemahnt worden.

»Lass uns reingehen«, bricht Jake das Schweigen.

»Ja. Willst du ein Marzipanhörnchen?«

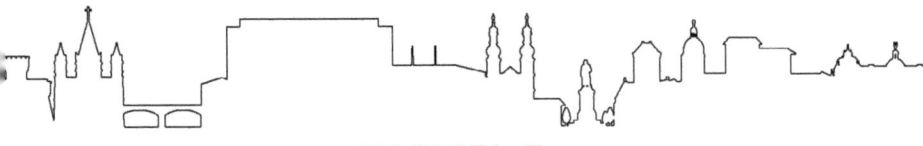

KAPITEL 5

Donnerstag, 15.3., später am Vormittag

JAKE NIPPT AN SEINEM KAFFEE. AUF der Tasse steht ›MAINZ – auch, wenn ich aus Wiesbaden komme!‹. Die haben ihm die Kollegen zum vierzigsten Geburtstag geschenkt. Als geborener Schwabe bringt er durchaus Verständnis für die meist scherzhaft gemeinten Sticheleien zwischen der Bevölkerung der beiden Landeshauptstädten auf. Damals ist er neu auf der Dienststelle gewesen, doch seine exorbitante Liebe zum Kaffee hat sich schnell rumgesprochen.

Den High-Tech Kaffeeautomat im Büro hat Jake vor einiger Zeit aus seinem privaten Bestand mitgebracht. Damit hält er nicht nur sich, sondern auch die übrigen Ermittler bei Laune. Zumindest die Kaffee-Junkies lockt er damit in sein Büro, was ihm als soziale Kontakte innerhalb des Präsidiums reicht. Selbst unterlässt er Besuche in anderen Dienststellen. Mehr Privates hat er nicht im Büro deponiert. Woher auch, selbst seine Wohnung ist zweckmäßig eingerichtet und die wenigen Erinnerungsstücke an die Vergangenheit würden einem Besucher sofort auffallen. Wenn es jemand schafft, weiter als bis zur Türschwelle zu kommen. Den Großteil seiner Vergangenheit trägt er in sich, Gutes wie Schlechtes. Nichts, was er mit irgendwem teilen möchte.

Jake wartet, bis sich Chris einen Kaffee zubereitet hat. Innerlich schüttelt sich Jake, bei der Menge an Milch und Zucker wird das Aroma der sorgfältig ausgewählten Bohnen überdeckt.

»Also, was haben wir?«, fragt er und beißt in das Marzipanhörnchen.

»Wir können davon ausgehen, dass das Opfer der Eigentümer der Wohnung ist, Andreas Jung.« Aus den Unterlagen vom Tatort holt Chris ein Foto des Opfers und heftet es an das Kreativboard – oben mittig.

»Wie er zu Tode gekommen ist, wird Maja uns sicher bald sagen können. Es gab keine Kampfspuren, richtig?«

Chris nickt. »Mein erster Gedanke war ein schiefgegangener Beischlaf.«

»Bleibt die Frage, warum die Augen entfernt wurden. Ist dir daran etwas aufgefallen?« Jake ärgert sich erneut, nicht vor dem Abtransport der Leiche am Tatort gewesen zu sein. Kleinigkeiten können entscheidend sein, nun muss er auf Chris vertrauen.

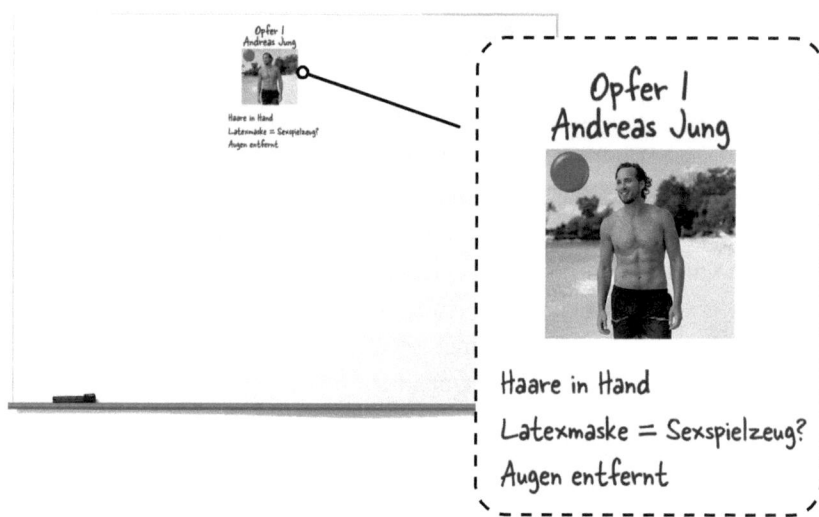

»Nein, wir haben sie gleich eingepackt, als wir sie gefunden haben. Sie waren vollständig, keine Verletzungen. Mal sehen, was Maja dazu sagt.«

Nachdenklich dreht sich Jake zum Fenster. Die Bäume zeigen ihr erstes Grün. Auf einem Ast sitzt ein einsamer Spatz, der sich aufplustert. »Vielleicht wollte der Täter darauf hinweisen, dass Jung vor etwas die Augen verschließt«, denkt Jake laut.

Seine Gedanken schweifen ab. Bleiben in der Zeit vor über fünf Jahren hängen. Damals sind seine Augen verschlossen gewesen, wollten die Wahrheit nicht sehen. Und dann ist es zu spät gewesen.

»Jake!« Chris' Stimme holt ihn aus seinen Erinnerungen zurück. »Glaubst du, der Täter kannte das Opfer vorher?«

»Ja.« Jake dreht sich um. »Es war keine Tat im Affekt. Keine ungeplante Tat. Wenn auch das Opfer beliebig war.«

»Woran machst du das fest?« Chris steht am Board, bereit ihre Erkenntnisse zu notieren.

»In der Wohnung gibt es keine verwertbaren Spuren. Es wurde sauber gemacht, daran denkt kein Täter, der ungeplant tötet.«

»Kann auch frisch geputzt gewesen sein«, gibt Chris zu bedenken. »Er will die neue Freundin vernaschen und macht alles picobello sauber, dann kommt er mit ihr nach Hause und sie gehen ohne Umwege ins Bett. Mittendrin ist es mit ihm vorbei. Herzversagen. Sie packt ihr Zeug und geht.«

»Und weil sie seine Augen so mochte, entfernt sie die, findet es dann zu eklig und wirft sie unters Bett?«, gibt Jake zu bedenken. Er findet Gefallen an dem Austausch, Chris hält mit seinen Gedanken nicht hinterm Berg.

»Okay, das passt nicht.« Chris notiert links oben auf dem Board:

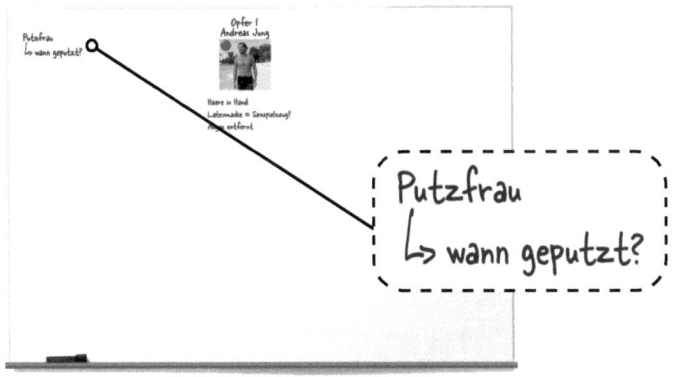

»Das mit den Augen könnte eine Spur sein.«
Er schreibt weiter:

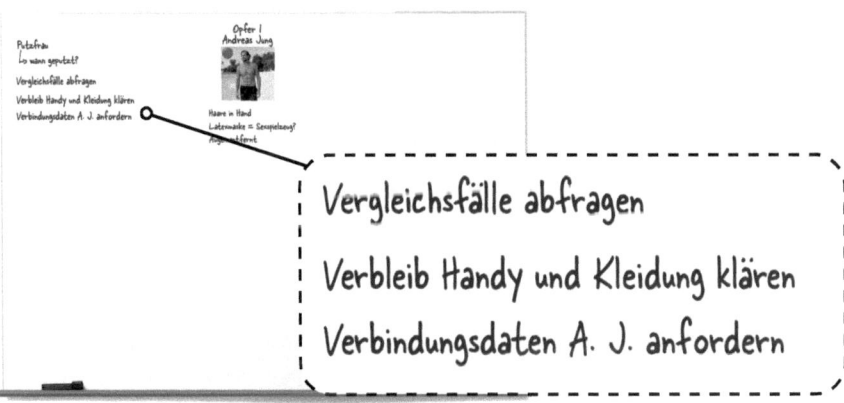

Jake liest Chris' Notizen mit und nickt zustimmend. »Bleibt die Frage, wenn der Täter das Handy mitgenommen hat, warum nicht auch den Laptop?«

»Der stand im Wohnzimmer auf einem Beistelltisch. Der Täter hatte keine Angst, dass dort Hinweise zu finden sind. Also haben sich Täter und Opfer erst kurz gekannt?«

»Ja, davon können wir ausgehen. Er nimmt das Handy, weil dort Kontaktdaten, Bilder drauf sind. Und an der Kleidung des Opfers könnten Spuren von ihm sein. Vielleicht haben sie sich erst an dem Abend kennengelernt und waren beide auf der Suche nach einer schnellen Nummer.« Der Gedanke ist Jake fremd, schnell und unverbindlich liegt ihm nicht.

»Dann ist der One-Night-Stand nicht vom Tisch.«

»War vielleicht vom Opfer so gedacht. Aber der Täter hat die Tat geplant, davon gehen wir erst einmal aus. Dafür hat er zu gezielt seine Spuren verwischt.«

Jakes piepsendes Handy unterbricht sie. »Kathrin hat uns den Mitschnitt der Zeugenbefragung der Nachbarin Frau Koch geschickt.«

»Lass hören.«

Jake öffnet den Anhang und startet die erste Aufnahme, sogleich ertönt die Stimme der Polizistin:

›*Hallo Kollegen. In der zweiten Datei ist mein komplettes Gespräch mit Frau Koch. Es war mühsam. Das Auffinden der Leiche hat ihr zugesetzt. Interessant für euch dürfte es ab Minute 4:30 sein. Sie weiß ziemlich gut über die Gewohnheiten des Opfers Bescheid. Ich bin nicht näher darauf eingegangen, aber für mich hört es sich danach an, als wären sie befreundet, wenn nicht sogar ein Paar gewesen. Ich habe Frau Koch geraten, erst einmal bei Verwandten oder Freunden zu wohnen, die Adresse findet ihr in der E-Mail.*‹

»Könnte sie mit der Tat zu tun haben?«, fragt Chris.

»Mal hören, ob sie ein Alibi vorweisen kann. Ich habe sie kurz im Treppenhaus gesehen. Sie stand unter Schock, das wirkte echt. Aber das schließt sie nicht aus. Notiere sie als Verdächtige.« Jake kann sie sich nicht als Mörderin vorstellen. Aber er verdrängt den Gedanken, denn auch wenn Frauen selten kaltblütig töten, gibt es Ausnahmen. Mit Statistiken und Wahrscheinlichkeitsrechnungen kann man kein Verbrechen aufklären. Er startet die Aufnahme und klickt auf die empfohlene Zeit. Es ertönt die zittrige Stimme der Nachbarin.

›Andreas, also Herr Jung, war tagsüber immer in der Wohnung. Aber normal war er nie so früh da, deshalb ... die Tür war offen. Ich habe gerufen und ...‹
›Es war richtig, dass Sie nachgesehen haben, Frau Koch.‹
›Ich wünschte, ich hätte es gelassen. Ich dachte, einer von diesen Typen hätte vergessen, die Tür zuzumachen.‹
›Welche Typen?‹
›Männer halt.‹
›Und die kamen regelmäßig?‹
›Weiß nicht ... ja.‹
›Herr Jung hatte regelmäßig Herrenbesuch?‹
›Andreas ist gerne unter Leuten, ist doch normal als Journalist.‹
›In seiner Wohnung waren öfter Männer zu Besuch?‹
›Nicht wie Sie denken, er steht auf Frauen. Da hat es ihm nicht an Auswahl gefehlt. Aber die Tussis hat er nicht alleine in der Wohnung gelassen und sie immer zur Haustür hinuntergebracht.‹

Jake unterbricht die Aufnahme. »Klingt, als wäre sie gerne mehr als nur eine Nachbarin gewesen. Ich frage mich, wie die regelmäßigen Herrenbesuche zu den wechselnden Damen passen. Und, wenn er Frauen nicht alleine in der Wohnung gelassen hat, heißt das im Umkehrschluss, dass die Männer alleine da waren?«

»Wir sollten abklären, worüber er recherchiert hat.«

Chris ergänzt die Notizen. »Wenn er an etwas Brisanten dran war, könnte er die Wohnung für Interviews genutzt haben.« Die Bemerkung beschert ihm einen zweifelnden Blick seines Partners.

»Nachts?«

»Extra für Berufstätige«, verteidigt sich Jake mit einem Schulterzucken.
»Darüber sollten seine E-Mails Aufschluss geben.«
Chris ergänzt die Notizen.
»Schreib als Merker dazu ›Warum Männer alleine in der Wohnung?‹.«

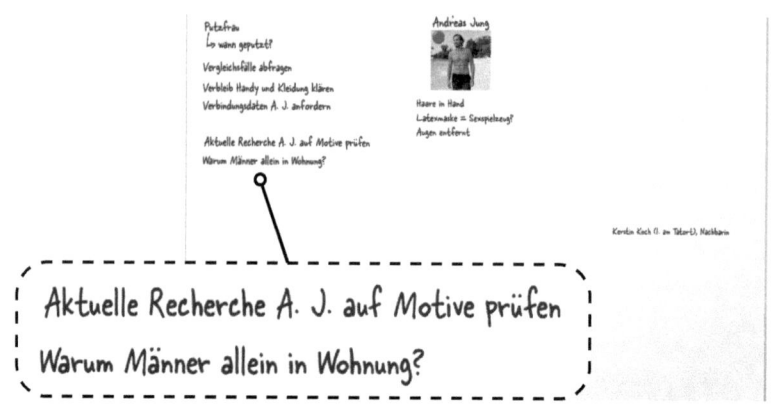

»Stimmt, das sollten wir uns genauer anschauen.«
»Gut, ich werde Britta bitten, die Aufnahme zu transkribieren. Ach, übrigens: Britta ist hauptsächlich für die Organisation rund um das Team verantwortlich. Also wenn du etwas brauchst oder Ansprechpartner nicht erreichbar sind, klemmt sie sich dahinter. Etwas zu bewegen oder Leuten auf die Sprünge zu helfen, ist ihr Spezialgebiet. Den Rest der Aufgaben können wir im Team verteilen. Die schauen, wie sie das zwischen ihre eigenen Fälle schieben können.«
»Habe ich meinen Namen gehört?« Britta kommt aus dem Zimmer nebenan herüber.
Jake arbeitet gerne und oft mit ihr zusammen. Britta gehört nicht zu denen, die sich dauernd über zu viel Arbeit beschweren, sie arbeitet die Berge kontinuierlich und zuverlässig ab. Wenn es brennt, bleibt sie ohne zu murren länger. Ihr vertrauenserweckendes Auftreten bringt Ruhe in jedes Team. Dabei scheut sie sich nicht, jemandem den Kopf zu waschen, was sie wohlwollend und ohne erhobenen Zeigefinger tut. Einige aus dem Kollegium schütten Britta regelmäßig ihr Herz aus, das weiß Jake. Nicht, dass Britta mit ihm darüber spricht, sie verliert nie

ein Wort über ihr Anvertrautes. Für ihn ist sie die Seele der Abteilung, aber er selbst nimmt sie nicht als Vertraute in Anspruch, da gibt es nichts zum Schütten.

»Ja, da hast du richtig gehört. Ich informierte Chris gerade über die Abläufe bei uns. Er wird hoffentlich vom KDD ausgeliehen und arbeitet mit am Fall Andreas Jung«, erklärt er Britta.

»Dann herzlich willkommen. Wir haben eine klare Teilung fürs Organisatorische. Jake ist für den Kaffee zuständig und ich für den ganzen Rest.« Britta strahlt in die Runde.

»Sehr richtig«, stimmt Jake zu. »Möchtest du einen?«

»Nein, vielleicht später. Ich will vor der Mittagspause noch eine Anfrage rausschicken.« Und schon ist sie verschwunden.

Dann hat sie wirklich viel zu tun. Sonst hätte sie Chris weitere Details über die Abläufe gegeben. Jake setzt an weitere organisatorische Infos zugeben, doch Chris steht vor dem Board und starrt auf die Notizen. Fast scheint es, als würde er mit offenen Augen dösen. Kein guter Zeitpunkt ihn mit Verwaltungskram vollzustopfen.

»Und du solltest Pause machen und etwas schlafen«, schlägt Jake stattdessen vor. »Derweil kläre ich mit deinem Chef die weitere Vorgehensweise.«

»Ich kann gerne warten, bis Verstärkung kommt.« Dabei kann er ein Gähnen kaum unterdrücken.

Jake kennt das über die eigenen Grenzen gehen nur allzu gut, aber die nächsten Tage werden hart.

»Das koordiniert Britta. Und später gehen wir in die Rechtsmedizin. Wir haben um 16:00 Uhr einen Termin mit Maja.«

Chris verdreht die Augen. »Ich bin mir nicht sicher, ob ich mit dem Wissen ruhig schlafen kann.« Er steht auf und greift nach seiner Jacke. »Ich bin gegen drei wieder hier.«

KAPITEL 6
Donnerstag, 15.3., kurz vor Mittag

Jake verlässt das Büro und läuft den Gang hinunter. Leider ist sein Plan, das Ausleihen per Anruf zu regeln, nicht aufgegangen. Sobald er Chris' Namen bei Bereichsleiter Gerhard Mayer erwähnt hat, hat der rumgedruckst und um ein persönliches Gespräch gebeten. Nun denn, die Zeit würde er sich nehmen. Für ein klares Nein, hätte Gerhard ihn nicht zu sich beordert.

Vor der Tür holt Jake tief Luft bevor er eintritt, er hofft mit seiner Einschätzung über Chris richtig zu liegen. Jake atmet aus, dann klopft er an und tritt ein.

»Guten Morgen, Jake. Setz dich.«

Mit den tiefen Sorgenfalten auf der Stirn und der leicht vorgebeugten Haltung, erinnert Gerhard Jake an einen Bestatter. Hinzu kommt der freudlose Blick, als trüge er die Last des kompletten Präsidiums auf seinen Schultern.

»Guten Morgen, danke.«

»Ich will gar nicht lange um den heißen Brei reden.« Mayer schlägt die Akte vor sich auf. »Chris hat sich letztes Jahr nicht mit Ruhm bekleckert.«

Jake lehnt sich im Stuhl zurück, seine Hoffnung, schnell an den Fall zurückzukommen, verflüchtigt sich. Innerlich sperrt er sich, mehr zu erfahren, aber für Gerhard scheint es von Bedeutung zu sein. Lieber würde er die Zusammenarbeit mit Chris unbelastet angehen.

»Du weißt, dass sich seine Frau von ihm getrennt hat?« Mit aufgestützten Ellenbogen sitzt der Bereichsleiter hinter seinem Schreibtisch, die Fingerspitzen beider Hände berühren sich, die Daumen schlagen im schnellen Takt gegeneinander.

»Das hat er mir erzählt.«

»Gut. Das hat er nicht besonders gut verkraftet. Er ist mehrmals während des Diensts verschwunden oder erst gar nicht aufgetaucht. Seine Erklärungen waren mehr als fadenscheinig. Das dauerte etwa acht bis zehn Wochen an. Da habe ich ein Auge zugedrückt, obwohl die Kollegen schon sauer waren. Dann, Ende letzten Jahres, habe ich entdeckt, dass er im Herbst ungewöhnlich viele Anfragen im Polizeiverzeichnis gemacht hat.«

»Er hat was?« Die Neuigkeit trifft Jake hart. Mit einer solchen Verfehlung hat er nicht gerechnet. Amtsmissbrauch ist eine harte Anschuldigung.

»Ich will das nicht breittreten. Er hat mir seine Gründe dargelegt und ich habe entschieden, darüber hinwegzusehen. Ich habe den Vorgang selbst untersucht und keinen Bericht verfasst, ihm aber klar gemacht, dass es da keine weiteren Ausnahmen geben wird.«

»Es wurde nicht bei der routinemäßigen Überprüfung entdeckt?« Jake wird hellhörig. Normalerweise wird bei einem Verstoß ein Disziplinarverfahren eingeleitet. Wenn die Maschinerie angelaufen ist, gibt es keine Ausnahmen.

»Nein, ich habe einen Tipp bekommen. Unwichtig. Er hat seine Kompetenzen überschritten.«

Unwichtig? Die Meinung teilt Jake nicht. Wer aus dem Kollegium hat sich berufen gefühlt Chris zu verpfeifen? Gut, Amtsmissbrauch ist kein Spaß und bringt den kompletten Polizeiapparat in Verruf. Aber das hätte man auch erst direkt mit Chris regeln können. Klingt nicht nach einem homogenen Team. Was Chris wohl getan hat, um es sich mit den anderen zu verscherzen?

Er enthält sich weiterer Kommentare und fragt stattdessen: »Wie hat er sich danach benommen?«

»Bisher ist nichts mehr vorgefallen. Allerdings habe ich das Gefühl, dass er sich abkapselt. Er ahnt wohl, dass jemand ihn gemeldet hat.«

»Dann wird ihm ein neues Umfeld sicher guttun«, bemerkt Jake.

Gerhard lehnt sich zurück. »Sein Verhalten schreckt dich nicht ab?«

Jake hält kurz inne. Damit hat er nicht gerechnet, doch jetzt einen Rückzieher zu machen, kommt nicht in Frage. Er kann nur hoffen, dass Chris geläutert ist und die Chance verdient. Er wird ihn im Auge behalten.

»Chris möchte gerne an dem Fall dranbleiben und mir fehlen Leute. Alles andere interessiert mich nicht«, antwortet Jake stattdessen.

»Gut, dann leihen wir Chris für die Dauer des Falls aus. Ich werde zunächst zwei Wochen genehmigen, dann sehen wir weiter.«

»Danke.«

»Noch was, Jake.« Mayer erhebt sich, kommt um den Schreibtisch herum. »Ich hätte danach gerne eine Einschätzung von dir bezüglich Chris' Tauglichkeit.«

KAPITEL 7
Donnerstag, 15.3., um die Kaffeezeit

Jake vermerkt unter dem Bild von Andreas Jung:

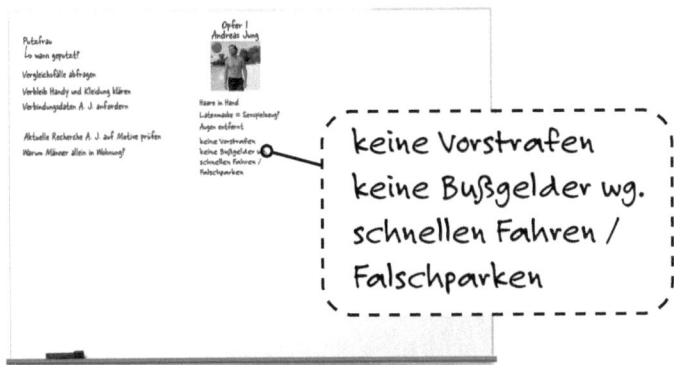

Der Nachmittag hat keine neuen Erkenntnisse gebracht. Die Routineabfragen sind vom Team schnell abgearbeitet worden.

Er schaut auf seine Armbanduhr – Punkt 15:00 Uhr.

Die Bürotür öffnet sich und Chris kommt herein und steuert direkt den Schreibtisch an.

Pünktlich und voll motiviert, notiert Jake in Gedanken.

»Ich habe etwas Interessantes gefunden«, ruft Chris und startet den Laptop.

»Dann lass mal hören.« Er stellt sich neben Chris.

»Hier, ein Bericht im November in der Zeitung.« Chris tippt auf den Bildschirm. »Eine Bürgerinitiative, die gegen die Errichtung eines Flüchtlingsheims geklagt hat.«

An den Sturm der Entrüstung kann sich Jake gut erinnern. Die Entscheidung hatte höhere Wellen geschlagen als seinerzeit der Bibelturm des Gutenberg-Museums. »Und welche Verbindung gibt es zu unserem Fall? War Andreas Jung dort aktiv?«

»Nein, im Gegenteil. Er hat sich für die Flüchtlinge stark gemacht und wesentlich dazu beigetragen, dass der Bau durchgeführt wird. Ich habe darüber in seiner Kolumne gelesen, das ist mir vorhin eingefallen.«

Jake kennt die Kolumne zwar nicht, aber es passt in sein Bild des Journalisten Andreas Jung. »Damit hat er sich einige Feinde gemacht.«

»Ja, danach gab es eine Flut von Leserbriefen. Die Zeitung hat später eine kurze Notiz auf der Seite veröffentlicht. Die Leser sollen von weiteren Kommentaren zu dem Thema Abstand nehmen, weil eine Kolumne, ein Kommentar, ein Meinungsbeitrag ist, der die Ansichten des Verfassers wiedergibt.«

Jake nickt anerkennend. »Hast du wenigstens etwas geruht oder nur recherchiert? Ich brauche dich hellwach und ohne private Ablenkungen.«

»Ich hab's probiert, aber erst als mir die Verbindung mit der Kolumne eingefallen ist, bin ich eingeschlafen. Ich schaue, ob ich noch mehr dazu finde«, schlägt Chris vor, holt sein Smartphone aus der Hosentasche und legt es auf den Schreibtisch, bevor er sich setzt. Dabei schaltet sich das Display ein. Automatisch schaut Jake darauf. Das Profilbild zeigt Chris mit einer dunkelhaarigen Frau im Arm. Beide ein angedeutetes Lächeln auf den Lippen, ihre Köpfe berühren sich leicht. Ein Gruß aus glücklichen Zeiten.

Als Chris seinen Blick bemerkt, legt er das Smartphone auf die andere Seite und schaltet den Ruhemodus ein.

Jake bereut seine Bemerkung wegen der Ablenkung. Chris' Verfehlungen sollen nicht zwischen ihnen stehen. Er versucht es mit einem Lob. »Scheint, als wäre deine Pause nützlich für die Ermittlung gewesen.«

»Ich hoffe. Aber keine Angst ich bin fit, ich brauche nicht viel Schlaf.«

»Ich hoffe, dass uns allen der Fall keine schlaflosen Nächte bereitet.«

»Ich bin gewappnet. Durch den Schichtdienst bin ich nicht an feste Arbeitszeiten gewöhnt.«

»Übrigens, dein Chef hat sein Okay gegeben. Erst einmal für zwei Wochen, danach sehen wir weiter, kommt darauf an, wie weit wir mit dem Fall sind. Die Nacharbeiten nehmen viel Zeit in Anspruch, das vergisst man gerne.«

»Sehr gut.« Chris klatscht in die Hände.

Er scheint sich ehrlich zu freuen. Bei Jake herrschen gemischte Gefühle. Er geht zum Board und schreibt alles nieder.

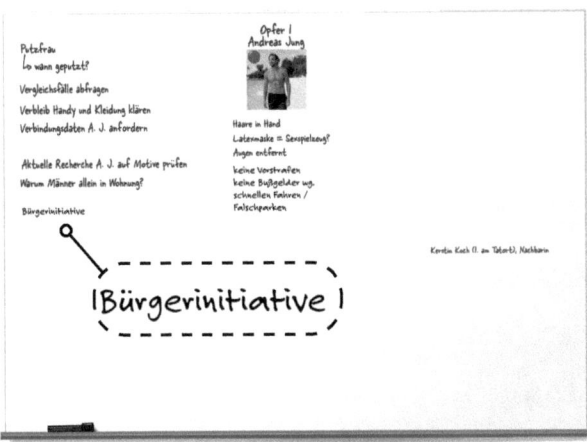

»Vielleicht gibt die Todesart Aufschluss darüber, welche der Spuren, die heißeste ist. Zeit, zu Maja zu fahren.«

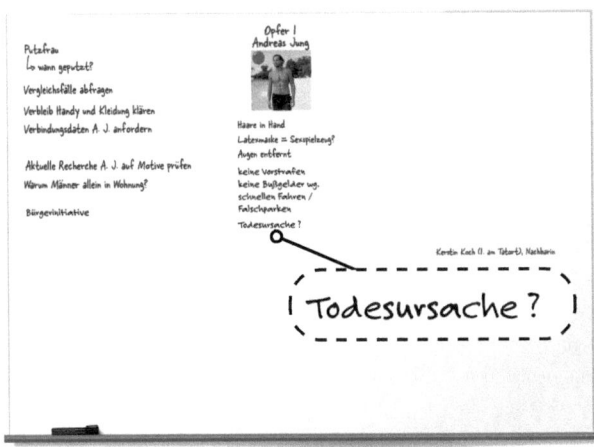

Putzfrau
↳ wann geputzt?

Vergleichsfälle abfragen

Verbleib Handy und Kleidung klären

Verbindungsdaten A. J. anfordern

Aktuelle Recherche A. J. auf Motive prüfen

Warum Männer allein in Wohnung?

Bürgerinitiative

Opf
Andrea

Haare in Han
Latexmaske
Augen entfer

keine Vorst
keine Bußg
schnellen F
Falschparke

Todesursac

zeug?

.

Kerstin Koch (1. am Tatort), Nachbarin

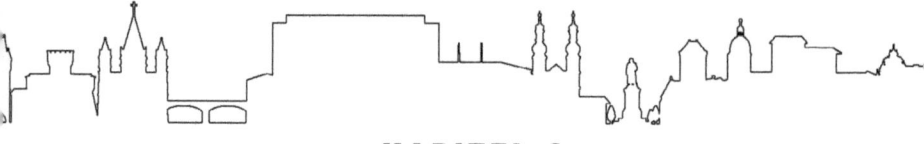

KAPITEL 8
Donnerstag, 15.3., fast Feierabend

BEIM BETRETEN DES INSTITUTS FÜR Rechtsmedizin am Pulverturm steigt Jake der typische Geruch in die Nase. Fäulnis, vermischt mit dem stechenden Ammoniakaroma der Putzmittel, die ständig in Gebrauch sind, um für eine sterile Umgebung zu sorgen. Es gibt Studien über Verknüpfungen im menschlichen Gehirn, die Dinge und Orte mit bestimmten Gerüchen verbinden und man die auch wahrnimmt, wenn sie in Wirklichkeit nicht da sind. Während die Ausdünstungen hier real sind, steigt Jake säuerlicher Schweißgeruch in die Nase, sobald er Spirituosen sieht.

Chris hält ihm Pfefferminzpaste hin, die Jake dankend ablehnt. Er hält lieber den Gestank aus, statt sich etwas unter die Nase zu reiben, das nur kurzfristig hilft, meistens muss man nach weniger als einer Stunde nachlegen und die Leichenöffnung dauert ihre Zeit. Außerdem wird die Haut vom ständigen Auftragen der Paste gereizt und wund. Es gibt Kollegen, denen wird übel, wenn ihre Zahnpasta nach Pfefferminze schmeckt.

Während Chris mit der Paste hantiert, zieht Jake einen der bereitgelegten Schutzanzüge an. Auch bei der Leichenöffnung wird peinlichst darauf geachtet, die Kontaminierung der Leiche zu verhindern. Und nebenbei wird die eigene Kleidung vorm Geruch der Verwesung geschützt, was mindestens genauso wichtig ist. Manchmal wacht Jake nachts auf, und der Gestank umgibt ihn wie eine Glocke. Dann muss er duschen und das Bett neu beziehen, sonst findet er keinen Schlaf.

Er wartet, bis Chris soweit ist, und öffnet die Tür zum Obduktionssaal. Immer wieder aufs Neue löst der reine Anblick des Raums bei ihm eine Gänsehaut aus. Hier wird dem Tod ein besonderer Dienst erwiesen. Im Namen der Ermittlungen, im Namen der Medizin, was auch immer, wird der menschliche Körper zerlegt. Das Innerste nach außen gewendet, gemessen, gewogen, wenn notwendig in Scheiben geschnitten, um dann wieder zusammengefügt zu werden. Soweit das nach den erforderlichen Untersuchungen möglich ist.

Maja steht an einem der Becken und wäscht sich die Hände. Der Wasserdampf und ihre gerötete Haut zeugen von der hohen Gradzahl. Mit einem Lächeln wendet sie sich um, ohne mit der Prozedur aufzuhören. »Ich bin sofort für dich da.«

»Scheint, als wäre ich unsichtbar«, flüstert Chris ihm zu und flüchtet sich zur Assistentin, Anita Klein. Sie steht am Obduktionstisch und legt die Instrumente bereit. Eine wortkarge Mittfünfzigerin, die ihrem vorherigen Vorgesetzten nachtrauert und Maja in Anwesenheit von Kollegen gerne belehrt, was die mit stoischer Gleichgültigkeit erträgt.

Er lässt seinen Blick durch den Raum schweifen: Eine moderne Folterkammer, wie er findet. Auf den Rollwagen neben den Tischen liegen alle erdenklichen Gerätschaften, die einen Heimwerker in Verzückung bringen könnten. Kein Ort an dem er nachts alleine sein möchte.

Eine Berührung am Rücken lässt ihn zusammenzucken.

»Hoppla, ich tu dir nichts.« Maja schiebt sich an ihm vorbei. Der Schreck hat Jake erstarren lassen, erst als der Druck ihres Ellbogen stärker wird, tritt er zur Seite. Der zarte Duft ihres Parfüms steigt ihm angenehm in die Nase, vertreibt für einen flüchtigen Moment den Hauch des Todes.

»Dann wollen wir mal.« Maja wirft einen Blick auf ihr Klemmbrett und startet das Aufnahmegerät, das von der OP-Leuchte herunterhängt.

»Dem Augenschein nach handelt es sich bei dem Opfer um Andreas Jung. Er war 36 Jahre alt und in sehr guter körperlicher Verfassung.«

Der gleichmäßige Klang ihrer Stimme lullt Jake ein, seine Gedanken driften ab. Fast auf die Stunde genau vor fünf Jahren, ist er auch bei einer Obduktion gewesen. Die Erinnerung daran wabert bereits den ganzen Tag im Hintergrund und will endlich bedacht werden.

Zum ersten Mal seit dem Tod seiner Kleinen besucht er nicht ihr Grab.

»Soll ich Ihnen die stärkere Lupe heraussuchen?«, holt ihn die Frage der Assistentin ins Jetzt zurück. »Sie liegen ja fast auf dem Toten.«

»Nein, danke. Passt.« Mit keinem Wort geht Maja auf die Bemerkung ein, nicht einmal ein Stirnrunzeln oder ein Schnaufen, woraus sich ihr Unmut ablesen ließe.

Wahrscheinlich will Frau Klein genau das provozieren und Maja tut ihr den Gefallen nicht.

Nachdem sie jeden Quadratzentimeter des Körpers mit der Lupe abgesucht hat ohne nennenswerte Verletzungen zu finden, geht Maja zum nächsten Punkt über. Jake konzentriert sich auf ihre Arbeit, ihm bleibt nur danebenzustehen, tatenlos, den Geruch zu ertragen und sich auf das Geschehen zu konzentrieren. Und nach Möglichkeit, die Vergangenheit dort zu belassen, wo sie hingehört.

»Zur Untersuchung des Kopfs entferne ich jetzt die Kopfmaske.«

Jake tritt einen Schritt näher zu Chris, der gerade wieder Paste nachlegt. Von hier hat er einen besseren Blick auf den oberen Teil des Tischs.

Mit einer Verbandsschere schneidet Maja entlang des Gesichtsfelds durch das Gewebe. Sie klappt den Stofflappen zur Seite. Das Gesicht des Toten wird sichtbar. Die eingefallenen Lider, mit dem verkrusteten Blut, entstellen das Gesicht. Es ähnelt eher einer Halloween-Fratze, als dem attraktiven Journalisten.

»Ich würde sagen, unser Opfer ist Andreas Jung.« Maja schaut Jake fragend an, er widerspricht nicht.

Dann zieht sie die Maske vom Kopf und reicht sie ihrer Assistentin, die sie in einen Beweismittelumschlag steckt. Fast zärtlich tastet Maja mit den Fingern durch die Haare des Toten.

»Der Schädel scheint unverletzt zu sein.«

Auf ein Nicken von Maja, zückt Frau Klein den Langhaarschneider und entfernt die Haare, die ebenfalls eingetütet werden.

»Keine erkennbaren Verletzungen auf der Kopfhaut, keine Einstiche. Damit ist die äußere Leichenschau beendet. Wir beginnen mit der Leichenöffnung.«

Wie auf ein stummes Kommando treten Jake und Chris zurück. Jetzt beginnt der wirklich unangenehme Teil. Neben dem bis aufs Äußerste beanspruchten Geruchssinn werden jetzt die Ohren malträtiert.

Maja schaltet das Aufnahmegerät ab und tritt einen Schritt vom Tisch zurück, für Frau Klein das Zeichen loszulegen. Sogleich ertönt die elektrische Säge, mit der sie die Schädeldecke bearbeitet. Der Knochen kann dem rotierenden Sägeblatt nicht widerstehen und schnell ist das Gehirn freigelegt. Maja entnimmt es und legt es in die bereitstehende

Schale. Es wird gewogen und vermessen und Maja notiert die Werte in der Liste auf ihrem Klemmbrett. Als Nächstes wird die Haut am Torso mit einem Skalpell aufgeschnitten. Kaum ist die Bauchdecke geöffnet, entweichen die Ausdünstungen der Innereien. Wie eine Wolke steigen sie auf, verziehen sich nicht, obwohl die Abzüge eingeschaltet sind.

Jake atmet flacher, verdrängt den Gedanken an einen heißen Kaffee, um sich den Genuss daran nicht zu verderben.

Die Rippen werden mit einer Art Geflügelschere vom Brustbein getrennt und aufgestellt. Das Reißen der Haut, gepaart mit dem Knacken der Knochen, strapazieren Jakes Nerven weiter. Kein guter Tag zum Arbeiten. Wäre er nur hart geblieben und hätte den Fall abgelehnt.

Durch die Öffnung können die Organe entnommen werden. In Reichweite stehen weitere Schalen. Alles wird gewogen und vermessen und später, nach der Untersuchung, in den Körper zurückgelegt.

Es erschreckt Jake immer wieder aufs Neue, wie zerbrechlich das Leben ist. Die Verletzungen durch einen Schuss oder ein Messer sind verhältnismäßig klein und führen doch an der richtigen Stelle zum Totalversagen des Organismus. Weil alles zusammenhängt, harmonisch abgestimmt ist, als Einheit funktioniert und extrem anfällig auf äußere Einflüsse reagiert.

Trotz der vielen Leichen, die er im Laufe seines Berufslebens sehen musste, empfindet Jake eine Obduktion als Eingriff in die Intimsphäre der Toten. Wobei, wenn er ehrlich zu sich ist, fühlt es sich erst seit damals so an. Als er zum ersten Mal als Angehöriger und nicht als Ermittler einer Obduktion beigewohnt hat. Heute bereut er, darauf bestanden zu haben. Er verscheucht die Gedanken und schaut zur Seite, um Majas Ausführungen weiter zu folgen.

Am Ende der Leichenöffnung ergibt sich nicht viel Neues. Die Todesursache bleibt unklar.

»Er könnte an einem Hirnschlag gestorben sein«, erklärt Maja, nachdem sie das Aufnahmegerät ausgeschaltet hat. »Es gibt Anzeichen, dass die Blutzufuhr unterbrochen wurde. Wodurch kann ich noch nicht sagen. Ich werde mich mit einem Kollegen in Verbindung setzen und gemeinsam Brainstorming - treiben.« Sie betont das letzte Wort.

Jake hebt eine Braue. *Seit wann lässt sie sich zu solchen anzüglichen Bemerkungen hinreißen?*

»Hatte er vor seinem Tod noch Geschlechtsverkehr?«, fragt er laut.

»Nein, das war ihm nicht vergönnt.«

Aha.

»So wie die Leiche hergerichtet wurde, gehen wir von Fremdverschulden aus!«, braust Chris plötzlich auf. »Kannst du uns nicht wenigstens einen Anhaltspunkt geben? Der Tathergang ist entscheidend für unsere Ermittlungen.«

Wow, was ist denn jetzt los? Chris hat zwar recht damit, aber die Obduktion ist noch nicht abgeschlossen, wir können froh sein, dass Maja so früh ihre ersten Vermutungen mit uns teilt.

Ohne auf Chris zu reagieren, fährt Maja fort: »Das CT ergab kein Blutgerinnsel. Seine ärztliche Akte habe ich angefordert, um Vorerkrankungen abzuklären.« Sie blättert auf die nächste Seite.

»So, kommen wir zum interessantesten Teil. Den Augen.« Mit einem gezielten Griff hebt sie ein Glas an und hält es Jake vor die Nase. Erschrocken zuckt er zurück. Die Flüssigkeit darin schwappt hin und her und die Augen drehen sich träge um die eigene Achse. *Was soll das denn? Spürt sie mein schwaches Nervenkostüm?*

»Aber mal ehrlich. Es wäre doch seltsam, wenn der Typ, mit dem du die Nacht verbringst, tot umfällt, und du ihm dann die Augen rausnimmst«, bemerkt Chris, obwohl Maja ihn weiterhin links liegen lässt.

»Sie wurden post mortem entfernt und dann unters Bett gelegt. Sie weisen keine Beschädigungen auf.«

»Vielleicht sind sie dem Täter ja runtergefallen,« wirft Chris ein.

»Nein.« Maja dreht sich zu ihm, ihr Tonfall klingt gereizt, ihre gute Laune hat sich verflüchtigt wie der letzte Schnee im März. »Das können wir ausschließen. Die anhaftenden Teppichfasern waren an einer Stelle. Wären sie dem Täter entglitten und dann bewegt worden, hätten sie sich an mehreren Stellen befunden.«

»Dann wollte der Täter sie nicht als Trophäe mitnehmen, sondern hat sie gezielt unter dem Bett platziert«, resümiert Jake.

»Nun, ihr seid die Ermittler. Ich liefere nur meine Untersuchungsergebnisse.« Maja dreht das Glas zu sich. »Er hatte wunderschöne Augen.«

Jake wechselt einen Blick mit Chris. Man muss wohl Mediziner sein, um menschliche Einzelteile in diesem Zusammenhang so zu bezeichnen. Zumal die Iris eingetrübt ist und nicht mehr das strahlende Blau wie auf den Bildern besitzt.

»Okay, dann sind wir erst einmal fertig. Sollen wir die Asservate mitnehmen?«, fragt Jake.

»Gerne, Frau Klein macht sie euch gleich fertig.«

Die Assistentin schnappt sich wortlos die Beweismittelumschläge und marschiert in den Nebenraum, der als Büro und Labor genutzt wird. Maja zuckt mit den Schultern und murmelt etwas wie verbrannte Erde.

Allmählich nerven Jake die zwischenmenschlichen Ressentiments der Beteiligten.

»So, wo war ich«, Maja klopft mit dem Stift auf das Klemmbrett. »Ja, genau. Ich habe ...«

Das Klingeln ihres Smartphone unterbricht sie. Mit einem Schulterzucken in seine Richtung nimmt sie das Gespräch an.

»Ja?« Sie dreht sich um. »Eve.« Schnell entfernt sie sich ein paar Schritte.

Er schaut ihr hinterher. Ihre Stimme klingt anders, weicher, sehr gefühlvoll.

»Ja, klar, das passt super. Kenne ich. Sehr gerne, bis später.« Mit einem Lächeln wendet sie sich wieder an ihn. Ein Glanz liegt in ihren Augen, plötzlich wirkt sie sinnlich, fast erotisch.

Majas Stimme unterbricht seine Überlegungen. »Sobald ich die Todesursache ergründet habe, gebe ich euch Bescheid«, verspricht sie, während sie den Schutzanzug abstreift. »Ich würde dann in den Feierabend gleiten, wenn von eurer Seite nichts dagegenspricht.«

»Nein, wir warten geduldig auf deinen Bericht«, verabschiedet er sie, bevor Chris widersprechen kann.

Ehe sie gehen, steckt er den Kopf ins Büro. Frau Klein reagiert nicht und starrt weiter ins Mikroskop. Er wartet einen Moment, sein Blick wandert zu dem Hochglanzkalender vom letzten Jahr, der an der Wand gegenüber hängt. Keine der beiden Frauen macht sich die Mühe ihn abzuhängen, obwohl sie der Anblick des Pin-up-Girls sicher nicht erfreut. Das April-Mädchen räkelt sich auf einer Wiese und trägt nichts als einen üppigen Tulpenstrauß. Der Kalender stammt von Majas Vorgänger.

Kaum zu glauben, dass sie erst ein knappes Jahr hier ist, wundert sich Jake, kommt mir länger vor. Mag an ihrem Engagement liegen.

Weil die Assistentin weiter keine Anstalten macht ihn zu beachten, klopft er an den Türrahmen. »Frau Klein, wenn Sie uns die Tüten dann mitgeben könnten.«

Ohne sich umzudrehen, deutet sie auf einen Umschlag, der auf dem Board neben der Tür liegt.

»Und die Ergebnisse der Nachuntersuchungen gerne in Etappen, auch wenn sie vorläufig sind«, bittet er.

»Ja, ja.« Sie hebt nicht den Kopf, winkt nur mit der Hand, als wolle sie eine lästige Fliege verscheuchen. »Selbstverständlich, Herr Imhof. An mir wird es nicht liegen.«

KAPITEL 9

Donnerstag, 15.3., zum Feierabend

KAUM HAT JAKE DEN WAGEN im Untergeschoß des Präsidiums geparkt, steigt Chris aus und strebt dem Aufgang zu.

»Hast du es eilig, zurück zur Arbeit zu kommen?«, fragt er und erhöht die Frequenz seiner Schritte, um Chris auf den Fersen zu bleiben.

»Was? Nein.«

»Warum rennst du dann so?«

Vor der Treppenhaustür bleibt Chris kurz stehen. Er scheint nach den richtigen Worten zu suchen, dann schüttelt er den Kopf, geht weiter.

Na, dann nicht, ich werde dich nicht zwingen mit mir zu reden. Er folgt Chris mit etwas Abstand.

Im Büro stürmt Chris ans Whiteboard und malt zwei weitere Fragezeichen hinter Todesursache. Dahinter setzt er ein Ausrufezeichen. Erst dann nimmt er am Schreibtisch Platz.

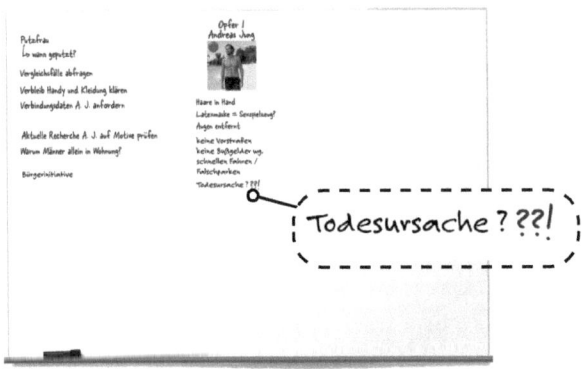

»Besser?« Jake braucht jetzt einen Kaffee.

»Wie?« Chris blättert durch die Papiere im Eingangskörbchen.

»Du solltest dich gegenüber Maja etwas zurückhalten. Sie ist nicht gut auf dich zu sprechen«, wird er deutlicher.

»Ja, habe ich bemerkt. Ihr Gehabe mit den Augen hat mich genervt.«

»Auch einen Kaffee?«

»Nein, der treibt meinen Blutdruck nur noch höher. Was, glaubst du, hat der Mörder mit dem Entfernen der Augen bezweckt?«

»Vielleicht eine Botschaft. Das Opfer hat etwas gesehen, was er nicht durfte. Oder er hat die Augen vor etwas verschlossen, was er hätte aufdecken sollen. Oder jemand hielt ihn für einen Spanner. Oder der Täter war neidisch auf seine wunderschönen Augen. Im Moment hilft uns das nicht weiter. Bei der Motivfindung wird es sicher relevant werden. Da bei der Überprüfung des Opfers nichts Auffälliges rausgekommen ist, sollten wir uns auf das Flüchtlingsheim konzentrieren.«

»Hm.« Chris wedelt mit einem Stapel Papier. »Hier liegen übrigens die Einzelnachweise von Andreas Jungs Handy«, wundert er sich laut.

»Ernsthaft? Das gibt es ja gar nicht.«

»Oh doch.« Plötzlich steht Paul von der KTU in der offenen Zwischentür zu Brittas Büro. »Die habe ich dahin gezaubert. Mit dem nötigen Koffein-Spiegel geht bei uns eben alles wie im Schlaf. Danke für den morgendlichen Gruß aus der Bäckerei. Das hat mich über den Vormittag gerettet.«

»Da nicht für.« Jake hebt abwehrend die Hände.

»Bei den Verbindungsnachweisen hatten wir Glück. Der Tote war so umsichtig und hat seine Telefonrechnungen nebst Anhängen auf seinem Laptop gespeichert. Wir mussten sie nur ausdrucken. Ich dachte, die interessieren euch, deshalb habe ich sie gleich hergebracht.«

»Super, danke.«

»Außerdem haben wir Quittungsvorlagen für seine Putzfrau gefunden. Den Namen habe ich Britta gegeben.«

»Sehr gut, danke. Das Handy ist nicht aufgetaucht?«

»Nein, zuletzt eingeloggt war es im Umkreis von circa 500 Metern um die Wohnung, er hat sich mehrere Stunden in der Altstadt oder in der Wohnung aufgehalten.«

»Ja, die Wohnung liegt echt optimal, sehr zentrale Lage«, mischt sich Chris in das Gespräch ein. »Vielleicht sollte ich mich als Nachmieter bewerben.«

»Untersteh dich. Das ist moralisch nicht vertretbar«, warnt Jake.

»Das würde noch fehlen, dass wir Insiderwissen über freiwerdende Wohnungen für unsere eigenen Zwecke nutzen.«

»War ein Scherz«, erklärt Chris unnötig laut.

Jetzt nur nicht bei jeder Kleinigkeit überreagieren, ruft sich Jake selbst zur Ordnung und fragt Paul: »Bist du extra hergekommen, um dich zu bedanken? Oder habt ihr noch etwas herausgefunden?«

»Ich habe seinen E-Mail Account überprüft. Es gibt einen Ordner ›Irre Spinner‹. Da waren Mails mit Anfeindungen abgelegt. Auch Morddrohungen.«

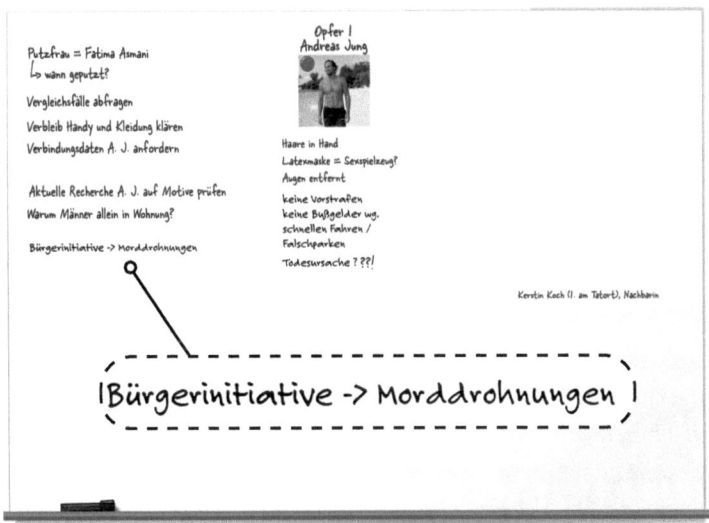

KAPITEL 10
Freitag, 16.3., zur Morgenstunde

»Hättest du hier nicht abfahren müssen?« Chris wundert sich, als Jake an der Ausfahrt vorbeifährt.

»Ich dachte, wir machen einen kleinen Umweg und fahren an der Flüchtlingsunterkunft vorbei. Dann können wir uns ein Bild davon machen, bevor wir Peters zu seinen Morddrohungen befragen«, erklärt Jake.

»Gute Idee. Ich habe schon so viel darüber gelesen, war aber noch nie da.«

Am Vortag hatten sie vereinbart, am frühen Morgen zum Vorsitzenden der Bürgerinitiative zu fahren, um ihn vor Arbeitsbeginn zu Hause anzutreffen.

Als die Unterkünfte in Sicht kommen, verlangsamt Jake das Tempo und Chris betrachtet das Gelände. An provisorischen Wäscheleinen hängen Kleidungsstücke, die im Wind flattern. Keine gute Idee, bei dem nassfeuchten Wetter. Auf der Wiese liegt verstreut buntes Kunststoffspielzeug, Spenden von Bürgern. Er hat die zahlreichen Aufrufe in den verschiedenen Medien verfolgt. Auch um Kleidung und Möbel ist gebeten worden. Die prall gefüllten Mülltüten neben den Eingangstüren vervollständigen das trostlose Bild. Kein Heim für die Bewohner, eine Zwischenlösung bis über den Verbleib der einzelnen entschieden wird.

Direkt nach der nächsten Kurve ändert sich der Anblick: gediegene Einfamilienhäuser mit gepflegten Vorgärten, die geparkten Autos gehobene Mittelklasse. Den Flüchtlingen muss das wie die Karotte an der Angel vorkommen, die der Esel vorgehalten bekommt, um folgsam seine Last zu tragen, ohne Aussicht, die Belohnung je zu erreichen.

»Nett hier«, bemerkt er.

»Ja, ein Traum für die kleine, perfekte Familie«, spottet Jake.

»Samstagmorgens Autowaschen, regelmäßig den Rasen mähen und zusehen, wie die Kinder groß werden. Es gibt schlimmere Lebensmodelle.«

»Stimmt, aber sobald die Idylle gestört wird, werden schwere Geschütze aufgefahren. Menschen, die nicht ins Bild passen, müssen verschwinden.«

Das klingt sehr genervt, nicht nach dem kühlen Jake, den er bisher kennengelernt hat.

»Ich kann die Panik verstehen, schließlich gibt es dauernd Berichte in der Zeitung von Übergriffen von nicht deutschstämmigen Tätern. Falls sich herausstellt, dass die Täter keinen Migrationshintergrund haben, wird selten nachgebessert. Und falls doch, interessiert es keinen. Die Taten haben sich da schon in den Köpfen als Angriffe durch Flüchtlinge festgesetzt«, verteidigt er die Nachbarschaft.

»Ja, aber was war zuerst da? Die Anfeindungen und die Ablehnung, die dann die Straftaten provozierten oder umgekehrt? Die Flüchtlinge kommen her, weil sie verzweifelt sind und nicht, um hier zu schmarotzen. Sie suchen eine Zukunftsperspektive, wollen sich eine neue Existenz aufbauen. Und dann werden sie in Ghettos gesteckt. Sie bringen ihre eigene Kultur mit und haben keine Ahnung von unserer.« Jake parkt den Wagen in der Einfahrt. »So, hier ist es.«

Chris wirft einen Blick auf das Haus. In den Fenstern kleben Schneeflockensticker. Während in den anderen Vorgärten die ersten Frühlingsboten grüßen, liegt das Petershaus noch im Winterschlaf.

»Ich schlage vor, du erklärst dich mit ihnen solidarisch und ich fühle ihnen auf den Zahn«, schlägt Jake vor, »so können wir sie am ehesten aus der Reserve locken.«

»Alles klar«, stimmt er zu. Bei Jakes Einstellung müsste der sich redlich bemühen, nette Worte für die Bewohner zu finden. Kaum hat Chris geklingelt, öffnet ein Enddreißiger mit Bierbauchansatz.

»Guten Morgen, was wünschen Sie?«, fragt der, während er die Straße rauf und runter schaut und sie dann mustert.

»Guten Morgen. Herr Frank Peters?«

»Ja?«

»Ich bin Kriminaloberkommissar Muth und das ist mein Kollege Kriminalhauptkommissar Imhof.«

»Ach, Sie ermitteln sicher wegen Herrn Jung. Ich habe es gerade in der Zeitung gelesen.«

»Genau, wir überprüfen alle, die mit ihm in Kontakt standen.«

»Bei mir sind Sie an der falschen Adresse.«

Er deutet auf Umzugskisten, die aufgereiht im Flur stehen. Chris liest die Beschriftungen darauf: Arbeitszimmer, Kind 1, Kind 2.

»Meine Frau hat ein Jobangebot in Süddeutschland angenommen. Wir sind so gut wie weg, uns tangiert das Flüchtlingsthema nicht mehr.«

»Dürfen wir trotzdem kurz reinkommen?«, fragt Chris.

»Wenn es schnell geht, ich erwarte jeden Moment den Umzugswagen. Ich muss hier alles alleine organisieren, meine Frau ist mit den Kindern schon in unserem neuen Zuhause.«

»Wir beeilen uns, versprochen.« Chris setzt sein Ich-kann-Sie-so-gut-Verstehen Lächeln auf. »Aber Sie haben sicher kein Interesse, dass die Nachbarn unser Gespräch mithören.«

Peters führt sie zwischen den Kisten hindurch ins kombinierte Wohn- und Esszimmer. Auch hier stapeln sich Kartons, die Möbel sind in die Mitte gerückt. Der Geruch von Farbe hängt in der Luft.

So schnell wird ein Zuhause zur Immobilie, der ideelle Wert wird durch einen materiellen ersetzt. Beraubt um die persönliche Note der Bewohner, bleiben kahle Wände und blicklose Fenster.

Chris erinnert sich an die Suche nach einem passenden Eigenheim, bevor sein Leben aus den Fugen geraten ist. Um wie vieles mehr die bewohnten Räume behaglicher wirkten, als die bereits ausgeräumten. Doch auch die Größe und die Zahl der Kinderzimmer, beeinflussten Sandras Für und Wider für eine Wohnung. Der Blick auf das Glück der anderen, die Hoffnung ein Stückchen davon zu erhalten, wenn sie einziehen würden.

»Also, was wollen Sie wissen? Ein Alibi für die Nacht habe ich leider nicht. Wie gesagt, meine Frau ist schon vorgefahren. Ich wollte in Ruhe streichen, da hätten die Kinder nur gestört.«

»Ja, das kann ich gut verstehen.« Chris nickt.

»Was uns interessiert ist, warum Sie Morddrohungen an Herrn Jung geschickt haben? Wir sprechen nicht von einer oder zwei, sondern von einem guten Dutzend«, startet Jake mit seiner Befragung.

Der Mann dreht sich zum Fenster und starrt hinaus in den Garten. »Das war einfach nur dämlich. Die ganze Sache wurde zum Selbstläufer. Ein paar Flüchtlinge waren immer in dem Übergangsheim. Das war nie ein

Problem. Aber mit dem neuen Camp wurden es immer mehr, da wurden wir unruhig. Horden von jungen, dunkelhäutigen Männern flanieren durch die Straßen. Sie sind laut, glotzen unsere Frauen an und sprechen in ihrer fremden Sprache. In dem kleinen Park zwei Straßen weiter haben sie sich ausgebreitet, direkt am Abenteuerspielplatz. Sie hören laute Musik, machen mit ihren Handys Fotos und blödeln rum. Meine Frau war völlig hysterisch. Sie ist nur noch mit dem Auto gefahren, selbst den kurzen Weg zum Bäcker. Und die Kinder durften nur im Garten spielen. Als sie von ihrem Arbeitgeber als Wiedereinstieg nach der Elternzeit den Job in Tübingen angeboten bekommen hat, hat sie ohne Zögern angenommen.«

Chris stellt sich neben ihn ans Fenster und bemerkt beiläufig: »Und was ist mit Ihrer Arbeit?«

»Ich arbeite von zu Hause. Das ist kein Problem. Und ich war froh, einen Grund zu haben, aus der Bürgerbewegung auszusteigen. Mir ist das Ganze über den Kopf gewachsen.«

Jake holt Papiere hervor und Chris wartet, hält seine nächste Frage zurück.

»Ich kann Ihre Not verstehen«, wendet sich Jake an Peters, während er die Blätter auseinanderfaltet, »aber deshalb schreibt man keine Morddrohungen und schon gar nicht solche massiven. Ich zitiere: ›Wenn du weiter unsere Bemühungen untergräbst, das Flüchtlingsheim zu schließen, wirst du bald merken, wohin dich das führt‹ ist die Harmloseste. Ich habe hier weitere wüste Beschimpfungen bis hin zu der Drohung, ihn an den Eiern aufzuhängen und … wie es weitergeht, wissen Sie ja sicher noch.«

Das Gesicht von Peters verfinstert sich, Chris bemerkt wie die Kieferknochen aufeinander mahlen.

»Ja, ja. Ist aber schon eine Weile her«, versucht Peters, die Aktion herunterzuspielen. »Wir haben den Worten nie Taten folgen lassen. Warum sollten wir es nach so langer Zeit tun?« Unruhig läuft Peters durch den Raum, sammelt verstreut liegende Papierfetzen auf. Chris registriert die fest aufeinander gepressten Lippen, die stockende Atmung. *Der steht unter Druck, er weiß genau, dass er Grenzen überschritten hat.*

»Diese wurde Mitte Dezember verschickt, sozusagen Ihre Weihnachtsgrüße an ihn«, bohrt Jake weiter.

Peters bleibt stehen, er schließt die Augen. Die aufgesammelten Schnipsel rieseln zu Boden.

»Das war ein großer Fehler. Meine Frau war kurz vorm Durchdrehen. Unser Zuhause war wie ein Gefängnis für sie. Irgendwann fing sie an auszubrechen, war dauernd unterwegs und ich kam wegen der Kinder kaum zum Arbeiten und musste Aufträge ablehnen. Außerdem sind die Drohungen nicht von mir, sondern von der Bürgerinitiative ausgesprochen worden. Ich war nur so blöd und habe meine E-Mail-Adresse dafür hergegeben.« Sein rechtes Lid zuckt, er kneift die Augen fester zusammen.

Chris fühlt mit ihm, er war in einer Zwangslage gewesen und hat nach dem rettenden Strohhalm gegriffen. Nur, dass der sich als Wunderkerze entpuppte, die funkensprühend abbrannte. Übrig ist der verkohlte Stiel und mit der Entsorgung wird er alleine gelassen.

»Sie wollen uns erzählen, dass Sie die Texte diktiert bekommen haben?« Jakes Bemerkung lässt Peters ebenso zusammenzucken wie Chris. Wo kommt nur dieses Unverständnis her?

»Es gibt ... gab einen Wortführer.« Kurz flammt Wut in Peters Stimme auf, die sofort wieder erlischt. Die Beziehung zum Wortführer sollten sie näher beleuchten, mal sehen, ob er den Name ungefragt verrät.

»Wie gesagt, ich habe mich zurückgezogen, als meine Frau kurz nach dem Jahreswechsel ihrer Versetzung zugestimmt hat«, fährt Herr Peters fort. »Er hat die ganze Hetze forciert. Er organisiert die Demos. Nach außen hält er sich bedeckt, weil er nicht hier wohnt. Seine Lebensgefährtin lebt schräg gegenüber bei ihrer pflegebedürftigen Oma.«

Jake klopft mit dem Stift auf seinen Block und Chris kann seinen Unmut verstehen. Statt erst einmal mit dem Namen rauszurücken, werden sie mit Erklärungen bombardiert und müssen jede Information mühsam erfragen.

»Und wie heißt er?«

»Ansgar Holzapfel.«

»Ansgar Holzapfel?«

Chris fängt Jakes wachsamen Blick auf.

»Sie wissen, dass er in der rechten Szene aktiv ist?«

Das Zusammenzucken von Peters, spürt Chris mehr, als das es sichtbar ist.

»Seine politische Gesinnung geht mich nichts an. Wir waren für jede Hilfe dankbar. Welche Ausmaße die Aktion der Bürgerinitiative angenommen hat, wollen Sie gar nicht wissen.«

»Doch genau das interessiert uns«, widerspricht Jake eine Spur zu laut, wie Chris findet.

Peters gestresster Gesichtsausdruck verstärkt sich, das rechte Augenlid flattert. Er beginnt wieder hin und her zu laufen, er prüft die Beschriftungen der Kisten, dann scheint er eine passende Antwort gefunden zu haben.

»Ich ...« Die Türklingel schneidet ihm das Wort ab.

»Das sind die Möbelpacker.« Er eilt hinaus.

Chris lauscht auf die Anweisung, in den oberen Räumen mit dem Ausräumen anzufangen.

»Glaubst du seine Story?« Chris geht zu Jake ans Fenster. Der Garten ist gerade groß genug für eine Schaukel oder ein Trampolin.

»Für jemanden, der unschuldig ist, hat er viel zu erzählen.«

»Ach, komm. Hat bei dir der Schutz der eigenen Familie nicht oberste Priorität?«

Darauf erntet er einen eisigen Blick von Jake. In welches Fettnäpfchen ist er denn jetzt getreten? Bevor er sich entschuldigen kann, kommt Peters herein.

»Hören Sie, es ist jetzt wirklich ungünstig. Ich bin am Montag zur Übergabe an den Käufer wieder hier. Da kann ich mir gerne mehr Zeit für ein Verhör nehmen.«

»Befragung«, korrigiert ihn Jake.

»Wie auch immer. Mir fehlt das Motiv.«

»Ist der Wert des Hauses sehr gefallen?«, fragt Chris, während er die Reaktion aus dem Augenwinkel beobachtet.

»Was glauben Sie denn?« Wieder aufflammende Wut.

»Zwanzig Prozent unter den üblichen Marktpreis hat der Käufer mich gedrückt. Aber es war unsere eigene Schuld, wir hätten das Thema nicht so hochkochen sollen.«

Das ist ein ordentlicher Verlust, bei den derzeitigen Immobilienpreisen, die seit seiner Suche weiter gestiegen sind.

»Es war klar, dass Jung das in seiner Kolumne ausschlachtet.« In der

Sprechpause hat sich sein Tonfall verändert, die Resignation gewinnt wieder Oberhand. »Dadurch ist unser Wohngebiet entsprechend abgestempelt und weniger attraktiv.«

Peters geht in den Flur und wartet an der geöffneten Tür.

»Sie hatten also allen Grund, wegen des finanziellen Verlustes auf Herrn Jung wütend zu sein.« Chris dreht sich auf der Türschwelle um. »Und Rache ist ein starkes Motiv.«

KAPITEL 11
Freitag, 16.3., zur Frühstückszeit

JAKE PARKT UM DEN UMZUGSWAGEN herum aus und bekommt am Rande Chris' Telefonat mit der Kollegin mit.

»Britta, kannst du uns die aktuelle Adresse von Ansgar Holzapfel schicken und die seiner Arbeitsstelle?«

Wie ihn diese gutbürgerliche Gemeinschaft nervt. Unter dem Mantel der Großmütigkeit wird alles aussortiert, was der eigenen Gemütlichkeit zu nahe kommt. Werden menschliche Schicksale über die Medien verbreitet, wird bereitwillig gespendet, rund um den Erdball. Je weiter weg vom eigenen Heim, desto besser. Nur wenn das Elend plötzlich Tür an Tür lebt, werden mit fadenscheinigen Beweisen Gefahren heraufbeschworen, die es so nicht gibt oder durch die Behauptungen angefacht werden.

Jake gibt Gas, der rechte Hinterreifen hinterlässt eine hässliche Spur auf dem kleinen Rasenstück.

So, noch eine Wertminderung für das Haus.

Die überhebliche Art, mit der Peters die E-Mails als Lappalie abgetan hat, ärgert ihn maßlos. Diese Unverfrorenheit, wie insbesondere in den sozialen Medien mit Beleidigungen, Drohungen und Mobbing umgegangen wird. Und nicht nur von Leuten, denen man die notwendige Intelligenz abspricht, die Tragweite ihrer Worte zu überblicken.

»Super. Danke, Britta, dann bis später.« Chris beendet das Telefonat. Unter dem Seitenblick seines Partners lockert er den verkrampften Griff ums Lenkrad und geht etwas vom Gas.

»Jake, die Bemerkung eben war blöd. Du hast allen Grund, auf mich sauer zu sein. Ich weiß nicht, kaputte Familienidylle macht mich momentan depressiv.«

»Geschenkt. Ich kann nur diese Pauschalverurteilungen nicht leiden«, versucht Jake, seine Reaktion zu erklären. »Vielleicht sollten wir Familie Peters eine Liste mit allen pädophilen Straftätern in der Nähe ihres neuen Zuhauses zukommen lassen.« Kopfschüttelnd hält er an einer roten Ampel. »Als würden nur Flüchtlinge Straftaten begehen.«

»Gibt es in Tübingen nicht ein Priesterseminar?«, bemerkt Chris.

»Auch eine Kollektiv-Verurteilung. Warum denken dabei alle immer zuerst an Priester? Du solltest das als Polizist besser wissen. Warum sollte ein Mann mit pädophilen Neigungen Krankenpfleger in einem Seniorenheim werden, wenn er seinem Drang nachgeben will? Es gibt zahlreiche Berufe und Hobbys, in denen man mit Leichtigkeit an Kinder herankommt. Pädophile haben eine Störung des Sexualtriebs, sie sind nicht blöd.« Noch während er es ausspricht, ruft er sich zur Ruhe. Kein Grund einen Rundumschlag zu starten, er braucht seine Kraft für den Fall und will sich nicht in Diskussionen verlieren.

»Ich denke, die Kirche steht im Fokus, weil sie hilft, die Taten zu vertuschen. Sie predigen Nächstenliebe, tun aber nichts, um den Schutzbefohlenen beizustehen«, bemerkt Chris.

»Das stimmt. Aber woanders ist es auch nicht besser. Es gibt Täter in Familien, Sportvereinen, Schulen, Kindergärten. Die Frage ist immer nur, wie hoch die Suppe gekocht wird. Es gab Fälle, da wurden Lehrer, die Schüler belästigt haben, nicht aus dem Schuldienst entlassen, sondern bloß versetzt. Um die Kinder nicht der Öffentlichkeit preiszugeben, wird alles vertuscht, dafür haben sie einen Knacks fürs Leben weg.« Die Bemerkung musste noch raus.

»Du klingst gerade nicht wie der staatstreue Beamte.«

»Warum? Weil ich eine eigene Meinung habe? Unser Rechtssystem ist in Ordnung, es wird nur zu oft in die falsche Richtung gebogen. Aber lassen wir das, wir müssen uns auf den Fall konzentrieren. Kaffee?«

»Kaffee!«

Jake biegt zu einem kleinen Einkaufszentrum ab. Beim Bäcker holen sie sich Koffeinnachschub und stellen sich an einen der Stehtische. Der Duft von frisch gemahlenen Kaffeebohnen zieht zu ihnen herüber und versöhnt ihn mit dem Morgen. Er kann die Welt nicht ändern, nur seinen Beitrag leisten, Rechtsverstöße ahnden und sein Möglichstes tun, damit diese bestraft werden.

»Glaubst du, Peters hat mit der Tötung zu tun?«, fragt Chris.

»Grundsätzlich traue ich jedem einen Mord zu. Für einen Mord im Affekt, hat er genug Wut im Bauch, aber eine geplante Tat? Nein, dafür hat er die letzten Wochen mit Sicherheit nicht den Kopf freigehabt.«

»Du bleibst bei der Annahme eines geplanten Tötungsdelikts?«

»Ja, mal sehen, ob es für die gesäuberte Wohnung eine andere plausible Erklärung gibt und nicht der Täter seine Spuren verwischen wollte. Das wird sich bei der Befragung der Putzfrau klären. Dann bleiben noch die Haare in seiner Hand, vielleicht haben wir einen Zeugen der Tat, und das fehlende Handy.«

»Wenn er es nicht zufällig in der Nacht verloren oder irgendwo vergessen hat, muss jemand bei ihm gewesen sein. Schließlich war es in der Nähe der Wohnung eingeloggt«, ergänzt Chris seine Überlegungen.

»Das Team konnte übrigens die Putzfrau ausfindig machen. Britta hat sie für heute 11:00 Uhr zur Befragung bestellt.« Und mit einem Blick auf sein piepsendes Handy, ergänzt er: »Die Adresse von Holzapfel hat sie eben geschickt.«

»Perfekt.« Das hebt seine Laune, endlich kommt die Sache ins Rollen. »Dann mal los.«

KAPITEL 12
Freitag, 16.3., mitten am Morgen

Manche Dinge regeln sich von selbst, andere nie. Ansgar Holzapfel legt die Zeitung zur Seite. Auch dann nicht, wenn die Vorzeichen dafür gut stehen. Dann muss man sich damit abfinden und das Beste daraus machen. Davon kann sich Ansgar tagtäglich überzeugen, wenn er auf dem Nachhauseweg durch die Wallaustraße kommt.

Ein Fremder könnte die hohen Eingangstüren, die bei einigen Häusern über zwei Geschosse reichen, für eine bauliche Finte der Architekten halten. Tatsächlich wird damit ein Planungsfehler versteckt. Bereits kurz nach der Jahrhundertwende, also lange vor dem ersten Weltkrieg, sollte die Neustadt im Gebiet der Wallaustraße weitflächig aufgeschüttet werden, um den Höhenunterschied zum Rest der Stadt auszugleichen. Das Vorhaben wurde bis heute nicht umgesetzt. Damals wurden in weiser Voraussicht die Eingänge auf Höhe der zukünftigen Niveaus gebaut. So betritt man heute ebenerdig den Keller und das Erdgeschoß liegt im ersten Obergeschoß.

Eigentlich wäre die Wohnung ideal für Leute, die sich für etwas Besseres halten. Hier werden sie wie von selbst erhöht. Andreas Jung hätte sich hier wohlgefühlt. Aber das hat sich ein für alle Mal erledigt.

Auf Chris' Klingeln hin wird der Türöffner betätigt, ohne über die Sprechanlage nachzufragen, wer vor der Tür steht. Ein athletischer Mann wartet vor der Parterrewohnung, den Chris als Ansgar Holzapfel erkennt. Bisher hat Chris noch keine Berührungspunkte mit ihm gehabt, aber im Präsidium kennt ihn fast jeder. Holzapfel ist dafür bekannt, die ermittelnden Beamten wegen Nichtigkeiten anzuzeigen und scheut sich nicht, vor Gericht zu ziehen, wenn sich die Gelegenheit bietet. Ob ihn Jake deshalb gebeten hat, die Befragung zu führen, will er nicht hinterfragen. Aber Jake lässt sich definitiv schnell aus der Ruhe bringen.

So hätte er ihn nicht eingeschätzt. Hoffentlich liegt es nicht an ihrer Zusammenarbeit.

»Wollen Sie zu mir?«

»Ansgar Holzapfel?«

»Ja. Und Sie sind?«

Chris zückt seinen Dienstausweis und stellt sich und Jake vor.

»Ach, ja, dann kommen Sie rein.« Holzapfel geht vor. »Entschuldigen Sie die Unordnung, ich bin auf Nachtschicht und wenn ich heimkomme, lasse ich alles fallen und koche mir erst etwas.«

In dem schmalen Flur liegen Schuhe herum, dazwischen Hanteln mit verschiedenen Gewichten. Das kennt Chris von seiner Wohnung, Ordnung ist nicht seine Stärke. Erst seit weder Mutter noch Ehefrau sich darüber aufregen, nervt es ihn selbst. Was allerdings nicht zur Verbesserung der Lage führt.

»Entschuldigen Sie, wenn wir Sie am Schlafen hindern.« Chris wundert sich über die lockere Art, mit der sie empfangen werden und bemüht sich, die entspannte Atmosphäre aufrecht zu erhalten.

»Nee, ich gehe immer erst am Nachmittag ins Bett.«

Er bittet sie in die Küche. Auf dem Tisch stehen mehrere Bierdosen, und auf dem Herd warten zwei benutzte Pfannen mit Essensresten darauf, gespült zu werden. Chris bemerkt den angewiderten Blick seines Partners und beschließt, ihn nie spontan in seine Wohnung einzuladen.

»Und, habt ihr mein Rad endlich gefunden?«

Ach, daher weht der Wind.

»Da haben Sie etwas falsch verstanden«, erklärt er. »Wir sind für Kapitalverbrechen zuständig, wir bearbeiten keinen Diebstahl. Wir haben Fragen zum Tod von Andreas Jung.«

Darauf antwortet Holzapfel nicht, doch Chris spürt, wie sich sein entgegenkommendes Auftreten verflüchtigt.

So schnell werden wir von Helfern zu den verhassten Bullen, denkt Chris.

»Sie sind in der Bürgerinitiative gegen das Flüchtlingsheim aktiv. Von dort wurden Morddrohungen gegen Herrn Jung ausgesprochen.«

»Und?«, bemerkt Holzapfel, seine Nettigkeit wie erwartet ausgeknipst.

»Hatten Sie Kenntnis davon?« Das wird eine zähfließende Befragung, bei der er mehr als sein Gegenüber sprechen muss.

»Ja.«

»Haben Sie die Drohungen formuliert?«

Mit einem Grinsen leitet Holzapfel seine nächste Bemerkung ein. »Das war eine gemeinschaftliche Entscheidung.« Dabei steckt er sich eine Zigarette an.

»Welche Interessen haben Sie verfolgt? Sie wohnen schließlich nicht dort.« Vielleicht lockt er ihn damit aus der Reserve.

»Meine Freundin lebt da und außerdem hat das Pack hier nichts zu suchen. Da muss man jede Gelegenheit ergreifen.«

Jake dreht sich weg. Chris deutet das als Zeichen, alleine mit der Befragung fortzufahren. »Die Anfeindungen haben sich gezielt gegen Herrn Jung gerichtet. Woher dieser Hass?«

»Hass? Da müssen Sie schon bei anderen suchen. Mit wem haben Sie gesprochen? Mit Peters? Hat der Sie aufgehetzt? Klar, das passt zu ihm. Alles von sich weisen und auf andere schieben.« Holzapfel verdreht die Augen und läuft hin und her.

»Uns interessiert Ihre Motivation«, lässt Chris nicht locker.

»Was hat Ihnen Peters erzählt?« Holzapfel bleibt stehen, verschränkt die Arme. Die Muskeln seines Bizeps sind angespannt, zeichnen sich deutlich ab.

»Unabhängig davon, was Herr Peters gesagt hat, möchten wir Ihre Version hören, deshalb sind wir hier.« Auch Chris richtet sich auf, steckt aber die Hände in die Taschen.

»Die E-Mails wurden von ihm getippt und abgeschickt. Ich habe ihn nur ... beraten.«

Chris wartet ab, ob noch eine Erklärung kommt und wird für seine Geduld belohnt.

»Der soll vor seiner eigenen Tür kehren.«

»Was gibt es da zu kehren? Klären Sie uns auf.« Unauffällig wirft Chris Jake einen Blick zu, scheint, als hätten sie in ein Wespennest gestochen.

»Die Tina hat schon länger auf den Jung gestanden, die feine Ausdrucksweise in seinen Artikeln. Seine linken Ansichten haben sie nicht interessiert. Und als er bei den Diskussionsrunden zu dem Flüchtlingsheim aufgetaucht ist, hat sie ihn angesprochen. Aussehen, Geld und

Erfolg, das waren seine Attribute. Davon durfte sie kurz profitieren, aber der Schmerz war nicht so groß, als er sie hat fallen lassen.«

»Tina ist Ihre Freundin?«

»Ja.«

Ob sie das auch vor und während ihres Interesses an Andreas Jung gewesen ist? Holzapfel wirkt wenig emotional und manche Beziehungen funktionieren trotz sexueller Abwege, oder gerade deswegen.

»Und wie hängt das mit Familie Peters zusammen?« Chris findet langsam Gefallen daran, aus seinem Gegenüber die Informationen herauszukitzeln.

»Bei der feinen Frau Peters, da liegt der Fall ganz anders.« Wütend drückt Ansgar seine Zigarette im Ascher aus, schnappt sich eine offene Bierdose vom Tisch und trinkt sie leer.

»Inwiefern?«

»Bei den Versammlungen hat sie wie wild gegen den Jung gewettert, aber hinten rum hat sie sich mit ihm getroffen. Zumba Kurs! Dass ich nicht lache. Die Übungen haben zwar auf der Matte, aber ausschließlich in der Horizontalen stattgefunden. Dass der Peters da brav stillgehalten hat. Immer schön auf die Gören aufgepasst, dass Mutti einen Ausgleich hat. Aber der Peters ist in vielerlei Punkten einfältig.«

»Und wo genau ist der Zusammenhang mit Herrn Jung?«

»Tina wollte den Zumba Kurs ausprobieren und hat gefragt, ob sie zu einem Schnupperabend mitkommen dürfte. Da hat die Peters gemeint, sie möchte ungebunden sein und keine Verpflichtungen eingehen. Als sie dann nicht wollte, dass Tina ins gleiche Studio geht, sondern ihr das billigere um die Ecke empfohlen hat, sind wir hellhörig geworden und haben es überprüft.«

»Und was haben Ihre Nachforschungen ergeben?« Chris stellen sich die Nackenhaare auf. Die Polizei profitiert zwar von aufmerksamen Mitmenschen, doch als Privatperson fragt er sich, wieso man sich so intensiv für das Leben der anderen interessiert.

»Ich weiß gar nicht, warum ich Euch das erzähle, könnt doch selber dahinterkommen.«

Chris unterdrückt ein Kopfschütteln, Behauptungen aufstellen und die Begründung verweigern, das kann er besonders gut leiden. Auch

Jake scheint vor Ungeduld zu platzen. Die Blicke, die er Ansgar hinter dessen Rücken zuwirft, sprechen Bände.

Doch er ist sich sicher, dass er Holzapfel am Haken hat, auch wenn der sich noch windet wie ein Fisch und mit sich hadert, ob er mit ihnen kooperieren soll oder seinen Verdacht besser für sich behält. Einfach abwarten, nachbohren kann er immer noch.

Holzapfel geht zum Kühlschrank und holt sich ein frisches Bier.

Nach dem ersten Schluck beginnt er zu erzählen: »Tina ist hin zu dem Zumba, um zu schauen, ob die Peters da ist. War sie nicht. Also hab ich Peters angerufen und gefragt, ob wir uns treffen können. Er hat mich zu sich bestellt, weil er auf die Kinder aufpassen musste. Da bin ich hin und um zehn kam die gnädige Frau, mit Sporttasche und glückseligem Lächeln.«

»Und woraus schließen Sie, dass Herr Jung ihr Liebhaber war?«, fragt Chris und bemerkt Holzapfels aufkeimende Unsicherheit.

»Na, weil sie die Tina über ihn ausgefragt hat. Angeblich wollte sie sie trösten, als Jung Tina abserviert hat. Dabei wollte sie nur wissen, warum sie Andy denn so toll findet, ob er wirklich so gut im Bett ist.«

»Aber zusammen gesehen, haben Sie Frau Peters und Herrn Jung nicht?«

»Nee, so blöd ist der Jung nicht. Der lässt nix anbrennen, aber über alles wird der Mantel der Verschwiegenheit gedeckt. Ihr solltet Euch fragen, warum er den Flüchtlingen so wohl gesonnen war.« Sichtlich erfreut über die Trumpfkarte, baut er sich vor ihm auf. Wieder eine Behauptung ins Blaue hinein. Dann beginnt das Fragen-Antwort-Spiel von Neuem. Er mahnt sich zu Gelassenheit.

Da kommt plötzlich Bewegung in Jake. Er macht einen Schritt auf Ansgar zu. »Sagen Sie es uns.«

»Oh, der Schweigsame wurde zum Leben erweckt.« Mit einem kräftigen Zug leert Ansgar sein Bier und zündet sich eine Zigarette an.

Chris tritt einen Schritt zur Seite, um nicht zwischen den beiden zu stehen. Wieso mischt sich Jake gerade jetzt ein? Mit Besonnenheit hätte er sicher noch die ein oder andere Information erhalten, Strenge ist sicher die falsche Strategie. Würde ihn nicht wundern, wenn die Befragung jetzt enden würde.

Holzapfel bläst den Qualm in Jakes Richtung. »Ich habe genug gesagt, aber der Jung war nicht der Menschenfreund, für den er gehalten wurde.«

»Können wir eine Kleinigkeit essen, bevor wir zurückfahren? Ich hatte kein Frühstück und bis elf haben wir noch genügend Zeit«, fragt Chris, als die Eingangstür hinter ihnen zufällt. Sein Kühlschrank hat ihn heute Morgen mit der gleichen Leere empfangen, die er in seinem Magen verspürt. Und die Cornflakes Schachtel hat nur eine Handvoll Krümel gespendet, die nach Pappe mit Zucker schmeckten.

»Okay. Hier um die Ecke gibt es ein nettes Bistro. Lass uns die paar Schritte laufen«, schlägt Jake vor.

Chris stellt den Kragen seines Mantels hoch. Trotz des leichten Regens, scheint die Sonne als bleiche Scheibe durch die dünne Wolkendecke. Er hadert mit sich, soll er Jake auf die Einmischung eben ansprechen? War er mit seinen detaillierten Fragen nicht einverstanden? Oder hatte er seinen Ärger über Holzapfels Verhalten nicht im Griff und ihm ist der Kragen geplatzt? Das passt allerdings nicht zu dem Ruf des professionellen Ermittlers, den Jake im Präsidium genießt. Aber ihm fehlen die richtigen Worte. So läuft er schweigend neben Jake durch den Nieselregen. Die vielen Hinweise aus den Befragungen schwirren Chris durch den Kopf wie ein Schwarm Hornissen. Müdigkeit überkommt ihn. Ihm fehlt der Ausgleich für die Arbeit und er nimmt sich vor, bei nächster Gelegenheit sein Lauftraining wieder aufzunehmen.

Im Bistro begrüßt ihn der Duft von würzigen Speisen, sofort grummelt sein Magen. Er bestellt an der Theke eine Paprikasuppe und folgt Jake an einen der Tische. Sie sind die einzigen Gäste, einer ungestörten Unterhaltung steht nichts im Wege.

»Ich schreib Britta schnell, dass sie sich wegen des Rufs von Andreas Jung umhört. Mal sehen, ob Holzapfel nur Gerüchte streuen wollte, um von sich abzulenken, oder ob es tatsächlich illegale Machenschaften von Jung gab.«

Er zieht sein Handy hervor und tippt eine Nachricht. Sein Partner starrt vor sich hin, er scheint mit den Gedanken weit weg zu sein.

»Jake?«

»Ja, was gibt's?«

»Das frag ich dich? Du bist so schweigsam.«

»Ich habe kein gutes Gefühl bei dem Fall.«

»Bei den Flüchtlingen verstehst du keinen Spaß, oder? Da bist du parteiisch und lässt keine kritische Meinung zu. Oder warum hast du dich eben eingemischt?«, spricht Chris das Thema nun doch an.

Jake lehnt sich zurück und verschränkt die Arme. »Da gibt es ja auch nicht viel Spielraum. Das sind entwurzelte Menschen und wir leben hier im Überfluss und neiden denen jede Zuwendung.«

»Nicht alle in Deutschland sind gut situiert und können sich alles leisten, was sie sich wünschen. Und Angst kannst du mit Geld nicht heilen.«

»Ja, aber die Angst wird von Leuten wie Ansgar Holzapfel gezielt geschürt.«

Darauf mag Chris nicht antworten. Er teilt Jakes Meinung, nur hilft es bei Befragungen nicht weiter, wenn sie durch die eigene Haltung in den Vordergrund rückt. Die Bedienung bringt Wasser und Kaffee.

»Gut, bleiben wir beim Fall, der ist verworren genug«, beginnt Jake das Gespräch von Neuem. Chris akzeptiert die Ablenkung, obwohl er mit der Erklärung nicht zufrieden ist.

»Wir haben ein Opfer, aber keine Todesursache, kein Motiv, dafür Befragte, die neue Verdächtige ins Spiel bringen.«

»Ich bin gespannt, was Peters über das Verhältnis seiner Frau weiß, falls es eins gibt.« Chris knetet seinen verspannten Nacken, noch ein Zeichen für mangelnde Bewegung. »Bei der Sichtung von Jungs Handydaten konnte keiner der regelmäßigen Anrufe einer Frau Peters zugeordnet werden. Das hat Britta gerade geschrieben.«

»Okay.«

»Wenn sie immer zu den Kursterminen bei ihm aufgetaucht ist, hätten sie sich nicht vorher schreiben müssen«, überlegt Chris laut. »Und wenn sie in Kauf genommen hat, vor verschlossener Tür zu stehen, dann hätte er ihr auch nicht absagen müssen, falls ihm ein wichtiger Termin dazwischen kam.«

»Klingt, als hättest du Erfahrung damit, eine Affäre zu vertuschen.«

»Lebenserfahrung, ja«, antwortet Chris ausweichend. Gibt es doch Gerüchte, die Jake zu Ohren gekommen sind?

»Wir könnten abklären, ob sie Strafzettel für Falschparken in der Nähe seiner Wohnung bekommen hat. Und uns bei den Fitnessstudios umhören, ob Frau Peters Mitglied war und wann die Zumba Kurse im letzten Halbjahr stattgefunden haben. Dann haben wir etwas Handfestes, mit dem wir Herrn Peters unter Druck setzen können. Falls sie Teilnehmerlisten führen, brauchen wir die.«

Chris schreibt mit und sendet eine Nachricht an Britta. Das Kribbeln im Nacken meldet sich wieder, diesmal deutet er es als gutes Zeichen, die Ermittlung kommt ins Rollen. Jetzt müssen sie sich nur noch als Team zusammenraufen.

Endlich kommt sein Essen. Der Duft der Suppe zieht Chris in die Nase. Er dippt ein Stück Weißbrot hinein und schiebt es sich in den Mund. Die süße Schärfe entfaltet sich, aktiviert seine Geschmacksnerven. Seit Wochen bekommen sie ausschließlich Fast Food und fade Sandwichs geboten. Zu dem Vorsatz mehr Sport, fügt er gesundes Essen hinzu.

Bevor Chris und Jake ihr Büro betreten, fängt Britta sie ab. »Da seid ihr ja endlich. Frau Asmani ist schon da. Sie sitzt bei mir und ist ziemlich nervös.«

»Wir sind aber nicht zu spät«, stellt Chris mit einem Blick auf seine Uhr fest.

»Nein, ihr habt noch zwei Minuten. Wenn ihr noch schnell die Welt retten wollt, nur zu.« Mit diesen Worten dreht sich Britta um und verschwindet in ihrem Büro.

»Hab ich was Falsches gesagt?« Irritiert schaut er auf die geschlossene Tür.

»Na ja, bei Britta heißt pünktlich zehn Minuten früher da sein.« Jake klopft ihm auf die Schulter. »Ich hole Frau Asmani und du schaust nach einem Raum.«

Scheint, als hätte jeder im Team seine Eigenheiten, wobei eine Vorliebe für Überpünktlichkeit für ihn kein Problem ist. Da ist Britta wahrscheinlich Schlimmeres gewohnt und sie muss es schließlich ausbaden.

Chris entscheidet sich für Verhörraum II. Die Zimmer sind alle mit einem Tisch, auf dem ein Mikrofon installiert ist, und mehreren

Stühlen ausgestattet. Eine Überwachungskamera hängt in einer Ecke, die per Fernbedienung eingeschaltet werden kann. Chris lässt die Tür offen, einen der drei Stühle stellt er ans Kopfende des Tischs, so kann er die Zeugin im Auge halten ohne direkten Blickkontakt. Dann stellt er sich an die Tür. Jake kommt den Flur entlang, die dunkelhaarige, zierliche Frau hinter ihm hält den Kopf gesenkt.

Jake stellt ihn vor und sie lassen Frau Asmani den Vortritt ins Zimmer. Unsicher geht sie bis zum Tisch. Chris rückt ihr den Stuhl zurecht und sie setzen sich.

»Ich weiß nix«, flüstert sie.

»Beruhigen Sie sich, Frau Asmani. Sie möchten doch sicher auch, dass wir den Mörder von Herrn Jung möglichst bald finden.« Mit einem Lächeln versucht Chris, sie aufzumuntern.

Weil Jake den Stuhl am Kopfende des Tischs wählt, übernimmt er es, die Befragung durchzuführen. Fürs Protokoll lässt er sie ihren Namen und die Anschrift nennen und klärt Frau Asmani über die rechtlichen Folgen einer Falschaussage auf. Sie wirkt eingeschüchtert. Ihr Blick huscht durch den Raum.

Wegen ihrer Unsicherheit entscheidet er, mit allgemeinen Fragen anzufangen. Er faltet die Hände, lehnt sich zurück und wartet, bis er ihre Aufmerksamkeit hat.

»Wie lange arbeiten Sie schon bei Herrn Jung?«

»Seit fünf Jahren.«

»Wie viele Stunden in der Woche sind Sie in seiner Wohnung?«

»Fünf Stunden, manchmal mehr. Ich wasche und bügle auch.« Ein Lächeln stiehlt sich auf ihre Lippen, ihre Anspannung löst sich allmählich. Trotzdem will er ihr noch etwas Zeit lassen, bis er sie zum Fall befragt.

»Haben Sie feste Arbeitszeiten?«

»Ja, ich bin mittwochs und samstags immer zweieinhalb Stunden da.« Sie macht eine kleine Pause. »Meistens.«

Chris wartet einen Moment, ob sie weiterspricht, dann fragt er: »Meistens? Heißt, er fordert Sie manchmal zu Sonderaufgaben an, wie zum Beispiel, äh, Fensterputzen.«

»Nein, Fensterputzen muss ich immer. Herr Jung möchte gerne alles sauber haben.«

Das haben sie gesehen. Wenn er sich recht erinnert, haben seine Fenster zum letzten Mal beim Einzug Putzmittel gesehen.

»Erklären Sie uns bitte, was zu Ihren Aufgaben gehört.«

Frau Asmani zählt die Punkte gewissenhaft auf.

Hört sich eher nach einem Frühjahrsputz an, als nach der wöchentlichen Routine, wundert sich Chris. Wie kann man nur so viel Zeit und Geld fürs Putzen verschwenden? War das normal? Auf jeden Fall war das Mysterium um die sauber gereinigte Wohnung gelöst. Bleibt die Frage, was fällt unter Sonderaufgaben nach Jungs Maßstäben?

»Und welche Sonderarbeiten sind angefallen?«, hakt Chris erneut nach.

Die Frau hält den Kopf gesenkt, knetet ihre Hände im Schoss, dann sagt sie zögerlich: »Zum Aufräumen.«

Chris wechselt einen kurzen Blick mit Jake, schweigt aber. Frau Asmani schaut von einem zum anderen und ergänzt: »Zum Aufräumen nach den Partys.« Sie wischt ihre Hände an den Oberschenkeln ab.

Obwohl Chris mehrere Fragen einfallen, will er der Zeugin Zeit lassen, ihre Gedanken zu ordnen und in Worte zu fassen.

»Herr Jung war ein guter Chef. Er hat immer im Voraus gezahlt, mein Geld lag auf seinem Schreibtisch. Er hat immer Pause gemacht, wenn ich geputzt habe. Bei den Sonderarbeiten habe ich ihn gesehen, hat darauf geachtet, dass ich alles wegräume und sauber mache.« Wieder streicht sie die Hände an den Beine ab. »Die haben viel getrunken bei den Feiern und ...« Eine leichte Röte steigt Frau Asmani ins Gesicht.

Chris beugt sich vor, nickt verständnisvoll.

Nach einem tiefen Atemzug vervollständigt sie den Satz. »Und sie waren im Schlafzimmer.«

»Wissen Sie, wer die Gäste auf Herrn Jungs Partys waren?«, fragt Chris vorsichtig.

»Nein.« Nachdrücklich schüttelt sie den Kopf.

»Wie oft sind Sonderarbeiten angefallen?« Chris gibt seiner Stimme einen monotonen Tonfall, um Frau Asmani Redefluss am Laufen zu halten.

»Zwei bis drei Mal im Monat, sonntags. Manchmal auch samstags. Aber er hat mich immer gleich bezahlt. Herr Jung zahlt gut und ich bin gemeldet. Alles ganz ordentlich.« Frau Asmani rutscht unruhig auf ihrem Stuhl hin und her. »So eine gute Stelle bekomme ich nie wieder.«

»Frau Asmani, Sie machen auch die Wäsche. Wie oft haben Sie das Bettzeug gewechselt?« Mit der Frage versucht Chris, sie auf sicheren Boden zu führen. Chris ahnt, dass sie das entstandene Chaos nach Sexorgien aufräumen musste, aber aus Loyalität gegenüber ihrem Chef nicht ins Detail gehen möchte.

»Das war eine Sonderarbeit.«

Jake blättert in seinen Notizen. Chris wartet, ahnt aber, wonach sein Partner sucht. Als Jake nur die Stirn runzelt, führt Chris die Befragung fort: »Sie haben eben Bettenmachen nicht aufgezählt. Hat das Herr Jung selbst gemacht?«

»Nein, habe ich gemacht, ist Sonderarbeit.«

»Aber die Sonderarbeiten waren doch höchstens einmal die Woche, wurde das Bett zwischendrin nicht gemacht?«, wundert sich Chris. »Ich meine nicht frische Bezüge, sondern die Bettdecke aufschütteln, das Kissen richten.« Ein bisschen kommt ihm die Frage unangebracht vor, weil er selbst immer ins ungemachte Bett schlüpft. Aber so penibel, wie das Opfer gewesen war, konnte er sich das nicht vorstellen.

»Nein, warum? Er benutzt das Bett nicht selbst. Die Wohnung ist der Arbeitsplatz von Herrn Jung. Er schläft nicht dort und wenn, auf der Schlafcouch.«

KAPITEL 13
Freitag, 16.3., fortgeschrittener Nachmittag

JAKE LEHNT SICH IM BÜROSTUHL zurück und liest die Notizen auf dem Whiteboard. Neben seinen Vermerken, deren Buchstaben nach links und rechts kippen, hebt sich Chris' aufrechte, exakt ausgerichtete Schrift deutlich ab. Unvermittelt steigt eine Erinnerung auf. Er glaubt, das Kichern seiner Tochter zu hören, als er seinen Einkaufszettel nicht entziffern konnte.

›Papa, du solltest die Sachen besser aufmalen.‹ Ihr Gesicht mit den strahlenden Augen über den Apfelbäckchen, den seinen ähnlich, wenn er lächelt, steigt aus seiner Erinnerung auf. Fast ist er versucht, die Hand nach ihr auszustrecken. Doch sein Verstand schaltet sich ein, behält die Oberhand. Seine Tochter gehört der Vergangenheit an, genau wie sein Lachen.

»Fällt dir noch etwas ein?«, fragt Chris.

Er schaut auf, sein Blick huscht über die letzten Vermerke, ohne sie zu erfassen.

In dem Moment betritt Britta das Büro und entbindet ihn einer Antwort.

»War gar nicht so einfach, Herrn Jungs Privatadresse herauszufinden. Seine Meldeadresse hat er auch bei seinem Arbeitgeber angegeben. Aber irgendwo hinterlässt jeder Spuren. Ein Onlineshop-Konto hat eine zweite Lieferadresse in der Neustadt und laut Grundbuchamt ist er Eigentümer. Immer wieder nett, dass die User ihre Passwörter lokal speichern.«

»Du bist die Beste.« Auf Brittas Hartnäckigkeit kann er sich verlassen. Er steht auf und reicht Britta einen Magnet-Pin, um ihren Zettel neben den Namen des Opfers zu heften.

»Dagegen war die Suche nach dem Fitnessstudio von Frau Peters ein Kinderspiel. Die Teilnehmer-Listen sichten sie für uns, aber die haben schon angedeutet, dass Frau Peters nicht regelmäßig da war. Weder zum Krafttraining, noch zu den Zumba Kursen montags und donnerstags. Sie konnten sich gut daran erinnern, weil Frau Peters bei der Kündigung im Dezember nicht akzeptieren wollte, dass es auch bei Umzug keine Verkürzung der Kündigungsfrist gibt. Als Argument hat sie angegeben, dass sie schließlich schon länger die Leistungen nicht in Anspruch nimmt.«

»Aha, das passt zu Holzapfels Bemerkung. Könntest du mit Peters einen Termin für Montag vereinbaren,« bittet Jake.

Wird Ansgar Holzapfel recht behalten mit seiner Behauptung? Wie weit würde Herr Peters gehen, um seine Ehe zu retten? Scheinbar haben er und seine Frau eine Lösung gefunden, lange vor der Tat. Doch Rachegefühle erlöschen nicht durch rationales Denken. Oft bleibt ein Glimmen übrig, das plötzlich aufflammt und ungeahnte Ausmaße annimmt.

»Der hat sich gemeldet. Er kommt nach dem Übergabetermin fürs Haus her, so gegen 13:00 Uhr, ist im Gruppenkalender vermerkt.«

»Sehr schön. Die Aussage von Frau Asmani wirft für mich weitere Fragen auf. Was sind das für Partys? Orgien? Oder hat er seine Wohnung als Liebesnest vermittelt? Aber warum trifft man sich dort und nicht in einem beliebigen Hotel?«

»Im Hotel?«, wundert sich Britta. »Die Zimmer bucht man doch für eine Nacht. Und man kann erst nachmittags rein und muss bis 11:00 Uhr raus. Da muss man sein Schäferstündchen genau planen.«

»Die vermieten auch stundenweise«, erklärt Chris.

»Die Sondereinsätze der Putzfrau passen nicht zu den möglichen Treffen mit Frau Peters, die montags und donnerstags zum Zumba war.«

»Außerdem sind da noch die Herrenbesuche von denen Frau Koch gesprochen hat«, bemerkt Chris.

»Apropos, das Gesprächsprotokoll habe ich in der Fallakte abgespeichert«, wirft Britta ein und studiert die Notizen.

»Welchen Eindruck hattest du von Frau Koch?« Er schätzt Brittas Gespür für ihre Mitmenschen. Ihre Stärke liegt darin, die Grundstimmung wahrzunehmen, die unter dem momentanen Gemütszustand liegt. Egal, ob diese gespielt oder echt ist. Dabei nutzt sie nicht nur die Mimikresonanz, sondern achtet auf die verschiedenen Klangfarben der Sätze in Verbindung mit dem Gesagten. Nuancen, die Jake trotz Training nicht unterscheiden kann.

»Wie eine Mörderin kommt sie nicht rüber.« Britta tippt auf den Namen. »Aber sie hat nicht alles gesagt, was sie weiß. Sie stoppt oft mitten im Satz, das kann der Schock sein, aber ich vermute mehr dahinter. Ich könnte mir vorstellen, dass sie ihren Nachbarn ausgiebig beobachtet hat und es ihr nun peinlich ist. Vielleicht war sie unglücklich in ihn verliebt oder er hat sie abserviert.«

Er nickt beeindruckt und fragt sich, was Britta aus seinen Bemerkungen heraushört. Im Moment steht er neben sich. Er muss dringend die Gedanken an Vergangenes abschalten und der Zukunft eine Chance geben. Oder besser noch, in der Gegenwart ankommen. Ablenkung bietet der Fall wirklich genug.

»Dann werden wir ihr einen Besuch abstatten.« Jake speichert die Adresse, unter der sie Frau Koch in den nächsten Tagen erreichen können, in seinem Smartphone.

»Warte mal, mir fällt da etwas auf. Darf ich kurz an deinen PC?« Britta stellt sich neben Jake.

»Klar.« Jake entsperrt den Bildschirm.

Britta klickt sich in den Fallordner. »Hier, Kerstin Koch hat häufig Strafzettel für Falschparken bekommen. Ist nicht unüblich für Mainz, aber die waren alle in der Neustadt. Ich habe mich gewundert, weil sie ja im Kirschgarten wohnt.«

Kurz sucht sie nach dem richtigen Dokument. Jake wartet gespannt, Brittas Querdenken ist legendär.

»Hier, dachte ich mir doch, alle in oder in der Nähe der Straße, in der Andreas Jung seine Wohnadresse hat.«

»Das sollten wir gleich mit ihr klären«, entscheidet Jake und nickt Britta anerkennend zu.

Putzfrau = Fatima Asmani
⮡ wann geputzt?

Vergleichsfälle abfragen

Verbleib Handy und Kleidung klären

Verbindungsdaten A. J. anfordern

Aktuelle Recherche A. J. auf Motive prüfen

Warum Männer allein in Wohnung?

Bürgerinitiative -> Morddrohungen

Opf
Andrea

Haare in Han
Latexmaske
Augen entfer

keine Vorst
keine Bußg
schnellen F
Falschparke

Todesursac

Liebhaber

zeug?

:rs　　　　　　　　　　　　　　　　　Kerstin Koch (1. am Tatort), Nachbarin

　　　　　　　　　　　　　　　　　　Frank Peters (Bürgerinitiative)
　　　　　　　　　　　　　　　　　　　Alibi: keines | Motiv: Haus u. Ehefrau?
　　　　　　　　　　　　　　　　　　Ilona Peters (Verhältnis mit A. J.?)
　　　　　　　　　　　　　　　　　　　Alibi: Tübingen | Motiv: Haus u. Trennung?
　　　　　　　　　　　　　　　　　　Ansgar Holzapfel (Bürgerinitiative)
　　　　　　　　　　　　　　　　　　　Alibi: Arbeit | Motiv: Rechtsradikal

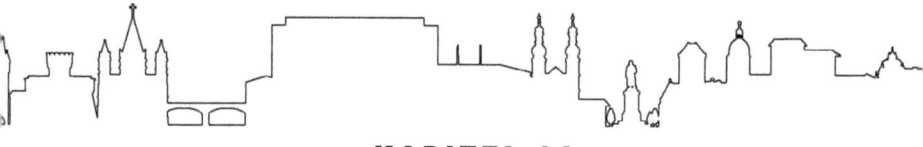

KAPITEL 14
Freitag, 16.3., später Nachmittag

Kerstins Oberschenkel brennen. Und doch läuft sie weiter. Der Waldweg nach Ober-Olm ist matschig und eigentlich sollte sie vorsichtig sein, um nicht zu stürzen. Aber jeder Schmerz wäre willkommen. Alles, was etwas die Angst übertüncht, die ihr im Nacken sitzt und die Arme um sie geschlungen hat und dabei ist, ein Teil von ihr zu werden. Sie fürchtet sich nicht vor etwas im Wald oder jemanden, der ihr auflauert, wie es vor über 250 Jahren der Fintherin Agnes Pfeifer passiert ist.

›Sie zog den Tod der Schändung vor.‹ So ist es im Totenbuch vermerkt. Ihre Reliquien liegen in der Muttergotteskapelle der Sankt Martin Kirche und die Finther gedenken ihr alljährlich zu Ostern. Mit dem Wissen ist Kerstin groß geworden. Die Geschichte ist ihr so oft von ihrer Oma und ihrer Mutter erzählt worden, dass sie den Schrecken verloren hat.

An Kerstin wird sich kaum einer erinnern, davon ist sie überzeugt. Im Leben schert sich keiner darum, wie es ihr geht. Wieso dann im Tod? Ihr wird keine Gedenkstätte errichtet werden, nicht für ihre Keuschheit und auch nicht für ihre Bereitwilligkeit.

Für Andy hat sie ihre Prinzipien aufgegeben. Ihre Freundinnen hat sie immer belächelt, wenn sie sich von der einen großen Liebe zur nächsten hangelten, statt einmal den Kopf einzuschalten und zu erkennen, dass diese Männer nur 'ne schnelle Nummer wollten. Sie hat gedacht, Andy wäre anders. Also mit ihr. Von seinen wechselnden Frauen hat sie sich ein gutes Bild machen können. Erst wollte er nur mit ihr reden, hat sie nie angerührt. Aber auch das war nur eine seiner Maschen. Er wusste, wie er jede am besten rumkriegt.

Wieder nagt die Wut an ihr. Wut auf sich selbst, die die Angst für einen Moment überlagert. Sie war immer zurückhaltend gewesen, hat sich selten auf das Werben von Männern eingelassen, nur wenn die genügend Ausdauer bewiesen. Heute weint sie so mancher verpassten Chance hinterher.

Als Andreas nebenan eingezogen ist, ist es um sie geschehen gewesen. Über seine ständig wechselnden Frauenbesuche hat sie hinweggesehen, bedeutete das doch, er war nicht gebunden. Sie haben sich öfter im Treppenhaus getroffen, weil Kerstin es so eingerichtet hat. Die Gespräche waren immer anregend gewesen. Und als er eines Abends mit gekühltem Sekt an ihrer Tür geklingelt hat, hat sie sich am Ziel ihrer Träume geglaubt. Okay, er hat ihr nie etwas versprochen und über seine wahren Beweggründe hat er keine Zweifel aufkommen lassen. Er will im Moment keine Beziehung. Im Moment, eine dehnbare Zeitspanne. Und sie war so naiv, hat nicht erkannt, dass sie sein Lückenbüßer war. Nur dann dran kam, wenn die Pirsch nichts Besseres ergeben hat. Er hat sie benutzt, ausgenutzt.

Kerstin rutscht aus, kann sich gerade noch fangen. Sie beugt sich vornüber. Die Bilder seines leblosen Körpers blitzen immer wieder auf. Sobald sie die Augen schließt, dienen die Lider als Leinwand. Ihr Gedächtnis projiziert in einer Endlosschleife den Morgen in Andreas' Wohnung. Die Tür, die im Durchzug hinter ihr zuschlägt. Die folgende Stille. Ihr Zögern, weiter in die Wohnung hineinzugehen. Der Blick ins Schlafzimmer, der gebauschte Vorhang, der ihre Aufmerksamkeit ablenkte. Ablenkte vom Bett. Und dann die endlosen Sekunden, in denen sie auf den toten Körper starrt.

»Da hat Frau Koch ein beschauliches Plätzchen gefunden«, bemerkt Jake, während er den Wagen vor einem Einfamilienhaus in Mainz-Finthen parkt. Die ersten Frühjahrsboten blühen in einem Beet, eine kleine Steinbank lädt zum Verweilen ein und ein Kiesweg führt zum Eingang.

Noch bevor sie den erreichen, wird die Tür geöffnet. Ein etwa fünfjähriges Mädchen schaut sie mit großen Augen an, dann läuft sie weg. Jake drückt den Klingelknopf und kurz darauf erscheint eine dunkelhaarige Frau. Als sie die beiden erblickt, bleibt sie erschrocken stehen.

»Guten Tag, Imhof, und das ist mein Kollege Muth. Wir sind von der Kripo. Ihre Tochter hat uns die Tür geöffnet. Wir möchten mit Frau Koch sprechen? Ist sie da?« Jake zieht seinen Ausweis hervor.

Sie kommt näher und schaut flüchtig darauf. »Kerstin ist joggen. Ich dachte, meine Schwester hätte bereits alles zu Protokoll gegeben. Wozu eine weitere Befragung?«

»Frau Koch ist Ihre Schwester?«, fragt Jake. Die hohen Wangenknochen mit den leicht eingefallenen Wangen weichen augenfällig von den fast kindlichen Gesichtszügen der Zeugin ab.

»Ja, entschuldigen Sie, ich habe mich nicht vorgestellt, Becker.« Sie reicht den beiden die Hand.

»Kommen Sie herein. Es wird nicht lange dauern, bis Kerstin zurückkommt.« Kurz schaut sie auf ihre Uhr. »Sie ist bestimmt schon eine Stunde weg.«

Sie folgen ihr ins Wohnzimmer. In dem weiß gestrichenen Raum steht eine zweckmäßige Couchgarnitur, der gefliese Boden ist übersät mit Spielsachen. Mittendrin ein vielleicht zweijähriger Junge, der konzentriert mit einem Kochlöffel in einer Schüssel rührt.

»Nehmen Sie doch Platz. Möchten Sie etwas trinken? Wasser? Ich kann gerne Kaffee machen, geht ganz schnell.« Dabei schaut sie von einem zum andern und knetet ihre Hände.

»Gerne Kaffee, schwarz mit etwas Zucker«, bittet Jake und setzt sich in einen der beiden Sessel.

»Für mich auch bitte einen Kaffee, mit Milch und viel Zucker, wenn es keine Umstände macht. Ich kann Ihnen gerne zur Hand gehen.« Chris folgt ihr in die Küche und zurück bleiben Jake und Frau Beckers Sohn.

»Kuchen«, sagt der Kleine plötzlich, steht vorsichtig mit der Schüssel in der Hand auf, watschelt zu Jake und streckt ihm den Löffel hin.

»Was hast du denn gebacken?« Jake beugt sich vor und probiert den imaginären Kuchen.

»Lecker!«, behauptet der Junge voller Überzeugung.

»Hm, ja, sehr lecker.« Jake nickt und streicht dem Kleinen über die dunklen Locken. Da lässt Becker Junior die Schüssel fallen und klettert auf seinen Schoß. Mit dem Daumen im Mund kuschelt er sich an Jakes Brust. Er lässt ihn gewähren.

Undeutlich murmelt der Kleine: »Krabbeln.«

Jake tut einen tiefen Atemzug. Der Geruch nach frischer Windel und

Babypuder steigt ihm in die Nase, die Wärme des Körpers vermischt sich mit seiner.

»Krabbeln.« Mit einem sanften Stupser unterstreicht der Junge seine Bitte.

Das Zischen des Kaffeevollautomaten dringt gedämpft aus der Küche herüber. Jake räuspert sich und streicht sanft über den Rücken. Dabei atmet er flach, passt sich dem Rhythmus des Kleinen an.

»Ach, Josh.« Frau Becker kommt mit einem Tablett herein.

»Entschuldigen Sie bitte. Kerstin war mit den beiden spazieren, deshalb ist der Mittagsschlaf ausgefallen.«

»Ihre Schwester scheint gern draußen zu sein«, stellt Chris fest, und Jake ist froh für die Ablenkung von sich.

»Seit sie Andreas gefunden hat, hält sie es kaum aus, in einem Raum zu sein. Wir müssen alle Türen weit offenlassen, weil sie Panik hat, sie zu öffnen.«

»Ich denke, Josh ist eingeschlafen«, bemerkt Jake und schiebt den kleinen Körper etwas von sich. Tatsächlich, die Augen fest geschlossen und den Daumen im Mund, ruht Josh in seinen Armen.

»Oh, nein, das wirft unseren Tagesablauf durcheinander.« Frau Becker streift die Haare hinters Ohr, beugt sich vor und nimmt ihren Sohn vorsichtig entgegen.

»Das geht nicht gegen Sie. Ich hätte ihn nur gerne vorher gefüttert, in der Hoffnung, dass er danach durchschläft.« Sie trägt Josh zum Laufstall am Fenster und legt ihn hinein.

»Normalerweise ist er nicht so anhänglich gegenüber Fremden, aber im Moment fehlt ihm die männliche Bezugsperson. Mein Mann arbeitet seit drei Monaten im Ausland.«

»Kein Problem«, versichert er, räuspert sich erneut, um den Kloß im Hals loszuwerden.

»Haben Sie Kinder?« Frau Becker setzt sich auf die Couch und verteilt die Tassen.

Er zögert mit der Antwort, weil er den neugierigen Blick von Chris auffängt. »Ja, eine Tochter. Leider sehe ich sie nicht oft.« Die beinahe Lüge kommt ihm glatt über die Lippen. So umgeht er die mitleidigen

Blicke, die man erntet, wenn man vom Verlust eines Kindes erzählt, die unweigerlichen Fragen nach den weiteren Umständen mit sich ziehen. Bei einen schmutzigen Fürsorgestreit möchte keiner Details hören.

»Oh, ich verstehe.«

Die folgende Gesprächspause wird durch das Klacken eines Türschlosses unterbrochen.

»Bin wieder da«, ruft jemand und aus dem oberen Stockwerk antwortet eine Stimme: »Lass uns Verstecken spielen. Zähl bis zehn.«

»Ich will noch …« Den Rest des Satzes verschluckt Kerstin Koch, als sie die beiden Ermittler im Wohnzimmer erblickt.

»Guten Tag, Frau Koch. Entschuldigen Sie unseren unangemeldeten Besuch. Wir brauchen Ihre Unterschrift unter der Aussage. Außerdem haben wir noch weitere Fragen, die sich bei den Ermittlungen ergeben haben.« Jake steht auf und reicht ihr die Hand, die sie ignoriert. Durch die eng geschnittene Sportbekleidung wirkt sie noch zerbrechlicher. Die dunklen Augenringe wirken seltsam fremd in ihrem kindlichen Gesicht. Offenbar konnte sie sich von dem Schock noch nicht erholen. Doch auch Täter können traumatisiert sein, wenn die Wut nachlässt und sie sich ihrer Tat bewusst werden.

»Gut, dann schnell, ich möchte gerne duschen.« Sie trippelt auf der Stelle, als müsste sie sich bemühen, nicht davonzurennen.

»Kerstin, sei bitte nicht so unfreundlich. Sie machen nur ihre Arbeit.«

»Ich habe der Kollegin schon alles gesagt.« Kerstin nagt an der Unterlippe.

»Das stimmt nicht ganz«, mischt sich Chris in das Gespräch. »Wir wussten zum Beispiel nicht, dass Sie mit Herrn Jung liiert waren.«

»Liiert. Pah. Wenn wir Bock hatten, haben wir eine Nummer geschoben, mehr nicht. Da hat meine Schwester etwas falsch verstanden.«

Jake fängt die wütenden Blicke der Schwestern auf. Er hält sich mit der Befragung zurück, vielleicht hat Chris weitere Details beim Plausch in der Küche erfahren.

»Wie darf ich mir das vorstellen. Er hat bei Ihnen geklingelt, mit einem charmanten Lächeln auf den Lippen, und dann ging es zur Sache. Alles ganz unverbindlich, locker und ohne Verpflichtung?«, resümiert Chris.

»Ja, genau so, bis auf das charmante Lächeln.« Mit verschränkten

Armen steht Kerstin im Raum, ihr Blick wandert immer wieder zur geschlossenen Küchentür.

Jake spürt ihre Wut, auch wenn sie sich taff gibt, glücklich war sie mit der Situation sicher nicht.

»Waren Sie auch einmal in seiner Wohnung?«

Gute Frage, mal sehen, ob sie von sich aus die zweite Wohnung erwähnt, lobt er Chris in Gedanken.

»Nein, er hat den Zeitpunkt bestimmt und kam zu mir, so war der Deal. Er wollte nicht beim Arbeiten gestört werden.«

»Ich meine nicht die Wohnung gegenüber von Ihrer. Mich würde interessieren, wie oft Sie ihn in der Neustadt besucht haben?«

Jake beobachtet, wie das erhitzte Gesicht der jungen Frau deutlich röter wird, am Hals bilden sich Flecken.

»Nie, ich ... er wollte das nicht, die Adresse hat er nicht rausgerückt.«

»Kerstin, such mich«, ruft es von oben.

Frau Koch dreht sich kurz Richtung Flur. »Ich komme gleich, Süße.« Und zu den Ermittlern gewandt fragt sie: »War es das? Ich möchte jetzt wirklich gerne duschen.«

»Wir warten auf Sie, kein Problem.« Demonstrativ greift Jake nach seiner Kaffeetasse. Sie hadert mit sich, reibt ihre Arme, als wäre es ihr kalt. Dann schaut sie ihm fest in die Augen. »Gut, fragen Sie.«

»Wir haben uns gewundert, dass Sie im letzten halben Jahr Bußgelder für Falschparken bekommen haben. Alle in unmittelbarer Nähe von Herrn Jungs Zweitwohnung.« *Wenn sie es eilig hat, gibt es keinen Grund Rücksicht zu nehmen,* entscheidet Jake. *Offensichtlich braucht sie Druck, um kooperativ zu sein.*

»Oh, nein, Kerstin, sag, dass das nicht wahr ist. Du hast ihn doch hoffentlich nicht gestalkt?« Frau Becker geht zu ihrer jüngeren Schwester und fasst sie an den Schultern.

Die reißt sich los. »Was geht es dich an? Du hast doch deine heile Welt gefunden, deine Bilderbuchfamilie, von der wir als Kinder geträumt haben.«

Jake sieht die Tränen in den Augen der älteren Schwester, die Verwunderung über die Äußerung, die bald von Missmut und Ärger abgelöst wird. »Frau Becker, wäre es möglich, dass wir Ihre Schwester alleine befragen?«

Sie nickt, dreht sich weg und geht wortlos in die Küche.

»Setzen Sie sich bitte, Frau Koch. Es tut mir leid, wenn wir mit unseren Fragen unangenehme Erinnerungen heraufbeschwören.«

Frau Koch positioniert den verbliebenen Sessel so, dass sie die geschlossene Küchentür nicht im Rücken hat, dann hockt sie sich auf eine der Armlehnen.

»Schon gut«, nimmt sie das Gespräch auf, deutlich abgeklärter als zuvor. »Ja, ich habe ihm nachspioniert. Aber nicht gestalkt. Wir hatten viel Spaß mit unserer Freundschaft plus. Dann kam ich an den Punkt, an dem ich gerne mehr wollte, da hat er gemauert. Ich habe ihm zu viele lästige Fragen gestellt. Nach den Besuchen, den Partys, ich habe unweigerlich vieles mitbekommen und weil er beharrlich geschwiegen hat, bin ich neugierig geworden.«

»Und haben was herausgefunden?«

»Na ja, ich habe nichts Konkretes. Aber wenn Sie meine Spekulationen hören wollen?«

»Erst einmal die Fakten, bitte.«

»Okay, er ist regelmäßig zum Flüchtlingsheim gefahren, das er offiziell unterstützt. Freitags hat er junge Männer abgeholt und sie zu Kneipen gebracht. Dort warteten die Herren mit dicken Geldbörsen und trafen ihre Auswahl. Ob er für die Vermittlung Geld kassiert hat oder nur Gefälligkeiten, weiß ich nicht. Samstags gab er dann exklusive Partys in seiner Wohnung im Kirschgarten, immer nur paarweise. Dafür wurde er nach Stunden bezahlt. Das weiß ich, weil einer der geilen Böcke einmal im Treppenhaus rumgemosert hat. Er wollte eine halbe Stunde abziehen, weil der Junge sich geziert hat.«

»Haben Sie Namen?« Scheint, als wäre Jung tatsächlich nicht der Gutmensch gewesen, für den ihn alle gehalten haben.

»Nein.« Kerstin kaut wieder auf der Unterlippe. »Ich hatte Fotos. Aber Andreas hat mich erwischt und alle gelöscht.«

»Unsere Techniker können versuchen, die wieder herzustellen. Wenn Sie uns Ihr Handy bitte mitgeben.«

Die junge Frau nickt, zückt ihr Smartphone.

»Okay, es wird hoffentlich nicht zu lange dauern. «

»Wir beeilen uns. Ist es passwortgeschützt?«

»Ja, ich schreib es Ihnen auf.«

Jake reicht ihr einen Kuli und einen Zettel von seinem Block. »Wo waren Sie zur Tatzeit?«

»Hier. Mein Schwager arbeitet im Ausland und Josh schläft gerade sehr unruhig. Deshalb bleibe ich oft über Nacht hier. Deshalb bin ich so früh durchs Treppenhaus gelaufen.« Sie reibt sich die Augen. Mit zitternden Hände notiert sie den Code zum Entsperren ihres Handys.

Chris beschriftet einen Asservateumschlag und reicht ihm Jake für das Smartphone.

»Möchten Sie jetzt Ihre Vermutungen über die Besuche mit uns teilen? Was hat Herr Jung mit diesem Service bezweckt?«, fragt Jake.

»Er wollte das Thema ausschlachten. Eine Story draus machen. Über Homosexualität im Islam. Ich habe ihm gesagt, dass viele der Jungs sein Angebot als Chance sehen, hier bleiben zu können und ihn über ihre sexuellen Neigungen belügen.«

»Wie kommen Sie darauf?«

»Weil sie mit mir geflirtet haben, wenn ich ihnen im Treppenhaus begegnet bin.«

»Wie hat Herr Jung darauf reagiert?«

»Er hat es abgetan. Hören Sie, ich habe nichts mit seinem Tod zu tun. Durch seine Arbeit hatte Andreas einige Feinde.«

»Hat er mal erwähnt, ob es Drohungen gab?«

»Klar, gab es die, aber er hat sich darüber lustig gemacht.«

»Okay. Vielen Dank. Ihr Smartphone bekommen Sie schnellstens zurück.«

»War es das?«

»Ja, danke für Ihre Zeit.«

Kaum hat Kerstin das Wohnzimmer verlassen, kommt ihre Schwester zurück. »Ich kann bestätigen, dass sie hier geschlafen hat. Wir sind zwar früh ins Bett, aber durch die Kinder habe ich einen leichten Schlaf und hätte mitbekommen, wenn Kerstin sich raus geschlichen hätte.«

»Schon gut, wir haben keinen Grund ihrer Aussage nicht zu glauben.« Jake steht auf und reicht Frau Becker die Hand. »Vielen Dank für den Kaffee.«

»Gerne. Ich bringe Sie zur Tür.«

Dort verabschieden sie sich von ihr. Jake bemerkt ein leichtes Zögern, hält ihre Hand fest und wartet.

Tatsächlich nach einem tiefen Atemzug meint sie: »Familie ist wichtig. Am Ende ist es das Einzige, was bleibt. Sie sollten um Ihre Tochter kämpfen.« Sie schaut von Jake zu Chris. »Glauben Sie mir, sonst werden Sie es später bereuen.«

KAPITEL 15
Freitag, 16.3., abendwärts

Zurück im Wagen gehen Chris die Worte von Frau Becker nicht aus dem Kopf. Gemeint hat sie Jake, doch bei ihm ist ihr Rat auf fruchtbaren Boden gefallen. Um keinen Preis will er seine Tochter aufgeben. Sandra darf ihn nicht aus ihrem Leben verbannen, aber genau das wurde ihm in dem Anwaltsschreiben angedroht.

Wie hält es Jake aus, kaum Kontakt zu seiner Tochter zu haben? Wie alt sie wohl ist? Noch nicht alt genug, um selbst zu entscheiden, ob sie ihren Vater sehen möchte? Haben ihn meine Erzählungen an seine Trennung erinnert? Nervt ihn deshalb meine private Situation, weil er Ähnliches durchgemacht hat? Ob ich ihn danach fragen soll?

»Mir gefällt nicht, in welche Richtung der Fall driftet. Wenn wir im Flüchtlingsheim ermitteln, steht morgen in der Zeitung, dass die Täter von dort kommen«, unterbricht Jake seine Gedanken.

»So abwegig ist das auch nicht, Opfer, die zu Tätern werden.«

»Es könnte auch jemand aus fanatischen Glaubensgründen getötet haben. Im Islam ist Homophobie verbreitet«, gibt Jake zu bedenken.

Darauf nickt Chris. Er fragt sich, wie weit er gehen würde, um seine Familie zu schützen. Würde er in ein marodes Boot steigen, mit der geringen Hoffnung, ein besseres Leben zu finden? Das erscheint ihm abwegig. Wie groß müsste die Not sein, das in Kauf zu nehmen?

Was muss passieren, dass ich aus meinem Tran herauskomme, fragt er sich.

Am Rande bekommt er mit, dass Jake telefoniert. »Sehr gut, dann wartet bitte, wir kommen vorbei.«

Er startet den Wagen.

»Wir fahren zu Herrn Jungs Wohnung. Paul ist mit seiner KTU Truppe noch da und möchte uns sehen.«

Gut, das lenkt ihn von trüben Gedanken ab.

KAPITEL 16
Freitag, 16.3., frühe Abendstunde

Die Fahrt hinunter in die Neustadt zieht sich im Feierabendverkehr. Chris würde sich gerne von seinen Überlegungen ablenken lassen. Doch Jakes wortkarge Antworten ersticken seine Konversationsversuche im Keim und der stockende Verkehr erinnert ihn an die verfahrene Situation mit Sandra. In den letzten Monaten hat er viel Zeit mit sich allein verbracht. Der gemeinsame Freundeskreis hat sich von ihm abgewandt und seine zwei besten Freunde können seine Einsamkeit nicht komplett auffangen.

Es wird Zeit, sich in die Singleszene zu stürzen. Wobei die Motivation fehlt. Sandra hat Ecken und Kanten, an denen er sich gerieben hat, trotzdem vergleicht er jede neue Bekanntschaft mit ihr. Und selten kann eine dabei punkten.

Endlich haben sie es geschafft und er parkt hinter dem Einsatzwagen. Daneben steht die rothaarige Polizistin vom Vortag und lächelt ihm zu. Mit einem breiten Grinsen steigt Chris aus. Ihr Name ist ihm immer noch nicht eingefallen.

»Ihr schon wieder. Scheint so, als wäret ihr die Einzigen, die ermitteln.«

»Klar, an uns musst du dich halten, wir sind die coolen Typen.« Er bleibt neben ihr stehen. Bevor sie antworten kann, schiebt ihn Jake von hinten an.

»Guten Abend, Kathrin. Und genau deswegen müssen wir uns beeilen, sonst wird wegen seiner Coolness unsere Spur völlig kalt.«

Kathrin, stimmt. So hieß seine erste Freundin. Und plötzlich flammt der betäubte Trennungsschmerz wieder auf. Deshalb hat er den Namen verdrängt. Sandra ist nicht die erste Frau, die ihn verlassen hat.

Kathrins Lächeln bekommt einen faden Beigeschmack.

Ein Klopfen auf seine Schulter löst ihn aus seiner Starre. »Chris, die Arbeit wartet.«

»Ja, doch«, sagt er zu Jake und zu Kathrin, »ich geh dann mal die

Welt retten.« Blöder Spruch, aber in seinem Kopf ist Watte. Ist er nicht beziehungsfähig? Liegt es wirklich immer an ihm? Muss er sich ändern, um sein Glück zu finden?

»Macht das. Ich halte euch den Rücken frei.« Ihr offenes Lächeln verbirgt keine Zweideutigkeit. Mit den in die Hüfte gestützten Händen, sodass Funkgerät und Dienstwaffe leicht zu erreichen sind, wirkt sie wie eine Superheldin, auf die allzeit Verlass ist.

Im Treppenhaus stehen Kinderwagen und Fahrräder. Und die Flure in den einzelnen Etagen sind ebenfalls vollgestellt. Chris betrachtet die niedrigen Regale, Schuhe von groß bis ganz klein sind darin aufgereiht. Wenn sein Leben wie geplant verlaufen wäre, würden seine in ebenso einem Regal stehen.

In der obersten Etage ist der Flur leer. Chris stößt die Tür zur linken Wohnung auf und ruft: »Können wir reinkommen?«

»Ja, ich warte nur auf euch.« Pauls Stimme kommt aus einem der hinteren Räume.

»Wow«, entfährt es Chris, als sie das Wohnzimmer, einen großzügigen lichtdurchfluteten Raum, betreten.

»Genau, euer Opfer hat die beiden Dachwohnungen verbunden und sich ein Luxus-Loft eingerichtet. Sogar einen Durchbruch aufs Dach gibt es. Ich frage mich, wer sowas genehmigt.«

Paul sitzt auf einer schwarzen Designercouch, ähnlich der weißen am Tatort. Mit großen Schritten durchquert Chris den Raum und stellt sich an das offene Fenster, das zum Hinterhof hinausgeht. Die gegenüberliegenden Häuser sind niedriger als der Wohnblock, er hat freien Blick über die Dächer der Neustadt. Sogar ein Stück der nahen Christuskirche kann er sehen. Aus einer der Wohnungen dringt das Schreien eines Babys, hallt durch die Häuserschlucht herauf und zerrt an seinen Nerven. Er wendet sich seinen Kollegen zu.

»Habt ihr etwas Interessantes gefunden?«, fragt Jake gerade.

»Ja, ein Handy, allerdings nicht das, das wir suchen. Die Nummer ist auf Jungs Mutter eingetragen, das haben wir gecheckt. Aber sie nutzt es sicher nicht selbst.«

»Wieso?« Chris kann nichts Ungewöhnliches an dem Handy erkennen.

»In den Kontakten stehen nur männliche Vornamen und Initialen. Etwas zu kryptisch für eine ältere Dame. Aber ihr seid die Kriminologen.«

Wortlos nimmt Jake das Handy entgegen. Chris stellt sich neben ihn und gemeinsam lesen sie die Einträge in den Kontakten: Achmet, D. M., Ismet, K. S., Kaleb, Mumet ...

»Volltreffer«, freut er sich. »Das sind die Kontaktdaten der Migranten. Genau danach haben wir gesucht.«

»Freut mich«, sagt Paul und steht auf. »Viel mehr kann ich euch auch nicht bieten. Zumindest im Moment nicht. Aber ich dachte, ihr solltet euch sein Reich hier einmal anschauen, um einen Eindruck von seinem Lebensstil zu bekommen. Außerdem haben wir einige DVDs gefunden. Laut Beschriftung Urlaubsfilme oder Bilder, werden wir anschauen. Wir sollen nach Beweisen für mögliche Erpressung suchen, richtig?«

»Genau, das würde uns weiterhelfen. Kannst du uns die Kontakte auslesen? Und hier haben wir das Smartphone von einer Zeugin. Sie hat Bilder gemacht, die allerdings gelöscht wurden. Könnt ihr die wiederherstellen?« Jake reicht Paul den Beweismittelumschlag mit Frau Kochs Handy und der Pin, während Chris weiter in dem des Opfers stöbert.

»Schau ich mir an. Kommt auf die Einstellung an. Wenn wir Glück haben, wurden sie in einer Cloud gespeichert. Unglaublich wie unwissend die meisten mit ihren persönlichen Daten umgehen. Na ja, zum Glück für uns.«

Chris schaut auf. Darüber sollte er sich dringend Gedanken machen und nachforschen, wie Fotos endgültig gelöscht werden. Seine Stalker-Fotos von dem Neuen seiner Frau sollte besser niemand finden.

»Die brauchen wir dann auch schnellstmöglich.«

Er braucht einen Moment, bis er kapiert, dass Jake nicht seine Schnappschüsse meint, obwohl er ihn eindringlich anschaut.

»Ihr bekommt alles, was wir finden können. Ich bin dann mal weg, Filmchen und Bilder gucken. Ihr kommt ja alleine zurecht.«

»Ja, danke, Paul.«

Paul lässt sich das Handy geben und verschwindet. Zurück bleibt Chris mit dem unguten Gefühl gleich ein Donnerwetter zu erleben. »Die Telefonnummern sind ein Glücksgriff, da brauchen wir die Fotos von Frau Koch vielleicht gar nicht«, versucht er die Spannung zu lösen. Das Babygeschrei ist lauter geworden, fordernder. Er schließt das Fenster.

»Chris?« Jake steht plötzlich neben ihm. Oder ist er schon länger da? Er macht einen Schritt zurück. »Ich denke nach.«

»Gut, falls es um den Fall geht, kannst du es gerne laut machen.« Jakes Blick kann er nicht standhalten und schaut zum Boden.

»Lass uns fahren. Wir haben zu tun.« Er übergeht die Bemerkung, war schließlich keine Frage.

Jake fasst ihn am Arm. »Chris, der Fall erfordert hundertprozentige Aufmerksamkeit. Du weißt, dass du weiter unter Beobachtung stehst?«

»Was hat Gerhard gesagt?«

»Ich weiß das von den privaten Abfragen. Du hattest Glück, dass da nicht mehr passiert ist. Und jetzt scheinst du wieder nicht bei der Sache zu sein.«

»Ich bin voll da.« Die Behauptung viel zu laut, nur so kann er seine Stimme ruhig klingen lassen. Das innere Beben kann er nur durch Lautstärke kompensieren. Wieder fixiert ihn Jake mit seinem durchdringenden Blick.

»Chris, rede mit mir. Was ist los? So langsam solltest du dich mit deiner privaten Situation arrangiert haben.«

Das sagt sich so leicht. Schließlich hat seine Beziehung zu Sandra einen neuen Tiefpunkt erreicht. Eigentlich wollte er Jake nicht weiter über seine Privatangelegenheiten nerven, aber jetzt ist es auch schon egal. »Ich habe Post vom Anwalt bekommen. Sandra beantragt das alleinige Sorgerecht.«

24.3., fünf Jahre zuvor

Ich kann mich nicht erinnern, wann ich zum letzten Mal friedlich geschlafen habe. Sobald ich die Augen schließe, suchen sie mich heim. Das diffuse Licht im Zimmer, gedämpft von schäbigen Gardinen, die die Welt draußen ausschließen. Bei jedem Atemzug schmecke ich die abgestandene Luft. Mit jedem Einatmen steigt meine Angst. Ist es meine oder hängt die Angst der anderen, die vor mir hier waren, in den Ecken und sinkt behäbig auf mich nieder? Wenn sich dann die Tür öffnet und einer von ihnen hereinkommt, wird die Luft fester, verlangsamt meine Bewegungen. Oder doch nur meine Wahrnehmung?

Wenn sie ans Bett treten, stehe ich auf, so wie wir es gelernt haben. Ich bin dann ein anderer.

Womit kann ich dienen, frage ich, obwohl ich das nicht will. Ihre Hände sind wie Klauen, sie streifen über meine Haut. Manchmal sanft, doch selbst dann spüre ich die Gewalt, die dahinter steckt. In ihren Gesichtern immer jenes freundliche, zähnefletschende Lächeln, wie angetackert. Sie besudeln mich mit ihren Körpersäften, die an mir, in mir kleben und trocknen, sich einbrennen in meine Seele.

Die Einsamkeit beim Erwachen aus den Träumen, bringt keine Erleichterung. Mein Herz pocht und mit jedem Schlag erwarte ich, dass sich die Tür öffnet. Nur allmählich siegt die Gewissheit tatsächlich nur geträumt zu haben.

Dann fängt das Grübeln an. Glauben sie, dass sie ein Recht dazu haben? Weil sie dafür bezahlen? Oder denken sie, uns etwas Gutes zu tun, uns auf das Böse vorzubereiten? Doch gibt es die böse Welt draußen überhaupt? Oder wohnt das Böse nur hier, hier in diesem Zimmer?

Ich trage es immer bei mir, es schließt mich ein und alles andere aus. Alles perlt an mir ab, auch die guten, die schönen Momente lässt es nicht zu. Wenn mir auf der Straße jemand zulächelt, denke ich sofort, der will mich kaufen, dem gefällt die Ware, der will mehr davon.
Ich bin kaputt.
Zu kaputt fürs Leben.
Das haben sie mir hinterlassen.

KAPITEL 17
Samstag, 17.3., zum zweiten Frühstück

NACH DER KURZEN NACHT MIT WENIGEN Schlafeinheiten beschließt Jake sich von der frischen Frühlingsluft den Kopf freipusten zu lassen. Von Joggen hält er nicht viel, ausgiebige Spaziergänge reichen ihm.

Gestern hat er mit Chris vereinbart, später ins Büro zu kommen, weil sie den Abend bis spät in die Nacht damit verbracht haben, die Namen und Adressen der gespeicherten Kontaktdaten zu ermitteln. Genügend Zeit den eigentlich freien Tag genussvoll zu beginnen.

Den Wagen parkt er am Präsidium und läuft am Rhein entlang bis ins Zentrum. Er spürt wie die Anspannung von ihm abfällt. Der Strom führt Hochwasser und die Fluten wirken bedrohlich, fließen fast auf dem Niveau des Ufers.

An der Fußgängerampel am Fischtorplatz wartet er, bis das rote Mainzelmännchen auf das Grüne umspringt und überquert die Rheinstraße. Ausgerüstet mit einem frisch gebrühten Kaffee betrachtet er das Treiben des Marktfrühstücks am Dom. Das braucht er heute nicht, er möchte weiter Ruhe tanken. Deshalb steuert er auf den Fisch-Jakob zu.

»Guten Morgen, was darf es sein?« Die Verkäuferin hinter der Fischtheke lacht ihn an, als wären sie beste Freunde. Ihm gefällt zwar die offene Art der Mainzer, aber daran gewöhnt er sich nicht so leicht. Am Anfang hat er immer gedacht, er hätte vergessen, woher er den oder diejenige kennt.

»Ein Matjesbrötchen auf die Hand.« Darauf hat er heute richtig Lust.

Die Frau hinterm Tresen nickt wissend.

»Mit 'nem Sesamweckchen, Herr Kommissar? Ich hätt' welche da.«

»Ja, gerne.«

»Ich habe Ihr Foto in der Zeitung gesehen. Schlimme Sache mit dem Mord. Aber bei Ihnen ist der Fall ja in guten Händen, Herr Kommissar.«

»Ja, sicher.« Jake wechselt den Kaffeebecher in die andere Hand und fischt Kleingeld aus der Hosentasche.

»Haben Sie schon eine heiße Spur?« Die Augen der Verkäuferin weiten sich leicht, sie beugt sich vor, reicht ihm die Tüte.

Jake schaut nach links und rechts, neigt sich über die Theke und flüstert: »Das darf ich Ihnen nicht sagen.« Dabei zwinkert er.

Wie erwartet schüttelt die Frau den Kopf und lacht. »Der Kommissar, immer zu Scherzen aufgelegt.«

Er zwinkert ihr zum Abschied noch einmal zu und nimmt seine Tüte.

Zurück auf der Straße vergewissert er sich, dass genug Zeit für ein Frühstück am Rhein und den Spaziergang zurück bleibt. Passt. Ein kurzer Check der E-Mails bestätigt ihm, dass das Team bereits auf Hochtouren arbeitet, Britta hat einen Zwischenstand geschickt. Den meisten Kontakten, auch denen mit nur Initialen, konnten sie Namen zuordnen, einige davon lokalen Persönlichkeiten. Jake will nicht daran denken, welche Wellen der Fall schlagen wird, wenn sich ihr Verdacht bestätigt. Zumindest wäre das ein starkes Motiv. Wenn sich das Opfer als Zuhälter betätigt und seine Kunden damit erpresst hat, dann hätten sie mit einem Schlag mehrere Verdächtige. Die Zeit drängt, doch manches dauert eben, nicht alle Abläufe kann er beschleunigen.

Am Stresemann-Ufer setzt er sich auf eine der breiten Stufen mit Blick auf den Rhein. Die Brötchentüte stellt er neben sich und schüttet Zucker in seinen Kaffee. Dabei beobachtet er die Enten, die heranschwimmen und sich von den Wellen schaukeln lassen. Sie behalten ihn ihrerseits im Auge, in der Hoffnung, etwas von seinem Frühstück abzubekommen. Die Frühlingssonne lockt zwar die Mainzer und die Besucher zum Marktfrühstück, aber hier am Wasser verweilt sonst niemand. Er genießt die Ruhe, den heißen Kaffee, der ihm eine wohlige Wärme bereitet.

Ein Rascheln reißt ihn aus seinen Gedanken, gefolgt von einem Schrei.

»Nein! Tobi, nein, aus.« Ein Parson Terrier rennt mit Jakes Essen im Maul davon. Hinterher eine Frau in Jeans und Hoodie.

Na, super, kann die ihren Hund nicht anleinen?, ärgert er sich und folgt ihr. Mittlerweile hat der Hund angehalten und die Tüte aufgerissen. Bevor sein Frauchen ihn erreicht, schnappt er sich den Fisch, sprintet einige Meter weiter und legt sich hin.

»Tobi, aus. Bei Fuß.« Sie stemmt die Hände in die Hüften. Ihre Stimme klingt fest und bestimmt, ohne hysterisch zu wirken.

Sie trifft den Befehlston ziemlich gut. Nur Tobi scheint seine Ohren abgeschaltet zu haben. Auf Mitte dreißig schätzt er sie beim Näherkommen. Die dunkelbraunen Haare sind zu einem lockeren Pferdeschwanz gebunden. Sie hebt die zerfetzte Tüte auf und folgt dem Übeltäter.

Dabei dreht sie sich zu ihm um. »Das tut mir wirklich leid. Ich ersetze den Schaden.«

Gleichzeitig erreichen sie den Hund, der genüsslich auf den Happen herumkaut. Die Versuche seines Frauchen, ihm die Reste zu entreißen, quittiert er mit Knurren und zeigt die Lefzen.

»Lassen Sie ihm seine Beute«, schlägt Jake vor. »Ich will sie sowieso nicht zurück.«

»Das ist eine erzieherische Maßnahme. Ich will ihn nicht für die Tat belohnen.«

»Wie Sie meinen.«

»Tobi, aus.« Noch einmal greift sie danach, doch der Hund ist schneller und läuft mit dem Rest davon. Nach wenigen Metern wechselt er die Richtung, schlägt einen großen Bogen und kommt zu ihnen zurück. Mit der Zunge leckt er über sein Maul. Wenn Jake es nicht besser wüsste, würde er behaupten, der Hund grinst.

»Super. Das war deine einzige Mahlzeit heute, Strafe muss sein.« Mit diesem Kommentar hakt die Frau die Leine ins Halsband. Sie lässt sich Zeit damit, als würde sie darauf warten, dass er verschwindet und ihr eine weitere Erörterung erspart. Doch so leicht lässt er sie nicht davon kommen.

»Sie sollten ihn darauf trainieren, keine Nahrung von Fremden anzunehmen oder vom Boden zu fressen. Wir haben hier in Mainz und Umgebung häufig mit Giftködern zu tun«, greift Jake das Gespräch wieder auf.

»Ja, ich weiß. Haben Sie auch einen Hund?«

»Nein, aber ich arbeite bei der Polizei.« Er hält ihr die Hand hin. »Jacob Imhof«

»Ina Wegener.« Ihr Händedruck ist fest, angenehm.

»Es tut mir unendlich leid, dass wir Ihr Picknick gestört haben. Ich ersetze Ihnen den Schaden. Oder wenigstens den Matjes.« Sie hält die zerrissene Tüte hoch. »Das Brötchen ist ja noch da.« Dabei legt sie den Kopf schief und lächelt.

Er erwidert ihr Lächeln, weniger, weil er ihre Bemerkung witzig findet, sondern weil sie zu der Minderheit gehört, die unbeeindruckt von seinem Beruf ist. Normalerweise erstarrt sein Gegenüber in Ehrfurcht oder reagiert aggressiv.

»Das ist nicht nötig.«

Gemeinsam gehen sie zurück zu den Treppen. Sein Kaffee steht verlassen auf der obersten Stufe, eine neugierige Ente watschelt darauf zu. Bevor er reagieren kann, pickt sie mit dem Schnabel mehrmals gegen den Pappbecher und stößt ihn um. Der Deckel springt ab und der Kaffee verteilt sich auf dem Boden. Erschrocken fliegt das Federvieh davon.

»Oh, nein«, ruft Ina und hält sich mit der freien Hand den Mund zu. Doch er hört ihr unterdrücktes Lachen. Missmutig hebt er Becher und Deckel auf. »Einen Schluck Kaffee und ein vollgesabbertes Brötchen – so habe ich mir mein Frühstück nicht vorgestellt.« Was soll aus dem Tag noch werden?

Ihr Lachen klingt ab, nur ihre Augen blitzen ihn spitzbübisch an.

»Okay, ich lade Sie zum Frühstück ein. Keine Widerrede.«

Er zögert mit einer Antwort. Ihm bleibt genügend Zeit, aber ...

»Ihr Schweigen deute ich als ein Ja. Hier um die Ecke kann man lecker frühstücken, wenn es für Sie okay ist.«

Während sie Richtung Marktplatz laufen und dann rechts abbiegen, plaudert Ina über die erzieherischen Maßnahmen für ihren Hund.

»Hatten Sie schon einmal einen Hund?«, fragt sie plötzlich.

»Als Kind, ja. Eine Schäferhündin. Sie wurde überfahren, als ich vierzehn war.« Den Welpen seiner Tochter verschweigt er. Die Bilder des blutgetränkten Fellknauels in den Armen seiner toten Tochter schiebt er schnell beiseite.

»Oh, wie schrecklich. War sie gleich tot?«

Er braucht einen Moment, bis er versteht, dass sich ihre Bemerkung nicht auf den Tod seiner Tochter bezieht.

»Ja, das war schlimm. Ich musste zusehen und der Lastwagenfahrer hat nicht einmal angehalten. Ich habe sie nach Hause getragen, aber sie war schon tot.«

Schweigend betreten sie das Café. Ina begrüßt die Bedienung und steuert zielstrebig einen freien Tisch an den bodentiefen Fenstern an. Das wäre auch seine erste Wahl gewesen. Er setzt sich ihr gegenüber und Tobi rollt sich neben seinen Füßen zusammen.

Bald stehen zwei dampfende Tassen mit Kaffee vor ihnen und Ina erzählt mehr Anekdoten über ihr Leben als Hundebesitzerin. Jedes Mal, wenn sein Name fällt, wedelt Tobi mit seinem Schwanz. Als das Frühstück kommt, ist Ina bereits bei ihren ersten Erfahrungen mit Hunden angelangt.

»Meine Eltern haben mir kein Haustier erlaubt, deshalb habe ich mich jedem Hund, dem wir begegnet sind, an den Hals geworfen. Buchstäblich. Meine Mutter muss Höllenqualen ausgestanden haben. Sie hatte Angst vor allen Vierbeinern, die größer als eine Maus waren. Sie hat nur geschrien, hat sich aber nicht getraut, mich loszureißen. Das hat die Besitzer und die Hunde natürlich nervös gemacht.«

Jake belegt sein Brötchen. Hier zu sitzen und dieser fremden Frau beim Plaudern zuzuhören, entspannt ihn. Nicht einmal der kurze Gedanke, warum das so ist, kann ihn aus der Ruhe bringen.

»Jetzt erzähl von dir«, Ina sieht ihn auffordernd an, während sie ihr Omelette salzt.

Er zögert, spart sich eine Bemerkung, dass sie ihn plötzlich duzt, weil es sich auch für ihn richtig anfühlt.

»Erst habe ich noch eine Frage. Du magst es gern salzig, oder?«

»Nein.« Sie hält in der Bewegung inne, den Streuer in der Hand und betrachtet den Hügel auf ihrem Teller. »Ups. Meine Oma hat immer gesagt, wenn das Essen versalzen ist, ist der Koch verliebt.« Mit dem Kaffeelöffel schiebt sie das Salz vom Ei herunter.

»So, so?«, kommentiert er ihre Aussage und hebt eine Augenbraue. Das kann er sich nicht verkneifen, auch wenn es sich ein bisschen nach Flirten anfühlt.

Erstaunt schaut Ina auf, bis ihr die mögliche Deutung ihrer Bemerkung klar wird. Eine leichte Röte überzieht ihr Gesicht. Das gefällt ihm, dann ist sie nicht ganz so abgebrüht, wie der erste Anschein vermuten ließ. Sie vermeidet weiteren Blickkontakt und widmet sich ihrem Omelette. Derweil schaut Jake aus dem Fenster. Vor dem Café steht ein Paar mit zwei Kindern im Vorschulalter und einem Kinderwagen. Sie streiten. Während der Mann redet, schüttelt die Frau unentwegt den Kopf. Den stummen Protest kennt Jake gut, wenn die Worte des Gegenübers wie Hagelkörner herab prasseln und jedes einzelne dich trifft und dich zutiefst verletzt. Nicht die Worte selbst, nicht der Sinn darin, nein, allein das Wissen um die Lüge, die sich im Geflecht der Erklärungen versteckt, sorgt für die Pein.

Die Frau kommt Jake bekannt vor, wenn er sich nicht täuscht, ist es Sandra Muth. Ja, ganz sicher, das ist die Frau von Chris' Smartphone. Dann ist der Mann ihr neuer Lebensgefährte und im Kinderwagen liegt Chris' Tochter. Die kleine Gruppe hat sich wohl gegen einen Besuch im Café entschieden und geht zurück Richtung Dom. Der Alltag fordert überall seinen Tribut. *Vielleicht hat Chris eine Chance, seine Familie zurückzubekommen, wenn er sich nicht allzu dumm anstellt,* sinniert Jake.

»Kennst du die?«

Ina scheint ihn schon länger zu beobachten.

»Ist die zukünftige Ex-Frau eines Kollegen.« Um weiteren Fragen aus dem Weg zu gehen, beißt er in sein Brötchen und betrachtet die Bilder an der Wand.

»Welche wohlgemeinten Ratschläge hast du von deinen Großeltern oder Eltern mitbekommen?«, unterbricht Ina das Schweigen, der Themenwechsel kommt ihm gelegen.

»Sie haben mich vor fremden neugierigen Frauen gewarnt.«

Ina lacht und meint: »Glück für mich, dass du dem Ratschlag nicht folgst.«

»Bisher habe ich es immer getan, aber manchmal lohnt es sich eine Ausnahme zu machen.«

Für die Bemerkung schenkt ihm Ina ein strahlendes Lächeln.

Bevor er sich darin verliert, dreht sich Jake zur Theke, er braucht mehr Koffein.

Draußen joggt ein Mann vorbei: Chris. Mit ausholenden Schritten läuft er Richtung Marktplatz.

Bei dem Tempo wird er seine Frau bald einholen.

KAPITEL 18
Samstag, 17.3., kurz vor High Noon

Trotz der noch kühlen Temperaturen erfreut sich das samstägliche Marktfrühstück vieler Besucher. Alle sind froh, endlich wieder im Freien zu sein und haben die Eröffnung im März kaum abwarten können. Chris will sich dort nach seinem ersten Lauf seit langem, mit etwas Leckerem verwöhnen.

Er saugt die kühle Luft tief ein. Seine Lungen brennen, er verlangsamt seine Schritte, und verfällt in gemächlichen Trab. Nur noch die paar Meter bis zum Marktplatz. Der Duft von frisch gemahlenen Kaffeebohnen strömt durch seine aufgeblähten Nasenlöcher. Ansporn.

Gleich einen Cappuccino. Und ein Nougatteilchen. Den kleinen Anstieg noch, Endspurt. Geschafft.

An der Heunensäule, die in der Mitte des Platzes steht. bleibt er stehen und kreist die Arme, atmet bewusst ein und aus. Zwei Teenagermädchen, die dort sitzen tuscheln und werfen ihm unverblümt Kussmünder zu. Er verkneift sich ein Lachen und beneidet sie wegen ihrer jugendlichen Unbeschwertheit. Wie sehr er das vermisst.

Gemächlich läuft er weiter, um gleich darauf abrupt zu stoppen. Keine zehn Meter vor ihm steht Sandra mit ihrem Lebensgefährten. An der vertrauten Gestik erkennt er, dass Sandra stinksauer ist. Der Neue, Pierre, berührt ihre Schulter, sie dreht sich weg, genau in seine Richtung.

Einen Moment starren sie sich an, bevor er grüßen kann, wendet sie sich ab. Er schluckt, beobachtet, wie sie nach dem Kinderwagen greift und los geht. Jetzt entdeckt auch Pierre ihn. Auch der hat nur einen missbilligen Blick übrig und folgt Sandra zusammen mit seinen Kindern.

Chris wartet einen Moment, er muss sich sammeln. Soll er es wagen, Sandra auf den Brief vom Anwalt anzusprechen? Was will sie damit bezwecken? Warum hat sie ihm von der Vaterschaft erzählt, wenn sie nicht vor hatte, ihm die Rechte genauso wie die Pflichten einzuräumen?

Es macht ihn so unendlich wütend, ihren Spielchen machtlos ausgeliefert zu sein. Ohne weiter nachzudenken, schlägt er den gleichen Weg ein. Von den Ständen und ihren Waren lässt sich Chris nicht ablenken, er konzentriert sich darauf, die kleine Gruppe nicht zu verlieren. Sie laufen zielstrebig ohne nach links oder rechts zu schauen. Als wollten sie ihm entkommen, was Chris noch mehr anstachelt.

Am Höfchen stellen sie sich an die Bushaltestelle. Chris schließt auf.

»Na, Familienausflug am Samstagmorgen? Schön frühstücken gewesen auf meine Kosten?«, macht er der aufgestauten Wut Platz.

»Chris, bitte!« Sandra schaut ihn nicht an, richtet die Decke im Kinderwagen, sodass er keinen Blick hineinwerfen kann. Chris ballt die Fäuste.

»Wollten wir, aber Papa hat sein Geld vergessen«, plappert der kleine Junge aus.

Chris versucht, den Kloß im Hals loszuwerden, räuspert sich. Mühsam unterdrückt er das Verlangen, seine Tochter aus dem Kinderwagen zu holen und an sich zu drücken, ihren Duft tief einzuatmen. Sicher hat sich Rosalie in den vier Wochen seit seinem letzten Besuch sehr verändert.

Ein Bus hält und sie steigen ein, auch Chris. Er stellt sich ein Stück entfernt hin. Ruckartig fährt der Bus los und biegt in die Ludwigstraße ab. Aus der Bauchtasche nestelt Chris seinen Dienstausweis hervor und geht zu Pierre.

»Ihren Fahrschein bitte.«

Der Angesprochene reagiert nicht, die Hände tief in den Hosentaschen vergraben steht er mit gesenktem Kopf da.

»Chris, was soll das?« Sandra stellt sich vor den Kinderwagen.

Neugierig drehen die Umstehenden die Köpfe zu ihnen.

»Ich möchte seinen Fahrschein sehen,« antwortet Chris absichtlich laut. Noch mal hält er seinen Dienstausweis in Richtung Pierre.

»Wie du weißt, hat Pierre sein Portemonnaie vergessen. Das ist doch reine Schikane.«

»Lass gut sein, Schatz.« Pierre berührt ihre Schulter. Unübersehbar fällt etwas Anspannung von Sandra ab. Sie dreht sich zum Kinderwagen. Offenbar traut sie Pierre zu, alleine mit Chris fertig zu werden.

Dann lass mal hören, wie du dich da herauswindest. Er ignoriert den erschrockene Blick des kleinen Mädchens, das sich hinter seinem Vater versteckt.

Pierre wendet sich nun direkt an ihn.

»Ich habe ein Jahresticket, mit dem darf ich samstags meine Familie kostenlos mitnehmen. Leider habe ich es zu Hause liegen lassen. Soweit ich weiß, reicht es, wenn ich nachweisen kann, dass das stimmt. Meine Personalien kennen Sie ja sicher und die Adresse auch.«

Unschlüssig schaut Chris zu Sandra, ihre demonstrative Gleichgültigkeit reizt ihn. Wie vertraut sie ihm ist. Ihre Gefühle, er kann sie lesen, als wären sie in ihrem Gesicht niedergeschrieben. Das konnte er schon immer, hat es bloß nie genutzt. Als dürfe er die Gabe nur bei Zeugen, Verdächtigen einsetzen – nicht bei seiner Ehefrau. Als wäre es ein Verrat, an ihr, an ihrer Beziehung. Oder hat er wahrgenommen, was sie fühlt und dann konträr gehandelt? Wann genau ist ihre Beziehung zerbrochen?

»Brauchen Sie jetzt etwas von mir?«, unterbricht Pierre seine Gedanken. »Wir steigen hier aus.«

Chris wirft einen Blick nach draußen. »Seit wann wohnt ihr auf dem Hartenberg?« Er steckt seinen Ausweis ein und gibt den Weg frei, als der Bus anhält.

»Tun wir nicht«, meldet sich der Junge erneut zu Wort, »hier ist Papas Büro.«

Grob fasst Pierre seinen Sohn am Arm und zieht ihn mit sich aus dem Bus.

So viel zum treusorgenden Familienvater und so einer will meine Tochter erziehen. Bemerkt Sandra das nicht? Kurzentschlossen steigt er ebenfalls aus. Hinter ihm schließt sich mit einem Zischen die Tür, und der Bus fährt ab, mit ihm sein Ärger. Zurück bleibt das Gefühl der Scham, sich daneben benommen zu haben. Egal wie unmöglich sich der andere verhält, er muss beweisen, ein guter Vater, wenn schon nicht Ehemann, zu sein.

Sandra baut sich vor ihm auf, schirmt den Kinderwagen gegen ihn ab. Er weicht ihr aus und joggt die Wallstraße hinunter. Bemüht, schnell wegzukommen, von ihr, ihrem Blick, ihrer Feindseligkeit und dem Wissen, dass das zarte Band zu seiner Tochter dünner geworden ist. Dem Zerreißen nahe.

In seiner Wohnung springt er gleich unter die Dusche. Das heiße Wasser belebt ihn, spült den Rest der Wut den Abfluss hinunter. Zurück bleibt die Erkenntnis, sich blamiert und den Bogen überspannt zu haben – wieder einmal.

Nur mit dem Handtuch um die Hüfte bereitet er sich einen Instantkaffee und setzt sich an den Küchentisch. Seine Gedanken schweifen zurück zu dem Gespräch im Bus. Was stimmt nicht mit der Bemerkung des kleinen Jungen ›Papas Büro‹ und vor allem an der Reaktion des Vaters?

Warum soll ich über sein Büro nicht Bescheid wissen? Oder möchte Pierre ihn generell nichts über seine Privatangelegenheiten wissen lassen?

Ein loser Faden, am Ende aufgedröselt, ausgefranst. Schwierig, das Gegenstück zu finden. *Wofür braucht ein Personal Trainer ein Büro? Rechnungen schreiben? Besprechungen? In dem Fitnessstudio gibt es genügend Räumlichkeiten. Geheime Treffen? Frauen, die heimlich fit werden wollen, ohne dass das ganz Viertel davon erfährt? Steuerliche Gründe?*

Chris nimmt einen Schluck Kaffee. Bitter, ohne Milch. Bitter, wie sein Leben. Ein kleiner Tropfen Milch und der Geschmack würde sich verändern, feiner werden. So leicht schrammt man am Glücklichsein vorbei.

KAPITEL 19
Samstag, 17.3., zur Mittagsruhe

Nach der Erkenntnis wird Chris seine Wohnung zu klein, er fährt ins Präsidium, dort gibt es genug Ablenkung und Beschäftigung. Wenn man ihn für einen schlechten Vater und Partner hält, will er sich wenigstens als Ermittler bewähren.

Mit einer Hand stopft er sich die letzten Reste des Döners in den Mund, den er unterwegs geholt hat. Notdürftig wischt er sich die Finger an der Serviette ab und startet seinen Laptop. In der Fall-Akte liest er die neuesten Ermittlungsergebnisse. Einige der ausländischen Provider haben anstandslos die Namen ihrer Kunden preisgegeben. Und das Ermittlerteam konnte ein paar der Migranten dazu bewegen, mit ihnen zu sprechen. Doch die geben unisono an, das Opfer zu kennen, aber ausschließlich in seiner Tätigkeit als Journalist. *War ja klar.*

Da öffnet sich die Bürotür und Jake kommt pfeifend herein. *Was ist mit dem passiert?* Das können nicht nur gute Vorsätze fürs gute Arbeitsklima sein.

»Heute so gut gelaunt?«

»Ich? Warum?« Jake bleibt stehen.

»Du pfeifst.«

»Ist mir gar nicht aufgefallen. Aber ja, ich hatte einen guten Start in den Tag und jetzt jagen wir Verbrecher.«

Alles klar.

Erneut öffnet sich die Tür.

»Da bin ich dabei.« Britta kommt herein und schwenkt eine Bäckertüte. »Ich habe Teilchen gekauft.«

»Danke, Britta. Du verwöhnst uns.« Chris versucht ein Lächeln, dabei liegt ihm der Döner wie ein Stein im Magen. Inständig hofft er, dass kein Nougatteilchen dabei ist. Auch wenn er sonst nichts Süßes braucht, bei denen kann er nicht widerstehen, und bei Frust setzt sein Sättigungsgefühl gerne aus. Vielleicht drückt auch die Begegnung mit

Sandra auf seinen Magen? Was hat ihn da geritten? Aber immerhin hat er jetzt Argumente, sein Besuchsrecht auszuweiten.

Jake stellt ihm einen Kaffee auf den Schreibtisch. So viel Fürsorge rührt ihn ein bisschen. Er darf die Chance im K11 nicht vergeigen.

»So, was steht heute an?«, fragt Jake.

»Wir haben Namen von Migranten, denen wir Handynummern zuordnen können. Außerdem die meisten der Kontakte mit Initialen. Die Frage ist, ob wir mit denen heute noch anfangen. Wenn wir tatsächlich alle Kontakte befragen wollen, brauchen wir dafür Stunden, wenn nicht sogar Tage.«

»Ich denke, wir sollten warten.« Jake lehnt sich an den Schreibtisch.

Worauf? Dass der Mörder sich freiwillig stellt? Und bis dahin Däumchen drehen?

»Im Grunde haben wir nichts in der Hand. Solange wir nicht wissen, ob Herr Jung seine Kunden tatsächlich erpresst hat, sind es nur Daten im Handy eines Getöteten«, beantwortet Jake seine stumme Frage.

Bevor er Einwände vorbringen kann, meldet sich Britta zu Wort. »Ich habe auch Neuigkeiten. Frau Peters hat keine Strafzettel für falsches Parken in der Neustadt. Dafür auffällig viele für Geschwindigkeitsübertretung in der Dreißigerzone auf dem Hartenberg. Falls Herr Jung da nicht noch einen Standort hat, hilft uns das zwar nicht weiter, aber die Erkenntnis wollte ich mit euch teilen.«

»Wäre ja auch zu schön, um wahr zu sein, gewesen.« *Warum treiben sich eigentlich alle plötzlich am Hartenberg rum?*

Also sollten sie im Flüchtlingsheim weitermachen, auch wenn Jake Bedenken wegen der Wirkung auf die Öffentlichkeit hat. Ehe Chris den Vorschlag aussprechen kann, wird erneut die Tür geöffnet.

»Dachte ich mir, dass ihr auch am Wochenende fleißig seid.« Paul spaziert ins Büro. »Ich habe einiges für euch. Die Haare, die das Opfer in der Hand hatte, können wir für einen DNS-Abgleich vergessen. Ich habe mir die Struktur angeschaut, die sind schon seit Jahren ausgefallen, beziehungsweise abgeschnitten worden. Die stammen mit Sicherheit von einer Echthaarperücke.«

»Okay. Bleibt die Frage, ob die vom Täter sind oder ob jemand kurz vor seinem Tod bei dem Opfer war.« Jake ergänzt den Hinweis auf dem Board.

»Dann habe ich mich intensiv mit dem Sexspielzeug beschäftigt – nicht wie ihr denkt.« Paul stößt sein typisches Lachen aus, klingt nach Husten, abgehackt, gequält, Chris erinnert es an das Kläffen einer Hyäne. »Genau wie die Maske, alles Massenware. Nur das Tuch scheint spannend zu sein.«

»Welches Tuch?« Irritiert schaut Chris von Paul zu Jake, der nur mit den Schultern zuckt.

»Das im Rachen des Opfers steckte. Habt ihr den Obduktionsbericht nicht gelesen?«

Mit fahrigen Händen durchsucht er den Stapel Papiere auf seinem Schreibtisch. Hitze steigt ihm ins Gesicht. War da ein Bericht von Maja, irgendwas hatte er gesehen und zur Seite gelegt, weil er sauer auf sie war. Aber wohin?

»Ich habe ihn kurz überflogen, aber Maja hat nichts davon gesagt«, behauptet er ins Blaue.

Britta greift nach einem Umschlag im Posteingangskörbchen hinter ihm.

»Vielleicht ist er hier drin. Schaut wie Majas Handschrift aus.«

Chris nimmt den Umschlag entgegen und reißt ihn auf, die Hitze steigert sich. *Warum kann sie nicht wie jeder normale Mensch eine E-Mail schreiben? Dabei betont Maja immer, wie aufgeschlossen sie gegenüber den Neuen Medien ist und gibt sich gerne umweltbewusst. Dazu gehört wohl nicht ›Rettet den Wald‹.* Er blättert durch den Bericht und findet den Hinweis.

»Hier. Im Rachen des Opfers befand sich ein violettes Tuch aus Naturseide.« Leise liest er weiter, schaut nicht auf, er spürt Jakes Blick auf sich ruhen. Der hat nach dem Bericht gefragt und Chris hat ihn lesen wollen, aber es als nicht eilig eingestuft, weil sie bei der Leichenöffnung dabei gewesen sind. Wie können plötzlich neue Erkenntnisse auftauchen? *Da kann sie doch anrufen. Das macht die absichtlich.*

»Genau.« Paul bricht das entstandene Schweigen. »Dabei handelt es sich um Tussahseide. Sehr hochwertig. In einer der Ecken ist ein Monogramm oder ein Label eingewebt. Wenn wir den Hersteller ermitteln können, kann der Hinweise auf die Kunden geben. Bei dem Farbstoff handelt es sich um echten Purpur. Davon wurden sicher nicht viele produziert.«

»Sehr gut, könnt ihr da dranbleiben?« Jake vervollständigt die Notizen.

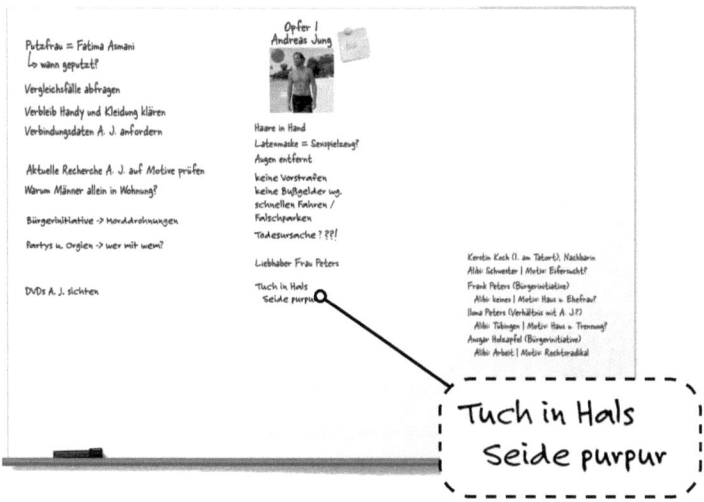

»Klar. Dann habe ich noch die Liste mit den Kontakten auf dem Zweithandy ausgelesen und gedruckt.« Paul reicht den Ausdruck Jake.

Eben hat er sich als Teil des Teams gefühlt, jetzt wird er ins Abseits gedrängt. Womit hat er das verdient?

»Und die Bilder auf dem Handy von Frau Koch konnten wir wiederherstellen. E-Mail habe ich euch eben geschickt. Da sind ihr einige bekannte Gesichter vor die Kamera gelaufen.«

»Die können wir dann den Kontakten zuordnen. Ja, hier ist sie«, bestätigt Chris, während er durch die Abteilungs-E-Mails scrollt auf der Suche nach einer E-Mail von Maja mit dem Bericht als Dateianhang. Nichts, sie hat ihn nur per Post geschickt.

»Gut, dann werde ich weiter Filme ansehen. Der Typ war an allen exotischen Orten, die ihr euch vorstellen könnt, aber außer, dass er sich mit scharfen Bräuten umgeben hat, passiert da nichts. Nicht mal schlüpfrige Aufnahmen von seinen nächtlichen Aktivitäten. Echt lahm.« Paul geht und Britta folgt ihm.

»Ich bring euch Teller für die Teilchen.« Dabei wirft sie ihm einen aufmunternden Blick zu.

Jake steht am Board, mit dem Rücken zu ihm. Es herrscht Stille, alle Geräusche sind zur Tür hinaus gehuscht, haben die Chance genutzt, dem Gewittersturm zu entgehen. Chris starrt auf den Bildschirm, wartet auf Jakes Reaktion. *Warum hat Maja diese wichtige Information nicht per E-Mail geschickt?* Mühsam bekämpft er den Gedanken, dass Maja der Auslöser für sein verpfuschtes Leben ist. Beruflich wie privat.

»Können wir es einfach hinter uns bringen?« Genervt springt er auf, sein Stuhl rollt zurück und stößt an den Schrank. »Sag, was. Oder schreib es auf deine Mängelliste für meinen Boss.« Angriff ist die beste Verteidigung. »Dann können wir endlich zur Tagesordnung übergehen und tun, wofür wir Geld bekommen.«

Jake setzt sich an seinen Schreibtisch. Ein kurzer Blick zu Chris. »Wir hatten abgemacht, dass du die Posteingänge überwachst.«

»Ja, aber ich dachte, sie schickt eine E-Mail, wenn sie etwas Wichtiges findet, wie zum Beispiel die Todesursache. Das macht die mit Absicht, die will mir eins reinwürgen.«

»Chris. Für dein Handeln bist nur du verantwortlich.«

KAPITEL 20
Sonntag, 18.3., zur nachtschlafender Zeit

DIE BÄSSE HALLEN DURCHS TREPPENHAUS. Polizeianwärterin Kathrin Ebener und Polizeihauptmeister Jörgensen wechseln einen Blick.

»Wenn das seit 2:00 Uhr so geht, wie haben das die Anwohner so lange ausgehalten?«, wundert sich Kathrin, während sie die Stufen hinaufgehen.

»Bei der Nachbarschaft überlegst du dir, ob du den Mund aufmachst«, erklärt Jörgensen, den wegen seiner fast dreißigjährigen Dienstzeit kaum etwas sprachlos machen kann.

Kathrin nickt, obwohl das Polizeipräsidium praktisch um die Ecke liegt, beherrschen Konflikte die Nachbarschaft der Neustadt. Die gemischte Bewohnerstruktur trägt genauso dazu bei, wie die hohe Bau- und Einwohnerdichte. Wobei die Gelder für die sozial schwächeren Quartiere aus dem Förderprogramm ›Soziale Stadt‹ bereits eine deutliche Verbesserung geschaffen haben. Lärm zur nachtschlafender Zeit muss man sich nirgends stundenlang bieten lassen. Doch Polizei wird hier nicht gerne gesehen. Deshalb öffnet sich auch keine der Wohnungstüren. Nur gegenüber der Wohnung, aus der die Musik dröhnt, erwartet sie der Nachbar.

»Da sind Sie ja endlich. Herr Maisch reagiert nicht aufs Klopfen. Ich habe schon alles versucht.« Er spricht laut, um den Krach zu übertönen.

Jörgensen klopft an die Tür und bittet um Einlass, während sich Kathrin mit dem Mann unterhält.

»Kennen Sie Herr Maisch näher?«

»Wie man sich so kennt. Frau Maisch ist vor ein paar Tagen mit den Kindern und Koffern weg und seitdem habe ich sie nicht mehr gesehen. Der Holger, also Herr Maisch, scheint seine Arbeit verloren zu haben. Das hat Frau Meier aus dem ersten Stock erzählt. Ich sehe ihn immer nur, wenn er sich mit den Bierkästen abrackert. Immer zwei gleichzeitig und vermackt damit die Wände, aber das interessiert ja keinen.«

»Danke für Ihre Informationen. Wissen Sie, ob im Moment jemand in der Wohnung ist?«

»Keine Ahnung. Geantwortet hat auf mein Klopfen niemand.«

Wieder wechseln Kathrin und Jörgensen einen Blick.

»Gefahr in Verzug?«, fragt Kathrin.

»Sehe ich auch so. Job weg, Frau weg.«

Jörgensen hält ihr sein Dietrichbesteck hin. »Möchtest du?«

»Nein, wir sollten nicht noch mehr Zeit verlieren. Das ist dein Spezialgebiet.«

Keine zwanzig Sekunden später klickt das Schloss und Jörgensen öffnet die Tür. Sie betreten die hell erleuchtete Wohnung. Die Musik, kaum noch erträglich, kommt aus einem der hinteren Räume. Die beiden sparen sich das akribische Durchsuchen aller Räume, sie laufen direkt zum Wohnzimmer. Jörgensen bahnt sich seinen Weg durch die herumliegenden Dinge und schaltet die Musik aus. Die plötzliche Ruhe wirkt bedrückend. Als wäre die Lebendigkeit der Wohnung mit dem letzten Ton hinausgehuscht und zurück bleibt eine leblose Hülle.

Kathrin fröstelt und auch Jörgensen scheint etwas zu spüren. Beide starren auf die verschlossene Tür gegenüber, vermutlich das Elternschlafzimmer.

»Herr Maisch?« Die Frage durchschneidet die Stille und Kathrin zuckt zusammen.

Keine Antwort.

Jörgensen klopft an.

Keine Antwort.

Trotz oder wegen seiner vielen Dienstjahre, besitzt das Schlafzimmer eine besondere Privatsphäre, die er nicht ungefragt stören möchte. Deshalb klopft er nochmals, bevor er endlich die Tür öffnet.

Auf alles gefasst betreten sie das Zimmer.

Kathrin stockt der Atem. »Déjà-vu«, haucht sie.

Jake liegt auf dem Rücken, starrt an die dunkle Zimmerdecke. Seit jener Nacht vor fünf Jahren schläft er schlecht, selten ohne mehrmals aufzuwachen. Schlafmittel meidet er, eigentlich alle Medikamente und Alkohol und andere Suchtmittel sowieso.

Er gibt nicht sich die Schuld am Tod seiner Tochter. Doch in seinen Träumen überfallen ihn die Selbstvorwürfe. Ständig die gleichen Diskussionen, die damit geendet haben, dass seiner Frau die Argumente ausgegangen sind und sie Sachen nach ihm geworfen hat. Als er ausgezogen ist, um der Ehehölle zu entfliehen, hat er auch sie verlassen. Er hat sie im Stich gelassen. Klar wollte er sie zu sich holen, sobald er eine geeignete Unterkunft und eine Tagesmutter gefunden hätte. Doch die Zeit hat gegen ihn gespielt.

›Wir drehen uns nur noch im Kreis‹, hat er zu seiner Frau gesagt.

›Und die Kreise werden immer kleiner‹, hat er gesagt.

›Und der Strudel wird uns alle verschlingen ...‹

Und damit hat er Recht behalten.

Seine Welt zersplittert in jedem Traum aufs Neue. Deshalb bleibt er manchmal einfach nur liegen, ohne schlafen zu wollen.

Etwas vibriert. Jake dreht sich zur Seite, sein Blick sucht die Anzeige des Radioweckers: 4:36 Uhr, sein Smartphone vibriert erneut.

»Imhof, was gibt es?«

»Hier Jörgensen. Guten Morgen. Wir haben eine männliche Leiche. Gegen 4:00 Uhr wurden wir zu einer Ruhestörung gerufen. Kam in dem Haus schon ein paar Mal vor in den letzten Tagen. Dann haben wir einen Toten in der Wohnung gefunden. Kathrin meint, dass die Tat Ähnlichkeiten mit der am Donnerstag in der Altstadt aufweist. Deshalb sollen wir Chris und dich anfordern.«

»Oh, Mann. Danke. Ich komme. Habt ihr Chris erreicht?«

»Warte, Kathrin ...? Ja, Kathrin nickt, sie spricht gerade mit ihm. Die Adresse habe ich dir geschickt.«

Jake springt aus dem Bett und geht ins Bad. Die Dusche dreht er voll auf, der kalte Strahl belebt ihn. Spült den letzten Rest der Träume ab. Sein System schaltet auf Ermittlung um, die privaten Probleme begräbt er im Untergrund, wo sie weiter ungehindert gären können.

Falls die Taten zusammenhängen, kann das einen entscheidenden

Schub zur Aufklärung bringen. Hatte Jung einen Mitarbeiter für die Vermittlung der jungen Migranten? Bisher haben sie keine Anhaltspunkte dazu. Oder treibt ein Serienkiller sein Unwesen in Mainz? Kaum vorstellbar. Er spannt seinen Körper und seift sich kräftig ein.

Zehn Minuten später schließt er die Wohnungstür hinter sich und spurtet die Treppe hinunter in die Garage. Adrenalin fließt durch seine Adern.

Jake parkt seinen Wagen in zweiter Reihe und gesellt sich zu Chris und Kathrin, die gemeinsam am Straßenrand stehen.

»Er ist nackt, liegt auf dem Bauch und hat eine Latexmaske auf. Das kann kein Zufall sein.«

Kathrin nickt ihm zu, wendet sich gleich wieder an Chris. »Deshalb habe ich darauf bestanden, dass wir euch rufen.«

»Ja, klasse. Bedeutet zwar mehr Arbeit für uns, aber so können wir gezielt nach Parallelen suchen.«

»Dann machen wir uns mal ein eigenes Bild«, unterbricht er das Geplänkel und geht zur Eingangstür.

Das Treppenhaus wirkt wenig gepflegt. Neben den üblichen Hausrat liegt stinkender Müll herum, ein leichter Uringeruch weht aus dem Keller herauf. Im zweiten Stock sitzt eine mauzende Katze vor der Wohnungstür.

»Warum geschehen die meisten Verbrechen in den oberen Etagen? Gibt es da eine Statistik? Sollte ich bei der nächsten Wohnungssuche beachten«, flachst Chris.

Jake geht stoisch weiter. Obwohl er eine Nacht drüber geschlafen hat, ärgert er sich über das Versäumnis von Chris. Er schlüpft in einen Schutzanzug. Ohne auf Chris zu warten, dessen Klettverschluss sich verheddert hat, betritt Jake den Flur der Wohnung.

»Schlafzimmer ist hinten links«, informiert ihn ein Kollege.

Er bleibt an jeder Tür kurz stehen und schaut sich die Räume an. Das Bad hat kein Fenster, einige Fliesen sind gesprungen und ein muffiger Geruch hängt darin. In der Küche gegenüber stapelt sich schmutziges Geschirr. Solche Nachlässigkeiten ärgern ihn.

»Die Nachbarn sagen, sie haben die Ehefrau und die Kinder seit circa einer Woche nicht gesehen, seitdem läuft immer wieder laute Musik. Davor gab es häufig lautstarken Streit zwischen den Eheleuten.« Polizeihauptmeister Jörgensen kommt ihm entgegen. Nicht nur wegen seiner vielen Dienstjahre und den grauen Haaren strahlt er Autorität und Ruhe aus. Von seinem Vorgesetzten wird er mit den aufmerksamsten Neulingen auf Streife geschickt. Ob Kathrin dieses Privileg bekannt ist?

»Wir haben auf gut Glück im Frauenhaus angerufen und Frau Maisch ist tatsächlich dort.«

»Sehr gute Arbeit, danke.«

»Die Mitarbeiterin hat erwähnt, dass Frau Maisch die ganze Nacht auf war, weil ihr Sohn gerade zahnt und nur geweint hat.«

Stimmen aus dem Treppenhaus unterbrechen das Gespräch.

»Was hast du denn mit dem armen Tier gemacht?«, hört er Chris' Stimme durch die angelehnte Tür.

»Gar nichts. Ich bin einfach nur an ihr vorbeigelaufen, da fängt sie an zu fauchen.« Majas Stimme klingt gereizt.

Paul kommt aus einem der hinteren Räume und stürmt an ihnen vorbei. »Was ist das für ein Gezeter? Es gibt Leute, die hier arbeiten müssen.« Er reißt die Eingangstür auf.

Draußen steht Chris, im Arm eine getigerte Katze, die sich von ihm am Kopf kraulen lässt, dahinter Maja mit dem Rücken an der Wand, sie fixiert die Katze.

»Komm ja nicht auf die Idee, mit der hier reinzukommen. Und wenn du fertig bist mit schmusen, zieh dir gefälligst einen neuen Anzug an, ich kann keine Katzenhaare gebrauchen, die von dir eingeschleppt wurden.« Kopfschüttelnd geht Paul zurück ins Schlafzimmer.

Was soll das, können die beiden nicht endlich normal miteinander umgehen?

»Chris, kannst du bitte das Tier absetzen, damit wir unsere Arbeit machen können?«

»Zu Befehl.« Chris will an Maja vorbei, da beginnt die Katze zu zappeln und springt herab. Mit einem Katzenbuckel stellt sie sich vor Maja, faucht laut und läuft dann die Treppen hinunter.

»Blödes Vieh.« Sichtlich genervt schnappt sich Maja einen Schutzanzug und stolziert an Jake und den anderen vorbei ins Schlafzimmer.

»Was war das?«, fragt Jörgensen ihn. »Ein Revierkampf unter Katzen?«

Jake zuckt mit den Schultern und wartet, bis Chris einen neuen Anzug an hat, dann folgen sie Maja zum Tatort.

Die kniet vor dem Bett und schaut darunter.

»Seine Augen liegen da.«

Auch Jake bückt sich. »Sie schauen zur Tür. War das bei Herrn Jung auch so?«

»Das können wir anhand der Fotos herausfinden«, versichert Chris. »Aus dem Gedächtnis kann ich das nicht sagen.«

»Okay.«

Maja erhebt sich. »Der Rest ist wie bei Opfer Nummer eins.«

»Meinst du, er hat auch ein Seidentuch im Mund?« Chris beugt sich über die Leiche und stellt ein Nummernkärtchen auf.

»Wir werden sehen.«

Maja lässt sich nicht anmerken, ob sie Chris' Frage als Kritik auffasst. Und Jake würde ihm am liebsten den Mund verbieten, aber nicht hier vor den anderen.

»Wissen wir, wer das Opfer ist?« Jake tritt neben das Bett. Das Opfer hat an beiden Unterarmen Tätowierungen und auch auf dem Rücken sind Tattoos, die sich auf der Vorderseite fortsetzen.

»Mit Sicherheit der Mieter der Wohnung, Holger Maisch. Die Tattoos stimmen mit denen auf den Familienfotos überein.« Paul gesellt sich zu ihnen. »Und haben wir einen Serienkiller?«

»Im Moment haben wir zwei Leichen. Da spekulieren wir noch nicht. Vielleicht gibt es eine Verbindung, vielleicht …«

»Lassen Sie mich durch, ich wohne hier«, wird er von einer Frauenstimme unterbrochen, die aus dem Flur zu ihnen dringt.

»Sie bleiben hier. Ich rufe einen der ermittelnden Beamten«, hört er Jörgensen vor der Tür befehlen.

Jake geht in den Flur. »Frau Maisch?«

Neben Jörgensen steht eine Frau Ende Zwanzig mit strähnigen blonden Haaren. Dunkle Augenringe verunzieren ihre markanten Gesichtszüge, die eingefallenen Wangen betonen die hohen Backenknochen.

»Was ist mit meinem Mann? Hat er sich etwas angetan?«

Jörgensen tritt zur Seite und sie kommt langsam auf Jake zu.

»Nein. Wir gehen von einem gewaltsamen Tod aus. Kommen Sie

mit ins Wohnzimmer, dort können wir uns in Ruhe unterhalten.« Er schließt die Schlafzimmertür und bleibt davor stehen.

Unschlüssig schaut Frau Maisch ihn an. »Darf ich ihn sehen?«

»Sicher. Aber nicht jetzt und nicht hier. Das muss bis später warten. Wir werden Sie informieren.«

»Wie ist es ...? Musste er leiden?«

Jetzt aus der Nähe erkennt er deutlich ein abklingendes Veilchen an ihrem linken Auge. »Wir sind eben erst angekommen, wir haben noch keine Details. Darf ich Ihnen ein paar Fragen stellen?«

Zur Antwort erhält er nur ein Nicken. Frau Maisch kramt in ihrer Tasche und holt ein Päckchen Zigaretten hervor. »Stört es Sie, wenn ich rauche?«

»Nein, natürlich nicht.« Er deutet auf die Wohnzimmertür und sie geht hinein.

»Ach, herrje, wie sieht es denn hier aus?«

Da kann Jake nur beipflichten. Auf dem Couchtisch stapeln sich Pizzakartons und der Aschenbecher quillt über, unterm Tisch steht eine Kiste Bier, die leeren Flaschen liegen auf dem Boden.

»Holger macht gerade eine schwierige Phase durch. Man hat ihm gekündigt. Nur weil eine Ausländerputze behauptet hat, er hätte sie angegrabscht. Lachhaft.«

Frau Maisch legt ihre Zigaretten zur Seite und räumt auf. Sie stellt die Flaschen in den Kasten und nimmt die leeren Kartons. Den Ascher platziert sie obendrauf.

»Ich bringe das nur schnell raus, dann haben wir es gemütlicher.« Dann fällt sie ohne Vorwarnung um.

KAPITEL 21
Sonntag, 18.3., Tagesanbruch

CHRIS BEOBACHTET, WIE MAJA DIE Leiche nach äußeren Verletzungen absucht. Vielleicht bildet er es sich ein, ihm scheint, sie weicht seinem Blick aus.

»Habt ihr etwas rausgefunden über das Purpurtuch?«, fragt er Paul, der gerade prüft, ob es am Fenster Einbruchsspuren gibt, obwohl die Wohnung im dritten Stock liegt.

»Wir haben einige Firmen ausfindig gemacht. Die Anfragen laufen. Allerdings erwarte ich erst Mitte der Woche Rückmeldungen.«

»Hättest du gedacht, dass das Tuch so besonders ist, Maja? Weil du gerade das nicht erwähnt hast.« Er kann es nicht lassen und versucht, sie zu einer Reaktion zu provozieren.

»Was meinst du mit nicht erwähnt? Wie du weißt, wurden wir bei der Leichenöffnung unterbrochen. Ich habe am nächsten Tag die restlichen Untersuchungen gemacht. Da ich Tod durch Ersticken zunächst ausgeschlossen hatte, habe ich die Luftröhre nicht mit erster Priorität behandelt. Wenn du mit meiner Arbeit nicht zufrieden bist, dann schreib eine Beschwerde. Ich habe einen umfangreichen Bericht geschrieben, da stehen alle Fakten drin.« Sie hebt den Kopf, ihr Blick offen, ohne Gefühlsregung, was ihre Schönheit unterstreicht. Im Gegensatz zu Sandra kann er bei Maja nicht erkennen, ob es eine Fassade gibt, hinter die er einen Blick werfen sollte.

Da wird die Tür aufgerissen. »Maja, kannst du kurz kommen. Frau Maisch ist umgekippt und blutet am Kopf«, ruft Jörgensen in den Raum.

»Sind keine Sanitäter da? Ich bin schließlich für die Leichenschau hier und nicht als Ärztin.« Maja wendet sich wieder dem Opfer zu. Doch ihm entgeht das Blitzen in ihren Augen nicht.

»Die sind mit dem Notarzt weg, nachdem der den Totenschein ausgestellt hat«, erklärt Paul. »Jetzt stell dich nicht an, Maja. Du kannst doch mal nach ihr schauen.«

Chris späht durch die offenen Türen hinüber ins Wohnzimmer. Jake kniet neben Frau Maisch und drückt ein Taschentuch auf ihr Gesicht.

»Was ist, Maja?«, ruft Jake, »brauchst du eine Extraeinladung?«

Maja zieht die Handschuhe aus und holt ein neues Paar aus ihrer Tasche. »Mehr als die Blutung durch Druck zu stillen, kann ich auch nicht. Ich habe kein Besteck dabei. Ruft einen Krankenwagen.« Betont langsam geht Maja in den Flur, Chris folgt ihr. *Seit wann hat sie Berührungsängste mit lebenden Patienten?* Schließlich ist sie als Rechtsmedizinerin auch für Opfer von häuslicher Gewalt zuständig, wenn sie diese auch nur begutachtet und nicht behandelt.

»Ist sie bei Bewusstsein?«

»Nein, aber sie hat Puls, der Atem ist flach«, gibt Jake Auskunft.

Maja beugt sich vor und zieht Jakes Hand zur Seite. Die Wunde blutet heftig und sie drückt das Taschentuch gleich wieder darauf.

»Schau mal, ob sie eine Kühlkompresse im Kühlschrank haben oder irgendwas aus dem Drei-Sterne-Fach. Und ein sauberes Geschirrtuch. Die Wunde muss genäht werden. Einfach weiter draufdrücken und kühlen, bis die Kollegen kommen.«

Gerade will Chris hinausgehen, da öffnet Frau Maisch die Augen, blinzelt, bis sie erkennt, wo sie ist und wer sich über sie beugt. Mit einem Lächeln sagt sie: »Hallo, Frau Doktor Beecke. Mein Mann ist tot.«

Die beiden kennen sich?

»Ja, ich weiß. Mein aufrichtiges Beileid.«

KAPITEL 22

Sonntag, 18.3., Frühschoppenzeit

CHRIS KNALLT DIE BÜROTÜR HINTER sich zu. »Jake, auch wenn du noch immer sauer auf mich bist, Maja hält Informationen zurück.«

Jake setzt sich an die Schreibtischkante, schaut ihn kommentarlos an.

»Klar, hätte ich ihren Bericht längst lesen müssen, aber sie hat uns eine wichtige Information vorenthalten. Warum müssen wir bei ihr antanzen, wenn sie nicht mit allem herausrückt?« Wieso bemerkt Jake das nicht?

»Und heute, warum sagt sie nicht, dass sie Frau Maisch kennt, weil sie regelmäßig von ihrem Mann verprügelt wird?« Er heftet ein Foto des Opfers neben das von Andreas Jung und vermerkt den Namen.

Jake schweigt. Die Tatsache kann er wohl kaum leugnen. Chris dreht sich zu ihm um.

»Maja hatte keinen Grund zu erzählen, dass und woher sie Frau Maisch kennt. Sie ist ihre Patientin und Maja unterliegt der ärztlichen Schweigepflicht. Außerdem war Frau Maisch für die Untersuchungen im rechtsmedizinischen Institut und Maja muss nicht zwingend die Adresse auswendig kennen. Sorry, ich sehe das nicht als ihr Versäumnis. Und auch nicht, dass sie das Tuch nicht erwähnt hat. Wir wussten nichts davon, aber damit hat sie die Ermittlungen nicht gestört. Paul hat es als Asservat bekommen und alles Notwendige in die Wege geleitet, es gab keine Verzögerung dadurch. Dass wir deshalb blöd ausgesehen haben und in der KTU über uns gelästert wird – da stehe ich drüber.«

Das muss er erst sacken lassen. *Darum geht es doch gar nicht!* Als würde ihn die Meinung der anderen interessieren. Nur Jake soll nicht denken, er wäre nachlässig. »Und warum bist du dann sauer auf mich?«

»Bin ich nicht. Das kommt bei dir so an. Ich habe allerdings das Gefühl, dass du nicht bei der Sache bist.« Jake tritt zu ihm. »Was machst du wegen Sandras Antrag aufs alleinige Sorgerecht?«

Er starrt ins Leere und zuckt mit den Schultern. Die Frage hat ihn kalt erwischt, es wäre besser gewesen, Jake keinen Einblick in seine privaten Lebensumstände zu geben. Jetzt kann er keinen Rückzieher machen.

»Ich habe keine Ahnung, wie wir die Besuchszeiten sinnvoll regeln können. Bei meinem Schichtdienst bin ich auf Sandras Flexibilität angewiesen und da wird sie stur bleiben. Ich müsste mir eine Tagesmutter suchen, was ich mir kaum leisten kann. Die Situation ist verfahren. Ich habe allerdings vier Wochen Zeit, auf das Schreiben zu reagieren. Kein Grund, jetzt zu viel Zeit darauf zu verwenden.«

»Wenn du wirklich für deine Tochter da sein willst, wirst du einen Weg finden.« Jake klopft ihm auf die Schultern.

»Sandra sagt, für die Kleine wäre es wichtig, in geordneten Verhältnissen aufzuwachsen. Sie kann ihr eine Familie bieten. Wie soll Rosalie in dem Alter verstehen, dass sie von ihrer Mutter getrennt wird, wenn auch nur tageweise. Andererseits, wann ist der richtige Zeitpunkt, mit mir ein Vertrauensverhältnis aufzubauen?« Verteidigt er gerade Sandras Standpunkt?

»Ihr, du und Sandra, müsst versuchen, ein normales Verhältnis aufzubauen.«

»Normal? Wie soll das funktionieren?«

»Wenn du deine Tochter nicht allein sehen kannst, dann eben zusammen mit Sandra und ihrer neuen Familie. So gewöhnt sich die Kleine an dich und du kannst eine Beziehung aufbauen.«

»Da wird Sandra nie mitmachen.«

»Käme auf einen Versuch an.« Jake zuckt mit den Schultern.

»Schätze, da sind die Fronten zu verhärtet.« Wozu er maßgeblich beigetragen hat. Er fährt sich mit der Hand durchs Gesicht. Wenn er nur endlich die momentane Situation akzeptieren könnte, um offen für neue Ideen zu sein. »Danke für dein Interesse. Aber lass uns weiterarbeiten.«

»Okay.«

Jake scheint den Wink zu verstehen und lässt das Thema fallen. Stattdessen tritt er einen Schritt zurück und betrachtet die Notizen.

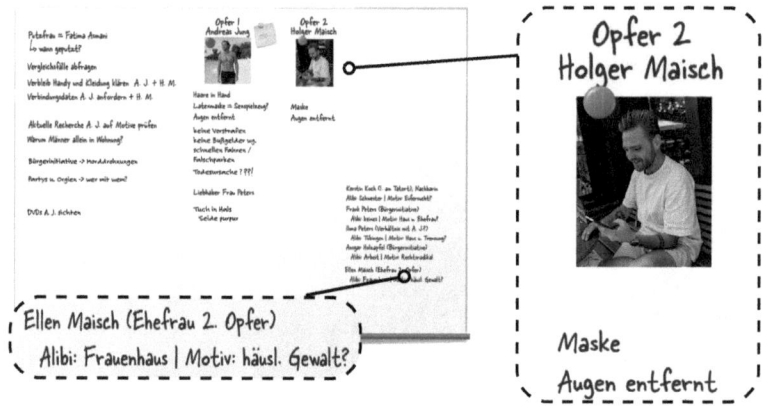

»Was könnte das Motiv sein? Die Ehefrau hat ein Alibi. Könnte jemand für sie, zu ihrem Schutz, den Ehemann aus dem Weg geräumt haben, weil er sie regelmäßig verprügelt hat? Aber wo ist die Verbindung zum ersten Opfer? Im Moment sehe ich keine. Auch sonst ähneln sich die Opfer weder im Aussehen noch in der sozialen Schicht. Würde mich wundern, wenn wir gemeinsame Interessen finden würden.«

»Gelegenheitsopfer?«, schlägt Chris vor. »Falls sich Holger Maisch in der Altstadt aufgehalten hat, könnte ihm der Mörder von dort gefolgt sein. Vielleicht war Maisch froh über Gesellschaft und hat jemanden mit in die Wohnung genommen.«

»In der Unordnung wird es der KTU nicht leicht fallen, herauszufinden, ob ein Besucher zur Tatzeit da war oder früher. In der Nähe der Leiche wurde keine Kleidung gefunden, im Bad und Schlafzimmer lagen einige Stücke auf dem Boden verteilt.«

»Zumindest können wir ausschließen, dass der Täter einen Putzfimmel hat.«

»Das stimmt.« Er versucht ein Lächeln, scheint, als wäre Jake nicht nachtragend.

»Falls es der gleiche Täter ist.«

»Daran zweifelst du?«

»Na ja, Frau Maisch hat eine Bemerkung gemacht, ihr Mann hasst Ausländer. Er hat vor einigen Wochen die fristlose Kündigung bekommen, weil er angeblich eine ausländische Reinigungskraft zum Sex zwingen wollte. Alles Lüge, behauptet er. Könnte es sein, dass ihn jemand angestiftet hat Jung zu töten und dann ihn getötet hat, das würde die Gemeinsamkeiten erklären.«

Skeptisch mustert er Jake, solche Gedankengänge eröffnen weitläufige Ermittlungsansätze. Die alle auszuschließen, um die Wahrheit zu finden, wird Zeit in Anspruch nehmen. »Du bist ja gut drauf heute. Wofür aber der Aufwand mit der Maske, dem Tuch und nicht zuletzt den Augen?«

»Damit wir sofort auf nur einen Mörder tippen.«

»Das heißt aber auch, dass der Tod an Maisch als unbequemer Mitwisser von vornherein geplant war.«

»Stimmt.« Jake nickt ihm anerkennend zu.

»Dann könnten wir Maischs Mörder den Mord an Jung zuschreiben, auch wenn er ihn nur beauftragt hat.«

»Richtig, obwohl er für das ein todsicheres Alibi hätte. Und somit wären wir wieder bei Ansgar Holzapfel.«

»Stimmt, Peters wäre ziemlich dämlich, einen Mord zu beauftragen und kein Alibi zu haben.«

Die beiden betrachten ihre Notizen.

»Ich weiß nicht, ich hab kein gutes Gefühl, da steckt mehr dahinter, als wir bis jetzt haben.« Chris schaltet den Laptop an.

»Ja, das denke ich auch. Wir sollten dringend mit den Migranten reden, dort liegt der Schlüssel.«

»Mein Reden seit langem.«

Putzfrau = Fatima Asmani
↳ wann geputzt?

Vergleichsfälle abfragen

Verbleib Handy und Kleidung klären   A. J. + H. M.

Verbindungsdaten A. J. anfordern + H. M.

Aktuelle Recherche A. J. auf Motive prüfen

Warum Männer allein in Wohnung?

Bürgerinitiative -> Morddrohungen

Partys u. Orgien -> wer mit wem?

DVDs A. J. sichten

Opfe
Andrea:

Haare in Hand
Latexmaske =
Augen entfer

keine Vorstr
keine Bußge
schnellen Fa
Falschparke

Todesursac

Liebhaber Fr.

Tuch in Hals
  Seide pur

Opfer 2
Holger Maisch

zeug?   Maske
         Augen entfernt

Kerstin Koch (1. am Tatort), Nachbarin
Alibi: Schwester | Motiv: Eifersucht?
Frank Peters (Bürgerinitiative)
   Alibi: keines | Motiv: Haus u. Ehefrau?
Ilona Peters (Verhältnis mit A. J.?)
   Alibi: Tübingen | Motiv: Haus u. Trennung?
Ansgar Holzapfel (Bürgerinitiative)
   Alibi: Arbeit | Motiv: Rechtsradikal

Ellen Maisch (Ehefrau 2. Opfer)
   Alibi: Frauenhaus | Motiv: häusl. Gewalt?

KAPITEL 23

Montag, 19.3., zur Morgenstunde

Das Polizeipräsidium am Valenciaplatz macht weder von außen noch von innen viel her. Betonbau, zweckmäßig. Mehr Beschreibung bedarf es nicht. Nichts, was dem verheißungsvollen Name der spanischen Partnerstadt gerecht würde. Der in Kaskaden angelegte Springbrunnen ist abgeschaltet und wirkt ungepflegt. Der anhaltende Regen letzte Nacht hat sich darin gesammelt und plätschert über die Stufen des Wasserlaufs. Dafür hat Jake heute weder Augen noch Ohren. Mit langen Schritten überquert er den Platz und betritt das Gebäude. Seine Gedanken sind bei den beiden Morden und der Überlegung, wie diese zusammenhängen.

Trotz der frühen Stunde sitzt Chris bereits am Schreibtisch. »Du bist schon da? Durchgemacht oder aus dem Bett gefallen?«, wundert er sich. Gestern Abend ist Jake früher als Chris nach Hause gegangen, der zu Ende recherchieren wollte.

»Ja, gut, dass du kommst. Sonst hätte ich das Briefing verschoben.«

»Ist das nicht erst in einer Stunde?« Jake prüft die Uhrzeit.

»Ja, aber die Kollegen hätten jetzt alle Zeit, deshalb hatten sie gefragt.«

»Okay, dann gerne jetzt.«

Jake schnappt sich einen Stuhl und setzt sich neben Chris, der den Chat für die Videokonferenz bereits geöffnet hat. Die Frage, warum er ihn wegen der Verlegung nicht angerufen hat, schenkt er sich. »Hallo, alle zusammen. Ich würde sagen, Chris, möchtest du anfangen?« Er übernimmt die Leitung, schließlich ist das seine Aufgabe, auch wenn er nicht erster und letzter bei der Arbeit ist.

»Gerne, ich hatte eben schon von dem zweiten Tötungsdelikt in der Neustadt am Sonntagmorgen berichtet. Wir bearbeiten die beiden Fälle parallel. Die Abfrage der Vergleichsfälle mit Maske, Tuch und entfernten Augen ergab in dieser Kombination keine Ergebnisse. Die Abfrage muss abgewandelt und neu gestartet werden. Außerdem muss sie ausgeweitet und mit den anderen Bundesländern koordiniert werden.«

»Gute Idee. Wir sollten auch bei Europol nachfragen.«

»Ja, steht auf meinem Zettel. Wer kann das übernehmen?«

Jake notiert den Namen der Kollegin, die sich im Videochat gemeldet hat. »Okay.«

»Dann stehen die Befragungen im Flüchtlingsheim an. Mit zwei Zweier-Teams sollten wir das an einem halben Tag schaffen. Dazu kommt, die Terminanfrage und die Organisation vor Ort bezüglich der Räumlichkeiten und der Dolmetscher und so weiter.«

»Chris und ich werden auf alle Fälle dort sein. Wer sich für die Befragung meldet, sollte bitte auch die Orga übernehmen.« Zwei jüngere Kollegen melden sich. Er notiert auch ihre Namen.

»Ich werde mit Jake zusammen die Punkte aufschreiben, die abgeklärt werden müssen, und euch zuschicken. Wenn ihr für heute Nachmittag alles in die Wege leiten könntet, wäre super. Für 10:00 Uhr ist die Leichenöffnung von Herrn Maisch vorgesehen, Maja hat eben geschrieben.«

»Okay, das übernehmen wir. Oder gibt es Freiwillige?«, fragt Jake.

Erwartungsgemäß reißt sich keiner darum.

»Dann noch etwas zu den Augen. Im Bericht steht, dass die Augäpfel sauber, ich zitiere: professionell entfernt wurden. Wir sollten abklären, ob dazu eine medizinische Ausbildung notwendig ist oder ob man nur Übung braucht. Eine endgültige Tötungsart steht immer noch nicht fest. Der Tod ist durch Ersticken herbeigeführt worden, wobei es keine äußerlichen oder innerlichen Anzeichen dafür gibt. Sie schreibt ausdrücklich keine, auch keine Abwehrverletzungen. Ohne das Entfernen der Augen wäre sie von einer natürlichen Todesursache ausgegangen. So der Wortlaut.«

»Das heißt, falls wir einen Serienkiller haben, könnte es sein, dass seine bisherigen Morde nicht als solche eingestuft wurden. Umso wichtiger ist die Abfrage der Vergleichsfälle. Da bitte die anderen Dienststellen pushen oder Britta darauf ansetzen«, wendet er sich an die zuständige Kollegin.

Ihnen fehlt der rote Faden, sie haben nur eine Vielzahl loser Enden, die nicht zueinander passen wollen. »So richtig glaube ich nicht an einen Serienkiller, deshalb würde ich das gerne zunächst ausschließen.

Wenn wir eine Verbindung zwischen den Opfern finden, kommen wir mit der Tätersuche weiter«, sagt er laut.

»Bei dem ersten Anzeichen, dass es sich um einen Serienkiller handeln könnte, holen wir das LKA ins Boot.« Staatsanwalt Lehmkühler steht plötzlich im Büro. »Keine Alleingänge, Herr Imhof, da verlasse ich mich auf Sie.«

Auf ein Zeichen von ihm stellt Chris auf lautlos, die Ausführungen des Staatsanwalts müssen nicht alle mitbekommen.

»Guten Morgen. Geht klar«, stimmt Jake zu. Er will keine sinnlosen Diskussionen führen, weder am frühen Morgen noch irgendwann. »Wir sind gerade dabei, genau das auszuschließen. Wie es aussieht, gibt es keine Vergleichsfälle, die Abfrage wird jetzt ausgeweitet, dann schauen wir weiter. Wenn wir mit unserem Briefing fortfahren könnten? Unseren Bericht bekommen Sie im Laufe des Nachmittags.«

»Sehr gut, sehr gut. Lassen Sie sich von mir nicht stören.« Der Staatsanwalt studiert die Notizen auf dem Whiteboard.«

Auf Chris' fragenden Blick schüttelt Jake den Kopf. Auf keinen Fall will er mit dem Team sprechen, während der Staatsanwalt im Raum ist. Mit einer unbedachten Bemerkung kann der Mann es schaffen, die Motivation auf null zu fahren.

»Wir gehen von einem rechtsradikalen Hintergrund aus. Das zweite Opfer könnte ein unliebsamer Mitwisser gewesen sein«, erklärt Jake. Vielleicht bekommt er ihn los, wenn er ihn mit Informationen vollstopft. »Wir haben noch keine konkreten Anhaltspunkte, aber er stand politisch sehr rechts. Durch seine Kündigung hatte er einen Grund auf Ausländer sauer zu sein.«

»Eine Beziehungstat schließen Sie aus?«, fragt der Staatsanwalt und zupft sich dabei an der Unterlippe.

»Dafür sind sich die Taten zu ähnlich. Wir gehen von einem Täter aus, der aber von verschiedenen Personen beauftragt worden sein könnte. Allerdings deutet das Herrichten der Leiche auf eine persönliche Beziehung zum Opfer. Ein Profikiller würde keine auffälligen Verletzungen hinterlassen. Erkenntnisse, wie er die Opfer getötet hat, haben wir noch nicht. Ohne das Entfernen der Augen würden wir ein Tötungsdelikt ausschließen.«

»Verstehe, verstehe. Dann halten Sie mich auf dem Laufenden. Wie gesagt, Sie geben den Fall ab, wenn sich etwas Größeres anbahnt.« Schon fällt die Tür hinter Herrn Lehmkühler zu.

Geschafft.

Chris grinst ihn an. »Hat er Angst, dass wir den Fall versemmeln?«

Jake zuckt mit den Schultern. »Er ist immer um seinen guten Ruf besorgt.« Kurz überlegt er und schiebt noch eine Erklärung hinterher. »Du bist weiter unter Beobachtung.«

»Ja, schon gut, ich habe den Wink verstanden.«

Das hofft Jake inständig.

»Dann machen wir weiter.« Chris loggt sie wieder ein.

»Sorry, für die Unterbrechung, Leute. Wir hatten hohen Besuch, habt ihr ja mitbekommen. Mit meinen Punkten bin ich soweit durch. Noch Fragen von eurer Seite?«

Er überlässt die weitere Besprechung Chris und aktualisiert die Notizen auf dem Whiteboard.

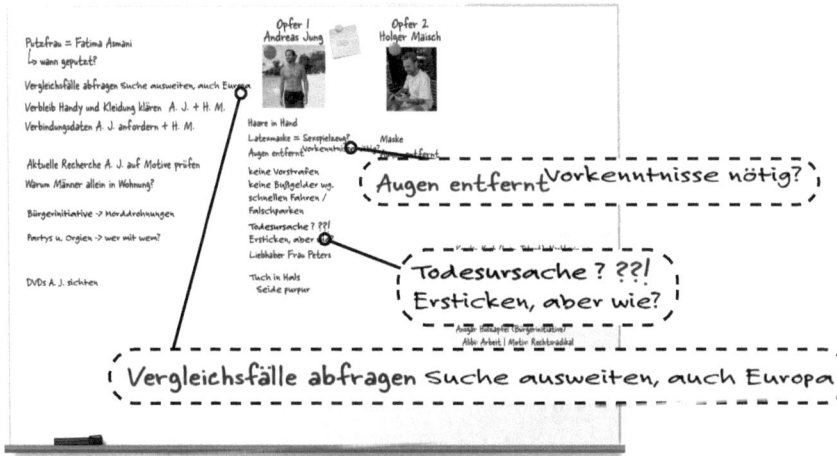

Seine Hoffnungen liegen auf der Befragung im Flüchtlingsheim. Wenn sie erst einmal wissen, wieso der Journalist umgebracht wurde, werden sie auch bei Herrn Maisch weiterkommen.

»Es wird Zeit für die Rechtsmedizin,« unterbricht Chris seine Gedankengänge. »Wenn es dir nichts ausmacht, würde ich hierbleiben und am Fall Maisch arbeiten. Eben sind erste Auswertungen der KTU gekommen.«

»Okay.« Jake spart es sich, nach den wahren Gründen zu fragen.

Vielleicht besser, wenn sich die beiden so wenig wie möglich sehen. Auf alle Fälle schont das seine Nerven.

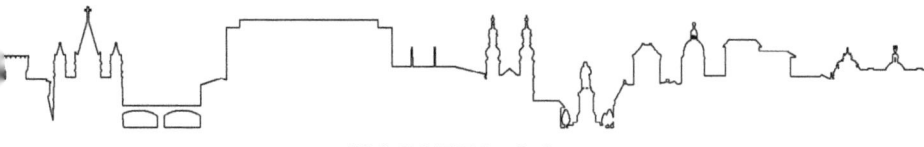

KAPITEL 24
Montag, 19.3., später Vormittag

Während der kurzen Fahrt zur Rechtsmedizin schweifen Jakes Gedanken zu Ina. Beim Abschied am Samstag haben sie die Telefonnummern ausgetauscht. Und sie hat mit gespielt strengem Blick gemeint: ›Ich melde mich bei Ihnen, Herr Kriminalhauptkommissar Imhof.‹

Hoffentlich meint sie es auch so. Nicht, weil er sie unbedingt wiedersehen will – doch, will er – aber sie erwartet hoffentlich nicht seinen Anruf. Ihre fröhliche Art hat ihn angesteckt, sonst wäre er nicht pfeifend ins Büro gekommen. Und nicht einmal selbst gemerkt hat er es! Sie lacht gerne, hauptsächlich über sich selbst. Ihr passieren wahrlich kuriose Sachen, die sie gern zum Besten gibt. Vielleicht erzählt sie gerade einer Freundin von Tobis Anschlag auf ihn. *Ob sie auch vom anschließenden Frühstück erzählt?* Welchen Eindruck hat er bei ihr hinterlassen?

Bevor er die Rechtsmedizin betritt, prüft er verpasste Anrufe und ungelesene Nachrichten. Nichts. Dann schaltet er das Telefon stumm.

»Guten Morgen«, begrüßt er die beiden Frauen und tritt zögerlich ein. Dieses Mal ist der Geruch kaum auszuhalten. Mit flachen Atemzügen versucht er, sich an den Gestank zu gewöhnen. Frau Klein deckt gerade die Leiche ab und Maja steht etwas abseits und telefoniert. »Das hört sich interessant an. Ich drücke dir die Daumen. Und warte nicht zu lange. Aus dem Alter Spielchen zu spielen, sind wir raus.« Sie winkt Jake mit einem Lächeln zu, das er fast strahlend nennen würde. Hoffentlich bezieht sich das auf ihr Telefonat und nicht darauf, dass er ohne Chris hier ist. Sie beendet das Gespräch und kommt zum Obduktionstisch.

»Du kommst genau richtig, wir sind bereit, richtig, Frau Klein?«
»Ja, alles da, wir können direkt starten.«

Majas Lächeln strahlt weiter, wenn auch einige Nuancen weniger, der Situation angepasst. *Vielleicht kommen sie heute ganz ohne persönliche Befindlichkeiten aus.*

Und tatsächlich arbeiten die beiden Frauen Hand in Hand, wortlos und zügig. Wieder ergibt die äußere Leichenschau keine Hinweise auf die Tötungsart und der Leichnam wird geöffnet. Er muss blinzeln und würde am liebsten das Atmen einstellen. Mühsam unterdrückt er das Bedürfnis, durch den Mund zu atmen, um die Nase etwas zu entlasten. Aber dann wird sich der Fäulnisgeschmack auf die Zunge legen und er noch Stunden später das Gefühl haben, verdorbenes Fleisch gegessen zu haben.

»Oh, wie interessant.« Maja zeigt in den geöffneten Brustkorb.

Jake kommt etwas näher.

»Siehst du das veränderte Gewebe?«

Er nickt.

»Herr Maisch hatte Lungenkrebs. Scheint, als hätte der Täter ihm einen Gefallen getan und ihm die qualvollen Monate bis zu seinem natürlichen Tod erspart.«

»Hilft uns nicht weiter?«, stößt er hervor.

»Ich fürchte, nein, ist nur für mich als Medizinerin interessant.« Maja schaut ihn fragend an. »Willst du eine Pause machen? Die Abluft funktioniert nicht richtig. Wir können kurz durchlüften.«

»Ja.« Er wartet nicht, bis Maja den Körper mit einem Tuch abdeckt, sondern strebt zur Tür. Im Vorraum ist die Luft einigermaßen erträglich.

Kurz darauf kommt Maja zu ihm. »Sorry, die Anlage hätte schon längst gewartet werden müssen, aber du weißt ja, wie das ist. Wir hätten einen Tag Stillstand.«

»Ja, kein Thema.«

»Kommt ihr denn voran? Welche Spur verfolgt ihr?«

»Wir versuchen auszuschließen, dass es sich um einen Serienkiller handelt.«

»Ich dachte, den Terminus benutzt man erst ab drei Opfern.«

»Wir überprüfen gerade, ob es vergleichbare Fälle gibt.«

»Ah, sehr guter Ansatz. Also unsere beiden Opfer sind auf die gleiche Weise präpariert worden. Du hast ja eben mitbekommen, wie tief das Tuch im Schlund steckte.«

»Ist das schwierig. Also, das so hinzubekommen?«

»Nein, die Opfer waren tot, deshalb ist der Schluckreflex ausgeschaltet.

Du musst nur den Kopf weit nach hinten drücken und schon hast du freie Bahn.« Maja demonstriert ihm, wie sie das Überstrecken des Halses meint.

»Noch etwas: Das Entfernen der Augen. Wie viel Übung braucht man, um dabei den Augapfel nicht zu zerstören? Oder müssen wir davon ausgehen, dass der Täter eine medizinische Ausbildung hat?«

»Nicht zwingend. Er kann sich an toten Tieren versucht haben. Im Internet gibt es unzählige Anleitungen dazu und mit etwas Übung, kann man genügend Geschick darin bekommen.«

Jake seufzt, das sind die Nachteile des World Wide Web. Der Fluch, der die Polizeiarbeit schwierig macht. Selbsternannte Experten stellen Tipps und Anleitungen ins Netz, auf die jede Altersklasse rund um den Erdball Zugriff hat. Ist die Neugierde geweckt, vermischen sich Träume und deren Umsetzung leider allzu oft mit dem realen Leben.

»Dann hilft uns das auch nicht weiter. Wir werden eine Abfrage machen, ob bei Schlachtbetrieben Tierköpfe entwendet oder geschändet wurden. Aber ich fürchte, dass solche Fälle nicht immer zur Anzeige kommen oder bemerkt werden. Wir treten auf der Stelle.« Mit der Hand fährt er sich durch die Haare, wieder eine Sackgasse.

»Ich dachte, du magst die kniffligen Fälle?«

»Ja, Ermittlungsarbeit besteht zu neunzig Prozent darin, alles Mögliche auszuschließen. Und wenn am Ende nur das Unmögliche übrigbleibt, zu beweisen, dass es wahr ist.« So erklärt er Neulingen die Arbeit im K11, wenn sie mit allzu großen Erwartungen kommen.

»Da habt ihr in den Fällen ja einiges zu klären.«

»Ja, und uns läuft die Zeit weg. Zwei Morde innerhalb von vier Tagen. Beim nächsten Gleichgelagerten will Lehmkühler das LKA einschalten.«

»Okay. Also wir arbeiten mit Hochdruck auch ohne Lüftung, um Ergebnisse zu liefern. Die Maske und das Tuch schicke ich zur KTU oder möchtest du es mitnehmen.«

»Gerne. Paul meint, dass das Tuch exklusiv ist.« Langsam erholen sich seine Atemwege. Sein Kopf wird wieder aufnahmebereit.

»Da könnte er recht haben. Seide, richtig?«

»Ja, Naturseide.«

»Ich habe mich nicht näher damit beschäftigt.«

»Und er wurde sicher nicht damit getötet?«
»Nein, keine Fasern in der Lunge.«
Soll dem Opfer der Mund verboten werden? Ist die Botschaft nichts sehen, nichts sagen? »Wie groß ist das Tuch?«
»Ein Einstecktuch ist nicht groß, kleiner als ein DIN-A4-Blatt.«
»Aha.«
»Möchtest du dir das von Herrn Maisch näher anschauen?«

Sie gehen zurück in den Obduktionsraum. Frau Klein steht am geöffneten Fenster, in der einen Hand hält sie ein belegtes Brötchen, in der anderen eine Zeitschrift. Unfassbar, dass ihr der Gestank nichts ausmacht, und sie den Appetit nicht verliert.

»Wir machen weiter«, teilt Maja ihr mit, worauf sie ihr Essen in eine Dose legt und ins Büro bringt.

Jake geht zum Rollwagen, auf dem die Asservate für die KTU bereit liegen, darunter auch die Maske und das Tuch. Maja reicht ihm Handschuhe. Er nimmt das Tuch und hält es gegen das Licht. In der rechten unteren Ecke des Tuchs erkennt er das eingewebte Zeichen, von dem Paul gesprochen hat.

»Was schaust du so genau?« Maja betrachtet ebenfalls das Stück Stoff. »Wunderschöne Farbe.«

»Siehst du das Zeichen unten links? Sagt dir das etwas?«

Maja rückt näher an ihn heran und legt den Kopf schief.

»Hm, nein, könnte eine Pfeilspitze sein.«

»Eine Pfeilspitze? Ja? Paul wollte dranbleiben.«

»Ist er auch und ich habe eine Lösung.« Mit einem breiten Grinsen steht Paul in der Tür.

»Es ist Alpha und Omega.« Paul kommt herein und gesellt sich zu ihnen. »Ist das vom zweiten Opfer?«

»Ja. Aber ich kann da nichts erkennen.« Jake dreht das Tuch mehrmals um 90 Grad.

Aus seiner Kitteltasche zieht Paul einen Block hervor. »Ist knifflig, ich zeige es dir.«

Maja wendet sich der Leiche und Frau Klein zu, die bereits wartet. Jake hat sich schon gewundert, dass Maja so großes Interesse an dem Fall hat. Sonst liefert sie meist nur Fakten und ist eher wortkarg.

Zuerst zeichnet Paul ein Alpha, mit den charakteristischen Füßchen, aber ohne den Querstrich. Dann dreht er das Blatt herum und malt einen offenen Kreis über die Füßchen des Alphas.

»Schau.«

Jake nimmt das Papier entgegen und vergleicht das entstandene Zeichen mit dem auf dem Tuch.

»Klar, wenn man es weiß, sieht man es deutlich. Super. Konntest du schon herausbekommen, woher sie kommen?«

»Jein, ich habe einige Hersteller angefragt und von zweien den Hinweis auf ein Mailänder Unternehmen bekommen, das allerdings während der letzten Finanzkrise schließen musste. Wir versuchen, an die alten Daten zu kommen.«

Paul kontrolliert die restlichen Sachen auf den Rollwagen. »Sonst noch etwas für uns?«

»Nein«, antwortet Maja ohne aufzusehen. Sie legt das Herz des Opfers in eine Schale und stellt diese auf die Waage. Dann wendet sie sich ihnen zu. »Scheint, er hatte ein großes Herz, leider hat seine Familie nicht davon profitiert.«

Jake wechselt einen erstaunten Blick mit Paul. Er dachte, Paul wäre für die makabren Scherze zuständig.

»Seit wann machst du Witze?«, wundert sich auch Paul. »Gewöhnst du dir unseren Umgangston an, Frau Doktor? Wie lange bist du jetzt hier?«

»Nicht ganz ein Jahr«, antwortet Maja. »Und das ist kein Witz, sondern bitterer Ernst. Frau Maisch war mehrmals bei mir zur Begutachtung und immer hat sie sich gegen eine Anzeige entschieden.«

»Hat er die Kinder auch geschlagen?«, fragt Jake.

Kurz unterbricht Maja ihre Tätigkeit und dreht sich zu den Männern um. »Nein, aber Frau Maisch hatte Angst davor. Sie hat mehrmals erwähnt, dass sie ihn dann endgültig verlassen würde.«

Jake errät ihre Gedanken. »Dann könnte das der Grund für ihren Aufenthalt im Frauenhaus gewesen sein?«

»Ich vermute es. Zur Untersuchung waren die Kinder nicht bei mir.«

»Ich verstehe diese Frauen nicht«, erklärt Paul. »Wieso decken sie ihre Männer. Man kann keine Hilfe erwarten, wenn man schweigt.«

»Wer aber eine Sache aufrührt, der macht Freunde uneins«, zitiert

Maja. »Sie schaffen sich eine fragile Welt, ein falsches Wort und alles bricht zusammen.«

Darauf fällt ihm nichts ein und auch Paul bleibt eine Antwort schuldig. Mit einem Schulterzucken wendet Maja sich ab. »Sollen wir weitermachen?«

»Schon verstanden, ich lass euch alleine.« Paul verschwindet mit den Asservaten.

»So, gibt es noch etwas Interessantes zu berichten?« Mit wenigen Schritten ist Jake neben Maja.

»Es wird wohl wieder auf Tod durch Ersticken hinauslaufen.«

»Kann das durch die Einnahme von Substanzen erfolgt sein?«

»Möglich ja, aber die toxikologischen Ergebnisse des ersten Opfers haben keinen Befund ergeben. Im Moment stehe ich vor einem Rätsel.«

»Es würde uns schon sehr helfen, wenn wir wüssten, wie der Tod herbeigeführt wurde.«

Maja fasst in die Bauchhöhle, einen Moment folgen seine Augen den Bewegungen. Mit wenigen gezielten Schnitten löst Maja die Leber heraus und birgt sie wie einen Schatz. Selbst Jake erkennt an der gelblichen Färbung den ungesunden Lebenswandel.

»Beim ersten Opfer gab es keine Anzeichen von lebensbedrohlichen Krankheiten?«, fragt er deshalb.

»Nein.« Und mit einem Lächeln ergänzt Maja: »Sterbehilfe kannst du als Motiv streichen.«

KAPITEL 25
Montag, 19.3., zur Mittagspause

Jake betritt das leere Büro. Der Blick auf die Uhr zeigt, dass die Mittagspause noch nicht vorbei ist. Er riecht an seinem Hemdsärmel, der saubere Duft des Weichspülers strömt durch seine Nase. Eine Wohltat. Hunger verspürt er trotzdem keinen, aber etwas Koffein kann nicht schaden. Während er den Kaffee bereitet, hört er Geräusche aus dem Nebenzimmer.

»Britta, weißt du, wo Chris ist?«, ruft er durch die offene Tür ins Nachbarbüro.

»Ja, der bringt Frau Maisch in den Verhörraum.«

»War sie zur Befragung angemeldet?«

Als Britta nicht gleich eine Antwort gibt, geht er die paar Schritte hinüber, weil er Brittas Abneigung kennt, sich schreiend zu unterhalten.

»Nein, Kathrin hat sie vorbeigebracht.«

Kathrin? Arbeitet sie rund um die Uhr?

»Sie war auf Streife, als sie Frau Maisch vor der Wohnung gesehen hat. Sie wollte sich nur ein paar Sachen holen. Aber der Tatort ist noch nicht freigegeben. Um sicherzugehen, dass sie nicht einfach in die Wohnung geht, hat Kathrin sie hergebracht. Damit sie selbst fragen kann, wann sie wieder in die Wohnung darf und falls ihr noch eine Aussage braucht. Ich habe im Frauenhaus Bescheid gegeben, wegen der Kinder, falls es länger dauert.«

»Wenn Paul sein Okay gibt, spricht nichts dagegen, den Tatort freizugeben.«

»Der war eben hier, die KTU ist durch. Dann sag ihr das bitte. Ich denke, Chris ist in Raum IV.«

Zu Befehl, denkt Jake.

»Gut, dass du kommst«, wird er von Chris begrüßt. »Wir wollten gerade anfangen.«

Frau Maisch sitzt mit dem Rücken zur Tür und dreht sich um, als Jake den Raum betritt. Sie trägt die gleiche Kleidung wie gestern Morgen, die Haare ungewaschen und strähnig, auf der Stirn klebt ein Pflaster.

»Ich hab Ihrem Kollegen gesagt, dass ich nicht viel Zeit habe. Ich wollte nur schnell ein paar Sachen zum Wechseln holen. Ich kann die Kinder nicht so lange alleine lassen.«

»Es dauert nicht lang, Frau Maisch. Außerdem hat unsere Kollegin im Frauenhaus Bescheid gegeben, dass Sie bei uns sind, die kümmern sich. In Ihre Wohnung dürfen Sie ab jetzt wieder, die Untersuchungen sind abgeschlossen.«

Während er spricht, setzt sich Chris ans Kopfende, nicht gegenüber von Frau Maisch. Jake kann nicht erkennen, ob er froh ist, die Befragung nicht alleine durchführen zu müssen oder ob er sich von ihm gestört fühlt. Vorerst akzeptiert Jake Chris' wortlose Entscheidung, die Leitung des Gesprächs zu übernehmen.

»Wie ich sehe, haben Sie den Flyer für eine psychologische Betreuung bekommen. Ich kann Ihnen nur raten, diese in Anspruch zu nehmen. Auch für Ihre Kinder wäre das wichtig. Die Kollegen leisten wirklich gute Arbeit bei der Trauerbegleitung.«

»Danke, mir geht es gut.« Nervös blinzelt sie, wobei sich das geschwollene linke Auge nur einen Spaltbreit öffnet, Auswirkung von ihrem Sturz gestern. Solche Verletzungen ist sie wohl gewohnt.

»Können wir bitte anfangen.«

»Natürlich. Zuerst müssen wir Sie fragen, wo waren Sie zur Tatzeit? Sonntag zwischen zwei und vier Uhr morgens?«

»Im Frauenhaus. Mein Jüngster zahnt gerade, ich war fast die ganze Nacht auf. Einige der anderen Mütter haben mir Gesellschaft geleistet.«

Sie antwortet sorglos. Auf den Gedanken, verdächtig zu sein, kommt sie nicht. Oder sie ist einfach darauf konzentriert, hier fertig zu werden.

»Gut, bitte schreiben Sie uns ein paar Namen auf, damit wir Ihre Aussage überprüfen können.« Jake schiebt ihr seinen Block und einen Stift zu.

Während sie schreibt, fragt er weiter: »Hatte Ihr Mann Feinde? Irgendjemand, der Ihnen einfällt, der als Täter in Frage kommt?«

»Was? Wieso?« Frau Maisch schüttelt den Kopf. »War es denn kein

Einbruch? Ich meine, wurde mein Mann absichtlich ...?« Mit der flachen Hand bedeckt sie den Mund.

»Wir gehen von einem vorsätzlichen Tötungsdelikt aus, ja.« Ruhig wartet er, bis sich die Frau einigermaßen gefasst hat.

»Nein, Holger hatte keine Feinde.« Frau Maisch zieht ein zerknülltes Papiertaschentuch aus der Jeans. »Gut, er war nicht bei allen beliebt.« Vorsichtig entfaltet sie es und sucht eine unbenutzte Stelle. »Er ist leicht angeeckt, weil er eine Meinung zu allem hatte und ...«

Mit der Hand wischt sie eine Träne von der Wange, besinnt sich und trocknet den Handrücken an dem Taschentuch ab. »Er steht zu seiner Meinung – stand.« Sie zupft an dem Papier, bis es reißt, Fasern rieseln herab.

»Und wenn jemand nicht seiner Überzeugung war, wurde er auch handgreiflich, richtig?«, fragt Jake in die entstandene Pause.

»Nein, nie – selten – wenn er getrunken hat.« Ihre Augenlider flattern, aus dem verletzten Auge lösen sich Tränen.

»Er hat Sie geschlagen. Auch Ihre Kinder?«

»Über Tote soll man nicht schlecht reden, das hat meine Oma immer gesagt.« Fest presst sie die Lippen aufeinander, um das Zittern zu unterdrücken, und tupft die Tränen weg.

»Frau Maisch, uns liegt nichts daran, Ihren Ehemann im Nachhinein zu verurteilen. Wir müssen uns nur ein klares Bild vom Opfer machen, um daraus auf das Motiv und den Täter schließen zu können. Deshalb ist es wichtig, dass Sie uns alles erzählen. Wahrheitsgemäß, ohne zu beschönigen.« Jake spricht langsam und eindringlich.

»Diese Putze – die Reinigungskraft, die hat Holger reingelegt. Vielleicht hat ihr das nicht gereicht.«

»So viel wir wissen, wurde Ihr Ehemann fristlos gekündigt, weil er mehrmals unterschiedliche Kolleginnen unsittlich berührt und zum Oralsex aufgefordert hat.« Vielleicht wird sie einsichtig, wenn sie erfährt, was genau ihrem Mann vorgeworfen worden ist. Die Details hat er ihr sicher vorenthalten. »Laut Aussage seines Arbeitgebers wurden unmissverständliche Gespräche mit ihm geführt, weil bei den ersten Übergriffen keiner der Frauen den Mut hatte, eine Aussage zu machen. Erst beim letzten Vorfall hat ein Kollege beobachtet, wie er einer Frau unter den Rock gegriffen hat.«

»Das sind alles Lügen, weshalb sollte er das tun, er hat doch mich.«
»Wieso sollte der Kollege lügen?«
»Weil er ein Ausländer ist, genau wie die Putze. Wahrscheinlich war einer seiner Cousins auf Holgers Job aus. Die sind doch alle miteinander verbandelt. Bei dem Pack kann man nie wissen, sagt Holger.« Eine leichte Röte überzieht Frau Maischs Wangen. »Holger meinte, sie haben ihm eine Falle gestellt, um ihn loszuwerden.«
»Aber Sie haben ihm nicht geglaubt. Hat er Sie deshalb geschlagen?«
»Ich bin tollpatschig und gegen die Tür gelaufen.«
»Frau Maisch.« Er beugt sich vor. »Sie müssen ehrlich zu uns sein.« Er durfte sie nicht zu sehr aus der Ruhe bringen, sonst würde sie gar nichts mehr sagen, aber ihre Solidarität über den Tod hinaus, macht es nicht einfach, die Wahrheit über die Gewaltbereitschaft ihres Mannes zu erfahren.

»Er wollte sich einen Anwalt nehmen und gegen den Arbeitgeber klagen, seine neuen Freunde haben ihm dazu geraten. Ich hätte es besser gefunden, wenn er sich einen neuen Job sucht.«
»Wer waren seine neuen Freunde?«
»Schauen Sie auf seinem Handy nach. Er hat den ganzen Tag mit denen Nachrichten geschrieben und abends ist er mit ihnen um die Häuser gezogen.«
»Wir haben kein Handy gefunden.«
»Dann wurde er doch ausgeraubt?« Frau Maisch blickt von Jake zu Chris, der aufmerksam zuhört und Notizen macht.
»Können Sie uns seine Nummer und den Anbieter notieren? Dann können wir die Einzelnachweise anfordern.«
»Ja. Die Ausdrucke sollten in einem Ordner sein. Holger hat niemanden getraut, deshalb hat er die immer genau nachgeprüft.«
»Sehr gut, wenn Sie wissen, in welchen, würde das die Suche danach erleichtern.

Frau Maisch schreibt alles auf. »War es das dann? Die Kinder warten auf mich.«
»Von meiner Seite ja. Chris?« Als der den Kopf schüttelt, reicht er Frau Maisch zum Abschied die Hand. »Falls wir noch Fragen haben, kommen wir auf Sie zu. Können wir Sie in der Wohnung erreichen?«

»Ja, natürlich.« Sie stopft das benutzte Taschentuch in die Jeans und ergreift die dargebotene Hand.

»Sie werden den Kerl doch finden? Holger war kein schlechter Ehemann, er hatte es nie leicht im Leben.«

Wieder versucht sie, das Kartenhaus ihrer Ehe vorm Einsturz zu bewahren. Dafür verurteilt er sie nicht, die Reaktion ist allzu menschlich. Aus eigener Erfahrung weiß er, wie schwierig es ist, den richtigen Zeitpunkt für den Schlussstrich zu finden.

Ich bin verdammt dünnhäutig, gesteht sich Jake ein.

Er hätte auf seinen Urlaub bestehen sollen.

KAPITEL 26
Montag, 19.3., früher Nachmittag

CHRIS SCHLIESST DIE TÜR ZUM VERHÖRRAUM und schaut Frau Maisch hinterher, die in Begleitung eines Kollegen zum Aufzug geht.

»Ich frage mich, wie man einem anderen Menschen so verfallen kann. Er schlägt sie und sie findet Entschuldigungen dafür. Soll das die wahre Liebe sein?«

»Es gibt viele Formen der Liebe, nicht jede ist gesund. Und nur einige sind so perfekt, wie sie scheinen.« Jake dreht sich weg und geht zurück ins Büro.

Mit wenigen Schritten Abstand folgt Chris ihm. Lange Zeit dachte er, mit Sandra die richtige Frau gefunden zu haben. Bis sich herausstellte, dass sie ihn und seine Macken nur toleriert hat. Immer öfter haben sie über Nichtigkeiten gestritten und er hat nicht verstehen können, warum sie plötzlich seine notorische Unordnung und seine Vorliebe für Heavy Metal Musik kritisiert hat.

Wie oft hat sie gesagt: ›Wenn wir Kinder haben, muss sich einiges ändern. Du musst ihnen ein Vorbild sein.‹ Als wäre der Musikgeschmack ein Indikator für die Qualitäten eines Vaters. Immer noch in Gedanken setzt er sich und greift nach den Papieren auf dem Schreibtisch. Es dauert einen Moment, bis er begreift, was er in Händen hält. »Scheint, als hätte Pauls Truppe die Einzelnachweise von Herrn Maisch bereits sichergestellt.«

Britta kommt aus ihrem Büro herüber. »Ja, die hat er heute Morgen hergebracht. Ich habe die häufigsten Nummern Gelb markiert und die in Grün sind Kontakte, die das erste Opfer auch hatte.«

»Bingo. Dann haben wir endlich Gemeinsamkeiten.« Er überfliegt die Zeilen, ein leichtes Kribbeln breitet sich am Haaransatz aus.

»Ja, zu seinen häufigsten Kontakten in den letzten sechs Wochen gehörte Ansgar Holzapfel und zwei weitere aus der rechten Szene. Paul ist dran, die Kurznachrichten zu besorgen. Ansonsten habe ich zwei

Nummern gefunden, die wir auch bei Herrn Jung hatten. Beides Frauen. Allerdings keine zahlreichen Telefonate, sie könnten aber auf Messenger-Dienste umgestiegen sein.«

»Ich liebe es, wenn sich die Knoten lösen.« Voller Tatendrang reibt Chris die Hände, froh für jede Ablenkung von seinem privaten Dilemma, will er sich gleich in die Arbeit stürzen. »Da werde ich gleich ...«

»Moment, Herr Peters ist da und wartet auf euch in Raum III. Ihm hat es gar nicht gepasst, dass ihr nicht da wart, er ist in Eile.«

»Ja, ja, das sind immer alle. Wir machen unsere Arbeit, wir können nicht auf alle Befindlichkeiten eingehen. Aber okay, dann erst Herr Peters.« Jake schnaubt vernehmlich.

Scheint, als seien sie beide ziemlich genervt. Hoffentlich ist er nicht der Grund bei Jake.

»Er scheint sich der Brisanz seiner Lage nicht bewusst zu sein«, wettert Jake weiter und verlässt das Büro.

»Mal sehen, ob er das zweite Opfer persönlich kannte.« Er springt auf und folgt Jake.

Er öffnet die Tür zum Verhörraum und lässt Jake den Vortritt.

»Da sind Sie ja endlich.« Herr Peters unterbricht das Auf- und Abgehen und setzt sich unaufgefordert auf einen der Stühle. »Ich dachte, Sie wären auf meinen Besuch eingerichtet.«

»Waren wir auch, das heißt aber nicht, dass wir alles stehen und liegen lassen, nur um Sie willkommen zu heißen. Sie wollten einen flexiblen Termin, da sind wir Ihnen entgegengekommen und jetzt verschieben wir wegen Ihnen unsere Mittagspause«, weist ihn Jake zurecht.

Chris nickt seinem Partner zu, als er hinter Herrn Peters den Tisch umrundet, dann übernimmt er wieder die Rolle des Verständnisvollen. Die liegt ihm, denn er fühlt sich in gewisser Weise mit Peters verbunden.

»Wir beeilen uns«, versichert er deshalb. Nach den notwendigen Formalitäten startet Chris mit seiner ersten Frage, um eines der möglichen Motive zu untermauern. »Ist beim Übergabetermin des Hauses alles zu Ihrer Zufriedenheit verlaufen?«

»Ja, danke. Warum interessiert Sie das?«

»Der Käufer wollte den Preis nicht weiter drücken?«

»Nein, auf noch weniger hätte ich mich nicht eingelassen. Hören Sie, der Preis ist nicht nur dem Umstand des Flüchtlingsheims geschuldet. Wir brauchen das Geld dringend, weil wir in der Nähe von Tübingen unser Traumhaus gefunden haben. Es ist perfekt, dort wollen wir einen Neuanfang starten.« Wieder blickt Herr Peters auf seine Armbanduhr. »Können wir mit der Befragung beginnen?«

»Oh, wir sind mittendrin. Neuanfang ist ein gutes Stichwort. Wie lang hat Ihre Frau Sie betrogen, bis Sie es gemerkt haben?«, fragt Jake.

Chris beobachtet die Reaktion in der Mimik seines Gegenübers, die im Sekundentakt wechseln. Erst Erstaunen, dann Betroffenheit und zuletzt Ärger, dem er lautstark herauslässt. »Das geht Sie gar nichts an.« Peters steht auf, der Stuhl kippt hinten über. »Wenn Sie sonst keine Fragen haben, gehe ich besser. Mein Privatleben geht Sie nichts an. Gar nichts.« Er hebt den Stuhl auf und schiebt ihn mit Wucht an den Tisch.

Trotz aller Verbundenheit ruft Chris ihn zur Ordnung. »Wenn Sie sich bitte setzen, damit wir mit der Befragung fortfahren können.« Außerdem wird es Zeit klarzustellen, wer die Regeln vorgibt. »Bei einer Mordermittlung können wir keine Rücksicht auf Privatsphäre nehmen.«

Peters braucht einen Moment, um sich runterzufahren. Chris kennt die Wut auf sich selbst, weil auch er blind für die Anzeichen war und bis zuletzt im Tal der Ahnungslosen gewandelt ist. Lange hat er gehofft, nach der Trennung auf Probe würde sich Sandra besinnen und einem Neuanfang zustimmen. Stattdessen hat sie die Beziehungspause immer wieder um eine Woche verlängert, wollte mehr Bedenkzeit. Und dann hat sie Knall auf Fall den Kontakt abgebrochen. Erst Monate nach der Trennung hat die Bemerkung einer Nachbarin ihm die Augen geöffnet. Sie hat ihm ihr Bedauern über seinen Auszug ausgesprochen und erzählt, sie hätte Sandra mit ihrem Neuen schon vorher Arm in Arm im Hartenbergpark getroffen.

»Also, wann haben Sie gemerkt, dass Ihre Frau einen Liebhaber hat. Oder hat Ihnen jemand von der Affäre mit Herrn Jung erzählt?«, fährt er fort, obwohl Peters stehen bleibt.

»Mit Herrn Jung? Was reden Sie denn da?« Ein bitteres Lachen kommt dem Befragten über die Lippen. »Als würde sich meine Frau für so einen interessieren. Die steht auf Softies, die über Esoterik sülzen und mit Duftkerzen das schlechte Karma vertreiben.«

Bei der Beschreibung muss Chris sofort an Sandras Neuen denken. *Was ist nur mit den Frauen los?*

»Mit Jung hätte sie sich nie eingelassen, selbst wenn er der letzte Mann auf Erden gewesen wäre. Wie kommen Sie auf so einen Schwachsinn?«

»Beantworten Sie bitte einfach nur unsere Fragen. Je kooperativer Sie sind, desto schneller sind wir fertig.«

Das sind ja Erkenntnisse. Wenn Andreas Jung tatsächlich nicht der Liebhaber war, blieb als Mordmotiv die Kaufpreisminderung der Immobilie und Rache für den Bau des Flüchtlingsheims. Er vermeidet Jake einen fragenden Blick zuzuwerfen, aber er spürt, dass auch er von der Entwicklung überrascht ist.

Seufzend setzt sich Herr Peters. »Es war Zufall. Unsere Älteste war auf der Geburtstagsparty ihrer besten Freundin. Tagelang hat sie sich darauf gefreut und dann hat keiner sie beachtet. Ihre Freundin hat mit den anderen getuschelt und sie links liegen lassen. Als ich sie abgeholt habe, war sie völlig aufgelöst und zu Hause hat sie nur geweint und nach ihrer Mama gerufen. Natürlich konnte ich die über Handy nicht erreichen und weil es immer später wurde, dachte ich, sie hätte sich nach dem Kurs festgequatscht. Also habe ich die Kinder ins Auto gepackt und bin zum Fitnessstudio gefahren, um sie zu suchen. Aber sie war nicht da und die Empfangsdame hat mich mitleidig angesehen und gemeint, dass sie schon lange keine Abendkurse mehr belegt.« Bei der Erinnerung daran, sinkt er in sich zusammen.

»Zu welchem Schluss sind Sie gekommen?«

»Ich habe eins und eins zusammengezählt und als ich sie darauf angesprochen habe, hat sie nicht einmal geleugnet.« Er rutscht weiter nach unten.

»Und wer war ihr Liebhaber, wenn nicht Herr Jung?«

»Ihr Personal Trainer. Er hat sie verstanden, ihre Seele gestreichelt und was weiß ich noch alles.«

»Kennen Sie seinen Namen?«

»Nein, der interessiert mich auch nicht. Ich habe ihn nie gesehen, auch kein Foto von ihm.«

Klar, er selbst vergleicht sich auch mit Pierre und die zermürbenden Fragen, was Sandra an ihm findet, bekommt er nicht beantwortet. »Aber am Ende hat sie sich für Sie entschieden?« Er beugt sich vor, fast ist er versucht, Herrn Peters aufmunternd auf die Schulter zu klopfen.

»Wegen der Kinder, ja. Da mache ich mir kaum Illusionen. Und die Möglichkeit auf eine räumliche Veränderung hat dazu beigetragen.«

Verständnisvoll nickt Chris, Sandras Schwangerschaft ist zu spät gekommen, als dass sie ihrer Beziehung noch geholfen hätte. Bevor ihm mehr tröstende Worte herausrutschen, mischt sich Jake in die Befragung ein. »Kennen Sie Holger Maisch?«

Chris lehnt sich zurück, darauf wäre er jetzt auch zu sprechen gekommen. Aber gut, der Teil bedarf eines härteren Befragungsstil als seines bisherigen. Oder hat Jake den Eindruck, dass er bei dem Thema zu empathisch ist?

»Nein, ich denke nein.« Sichtlich verwirrt über den plötzlichen Themenwechsel richtet sich Herr Peters auf und drückt den Rücken durch.

»Sicher nicht? Er gehört zur Gruppe um Herrn Holzapfel.«

»Möglich, dass ich ihn mal getroffen habe. Keine Ahnung. Warum ist das wichtig?« Hilfesuchend wendet sich Peters an Chris, der den Blickkontakt bewusst vermeidet.

»Er war also nie auf einer der Versammlungen gegen das Flüchtlingsheim?«

»Er gehört sicher nicht zur Nachbarschaft, sonst würde ich ihn kennen. Wenn Ansgar ihn mitgebracht hat, müssen Sie ihn fragen. Die letzten Male war ich nicht dabei. Anfang Januar stand fest, dass wir wegziehen, und ab da hatte ich andere Prioritäten.«

»Gut, ich denke, dann können wir hier schließen. Oder?«

Mit einem kurzen Nicken signalisiert er Jake, keine weiteren Fragen zu dem Fall zu haben. Nur bezüglich Wege aus der Beziehungskrise, würde er Herrn Peters gern um Rat fragen, aber das wäre mehr als unangebracht.

»Vielen Dank für Ihre Zeit. Ich bringe Sie hinaus.« Er ignoriert Jakes hochgezogene Braue und öffnet die Tür. Soll er denken, was er will. Aber er fühlt sich Herrn Peters im Schicksal verbunden. Und seine Hoffnung auf einen Neustart seiner Ehe hat neue Nahrung bekommen.

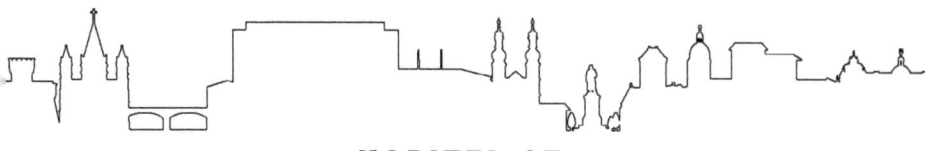

KAPITEL 27
Montag, 19.3., Nachmittag

Zurück im Büro zieht Jake sein Smartphone hervor. Während der Befragungen sind zwei Textnachrichten eingegangen. Beide von Ina. Seine Mundwinkel zucken leicht. Voll Vorfreude öffnet er die erste.

> Hey Jake, ich gehe nachher mit meinem Frauchen Gassi. Wir werden so gegen 16:00 Uhr an der Theodor-Heuss-Brücke in Kastel starten, dort wo die Graffitis sind. Wir gehen Richtung Main und sind etwa eineinhalb Stunden unterwegs, falls du später zu uns stoßen möchtest. Ich hab ein neues Leuchthalsband, da können wir ohne Probleme im Dunkeln laufen. Allerdings würden wir uns mit deinem Polizeischutz sicherer fühlen. Außerdem kannst du meinen Ball weiter werfen als Frauchen. LOL. Wuff Tobi.

Jake schnaubt, was fast als Lachen durchgehen könnte. Die zweite Nachricht ist kürzer:

> Ich würde mich ebenso über deine Gesellschaft freuen. LG Ina.

Bevor er antwortet, öffnet er ihr Profilbild. Ein Schnappschuss. Ina zieht eine Grimasse, weil Tobi gerade ihr Gesicht abschleckt. Eigentlich kann er es sich nicht leisten, den Fall schleifen zu lassen, andererseits hat er keine Mittagspause gemacht und frische Luft fördert das Denkvermögen.

> Ich schaue, dass ich meinen Feierabend vorziehe. Ich melde mich später.

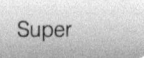

»Schaust du lustige Filmchen oder warum grinst du so?« Chris steht in der offenen Tür.

»Nein, ich habe nur kurz meine sozialen Kontakte gepflegt.«

»Während der Arbeitszeit?«

»Ja, mal eben zwischendurch eine private Nachricht zu schreiben, ist kein Drama.« Er macht eine Pause, versucht, dem aufsteigenden Ärger Herr zu werden. Was soll das? Will Chris nicht verstehen, wo der Unterschied liegt? »Nur, wenn es zur Obsession wird, alle paar ...«

»Hey, war als Scherz gemeint. Ich weiß, dass ich es übertrieben habe. Ich bin mit guten Vorsätzen hergekommen. Oder hast du mich in den letzten Tagen mit dem Handy in der Hand gesehen?«

Jake lässt die Frage unbeantwortet, geht stattdessen zum Board und ergänzt die Notizen:

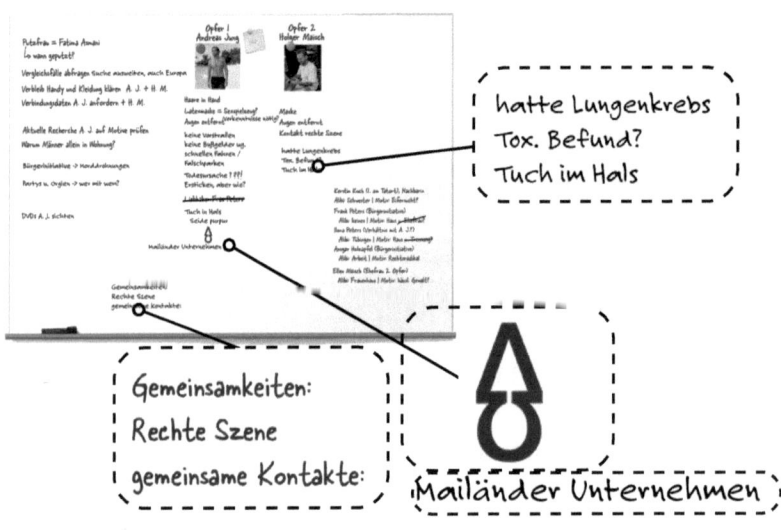

»Schreibst du die Namen und Nummern der beiden Frauen dazu?«, bittet er Chris. Dessen genervten Gesichtsausdruck ignoriert er. Er hat keine Lust auf Diskussionen, die Art von Scherzen liegt ihm nicht. Vielleicht reagieren sie beide überempfindlich. Er wird versuchen, lockerer mit den Bemerkungen umzugehen.

»Ja, eine habe ich für morgen einbestellt, bei der anderen war das Handy ausgeschaltet. Ich probiere es nachher noch einmal.«

Chris blättert in den Unterlagen.

»Ach, die Befragung im Flüchtlingsheim klappt nicht. Sie haben heute Nachmittag eine Veranstaltung und gefragt, ob wir auch morgen vorbeikommen können.«

»Das passt mir gut. Ich würde dann so gegen drei verschwinden und später wiederkommen.« *Wenn das kein Zeichen ist*, freut sich Jake. Ist auch besser, wenn Chris und er erst einmal räumlich getrennt arbeiten, dann können sie sich beruhigen, beschwichtigt er sein schlechtes Gewissen. Er arbeitet die verlorene Zeit nach und etwas private Zerstreuung wird ihm guttun.

»Ich bin gegen sechs zurück und setze den vorläufigen Bericht auf.« Maja kommt herein. »Dann kannst du meine Obduktionsergebnisse mit berücksichtigen. Ich dachte, ich bringe den Bericht persönlich vorbei, bevor er wieder untergeht.« Ohne Chris anzuschauen, legt sie die Mappe in das Posteingangskörbchen hinter seinem Schreibtisch.

»Gab es etwas Besonderes?« Chris greift nach dem Bericht.

»Maja, könntest du einen kurzen Abriss geben, ich konnte Chris noch nicht informieren.« Sollen die beiden sehen, wie sie klarkommen. Er lässt sich da nicht reinziehen.

»Die Leiche des zweiten Opfers weist die gleichen Merkmale wie Nummer eins auf: ein Tuch im Schlund, Augen entfernt, und eine Latexmaske über den Kopf gezogen. Die Todesart ist ebenfalls Ersticken«, kommt Maja seiner Bitte nach. »Ungeklärt bleibt, wie der Tod herbeigeführt wurde. Ich werde mich mit Kollegen beraten. Ansonsten wäre anzumerken, dass Herr Maisch in den nächsten Monaten an Lungenkrebs gestorben wäre. Soweit ich feststellen konnte, hat er noch keine Medikamente dagegen genommen. Aber ich lasse das vom Labor überprüfen. Ebenso wie einen erweiterten toxikologischen Befund, falls das Opfer vor dem Tod mit einer Substanz ruhig gestellt wurde.«

»Hattest du das bei Herr Jung nicht veranlasst?«, fragt Chris.

»Doch, beide Opfer wurden zwischen zwei und vier Uhr morgens getötet, allerdings wurde Herr Jung wesentlich später gefunden. Deshalb habe ich bei Herrn Maisch am Tatort Blutproben genommen und per Express ins Labor geschickt.«

»Und wann erwartest du das Ergebnis?«

»Nicht vor morgen früh. Montags sind die Labore immer überlastet. Ich habe es eilig gemacht, aber ihr kennt das ja.« Maja tritt näher an das Whiteboard. »Rechte Szene? Ist das eine Gemeinsamkeit?«

»Herr Maisch hat sich ihnen gerade zugewendet. Er könnte unfreiwillig Mitwisser des Mords an Herrn Jung geworden sein.«

»Verstehe.« Maja tippt auf das Alpha/Omega Zeichen, das Jake neben die Notiz mit dem purpurfarbenen Seidentuch gezeichnet hat. »Seid ihr da weitergekommen?«

»Bis jetzt hat sich Paul nicht wieder gemeldet.«

»Worum geht's?« Neugierig stellt sich Chris zu ihnen.

»Paul glaubt, dass das Zeichen auf dem Tuch Alpha und Omega bedeutet.«

Er zeigt Chris das Foto auf seinem Handy, das er von dem Beweismittel gemacht hat.

»Da könnte er recht haben. Ist Purpur nicht die Farbe der Kardinäle?«

»Die katholische Kirche steht aber pro Flüchtlinge. Ich sehe da keine Verbindung zur rechten Szene.« Nachdenklich schüttelt Jake den Kopf und setzt sich an seinen Schreibtisch.

»Dann überlasse ich euch mal eurem Schicksal und recherchiere weiter nach der Todesursache.« Maja nickt ihm zu, Chris beachtet sie nicht.

Innerlich schüttelt Jake den Kopf. Was bezwecken die beiden mit den Theater?

Aber gut, nicht seine Angelegenheit, ruft er sich aus seinen Überlegungen heraus und zu Chris gewandt sagt er: »Wir treten auf der Stelle. Den Mord an Andreas Jung allein besehen, würde ich auf seine Geschäfte mit den Flüchtlingen tippen. Da ist etwas aus dem Ruder gelaufen, eine der Parteien hat sich gerächt. Aber Maisch passt da nicht rein.«

»Vielleicht bekommen wir einen entscheidenden Impuls morgen bei der Befragung. Danach können wir entscheiden, ob es notwendig wird, die, wie hat es Frau Koch ausgedrückt, geilen Alten, zu befragen.

Ich freue mich auf Lehmkühlers Gesicht, wenn wir ihm die Liste der Kontakte geben. Und die beiden Frauen können auch eine Verbindung ergeben.«

»Ja, schon gut. Morgen sehen wir vielleicht klarer.« Er wirft einen Blick auf seine Uhr.

»Genau, ich brühe mir ein Süppchen. Willst du auch was?«, fragt ihn Chris, der den Check der Uhrzeit wohl falsch deutet.

»Nein, ich würde auswärts Pause machen, es ist kurz nach drei. Bist du um sechs noch da?«

»Paul hat eine E-Mail geschrieben mit den Kurznachrichten von Herrn Maisch. Die will ich auswerten. Dann überprüfe ich die Rückmeldungen der Anbieter von Jungs Kontakten und werde nachhaken und die Abfrage der Vergleichsfälle ist auch durch, da gehe ich als Nächstes dran.«

»Ich kann auch früher wieder hier sein«, bietet er an, auch wenn er Ina nur ungern absagen würde.

»Nein, kein Thema, ich schaffe das schon, wenn du den Bericht schreibst, ist es okay. Pfleg du mal deine persönlichen Kontakte.«

»Mach ich.« Er wertet die Bemerkung positiv. Chris scheint ihm sein Aufbrausen nicht übel genommen zu haben.

KAPITEL 28
Montag, 19.3., später Nachmittag

Frisch geduscht und mit einem Apfel in der Hand erreicht Jake den Treffpunkt unter der Brücke. Um die Tageszeit sind einige Hundebesitzer und Jogger unterwegs. Er betrachtet die Graffiti, die jedes Jahr im Rahmen des Sprühkunst-Festivals ›Meeting of Styles‹ neugestaltet werden. Er schätzt die Arbeit der meist jungen Künstler aus Europa und darüber hinaus. Hier können sie legal ihre Kunst ausleben.

Nur ungern erinnert er sich an die Anfänge der Sprayer-Szene, als die Welle aus New York herüber schwappte, getrieben von Künstlern wie Jean-Michel Basquiat, Keith Haring und Futura 2000. Jakes erster Einsatz als Polizist ist eine Nacht-und-Nebel-Aktion gegen Sprayer gewesen, die wochenlang jede freie Fläche, einschließlich abgestellter Güterwaggons, ›verunstalteten‹. So lautete damals der gebräuchliche Terminus. Niemand sprach von Kunst, sondern von Sachbeschädigung. Eine Streife hat ungewöhnliche Aktivitäten am Rangierbahnhof gemeldet und sie sind mit einem Großaufgebot ausgerückt. Sie erwischten eine Gruppe von Sprayern auf frischer Tat. Bei der Flucht wurde das einzige Mädchen der Gruppe von einem Triebwagen überrollt und verstarb am Unfallort.

Ihr sinnloser Tod ging ihm lange nach. Aus den Befragungen der anderen, erfuhr er mehr über sie und in seiner Freizeit suchte er in der Stadt nach ihren Werken. Die konnte er leicht an ihrem Tag, eine rosa Rose, erkennen. Eine Hommage an ihr Vorbild Lady Pink.

Auch wenn er sich selbst kaum Kunstverständnis zutraute, sprachen ihn die Bilder an. Mit wenigen Strichen schaffte sie es, Emotionen in Gesichter zu zaubern, die ihm bis heute im Gedächtnis waren. Und die er in der Mimik von Gesprächspartnern wiederfindet.

Zu ihrem Gedenken hängt ein Poster des Graffitis ›Love is in the air‹ in seinem Wohnzimmer. Über dem Schriftzug, dessen Schrift von verwirbelten Nebelschwaden umgeben ist, hatte sie zwei Augen gemalt.

Die geweiteten Pupillen, die Stellung der Augenbrauen wirkten wie der Blick einer Frischverliebten.

»Wartest du schon lange?« Unbemerkt ist Ina neben ihn getreten. »Spricht dich das an?« Sie weist auf das Bild einer jungen Frau, mehrfach gesprayt, immer der gleiche melancholische Blick, in verschiedenen Farben, vor dem er gerade steht.

»Ja, also Graffitikunst im Allgemeinen.«

»Gut, mich auch.« Sie lächelt, legt den Kopf schräg. Ihre Pupillen sind geweitet.

Kein Wunder, sie stehen im Schatten.

»Ist das dein Mittagessen?«, fragt Ina und deutet auf den Apfel.

»Könnte man so sagen. Ich habe keine regelmäßigen Essenszeiten.«

Wie lange hat er ihr in die Augen gestarrt?

»Also, ich hätte hier ein Fischbrötchen.« Ina hält ihm eine Tüte hin, worauf Tobi an ihr hochspringt und mit dem Schwanz wedelt.

»Tobi, aus. Du hattest deinen Anteil schon.«

»Danke.« Er nimmt die Tüte und holt das Brötchen heraus. Erst, als er hineinbeißt, merkt er, wie hungrig er ist.

»Und? Schmeckt's?«

»Oh, ja. Manchmal merkt man erst, wenn man etwas bekommt, wie sehr es gefehlt hat.«

Ina schaut ihn an, scheint über seine Antwort nachzudenken. Dann nickt sie. »Wahrhaft weise Worte, Herr Kommissar. Macht es dir etwas aus, im Gehen zu essen. Tobi wird langsam unruhig.«

»Klar. Lauft ihr hier regelmäßig?«

»Zu dieser Jahreszeit ja. Im Sommer fahre ich raus, da gehen wir im Wald spazieren.«

»Bleibt Tobi allein in deiner Wohnung, wenn du arbeiten gehst?« Als er seinen Namen hört, dreht sich Tobi freudig um.

»Ja, ich arbeite halbtags in einer Spedition. Meine freiberufliche Tätigkeit bei einem Verlag kann ich mir flexibel einteilen. Das klappt wunderbar.«

Bevor er weiter fragen kann, drückt Ina ihm einen Ball in die Hand.

»Hier, Tobi freut sich schon auf deine weiten Würfe.«

Er schaut sich um, sie sind ein gutes Stück weit gekommen, nur wenige Fußgänger sind unterwegs.

Ina löst die Hundeleine. »Los, trau dich. Oder hast du Angst, dass dich ein hessischer Kollege festnimmt, weil du mit einem freilaufenden Hund trainierst?«

Ohne auf die Bemerkung einzugehen, wirft er den Ball einige Meter auf die Wiese. Begeistert läuft Tobi hinterher. Auch Jake verlässt den Weg und Tobi bringt seine Beute brav zu ihm. In schneller Folge wirft er mehrere Male und Tobi springt und rennt, ist völlig aus dem Häuschen. Und genauso fühlt er sich. Mit jedem Wurf löst sich die Anspannung der letzten Tage etwas mehr. Aus dem Augenwinkel beobachtet er, dass Ina ihr Handy zückt und Fotos schießt.

»Macht mal eine Pause«, ruft sie.

Er kommt zurück auf den Weg und Tobi kommt ebenfalls angerannt.

»Für Fotos von mir musst du bezahlen. Als Beamter gehört das Recht an meinen Bildern dem Staat«, erklärt er todernst und macht eine Grimasse, als sie ihn fotografiert.

»Als unbescholtene Staatsbürgerin bekomme ich doch sicher Rabatt?«

»Hm, mal sehen. Ich könnte ein Tauschgeschäft aushandeln.« Er zückt sein Handy und hält Inas verblüfften Gesichtsausdruck für die Nachwelt fest und auch das folgende Lächeln und Lachen.

Plötzlich klingelt ihr Smartphone. »Unbekannte Nummer.« Stirnrunzelnd sieht sie auf.

»Geh dran, dann erfährst du mehr.« Er wendet sich Tobi zu und wirft den Ball.

»Hallo ... Ja, das bin ich.« Ina dreht sich Richtung Rhein und er entfernt sich, sodass er dem Gespräch nicht folgen kann. Als er zu Ina schaut, hat sie das Gespräch beendet und starrt auf ihre Füße. Er geht zu ihr.

»Schlechte Nachrichten?«

Sie schüttelt den Kopf. »Kennst du einen Kriminaloberkommissar Muth?«

Ein Kratzen im Hals, er räuspert sich. »Ja, warum? Wir arbeiten gemeinsam an einem Fall.«

»Dann sehen wir uns morgen wieder. Ich wurde von ihm zu einer Befragung geladen.«

»Was?« Ina muss eine der Frauen sein, die zu beiden Opfern Kontakt hatte.

»Hast du eine Ahnung was da auf mich zukommen?«

»Es ist lediglich eine Befragung, du musst dir keine Gedanken machen. Das ist Routine, wir befragen alle Kontakte.«

»Hm. Okay. Hast du gewusst, dass ich auf eurer Liste stehe?«

»Nein, Ina. Natürlich nicht. Ich hätte es wahrscheinlich später im Gruppenkalender gesehen. Apropos, es wird Zeit für mich, ich habe noch einiges zu tun.«

»Zum Beispiel meine Befragung vorbereiten?«

»Ina.«

»Schon gut, ich gehe noch ein Stück weiter. Dann bis Morgen.«

Das klingt eher nach Drohung als nach Versprechen, findet Jake und schaut ihr hinterher.

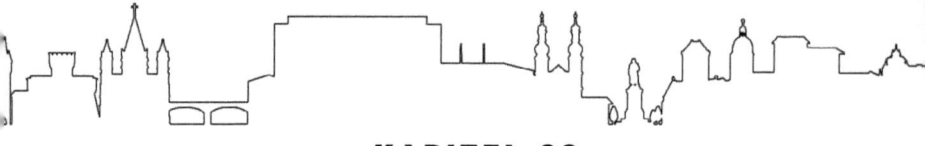

KAPITEL 29
Montag, 19.3., Zeit für Feierabend

CHRIS TRÄGT DEN TERMIN IN den Gemeinschaftskalender ein. Morgen erwartet sie ein Verhör-Marathon. Da er nicht abschätzen kann, wie lange sie im Flüchtlingsheim brauchen, hat er die Termine mit den beiden Frauen auf den späten Nachmittag gelegt. Noch immer gibt es keine heiße Spur, der sie nachgehen können. Jetzt heißt es zu selektieren und Möglichkeiten zu verfolgen und nach und nach auszuschließen, bis die Richtige übrig bleibt.

Er checkt die Uhrzeit. Jake kommt in knapp einer Stunde zurück. Solange will er nicht warten.

Schnell schreibt er eine Kurzinfo an seinen Partner:

- *Liste der Vergleichsfälle mit Maske/Augen (auch verbunden, statt entfernt)/Mund gestopft, liegt vor, es muss noch aussortiert werden, bei welchen die verurteilten Täter nicht mehr leben oder in Haft sind*
- *Liste der Kontakte in Herrn Jungs Zweithandy ist jetzt komplett, mit Migranten sind für morgen Termine vereinbart, die feinen Herren habe ich als Datei angefügt, falls wir die dem Staatsanwalt vorlegen wollen*
- *Herrn Maischs Kurznachrichten mit Ansgar und Co. sind nicht sehr aufschlussreich. Es geht nie um die Flüchtlinge, immer nur um Ausländer generell, die treuen Deutschen die Arbeitsplätze wegnehmen. Er war bei vielen Versammlungen.*
- *Die Chats mit den beiden Frauen lassen darauf schließen, dass sie sich zum Sex verabredet haben. Ich habe die Daten mit den Telefonaten abgeglichen, sodass wir die Dates eingrenzen können und das Ende der regelmäßigen Kontakte habe ich notiert*
- *Bei Herrn Jung ist es ähnlich gelaufen, nur das er immer mehrere Frauen am Start hatte, war ein Organisationsgenie.*

Er verschränkt die Arme hinterm Kopf, zufrieden mit sich und überprüft die Vollständigkeit. Da öffnet sich die Bürotür.

»Immer noch fleißig, die Herrn Kommissare.« Kathrin kommt herein und mit ihr der Duft von frischem Kaffee.

»Ich dachte, ich bringe euch einen Muntermacher.«

»Super. Danke.« Er greift nach dem Becher und überlegt, ob es ihm bei der Karriere geholfen hätte, frühzeitig Kontakt zu der Kripo aufzunehmen. Kathrin schafft es, auf sich aufmerksam zu machen, wenn Jake sie nach so kurzer Zeit im Dienst mit Namen kennt. Als sie einen Kaffee auf dessen Schreibtisch abstellt, meint er: »Jake kommt erst gegen sechs zurück.«

»Ach, schade, bis dahin ist er kalt. Dann nehme ich ihn wieder mit.« Kathrin trinkt einen kleinen Schluck. Über den Rand des Bechers hinweg liest sie die Notizen auf dem Whiteboard. Der Fall scheint es ihr angetan zu haben. Im KDD kommen selten Kollegen aus anderen Bereichen zum Plaudern vorbei. Durch den Schichtdienst kann man nie sicher sein, wer gerade da ist.

»War echt super, dass du so schnell reagiert hast, als ihr die Leiche von Herrn Maisch gefunden habt.«

»Na ja, das war ja offensichtlich.« Kathrin lächelt. »Sehen verworren aus eure Notizen. Habt ihr etwas Konkretes?«

»Nein, so eindeutig das Verhalten des Täters ist, leider haben wir kein Motiv. Zwar haben wir mehrere Ansätze, aber keiner ist schlüssig genug für beide Fälle.«

»Ist es denn ein Serienkiller? Das fände ich spannend.«

»Wirklich?« Aufmerksam betrachtet er Kathrin, deren Augen die Notizen förmlich aufsaugen.

»Natürlich nicht, weil ich mir mehr Tote wünsche.« Eine zarte Röte zeigt sich auf ihren Wangen. »Nur weil die Fälle medienwirksamer, prestigeträchtig sind.«

»Ah, aber darum sollte es einem Ermittler nicht gehen.« Über so was macht er sich nun wirklich keine Gedanken. Nur darum, wie seine Vorgesetzten seine Arbeit beurteilen. »Wir behandeln die Fälle alle gleich. Egal, ob das Opfer bekannt oder unbekannt ist und unabhängig von der sozialen Stellung.«

»Ist das so?« Kathrin legt den Kopf leicht schräg.

Will sie ihn aus der Reserve locken? Oder will sie nur wissen, wie es bei der Kripo zugeht?

»Ich kann nur für mich sprechen, aber ja. Wichtig ist die Erfolgsquote und da gibt es keine Gewichtung, nur gelöst oder ungelöst.«

»Okay. Ich gehe dann mal.«

Nachdenklich schaut er ihr hinterher, so ganz kann er ihren Kurzbesuch nicht einordnen. Dann verschickt er die Nachricht an Jake und fährt den Laptop herunter. Sein Arbeitspensum für heute ist erreicht. Wenn er sich beeilt, schafft er den Bus um 17:48 Uhr. Er schnappt seine Jacke und spurtet los.

Chris schiebt sich an den anderen Fahrgästen im Bus vorbei, die im Mittelteil im Bereich der Tür stehen. Im Gang hat er mehr Platz. So praktisch öffentliche Verkehrsmittel bei der angespannten Parkplatzsituation in Mainz sind, so nervig sind die Fahrten zu den Stoßzeiten. Um dem Rummel zu entkommen, setzt er seine Kopfhörer auf.

Während die Bässe in seinem Kopf dröhnen, lässt er den Tag Revue passieren. Die Befragung mit Herrn Peters kommt ihm gleich in den Sinn. Ein unbestimmtes Gefühl, ein loser Faden, der in seinen Gehirnwindungen herumgeistert, den er nun endlich zu fassen bekommen will. Durch Ansgars Ausführungen hatten sie sich zu sehr darauf versteift, dass Frau Peters ein Verhältnis mit dem Opfer hatte. Aber irgendetwas lässt Chris an der Aussage nicht los. *Warum eigentlich der Personal Trainer? War das nicht hochgradig unprofessionell mit einer Kundin eine Affäre zu beginnen? Sicher gibt es dort schwarze Schafe. Oder ...!*

Plötzlich ist Chris der Bus zu klein. Er drückt den Knopf für den nächsten Halt und drängelt sich ohne Rücksicht zur Tür. Endlich draußen atmet er die kühle Abendluft ein. Er schlägt mit der Faust gegen die Wand der Bushaltestelle, begleitet von einem Aufschrei. *Kann das sein?* Nochmal sortiert er seine Gedankengänge. Laut Bußgeldbescheid war Frau Peters regelmäßig am Hartenberg. Ja, es ist mehr als wahrscheinlich. Pierre, der Neue seiner Frau, könnte auch Frau Peters Affäre gewesen sein.

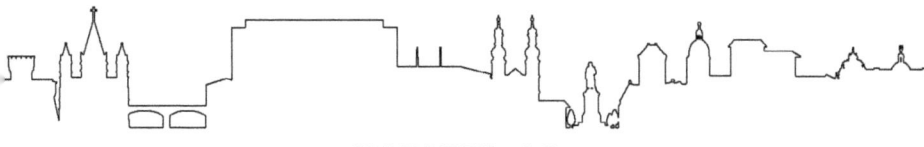

KAPITEL 30
Dienstag, 20.3., am Morgen

AM NÄCHSTEN MORGEN IM BÜRO liest Jake die Nachricht von Chris ein zweites Mal, ohne die Bedeutung der aneinander gereihten Worte zu verstehen. Seine Gedanken fliehen im Wechsel von und zu Inas Reaktion gestern Abend. Die Enttäuschung in ihren Augen, als hätte er sie hintergangen.

Mühsam holt sich Jake ins Jetzt zurück, sieht die Notizen erneut durch. Den Bericht muss er fertigschreiben. Nach etlichen Versuchen gestern Abend hat er abgebrochen, weil er keinen sinnvollen Satz zustande gebracht hat. Immer wieder kamen die gleichen Fragen, die er nicht gewagt hatte zu fragen, nicht fragen durfte. Nicht aus privaten Beweggründen.

Wieso gibt sich eine Frau wie Ina mit einem Journalisten ab, der offensichtlich nur auf Spaß und Beischlaf aus ist. Und Holger Maisch? Konnte der charmant sein? Kehrte er seine Gewaltbereitschaft erst später hervor, wenn es nicht nach seinen Vorstellungen ging? Die Befragung ist heute Nachmittag. Das gibt ihm Zeit, darüber nachzudenken, ob und was er Chris sagen soll. Aber kennt er Ina überhaupt? Das Frühstück ist keine Verabredung gewesen! Und der Spaziergang gestern? Sicher hat Ina nichts mit dem Fall zu tun. Falls sie sich danach weiter treffen, ... wer würde da fragen, ob sie sich vorher gekannt haben?

Die Bürotür wird mit Schwung aufgestoßen und Chris kommt herein.

»Ich war so blind«, poltert er los, »unfassbar blind.«

Kopfschüttelnd lässt er sich auf seinen Bürostuhl fallen.

Jake schaut ihn über den Bildschirmrand an.

»Was ist passiert?« Hoffentlich nicht noch mehr privates Drama.

»Ich war gestern Abend in dem Fitness-Studio, in dem Frau Peters trainiert hat. «

»Hatten wir den Teil nicht als erledigt abgehakt?«

Chris winkt ab. »Nein, es gibt eine Verbindung zu meiner Ex-Frau.«

»Chris, fängt das wieder an? Du musst dich auf den Fall konzentrieren.« Dass ausgerechnet er das sagt.

»Ja, mache ich ja, es hat mir nur keine Ruhe gelassen, wer der Lover von Frau Peters ist. Also der liebe Pierre, arbeitet in dem Studio und die Kollegen reden ganz offen darüber, dass er sich gerne mit Klientinnen einlässt. Und ich spreche absichtlich im Präsens. Er tut es immer noch.«

Bei Chris' Stimmung sagt er besser nichts über Ina, das muss bis heute Mittag warten. »Und jetzt willst du Sandra mit Argumenten zurückbekommen?«

Verdutzt schaut Chris ihn an, er scheint über die Möglichkeit nachzudenken. »Nein. Vielleicht. Aber viel interessanter ist der Zeitablauf seiner Affären. Ich habe herausgefunden, dass er zu dem Zeitpunkt mit Frau Peters etwas angefangen hat, als Sandra anfing, an mir herumzunörgeln.«

»Und da siehst du welchen Zusammenhang?« Jake schaut auf die Uhr, in zehn Minuten müssen sie losfahren, solange ist er gewillt, Chris Zeit für seine Story zu lassen.

»Klar, Pierre hat ihr die Pistole auf die Brust gesetzt. Entweder du verlässt deinen Alten oder ich bin weg. Und um seine Forderung zu unterstreichen, hatte er eine Neue am Start.«

»Aha.«

»Weil, eine Woche nachdem Pierre in unsere Wohnung gezogen ist, hat Frau Peters ihrer Versetzung zugestimmt. Will heißen, als er Sandra sicher hatte, hat er Frau Peters den Laufpass gegeben.«

»Okay. Aber, wie hilft uns das für den Fall weiter? Oder hat es sonst eine Bewandtnis, dass wir nun die Details wissen.«

»Verstehst du das nicht?« Chris springt auf und beugt sich vor. »Die hatten vorher schon ein Verhältnis, bevor ich mit Maja was hatte. Sonst hätte sich Sandra nicht von ihm erpressen lassen.«

»Ah, ja. Und was fängst du mit dieser Erkenntnis an?«

»Ich werde auf alle Fälle darum kämpfen, meine Tochter regelmäßig zu sehen.«

»Aus Rache, weil Sandra dir Hörner aufgesetzt hat?«

»Was? Nein. Ich muss mir von ihr anhören, dass ich einen schlechten Einfluss ausübe. Dabei ist sie nicht besser und von dem Ersatzpapa ganz zu schweigen.«

Darauf antwortet er nicht und fährt seinen Computer herunter. Ihm wäre lieb, wenn Chris seine privaten Angelegenheiten endlich eine Weile ruhen lassen und seine Energie nicht für etwas verschwenden würde, das er nicht ändern kann.

»Wir brauchen endlich Ergebnisse – in unserem Fall. Es wird Zeit, dass wir ins Flüchtlingsheim fahren.«

Und ich muss die privaten Treffen mit Ina auf Eis legen! Noch mehr Komplikationen vertragen die Ermittlungen nicht. Das aufkommende Bedauern schiebt er beiseite, der Druck im Magen bleibt.

KAPITEL 31
Dienstag, 20.3., zur Mittagszeit

CHRIS VERABSCHIEDET DIE BEIDEN KOLLEGEN, die sie bei der Befragung im Flüchtlingsheim unterstützt haben, für den Nachmittag sind sie für andere Fälle eingeteilt. Deshalb wird er jetzt alleine mit Jake weitermachen.

Er geht zum Aufenthaltsraum, in dem Jake den Vormittag verbracht hat. »Wie ist es bei euch gelaufen?«, fragt er. »Habt ihr etwas Interessantes erfahren? Bei uns war nichts.« In den Befragungen gab es nur freundliche Worte über das Opfer, nicht ein Anzeichen von Unstimmigkeiten. Andreas Jung, der große Gönner für alle.

Jake sieht ähnlich resigniert von seinen Notizen auf. »Nein, nichts Nennenswertes.«

Chris schaut sich um. Verteilt über den Raum stehen Sofas und Sessel, jeweils im Karree aufgestellt, als Ruhe-Oasen. Auf ihn wirkt es wie ein Sammelsurium aus billigen Discountermöbeln der letzten dreißig Jahre. Gemütlich wirkt es nicht. Vielleicht hätten sie die Befragung im Präsidium machen sollen, hier kehren die Männer direkt in die Gemeinschaft zurück. Falls es etwas zu verraten gibt, kann hier von den anderen leicht Druck ausgeübt werden.

»Geht es nur mir so oder hätten wir uns das Ganze sparen können?«

Jake zuckt mit den Schultern.

Es klopft und einer der Mitarbeiter des Heims öffnet die Tür und fragt: »Können wir weitermachen? Vielleicht schaffen Sie es, vor dem Mittagessen fertig zu werden.«

»Einen Moment bitte.« Jake blättert in seinen Unterlagen. Der Mann schließt die Tür.

»Ja, vielleicht sollten wir abbrechen. Aber zumindest die, die wir auf der Liste haben, sollten wir noch befragen. Obwohl wir wahrscheinlich alle Bewohner einbeziehen sollten. Vielleicht gibt es welche, die das Angebot von Herrn Jung abgelehnt haben. Die Gründe wüsste ich gern, daraus ließe sich ein Motiv ableiten. Naja, machen wir weiter.«

Chris geht zur Tür und denkt sich seinen Teil. Hier ist die Luft raus, er würde sich auf die alten Herren konzentrieren. Da finden sie sicher einen, der mit Freude andere ans Messer liefern wird, um sich selbst einen Vorteil zu verschaffen. Er öffnet die Tür und bittet den Nächsten herein. Essensduft weht in den Raum, es riecht scharf, nach fremdländischen Gewürzen. Die Arabische Küche liegt ihm. Im Asylantenheim verliert sich seine Assoziation von Exotik und heißen Ländern allerdings in der abgestandenen Heizungsluft.

Der Befragte setzt sich auf den zugewiesenen Platz.

»Sie sprechen deutsch und können uns gut verstehen?«, fragt Chris, weil der Dolmetscher nicht mit hereingekommen ist. Er schlägt eine neue Seite in seinem Notizblock auf und notiert die persönlichen Daten, dann startet er die Befragung.

»Kennen Sie Herrn Andreas Jung?«

»Ja.«

»Woher kannten Sie ihn?«

»Von hier. Er hat uns viel geholfen.«

»Gab es Streitereien? Hatte Herr Jung Feinde?

»Nein. Weiß nicht.«

»Er hat nicht allen gleich viel geholfen. Gab es Neider?«

Hier erntet er einen fragenden Blick.

»Menschen, die seinen Freunden und ihm etwas Schlechtes wünschen, weil es ihnen besser geht als dem Rest?«

»Nein.«

»Seine Unterstützung bezog sich auf junge Männer, richtig?« Er betont ›junge‹ und der Mann zögert, bevor er nickt.

»Wieso nicht auf alle?«

Das rechte Auge zuckt, er schiebt die Unterlippe nach vorne. »Andreas war guter Freund. Er hat allen geholfen. Allen, die wollten.«

»Was wollten?«, bohrt Chris weiter.

Genau das ist der Punkt, an dem sie nicht weiterkommen. Welche Hilfe hat das Opfer angeboten? Davon haben sie weiterhin nur eine vage Vorstellung.

Der Mann hebt die Hand, sein Blick huscht durch den Raum.

»Wir können gerne den Dolmetscher rufen, wenn Sie …«

»Nein, war guter Freund. Er hat uns eingeladen und ... Und nicht alle trinken Alkohol.«

»Heißt das, er hat nur geholfen, wenn Sie mit ihm getrunken haben?«

»Nein, aber die mit Lust sind mitgekommen.«

»Sie haben also mit Herrn Jung gefeiert?«

»Ja.«

»Auch in seiner Wohnung?«

Wieder der unstete Blick.

»Ja.«

»Und wie liefen die Partys dort ab?«

»Nix.«

»Was meinen Sie damit?«

»Nix. Alles gut. Getrunken und gelacht.« Er wischt seine Hände an der Hose ab. »Spaß gemacht.«

»Spaß. Sonst nichts?«

»Nein. Alles gut.« Er hebt abwehrend die Hände.

»So, alles gut. Dann vielen Dank für Ihre Bereitschaft. Eventuell kommen wir auf Sie zurück.«

Chris führt den Mann hinaus. Dann lehnt er sich an die geschlossene Tür. Die entscheidende Frage ist, ob alle das gleiche Verständnis von ›Spaß machen‹ haben? War einer zu weit gegangen und hat damit das ganze Konstrukt zum Wanken gebracht?

»Lass uns die Beine vertreten und nach der Mittagspause weitermachen. Ich kann ›Andreas, guter Freund‹ nicht mehr hören«, schlägt er Jake vor.

»Ja, gerne. Geht mir genauso.«

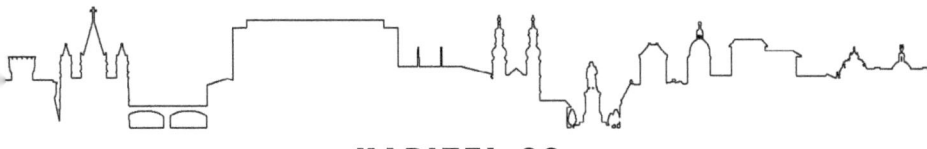

KAPITEL 32
Dienstag, 20.3., lange nach der Mittagsruhe

CHRIS LEHNT SICH IM BEIFAHRERSITZ zurück und schließt die Augen. So ein Verhörmarathon macht mürbe. »Ich frage mich, welchen speziellen Service Herr Jung geboten hat. Es gibt genügend Dating-Apps auf dem Markt. Da braucht man keinen Vermittler.«

Erst vor einigen Wochen hat er sich kundig gemacht, wie man als Single in Kontakt mit anderen kommt und festgestellt, wie umfangreich das Angebot ist. Wobei eine schnelle Nummer schieben im Fokus steht. Wie es aussieht, wenn man nach etwas Langfristigen sucht, wird sich zeigen. Im Moment braucht er seine Ruhe, die Karriere auf Kurs bringen, ganz ohne weibliche Einmischung. Majas Gezicke reicht ihm voll und ganz.

»Schon, aber wenn du deine homosexuellen Neigungen verschweigen willst, ist ein Kontakt zu einem Journalisten eben unauffällig. Er schickt die Flüchtlinge in eine Bar, dort können die geneigten Herren ihre Auswahl treffen. Dann arrangiert er die Treffen in seiner Wohnung, in der Überzeugung, dass die Nachbarn sich nicht für ihn interessieren. Die einzige Schwachstelle ist Frau Koch.«

»Da ist was dran.« *Wie wohl meine konservative Vermieterin auf wechselnde Frauenbesuche reagieren wird*, schießt es Chris durch den Kopf. Bisher hat ihn ihre Aufmerksamkeit und ihr Interesse an seinem Lebenswandel nicht gestört.

»Dann können wir die Erpressung vergessen, hört sich nach dem perfekten Arrangement an. Wahrscheinlich hat er nicht mal Geld genommen, sondern sich mit Gefälligkeiten zufriedengegeben.«

»Oder er wollte mit seinem Artikel zu Geld und Ruhm kommen«, mutmaßt Jake.

»Sieht aus, als hätten alle Beteiligten ihren Vorteil daraus gezogen und kein Motiv. Bleibt nur der homophobe Unbekannte im Hintergrund, der sich als Moralapostel aufspielt.«

Jake startet den Wagen und fährt los.

»Zumindest der Staatsanwalt wird froh sein, dass wir die hohen Herren nicht in die Mangel nehmen müssen. Obwohl ich denen gerne auf den Zahn gefühlt hätte. Mal sehen, ob wir aus den Frauenbekanntschaften von Herrn Jung mehr herausbekommen und wir uns nicht nur Geschichten über seine Manneskraft anhören müssen.« Darauf ist er nicht scharf.

Zurück im Büro empfängt Britta sie mit den Worten: »Paul hat nach euch gefragt.«

»Was wollte er denn?« Chris stellt sich in den Türrahmen zu Brittas Büro.

»Ich habe nicht verstanden, was er meinte. Ruft ihn an, dann kann er es euch selbst sagen.«

»Na, dann.«

Er zieht die Schultern hoch und zu Jake gewandt sagt er: »Hoffentlich bauscht er nicht wieder eine technische Spitzfindigkeit zum Durchbruch in dem Fall auf.«

Lieber würde er sich auf die Befragung der Frauen vorbereiten und sich mit Jake absprechen. Er wählt Pauls Nummer.

»Muth, was gibt es?«, fragt Chris, als der Hörer abgenommen wird.

»Ich komme schnell vorbei.« Paul hat aufgelegt, bevor er zustimmen kann.

»Er kommt sofort. Dann sind wir mal gespannt, ob seine Entdeckung den Durchbruch im Fall bringt.«

Jake steht am Whiteboard und scheint ihm nicht zuzuhören. Dann, ohne ersichtlichen Grund, fragt er: »Wann kommen die beiden Frauen?«

»In nicht ganz zwei Stunden. Wieso fragst du? Musst du wieder deine sozialen Kontakte pflegen?«

Für den Spruch erntet er einen eisigen Blick. Und er fragt sich, wann genau Jake seinen Sinn für Humor verloren hat? Oder liegt es an seinen Späßen? Bevor er sich für seine Bemerkung entschuldigen kann, stürmt Paul herein.

»Manche Praktikantinnen sind tatsächlich brauchbar. Das muss ich einmal feststellen.« Er wedelt mit den Blättern in seiner Hand. »Also nicht so wie ihr denkt, die Neue hat echt Köpfchen.«

Neugierig kommt Britta dazu und drückt Paul einen Teller mit Kuchen in die Hand.

»Du bist ein Schatz«, bedankt sich Paul.

»Ja, ich weiß, obwohl du das für so eine Bemerkung nicht verdient hast.« Mit den Händen auf der Hüfte baut sich Britta vor ihm auf.

»Was, wieso?«

»Na, deine Bemerkung könnte man auch so verstehen, dass Frauen im Allgemeinen kein Köpfchen haben.«

»Nein, ich meinte Praktikanten, also auch die Jungs sind normalerweise ...«

»Können wir jetzt weiter machen? Wir haben zwei Morde zu klären«, lässt Jake vom Whiteboard verlauten.

Scheint, als wäre heute der Ich-nehme-alles-ganz-genau-Tag. Na, wenigstens richtet sich Jakes schlechte Laune nicht nur gegen mich, denkt Chris und zuckt mit den Schultern, weil Paul und Britta ihn fragend anschauen.

Paul beginnt mit seinen Ausführungen. »Also, wir haben mittlerweile alle DVDs angeschaut, da ist absolut nichts Verfängliches drauf, nur Urlaubs- und Familienfeieraufnahmen. Dann kam meine Praktikantin auf die Idee, die Vollständigkeit der Dateien zu überprüfen. Die systemseitigen Dateinamen sind aufsteigend. Und da ergeben sich Lücken. Klar, es kommt vor, dass man Frequenzen löscht, weil sie nicht besonders sind. Allerdings liegen die Löschungen immer zwischen den anderen Ereignissen. Versteht ihr, was ich meine.«

»Nein«, Britta steht knapp hinter Paul, er dreht sich, um sie in den Kreis aufzunehmen.

»Wir haben zig Aufnahmen vom Urlaub in Kuba, die sind alle fortlaufend, dann kommen gleich mehrere Lücken, dann kommt Omas 80. Geburtstag ohne Lücken, selbst eine total schwarze Aufnahme wurde nicht gelöscht und dann bis zum nächsten Urlaub wieder viele Löschungen.«

»Spannend.« Chris zieht eine Braue hoch. Pauls Begeisterung kann er nicht teilen.

»Ja, das ist spannend. Ich vermute, dass es dazwischen pikante Aufnahmen gab, die er irgendwo gespeichert und dann auf der Kamera gelöscht hat.«

»Könnt ihr die wieder herstellen?« Jake notiert die Erkenntnisse auf dem Whiteboard.

»Bis jetzt noch nicht. Es scheint, dass er sie unwiderruflich gelöscht hat. Wir werden seine Wohnung noch einmal auf den Kopf stellen und sehen, ob wir einen Hinweis auf ein Schließfach oder Ähnliches finden.«

»Ja, macht das. Danke, Paul.«

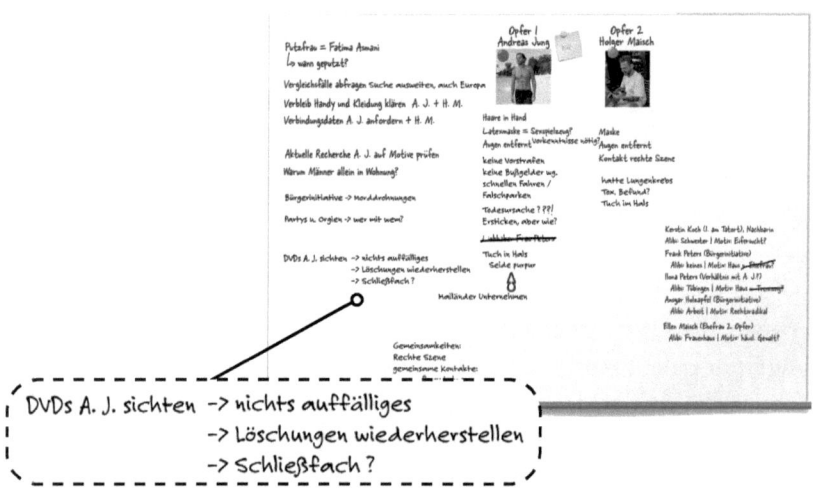

»Scheint, als wären die alten Säcke wieder im Spiel«, freut sich Chris und reibt sich die Hände. Dafür erntet er ein Kopfschütteln von Jake.

Klar sollte er als Ermittler seine persönlichen Ansichten außer Acht lassen. Nur kann er das arrogante Gehabe mancher reichen Leute nicht leiden, die mit einer Selbstverständlichkeit denken, sich mit Geld alles kaufen zu können, auch Recht und Moral. Und nur mit den Geldbündeln wedeln brauchen, um ihren Willen zu bekommen. Und am meisten ärgert ihn, dass sie damit durchkommen und die meisten Menschen tatsächlich für Geld alles machen, weil sie es eben dringend brauchen. Deshalb will er denen auf den Zahn fühlen. Sie in Bedrängnis bringen, wenn schon nicht zu Fall.

24. März, fünf Jahre zuvor

Es dauerte eine Weile, bis ich zum ersten Mal zu einer der Frauen musste. Von den anderen Jungs wusste ich, nein, glaubte ich zu wissen, was mich erwartet. Viele fanden es lustig. Oder es war ihre Art, damit umzugehen. Nichts in ihren Erzählungen hatte mich auf diesen glückseligen Gesichtsausdruck vorbereitet. Erst faszinierte mich die Verwandlung, von der Ungeduld, wenn ihre fahrigen Hände mir zeigten, was ich zu tun hatte, hin zu dem entrückten Blick und dem schüchternen Stöhnen. Dem folgte ihr Entsetzen, das Wissen, dass das nicht richtig, ja falsch, verboten ist. Meistens entlud sich ihre Bestürzung in einer Ohrfeige oder einem Tritt, als wäre ich Täter und nicht Opfer.

Das Schlimmste für mich war, nie zu wissen, was mich erwartet, wer mich angefordert hat. Mir hätte es geholfen zu wissen, ob ich als Lustobjekt, Liebhaber oder Punchingball benutzt werde. Gegen die Gewalt hätte ich mich in mich verkrochen, abgeschottet. Als Liebhaber hätte ich mich in die Illusion der Macht begeben können. Aber so, galt es stumm zu warten, während das kalte Fieber der Angst durch meinen Körper kroch.

KAPITEL 33
Dienstag, 20.3., zur Kaffeezeit

Die Stille im Ermittlerbüro ist greifbar, man könnte sie in Scheiben schneiden. Chris rutscht unruhig auf seinem Stuhl hin und her. Vor ihm liegt die Liste der Vergleichsfälle, Britta hat einige wenige angestrichen, bei denen er die Details überprüfen will. Richtig konzentrieren kann er sich nicht, irgendetwas stimmt nicht mit Jake. Der arbeitet stumm vor sich hin. Der Hinweis von Paul eröffnet ihnen weitere Ansätze zur Lösung des Falls, da könnte Jake bester Laune sein.

»Woran hast du dich festgebissen?«, fragt er ihn deshalb.

»An dem Zeichen auf dem Tuch. Wenn es so exquisit ist, kommen wir vielleicht darüber dem Täter auf die Spur.«

»Und, schon was gefunden?«

»Na ja, ich denke, Paul hat recht damit, dass es Alpha und Omega sind. Ich habe ähnliche Darstellungen entdeckt, die das Omega auf den Kopf gestellt zeigt. Darüber hinaus kann ich es keiner besonderen Gruppe oder Organisation zu ordnen – außer der katholischen Kirche.«

Super, mit denen dürfen sie sich noch weniger anlegen als mit den alten Herren.

»Dann müssen wir warten, ob wir Unterlagen von dem Mailänder Unternehmen bekommen, wenn es die noch gibt.«

»Wann kommt die erste Zeugin?«

»Frau Lehmann habe ich für 15:30 Uhr bestellt.« *Wie oft will er das noch fragen? Steht im Gruppenkalender.*

»Und Frau Wegener kommt um 16:00 Uhr?« Jake steht auf und geht zum Fenster.

»Richtig.«

Er beobachtet Jake, der hinaus starrt.

Irgendetwas hat der doch! Gestern hat Jake ihm vorgeworfen, nicht bei der Sache zu sein, und jetzt wirkt er selbst verschlossen und wenig motiviert. Was genau ist seit dem Wochenende passiert? Spielt sein sozialer Kontakt eine Rolle? Aber Jake ist nicht der Typ, der sich von privaten Problemen ablenken lässt. Oder doch?

»Was ist eigentlich ...« Das Klingeln des Telefons unterbricht ihn. »Ach, die Pforte, das wird unsere Zeugin sein.« Er nimmt das Gespräch an. »Ja, richtig, ich komme runter, danke.«

»Ich bringe Frau Lehmann in den Vernehmungsraum IV. Kommst du auch rüber?«

»Hm, ja.«

»Möchtest du die Befragung durchführen?«

»Ja.«

»Okay.« *Ein bisschen mehr Begeisterung, Herr Kollege*, denkt Chris beim Hinausgehen. Der Fall löst sich nicht von alleine.

»Chris, bei Frau Wegener übernimmst dann du die Leitung, ja?«

»Geht klar.«

KAPITEL 34

Dienstag, 20.3., am Nachmittag

ALS DIE TÜR INS SCHLOSS FÄLLT, fährt sich Jake mit beiden Händen durchs Haar.

Verdammte Kacke, wieso lernt er Ina gerade jetzt kennen? Wie viele Singlefrauen gibt es in Mainz und Wiesbaden? Warum kennt ausgerechnet sie beide Opfer? Er muss mit Chris reden, bevor Ina kommt. Sie wird ihm nicht um den Hals fallen, aber für sie gibt es keinen Grund vorzugeben, ihn nicht zu kennen. Eigentlich wäre es richtig, der Befragung nicht beizuwohnen, das könnte die Ermittlung gefährden. Er sollte Britta bitten, für ihn einzuspringen, irgendeinen Grund vorschieben und früher Feierabend machen. Andererseits schließt er aus, dass Ina etwas mit den Morden zu tun hat. Er klopft sich mit der flachen Hand auf die Brust. *Alles gut, ich kriege das hin.*

Was er sich nicht eingestehen will, ist seine Neugier auf Inas Verbindung zu den beiden Opfern. Hat sie mit beiden eine intime Beziehung gehabt? Oder sind sie nur befreundet oder bekannt gewesen? Die wenigen Kurznachrichten, die ihnen vorliegen, deuten auf Ersteres hin. Dann macht er sich auf den Weg zum Verhörraum.

Chris und die Zeugin warten auf ihn. Frau Lehmann ist unter dreißig, blonde Locken umspielen ihr schmales Gesicht. Genau der Typ von Herrn Maisch und ganz anders als Ina.

Er hält ihr die Hand hin. »Kriminalhauptkommissar Imhof.«

»Peggy Lehmann.«

Seinen Händedruck erwidert sie kaum und zieht ihre Hand schnell zurück. Er rückt sich einen Stuhl zurecht und setzt sich neben Chris, gegenüber von der Zeugin. »Wir nehmen kurz Ihre Personalien auf, dann können wir starten.«

»Okay.« Bereitwillig nennt sie ihre persönlichen Daten.

»Sie wissen, warum Sie hier sind?«

»Ihr Kollege meinte wegen Andreas und Holger, weil ich sie kenne. Was haben die beiden denn angestellt?«

»Was meinen Sie damit? Kennen sich die beiden?«
»Nicht, dass ich wüsste. Aber könnte ja sein. Schließlich fahren beide leidenschaftlich Rad. Wobei ich mir nicht vorstellen kann, dass die zwei sich irgendwo begegnet sind und Freundschaft geschlossen haben. Nee, das passt nicht. Wirklich nicht.«
Er wechselt einen Blick mit Chris.
»Zunächst einmal möchte ich Sie darüber informieren, dass beide, Herr Jung und Herr Maisch, verstorben sind.«
»Was?« Die junge Frau zuckt merklich zusammen. Ihre rot geschminkten Lippen zittern.
»Wir wüssten gerne, in welchem Verhältnis Sie zu den beiden standen.« Ohne den Blick von ihr abzuwenden, blättert er seinen Block um. »Wie lange kennen Sie Herrn Jung und wann hatten Sie den letzten Kontakt mit ihm?«
»Meinen Sie sexuellen Kontakt?«
»Nun, das wäre meine nächste Frage gewesen.«
»Ah. Ich habe Andreas ... Herrn Jung, vor einem Jahr kennengelernt. Kurz nach Fastnacht. Er wollte mich unbedingt zu einem Sekt einladen, aber ich habe Alkohol gefastet. Ihm hat imponiert, dass ich standhaft geblieben bin. Äh, also bezüglich des Alkohols. Wir haben ein paar Wochen ziemlich viel miteinander unternommen, ganz unverbindlich, wir waren beide nicht auf der Suche nach etwas Festem. Mich hat dann schnell genervt, dass er erwartet hat, dass ich immer dann kann, wenn er Zeit hat. Deshalb wurden die Treffen weniger. Aber wir haben uns nicht im Bösen getrennt. Eigentlich gab es keine Trennung, wir waren ja nie wirklich ein Paar.«
Er macht eine kurze Notiz und fährt dann fort. »Wann war der letzte Kontakt?«
»Oh, das war an Altweiber dieses Jahr.« Eine leichte Röte überzieht ihr Gesicht. »Wir haben auf die alten Zeiten getrunken und dann kam eins zum anderen.«
Sie drückt den Rücken durch und richtet sich auf. »Dafür gibt es ja Fastnacht, richtig?«
Auf die Bemerkung geht er nicht ein, schreibt die Angabe in seinen Block. »Dann brauchen wir noch die Informationen zu Herrn Maisch.«

»Holger! Das war ein großer Fehler.« Sie streift eine Haarsträhne zurück und legt die Hand an die Wange.

Jake horcht auf, klingt, als würde sie die Beziehung herunterspielen wollen.

»Die hatten eine Betriebsfeier in dem Restaurant, in dem ich öfter aushelfe. Holger kann sehr charmant sein. Im Gegensatz zu seinen Kollegen, die uns mit zunehmenden Promillespiegel angrabschen wollten. Beim Gehen hat er nach meiner Nummer gefragt und wir haben uns danach ein paarmal bei mir getroffen. Irgendwann wurde ich es leid, mir von seiner schlimmen Ehe die Ohren volllabern zu lassen. Das hat nur genervt. Da hab ich Schluss gemacht.« Dabei schaut sie Jake direkt an, ohne zu blinzeln, lehnt sich zurück und überschlägt die Beine.

Er wartet einen Moment, bevor er weiterfragt, gespannt, wie lange sie die Fassade aufrechterhalten kann.

»Und das hat Holger einfach so geschluckt?«

Ihr Blick wandert in die linke Ecke des Raums, sie zögert mit der Antwort. »Nein, er wollte für mich seine Frau verlassen, zu mir ziehen. Aber das wollte ich nicht, er wollte schon vorher mein ganzes Leben beherrschen, war eifersüchtig. Das hat mir Angst gemacht.«

»Hat er Sie geschlagen?«

Sie schnappt nach Luft. Erst streckt sie sich, als wollte sie das von sich weisen, dann sinkt sie in sich zusammen. »Ja. Da war für mich endgültig Schluss.«

»Und das hat er akzeptiert?«

Sie knetet ihre Hände. »Hören Sie, das war im November, also ewig her. Ich habe ein paar Freunde zu ihm geschickt und die haben ihm ziemlich deutlich gemacht, was passiert, wenn er den Kontakt zu mir nicht abbricht, das hat gereicht. Danach hat er sich nie wieder bei mir gemeldet und ich habe ihn nie wieder gesehen.«

Na, also, er kann sich auf sein Gespür verlassen. »Dann hätten wir gerne die Namen und Anschriften Ihrer Freunde.«

»Warum denn das? Die haben nichts gemacht.« Ihre Stimme zittert.

»Genau das werden wir überprüfen.« Er blättert eine neue Seite in seinem Notizblock auf und schiebt ihn zu Frau Lehmann. Zögerlich greift sie den darauf liegenden Stift und schreibt die geforderten Daten auf.

»Vielen Dank. Noch eine Frage, wo waren Sie am 15. und am 18. zwischen zwei und vier Uhr morgens?«

»Zuhause. Im Bett. Und nein, nicht allein! Mein Freund kann es bestätigen.«

Plötzlich so ärgerlich? Ihr ist wohl klar geworden, dass sie sich gerade verdächtig gemacht hat.

Sie kreuzt den ersten Namen auf der Liste an. »Der hier! War's das?«, fragt sie und schiebt den Block zurück zu Jake.

»Ja, vielen Dank für Ihre Kooperation. Das ist alles nur Routine, Frau Lehmann.«

»Ich würde jetzt gerne gehen.« Sie steht auf und sieht von Jake zu Chris.

»Bitte.« Er geht voran und öffnet die Tür. Frau Lehmann eilt grußlos in Richtung Aufzug. Gerade kommt Britta aus ihrem Büro.

»Würdest du bitte Frau Lehmann nach unten bringen?«, ruft er ihr zu.

»Ja, mache ich.«

Britta fängt die junge Frau ab und begleitet sie.

Auf dem Weg zurück, fragt Chris ihn: »Was meinst du? Ich sehe da keine Verbindung zwischen den Opfern. Für Herrn Maisch hätte sie ein Motiv, wenn er sie weiter belästigt hätte. Sonst sehe ich da nichts. Du?«

»Nein.«

Anders wäre es ihm lieber gewesen, so steht Ina im Fokus.

»Wir werden den Freunden auf den Zahn fühlen und sehen, ob die bisher auffällig waren.«

»Mann, wenn die Singleszene so läuft, dann bin ich dafür zu alt.« Chris vergräbt die Hände in den Hosentaschen. »Ich komme mir vor wie ein Grufti.«

»Du meinst, weil Frauen freie Liebe und keine Beziehung wollen? Fühlst du dich als Macho kopiert? Willkommen im 21. Jahrhundert«, zieht Jake ihn auf, obwohl ihm kaum zum Spaßen zumute ist. Ihm ist gar nicht wohl dabei zu erfahren, wie intensiv Ina mit den Opfern in Verbindung stand.

Sie sind fast zurück im Büro, bis zu Inas Termin sind es noch zehn Minuten.

»Mal sehen, ob unsere zweite Kandidatin genauso drauf ist.«

Das ist sein Stichwort. Jake räuspert sich, *Zeit, Farbe zu bekennen.*
»Ach, Chris, ich wollte dir noch etwas sagen.«

Da öffnet sich die Aufzugstür hinter ihnen.

»Ich bringe euch Frau Wegener mit«, ruft Britta und kommt mit ihrer Begleitung zu ihnen.

»Guten Tag, wer von Ihnen beiden ist Herr Muth?«, fragt Ina und schaut Jake an.

Dem weicht jede Farbe aus dem Gesicht. Okay, sie hat beschlossen, so zu tun, als würden sie sich nicht kennen. Aus der Nummer kommt er jetzt nicht mehr raus.

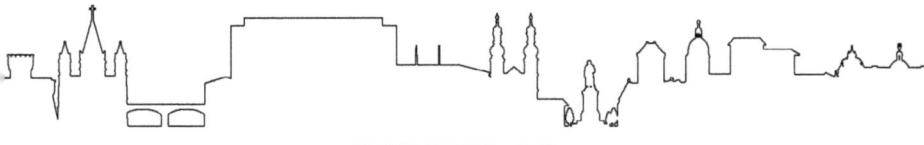

KAPITEL 35
Dienstag, 20.3., fortgeschrittener Nachmittag

»Guten Tag, Frau Wegener.« Chris reicht ihr die Hand. »Kriminaloberkommissar Muth und das ist mein Kollege Kriminalhauptkommissar Imhof.« Dabei deutet er auf Jake, der einen Schritt zurückgetreten ist. Die beiden reichen sich wortlos die Hände.

»Wir können direkt starten. Kommen Sie bitte mit, Frau Wegener.« Er wartet, bis sie sich in Bewegung setzt, Jake läuft hinter ihnen. Aus dem Augenwinkel betrachtet Chris die Zeugin. Vom äußeren Erscheinungsbild passt sie mit ihren braunen Haaren nicht in das bisherige Beuteschema der beiden Opfer. Ihr Alter dürfte fünf bis acht Jahre über dem der anderen Frauen im Dunstkreis der Opfer liegen, also in seinem Alter. Im Vernehmungsraum setzt sie sich unaufgefordert auf die Seite mit dem einzelnen Stuhl, faltet die Hände und legt sie in ihren Schoss. Auf Chris wirkt sie zu ruhig, der Situation nicht angepasst. Vielmehr spürt er eine Abneigung, die er sich nicht erklären kann. Doch das wird er ihr entlocken.

Er fragt die Personalien ab und startet die Befragung. »Sie wissen, warum wir Sie geladen haben?«

»Ich vermute wegen der Morde an Herrn Jung und Herrn Maisch. Sie haben am Telefon erwähnt, dass Sie mich bei beiden in den Kontaktdaten gefunden haben.«

»Woher wissen Sie, dass die beiden ermordet wurden? In der Presse wurden keine Namen veröffentlicht.«

»In den Meldungen wurde erwähnt, dass es sich um einen Journalisten handelt und die Zeitung hat heute seinen Nachruf abgedruckt, falls Ihnen das entgangen ist. Herr Maisch und ich sind, oder waren, Kollegen. Ihm wurde zwar vor einiger Zeit gekündigt, es gibt aber trotzdem noch Kontakte zu Kollegen, das hat in der Spedition schnell die Runde gemacht.«

»Okay, wie intensiv war Ihre Beziehung zu den beiden?«

»Ich hatte zu beiden schon länger keinen Kontakt mehr.«

»Wann zuletzt?«

»Herrn Maisch habe ich im Januar zufällig getroffen. Das war nach seiner Kündigung. Er hat sich bei mir ausgeheult, über die Kündigung, seine Frau, seine finanzielle Lage. Als ich nach Hause bin, wollte er mitkommen, weil er kein Geld für ein Taxi hätte. Da habe ich ihn bei mir übernachten lassen.«

Die Antwort kommt ohne Zögern, als hätte sie sich die im Vorhinein zurechtgelegt.

»Hatte die Nacht ein Happy End?«

»Wieso ist das wichtig?« Frau Wegener verschränkt die Arme.

»Beantworten Sie bitte meine Frage.«

»Nein.«

»Nein, Sie geben mir keine Antwort oder nein ...«

»Nein, wir haben den Geschlechtsakt nicht vollzogen.« Ihre Stimme wird eine Nuance lauter und die Augen blitzen.

»Sie waren nie intim mit Herrn Maisch? Auch vorher nicht?«

Auf die Frage erntet er eisiges Schweigen, kein Ton kommt über ihre zusammengepressten Lippen. Er lässt ihr Zeit, hofft, ihre Defensive zu durchbrechen.

»Frau Wegener, es hilft, wenn Sie kooperativ sind.«

»Herr Muth, es hilft, wenn Sie präzise Fragen stellen. Es gibt Unterschiede zwischen intim werden und dem Geschlechtsakt an sich.«

Ihre Spitzfindigkeiten nerven gewaltig. Sie soll einfach seine Fragen beantworten. »Ja, da stimme ich Ihnen zu. Heißt das, Sie waren intim mit ihm?«

»Ich verstehe absolut nicht, was diese Fragen sollen. Man könnte meinen, Sie verfolgen ein privates Interesse.«

Ihr Blick huscht kurz zu Jake, der teilnahmslos vor sich hinstarrt. Chris fühlt sich durch dessen stumme Zustimmung bestärkt und bohrt weiter, obwohl er der Zeugin recht gibt. Aber alles an ihr reizt ihn, ihre überhebliche Art, dieses ›ich bin dir rhetorisch Überlegen‹-Getue. *Genau wie Sandra.*

»Waren Sie in irgendeiner Weise mit Herrn Maisch intim, Frau Wegener?«

»Bei einer Weihnachtsfeier vor einigen Jahren sind wir uns nähergekommen. Er ist mir auf die Damentoilette gefolgt, wir haben rumgemacht, bis er plötzlich ziemlich grob wurde. Ich habe ihn weggestoßen und ziemlich deutlich gesagt, was ich davon halte.« Sie tut einen tiefen Atemzug. »Im Januar hat er mir leidgetan, er hatte allerdings eine Erektionsstörung.«

Chris wartet, macht ausführliche Notizen. Ist sie der Typ Frau, die sich auf einen Mann einlässt, von dem sie annehmen kann, dass er gewalttätig ist? Das ist die Frage. Dreimal schreibt er den Satz auf, um Zeit zu gewinnen, doch Frau Wegener hält die Stille aus, wobei sie nicht ihn, sondern Jake fixiert.

Was hat das zu bedeuten? Hält sie Chris für inkompetent? Möchte sie lieber von Jake, dem Ranghöheren, befragt werden?

»Dann machen wir mit Herrn Jung weiter« fährt Chris fort, und vermeidet Jake anzuschauen. Dessen Teilnahmslosigkeit nervt. Mit Schwung schlägt er die nächste Seite auf seinem Block auf. »Also in welcher Beziehung standen Sie zu Herrn Jung?«

»Wir hatten eine kurze Affäre. Reicht Ihnen das oder brauchen Sie Angaben zu unseren Lieblingsstellungen?«

»Nein, das reicht mir durchaus. Es sei denn, dass Herr Jung Ihnen gegenüber ebenfalls grob oder handgreiflich geworden ist.«

»Nein.«

»Wann und wo haben Sie sich kennengelernt?«

»Auf einem Silvesterball. Ich war am Gehen, da hat er mich zu einem Sekt eingeladen. Erst wollte ich nicht, habe dann nachgegeben. Weil ich dauernd gähnen musste, hat er eingesehen, dass in dieser Nacht nichts laufen wird. Er hat mir seine Nummer zugesteckt und wir haben uns zwei Wochen später wieder getroffen. Das ging dann bis Fastnacht, da habe ich Schluss gemacht.«

Er verkneift sich ein Grinsen. *Dann war Jung nicht so überragend im Bett, wenn sie für die fünfte Jahreszeit frei sein hat wollen.* »Hatten Sie Streit deswegen?«

»Nein, mir war klar geworden, dass ich mehr als eine Freundschaft plus wollte, das hat er abgelehnt.«

»Und alles ohne böse Worte?«

Sie mustert ihn aufmerksam, was er als unangenehm empfindet.

In ihrem Blick erkennt er Sandras Unverständnis und den Vorwurf ›Können wir die Trennung nicht ohne gegenseitige Vorwürfe vollziehen?‹.

»Ja, Herr Muth, ohne böse Worte und Streit. So läuft das unter erwachsenen Menschen.«

Ihre Antwort facht seinen Ärger weiter an. Er beugt sich über seinen Block und notiert ihre Antworten. Hat Jake geahnt, dass die Zeugin ein Biest ist und sie ihm deshalb überlassen? Weshalb schweigt er beharrlich? Und warum diese heimlichen Blicke? Schnell hebt er den Kopf und tatsächlich, mit krauser Stirn beobachtet sie Jake, der stoisch vor sich hinstarrt. *Was ist los? Kennt sie Jake etwa?*

»Wo waren Sie am 15. und am 18. zwischen zwei und vier Uhr morgens?«, fragt er und hat ihre volle Aufmerksamkeit zurück.

»Vermutlich im Bett und ganz sicher allein. Moment. Sie meinen Samstag auf Sonntag?«

»Ja, richtig.«

»Samstagabend war eine Freundin bei mir. Wir haben bis spät in die Nacht geredet und, weil sie zu viel getrunken hat, blieb sie über Nacht. Ab 9:00 Uhr haben wir gemeinsam gefrühstückt.«

»Wo genau hat sie übernachtet?«

»Auf der Schlafcouch im Arbeitszimmer.«

Chris notiert ›räumlich getrennt geschlafen‹, damit das bei der Überprüfung des Alibis beachtet wird.

»Gut, wir werden das überprüfen. Schreiben Sie bitte Name und Adresse Ihrer Freundin auf.«

Frau Wegener nennt ihm beides. Dann zögert sie, presst die Lippen zusammen. *Und was kommt jetzt? Was brütet sie aus?*

»Hören Sie. Sie glauben nicht allen Ernstes, dass ich die Morde begangen habe?«

»Wir schließen nur aus, was klar widerlegt wird.«

»Wissen Sie, mir macht es Angst, dass genau die Männer ermordet wurden, mit denen ich in diesem Jahr in Kontakt stand. Vielleicht sollten Sie das in Betracht ziehen.«

»Gibt es jemanden, dem Sie die Morde zutrauen?«, fragt Jake unvermittelt und kommt ihm damit zuvor.

Überrascht dreht er sich zu Jake.

»Meinem Ex-Mann.«

»Das ist eine ernstzunehmende Anschuldigung. Bitte erläutern Sie das.«

Chris wirft seinen Stift auf den Tisch, was die beiden nicht bemerken. *Warum kommt sie erst jetzt damit um die Ecke?*

»Er neigt zu Gewalttätigkeit. Er war im Gefängnis, weil er bei einer Kneipenschlägerei jemanden getötet hat. Während er saß, habe ich mich scheiden lassen und nichts mehr von ihm gehört. Bis kurz vor Weihnachten. Er hat mich übers Handy angeschrieben. Dann kamen noch drei oder vier weitere Meldungen. Die letzte war vor zwei Wochen, etwa.«

»Was wollte er?«, fragt Jake, bevor Chris auch nur Luft holen kann.

»Sich mit mir treffen, sich mit mir aussöhnen. So genau habe ich die Nachrichten nicht gelesen und bin nicht darauf eingegangen. Ich wollte einfach in Ruhe gelassen werden.«

»Sie haben ihn nicht blockiert?«

»Nein, wir waren sieben Jahre verheiratet, da ... ich weiß nicht. Ich dachte, vielleicht hat er ja einen wichtigen Grund, um mich sehen zu wollen. Eine Entschuldigung wäre ein Anfang gewesen.«

»Sie sagten doch, er wollte sich mit Ihnen aussöhnen«, wirft Chris ein.

»Ja, das heißt nicht zwingend entschuldigen. Für mich hörte sich das eher danach an, dass ich ihm Absolution erteilen soll.«

»Wofür?« Wieder kommt ihm Jake zuvor. Mit verschränkten Armen lehnt er sich zurück.

Frau Wegener schweigt erst, scheint nach den richtigen Worten zu suchen, bevor sie Jakes Frage beantwortet.

»Er war nicht nur gegenüber Fremden und seinen Saufkumpanen gewalttätig, er hat mich regelmäßig verprügelt. Ich ...« Sie zieht hörbar die Luft ein, danach klingt ihre Stimme fest. »Ich war ihm hörig. Heute kann ich kaum begreifen, wie mir das passieren konnte. Deshalb machte mir meine Reaktion auf seine Nachricht solche Angst. Ich möchte ihn nicht wiedersehen.«

»Vielen Dank für Ihre Offenheit. Wenn Sie uns bitte seinen Namen und seine Kontaktdaten aufschreiben, soweit Sie diese haben. Dann wären wir fertig. Oder, Chris?«

Er nickt. Was sollte er sonst machen? Er kommt sich überrumpelt vor.

»Ich bringe Sie nach unten.« Mit diesen Worten verschwindet Jake mit der Zeugin.

Chris folgt ihnen im gebührenden Abstand, mit Fragezeichen im Kopf. *Was war das für eine Vorstellung?* Da ist er auf Jakes Erklärung gespannt.

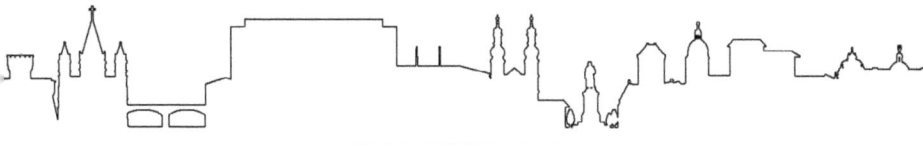

KAPITEL 36
Dienstag, 20.3., später Nachmittag

»Bitte.« Jake tritt zur Seite, als sich die Aufzugstür öffnet und lässt Ina den Vortritt. Der bohrende Blick von Chris drückt in seinem Rücken. Schiebt ihn hinter Ina her. Endlich schließt sich die Tür, das drückende Gefühl bleibt. Er weiß nicht, wohin er schauen soll. Der Spiegel zeigt ihm Inas Hinteransicht, er ahnt, dass sie an ihm vorbei sieht, auf die leuchtende Anzeige der Stockwerke, die abwärts hüpft. Das Klingeln des Aufzugs, erlöst ihn. Er dreht sich, die Tür öffnet sich ruckelnd. Sobald genug Platz ist, schlüpft Ina hindurch.

»Es tut mir leid, Ina.« Er folgt ihr hinaus auf die Straße.

»Was genau? Dass du Polizist bist? Dass dein Partner mich ausgequetscht hat? Das mit meinem Ex-Mann? Oder, dass wir uns kennengelernt haben?« Ina eilt davon und er hinterher.

»Jetzt warte doch. Bitte.« Er berührt sie am Arm und sie bleibt stehen.

»Das ist eine heikle Sache für mich. Ich darf keinen persönlichen Kontakt zu Zeugen in einer laufenden Ermittlung halten. Ich hätte bei der Befragung nicht dabei sein sollen.«

»Und wie verhält es sich, wenn du die Zeugen vorher kennst? Wird dann ein Kontaktverbot verhängt?«

»Nein, es wird abgewogen, ob ich weiter ermitteln darf oder nicht. Das entscheide aber nicht ich.«

»Hat deshalb dein Partner die Befragung gemacht?«

»Nein, ich habe ihn nicht gesagt, dass wir uns kennen. Ich hielt es nicht für nötig.«

Ina zieht die Augenbrauen hoch. »Weil wir uns eigentlich nicht kennen?«

Jetzt braucht er einen Moment, um seine Gedanken zu sortieren. Natürlich kennen sie sich kaum, was nicht bedeutet, dass er am Ausbau der Bekanntschaft kein Interesse hat. Immerhin traut er ihr keine Gewalttat zu. Soweit glaubt er, sie einschätzen zu können. »Nein, weil ich sicher bin, dass du nichts mit den Morden zu tun hast.«

»Ah.«

»Okay, das klingt jetzt wenig professionell. Ich wollte einfach nicht riskieren, dass ich von den Ermittlungen abgezogen werde«, bessert er nach. Das hört sich schräg an. Verdammt, ihm fehlen die richtigen Worte.

Darauf nickt Ina und bläst die Backen auf. Unschlüssig dreht sie sich Richtung Straße und zurück zu ihm. Ihre Haare trägt sie heute offen, sie fallen in weichen Wellen auf die Schultern. Eine Strähne bauscht sich unter dem Schal, den sie vorhin hektisch um ihren Hals geschlungen hatte. In ihrem Business-Outfit wirkt sie anders als in ihren bequemen Klamotten fürs Gassi gehen. Irgendwie unnahbar. Aber beides steht ihr verdammt gut.

»Kannst du das nachvollziehen?«, fragt er nach einer Weile.

»Ja, schon. Mich hat nur tierisch genervt, dass dein Kollege so … privat gefragt hat.«

»Kann ich verstehen, ich kann dir nicht sagen, warum er so ins Detail gegangen ist. Andererseits hättest du uns sonst nicht von deinem Ex-Mann erzählt. Dem Hinweis gehen wir nach.«

Ina schließt kurz die Augen und zieht die Schultern hoch. Das leichte Make-up verdeckt die kleinen Sommersprossen auf ihrer Nase. Jake ertappt sich bei dem Gedanken, wie die ersten Frühlingssonnenstrahlen diese nach und nach hervorkitzeln.

»Ich dachte, ich wäre drüber weg. Als er sich gemeldet hat, um mich zu treffen, hat mich das aus der Bahn geworfen.«

»Sag bitte sofort Bescheid, wenn er sich meldet, und nimm bitte keinen Kontakt mit ihm auf. Wir kümmern uns um alles.«

Jake legt ihr die Hand auf die Schulter. »Ich muss jetzt rein.«

»Dann herrscht zwischen uns erst einmal Funkstille, richtig? Auf privater Ebene.«

Mit der Hand fährt er sich durchs Gesicht. Der Polizist in ihm weiß die Antwort, doch er sträubt sich, das auszusprechen. »Wir haben sicher weitere Fragen, sobald wir deinen Ex-Mann gefunden haben.« Er atmet tief ein. »Alles andere wird sich zeigen.«

»Mach es gut.« Sie reicht ihm die Hand.

Gerne würde er etwas sagen, doch die passenden Worte lassen sich nicht finden. Ihre Hände lösen sich voneinander und Ina geht. Augenblicklich zieht sich sein Magen krampfhaft zusammen.

Erst als sie um die nächste Ecke verschwunden ist, ohne einen Blick zurückgeworfen zu haben, geht er ins Polizeipräsidium.

Im Büro erwartet ihn Chris, der zur Begrüßung kurz von seinem Bildschirm aufschaut. Er geht zum Board und überfliegt die Notizen.

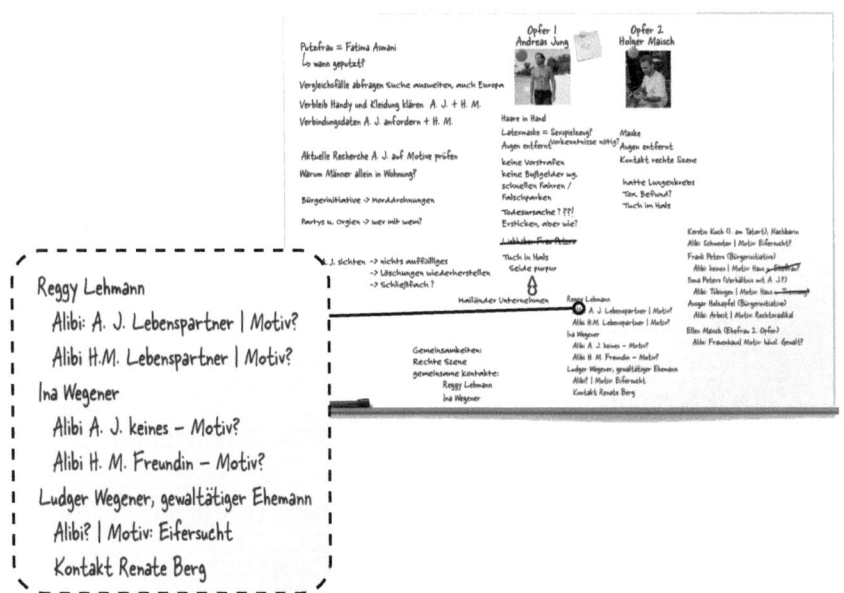

»Die Spur mit dem Ex-Mann klingt vielversprechend. Nicht so unwahrscheinlich, dass er die Liebhaber seiner Frau tötet«, bemerkt Jake. Allein bei dem Gedanken wird ihm übel. Falls sich der Verdacht bestätigt, wird Ina ihr komplettes Liebesleben ausbreiten müssen. Das ist ziemlich das Letzte, was er in einer Fallakte festgehalten haben möchte.

»Findest du? Ich hab ihn eben überprüft. Er ist bei einer Renate Berg gemeldet. Dort lebt er seit seiner Haftentlassung vor einem Jahr. Weshalb sollte er sich jetzt dafür entscheiden seine Ex zurückhaben zu wollen?«

»Vielleicht hat Weihnachten bei ihm etwas ausgelöst?«, mutmaßt er. »Ist das seine Nummer?«

»Ja, aber es geht nur die Mailbox dran. Ich habe eine Nachricht hinterlassen. Ich finde, die Spur mit den Flüchtlingen sollten wir nicht einfach so abtun, nur weil wir kein Filmmaterial gefunden haben. Egal, was genau gelaufen ist, Herr Jung könnte damit jemanden auf die Füße getreten sein.«

»Ja.« Er dreht sich zu Chris um. »Ich kenne Frau Wegener privat – flüchtig.«

»Wie? Und das sagst du mir erst jetzt?«

»Wir sind uns am Samstag über den Weg gelaufen, ihr Hund ... ist ja auch egal. Gestern waren wir spazieren.«

»Deine Verabredung?«

Verständnislosigkeit steht in Chris' Gesicht geschrieben. Jake kann sehen, wie er die Information verarbeitet, ihm die Tragweite allmählich klar wird. Noch explodiert er nicht. Wäre die Situation nicht so vertrackt, würde er darüber lachen.

»Ja, ich wollte es dir sagen, da stand sie schon vor uns.«

»Und wie soll es weitergehen? Schmeißt du die Ermittlung?«

»Nein, natürlich nicht.« Er kann nicht erkennen, welche Variante Chris lieber wäre.

»Aber du setzt Staatsanwalt Lehmkühler davon in Kenntnis?«

»Sobald es dazu einen Grund gibt.«

Chris lehnt sich in seinem Stuhl zurück und verschränkt die Arme. »Ist deine Sache, halt mich nur da raus.«

»Absolut, geht klar.«

Als wäre er Mitwisser bei einer illegalen Aktion. Wen interessiert es, wie und ob er eine Zeugin kennt? Da fragt niemand, er muss nur seinen Mund halten. Jake sucht Inas Namen auf dem Board, starrt darauf, das Ziehen in seinem Magen wird stärker.

»Sonst etwas Neues?«

»Ich habe hier einen Stapel Vergleichsfälle, die wir uns vornehmen sollten. Sind die Abgeschlossenen.«

»Okay, teil mir welche zu. Wonach sortierst du?«

Britta öffnet die Bürotür und kommt herein.

»An der Pforte ist ein junger Mann, der zu euch möchte. Erwartet ihr jemanden? Er scheint ziemlich durch den Wind zu sein.«

»Dann hören wir uns mal an, was ihn so verunsichert hat. Ich gehe ihn abholen«, bietet er an und verschwindet, froh einen Moment allein zu sein.

KAPITEL 37
Dienstag, 20.3., sehr später Nachmittag

CHRIS KANN ES NICHT FASSEN. Wenn zwischen den beiden nichts läuft, warum hat Jake nichts gesagt? Jetzt ist klar, warum sie so zickig war. Dachte wohl, Jake würde ihn bremsen. Und der fand die Informationen sicher interessant, die er aus ihr raus gekitzelt hat.

»Du schaust, als wäre dir ein Geist begegnet«, bemerkt Britta.

Er schüttelt den Kopf. »So, würde ich es nicht nennen, nein.« Oder? Ist ein böser Geist in Jake gefahren und lässt ihn absurde Dinge tun?

»Sondern? Oder ist das großes Ermittlergeheimnis von Jake und dir?«

»Ach, ich wundere mich nur über Jake. Ich dachte, er wäre das Abbild des korrekten Ermittlers.«

»Ist er auch. Vielleicht nicht genau wie in den Regeln, sicher aber innerhalb.«

Dachte er bis eben auch. »Wenn du es sagst.«

»Ja, da bin ich mir sicher, er ist der Letzte, der etwas zum eigenen Vorteil tut.«

Täuscht er sich oder hat Britta das ›er‹ besonders betont? Spielt sie auf sein Verhalten letztes Jahr an?

Er steht auf und geht zur Tür.

»Falls Jake fragt, ich bin im Vernehmungsraum IV.«

»Okay, ich schicke ihn zu dir.«

Er zieht die Tür hinter sich zu. Wenn Britta von seinem Verweis wegen Amtsmissbrauchs weiß und das im K11 die Runde macht, wird es schwierig, einen Fuß auf den Boden zu bekommen. Er schüttelt den Kopf. Schlimm genug, dass Jake auf ihn angesetzt wurde, jetzt muss er noch mehr darauf achten, was er sagt und tut. Mit den Händen tief in den Hosentaschen vergraben läuft er den Gang hinunter zum Verhörraum.

»Herr Muth, einen Moment«, hört er eine Stimme hinter sich.

»Guten Tag, Herr Staatsanwalt.« Sein Blick wandert von Lehmkühler zu dem Mann neben ihm.

»Ich bringe Ihnen Herrn Arman Kame...«

»Arman Kalma.« Der junge Mann reicht ihm die Hand. »Guten Tag.«

»Guten Tag.« Chris mustert ihn, er unterscheidet sich kaum von den anderen Migranten, die sie verhört haben. Was hat ihn bewogen herzukommen?

»Herr Kalma möchte eine Aussage zu dem Fall Andreas Jung machen. Er stand unten und wusste nicht, wohin.«

»Dann haben Sie Herrn Imhof knapp verpasst, er ist im Moment hinuntergefahren, um unseren Zeugen abzuholen.«

Wie zum Beweis öffnet sich die Aufzugstür und Jake kommt heraus.

»Ach, Herr Imhof. Ich bringe Ihnen den verlorenen Zeugen.«

»So? Wir hatten ihn nicht verloren. Er wurde wohl eher umgeleitet. Möchten Sie der Befragung beiwohnen, Herr Lehmkühler?«, fragt Jake mit unbewegter Miene.

»Nein, ich war zufällig unten, als Herr Kalma nach Ihnen gefragt hat. Da wollte ich Ihnen einen Weg abnehmen.«

»Danke, dann machen wir weiter.«

»Wegen Ihres Berichts habe ich noch Fragen, Herr Imhof, bitte kommen Sie nachher zu mir.«

»Selbstverständlich. Bis später.«

Lehmkühler geht, ohne sich von ihm und Kalma zu verabschieden. Chris ist keineswegs entgangen, dass er, sobald Jake aufgetaucht ist, Luft für den Staatsanwalt war. Typisch für dessen Hierarchiedenken, was seine Laune trotzdem weiter trübt.

»Hier entlang, Herr Kalma.« Er deutet den Gang hinunter.

Nachdem die Formalitäten geklärt sind, sucht er Blickkontakt zu Jake, sucht nach Anzeichen von Ärger, doch dessen Gesicht ist unbewegt. Nur die Luft um ihn herum wirkt dichter, geladen. Chris hofft, dass sich das auf den Staatsanwalt bezieht. Da Jake keine Anstalten macht zu übernehmen, stellt er die Fragen.

»Dann sagen Sie uns doch bitte, was Sie zu uns führt, Herr Kalma«, beginnt er die Befragung, bemüht seine abschweifenden Gedanken zu zügeln.

»Wegen gestern. Wegen Herrn Jung. Wir haben damit nichts zu tun. Mit dem Mord.«

Darauf folgt Schweigen. Im stummen Übereinkommen mit Jake wartet er auf weitere Erklärungen.

»Herr Jung hat uns geholfen – beschützt.«

Unsicher blickt er von Chris zu Jake.

»Wobei hat Herr Jung Ihnen geholfen?«

»Er hat geholfen, dass wir Freunde finden – nette Freunde. Gute Freunde.«

Wieder ein unsicherer Blick.

»Meine Freunde haben Neigungen. – Ist schwer, in Deutsch zu erklären.«

»Lassen Sie sich Zeit. Wir können gerne einen Dolmetscher kommen lassen«, schlägt er vor.

»Nein, nicht. Ist nicht gut, wenn noch jemand erfährt.«

Unruhig rutscht Herr Kalma auf seinem Stuhl hin und her. Ein Hauch von Schweißgeruch erfüllt den Raum.

»Wir – sie mögen Männer, nicht Frauen.«

Die Stimme leise, der Blick zum Boden gerichtet. Nach einer kurzen Pause spricht er weiter.

»Andy hat Treffen gemacht. Mit netten Männer.«

»Welche Art von Treffen?«

»Liebe«, antwortet der Zeuge zaghaft.

Da haben sie also den richtigen Riecher gehabt. Endlich macht einer den Mund auf.

»Wollen Sie damit sagen, dass Herr Jung Ihre Freunde an Männer zum Geschlechtsverkehr vermittelt hat?«

Darauf schaut Herr Kalma verständnislos. Chris versucht, seine Frage neu zu formulieren.

»Er hat Ihre Freunde und die Männer zusammengebracht, um Liebe zu machen?«

»Ja.« Erleichterung macht sich auf seinem Gesicht breit, ein sanftes Lächeln. »Alles gut.«

Ob unter ›alles gut‹ auch die Bezahlung der Leistung fällt?

»Nun, gut ist das nicht unbedingt. Von wem wurde Herr Jung für seine Vermittlung bezahlt? Oder hat er von beiden Seiten kassiert?«

»Kein Geld!« Nachdrücklich schüttelt Herr Kalma den Kopf. »Nein. Er hat geholfen, weil ist sehr schwierig für uns – für Freunde mit Neigung.«

»Würden Sie uns das bitte näher erklären.«.

Nervös knetet der Zeuge seine Hände, schaut unter sich.

»Sehen Sie, wir dürfen Ihnen keine Worte in den Mund legen. Verstehe ich Sie richtig, dass es für Sie und Ihre Landsleute schwierig ist, Ihren homosexuellen Neigungen nachzukommen? Ihr Glaube verbietet es, Männer zu lieben und in Ihrer Gemeinschaft wird darüber gewacht, dass Sie dieser Neigung nicht nachgehen. Trifft das in etwa zu?«, erklärt Chris sein eindringliches Fragen.

»Ja. Aber Andy nimmt kein Geld.«

»Gut, wie genau hat er Ihnen geholfen? Was macht den Unterschied aus? Weshalb haben Sie nicht direkt Kontakt zu den Männern aufgenommen?«

»Es darf niemand was merken. Andy mögen alle. Er hilft uns mit allem. Und er kennt Männer, die gerne - Treffen möchten. Wir haben uns mit Andy getroffen und die Männer auch. Dort wurde geschaut - und gefunden. Alles freiwillig. Kein Geld. Und keine Angst vor den Falschen.«

»Das heißt, alle Verabredungen liefen über Herrn Jung?«

»Ja.« Nachdrücklich nickt Herr Kalma.

»Gut. Dann danke für Ihre Offenheit. Wir werden eventuell auf Sie zurückkommen, wenn sich weitere Fragen ergeben.«

»Okay.«

»Ich bringe Sie nach unten.«

Jake erhebt sich und öffnet die Tür.

Chris bleibt zurück, stützt den Kopf in beide Hände. Da hat sich seine heiße Spur in Luft aufgelöst. Wenn jemand aus der Gemeinschaft von der Sache Wind bekommen hätte, dann wäre nicht nur Jung bestraft worden, sondern auch die Flüchtlinge. Bleibt die Behauptung von Frau Koch, dass ein Freier sich über die mangelnde Leistung beschwert hatte. Aber selbst wenn Jung ohne Erpressung Geld oder Gefälligkeiten bekommen hat, gibt es kein plausibles Motiv. Bleibt nur die Spur mit Ina Wegener.

Das wird Jake nicht gefallen.

Putzfrau = Fatima Asmani
↳ wann geputzt?

Vergleichsfälle abfragen Suche ausweiten, auch Europa

Verbleib Handy und Kleidung klären A. J. + H. M.

Verbindungsdaten A. J. anfordern + H. M.

Aktuelle Recherche A. J. auf Motive prüfen

Warum Männer allein in Wohnung?

Bürgerinitiative -> Morddrohungen

Partys u. Orgien -> wer mit wem?
                => Flüchtlinge mit Homophobie
                => gutsituierten Herren

DVDs A. J. sichten -> nichts auffälliges
                -> Löschungen wiederherstellen
                -> Schließfach ?

Opf
Andrea

Haare in Han
Latexmaske
Augen entfer

keine Vorst
keine Bußg
schnellen F
Falschpark

Todesursac
Ersticken,

~~Liebhaber F~~

Tuch in Ha
Seide pur

Mailänder Unternehme

Gemeinsamkeiten:
Rechte Szene
gemeinsame Kontakte:
    Reggy Lehmann
    Ina Wegener

Opfer 2
Holger Maisch

zeug? Maske
ntnisse nötig? Augen entfernt
Kontakt rechte Szene

hatte Lungenkrebs
Tox. Befund?
Tuch im Hals

?

Kerstin Koch (1. am Tatort), Nachbarin
Alibi: Schwester | Motiv: Eifersucht?
Frank Peters (Bürgerinitiative)
  Alibi: keines | Motiv: Haus u. ~~Ehefrau~~?
Ilona Peters (Verhältnis mit A. J.?)
  Alibi: Tübingen | Motiv: Haus ~~Trennung~~?
Ansgar Holzapfel (Bürgerinitiative)
  Alibi: Arbeit | Motiv: Rechtsradikal

Ellen Maisch (Ehefrau 2. Opfer)
  Alibi: Frauenhaus| Motiv: häusl. Gewalt?

ggy Lehmann
Alibi: A. J. Lebenspartner | Motiv?
Alibi H.M. Lebenspartner | Motiv?
  Wegener !
Alibi A. J. keines — Motiv?
Alibi H. M. Freundin — Motiv?
dger Wegener, gewalttätiger Ehemann
Alibi? | Motiv: Eifersucht
Kontakt Renate Berg

KAPITEL 38
Dienstag, 20.3., im Zwielicht

Gedankenversunken kommt Jake ins Büro zurück. Aus dem Nachbarzimmer hört er Chris mit Britta reden. Er tritt ans Fenster, versucht, einen klaren Kopf zu bekommen. Jungs System hat für alle Vorteile geboten. Für die Migranten wie für die Freier. Der Kontakt mit einem Journalisten ist unauffällig, gerade, wenn man eine gehobene Position hat.

»Und was sagst du zu der Aussage?« Chris kommt herein.

»Klingt für mich plausibel.« Er wendet sich um und sieht zu, wie Chris die Notizen prüft.

»Bleibt Frau Wegener«, bemerkt der und macht ein Ausrufezeichen hinter den Namen.

Warum kann er es nicht lassen, Ina ist keine Mörderin. Außerdem hat sie ein Alibi.

»Oder ihr Ex-Mann. Hast du versucht, ihn zu erreichen?« Wieder dieses Ziehen im Magen.

»Nein, wir können es bei seiner Meldeadresse probieren. Britta hat die Nummer herausgesucht.«

»Dann lass uns das machen, bevor wir zu Lehmkühler gehen.«

Chris wählt die Nummer und stellt auf laut. Das Tuten durchdringt den Raum. Dann wird abgenommen.

»Berg«, meldet sich eine Frauenstimme.

»Guten Tag, Frau Berg. Ich bin Kriminaloberkommissar Muth von der Kripo Mainz. Ich ...«

»Oh Gott. Ist etwas mit Ludger?«

Jake kommt näher heran.

»Äh, ich wollte Herrn Ludger Wegener sprechen.«

»Der ist nicht da. Er ist am Samstag nach Mainz gefahren, um seine Ex-Frau zu besuchen.«

Jake ballt die Fäuste. Was will der von Ina, der soll sie in Ruhe lassen.

»Sie meinen Frau Ina Wegener?«, mischt er sich ein.

»Und wer sind Sie?« Die Frau klingt zunehmend gereizt.
»Ich bin Kriminalhauptkommissar Imhof.«
»Aha. Ja, Ina. Sie sind ja bestens informiert. Würden Sie mir sagen, warum Sie Ludger sprechen wollen?«
»Wissen Sie, ob er Frau Wegener darüber informiert hat, dass er sie besuchen will?«
»Ja, natürlich wusste sie Bescheid. Genaues weiß ich nicht. Aber sonst wäre er wohl kaum nach Mainz gefahren. Er hat seit Wochen versucht, Kontakt mit ihr aufzunehmen. Dann hat sie sich plötzlich gemeldet und hatte es ganz eilig sich mit ihm zu treffen.«

Sie ist sich nicht sicher, sie mutmaßt.

Er spürt Chris' Blick mit der unausgesprochenen Feststellung: ›Die Wegener hat uns lange nicht alles gesagt‹.
»Wissen Sie, ob die beiden sich getroffen haben?«, fragt Jake weiter.
»Davon gehe ich aus. Ludger muss mich nicht über jeden seiner Schritte informieren.«
»Wann haben Sie ihn zum letzten Mal gesprochen?«
»Er hat am Samstagabend kurz angerufen, dass er gut angekommen ist.«
»Danach nicht mehr? Ist es nicht ungewöhnlich, dass er sich nicht bei Ihnen meldet?«
»Ludger telefoniert nicht gerne. Aber eigentlich wollte er heute zurückkommen. Wir sind … egal, was wollen Sie von ihm?«
»Wir wollen Herrn Wegener befragen. Mehr können wir Ihnen nicht sagen, da es sich um laufende Ermittlungen handelt. Wissen Sie, wo er übernachten wollte?«
»Nein.«
»Wir haben versucht ihn unter seiner Mobilfunknummer zu erreichen.«
»Das schaltet er nur an, wenn er telefonieren will.«
»Ah. Sagen Sie ihm bitte, er soll sich bei uns melden. Wir müssen ihn dringend sprechen.«
»Klar.« Dann ertönt ein Tuten.
»Aufgelegt«, bemerkt Chris.
»Scheint ein seltsamer Vogel zu sein.«

Was wohl Ina an ihm gefunden hat? Dann besinnt er sich und geht zur Zwischentür.

»Britta, fragst du bitte bei den Hotels nach, ob bei ihnen ein Ludger Wegener übernachtet?«

»Klar, mache ich. Oberste Priorität?«

»Ja, das wäre super, danke.«

Er weicht dem Blick seines Partners aus. Lieber wäre er jetzt allein. *Weshalb hat Ina nicht gesagt, dass sie mit Ludger verabredet war? Oder hat Ludger seine Neue angelogen und es gab keinen Kontakt zu Ina? Er kann auf gut Glück nach Mainz gekommen sein, hat ihr nachspioniert und nebenbei ihre Liebhaber getötet? Zumindest während der zweiten Tat ist er in Mainz gewesen.*

»Wenn du laut denkst, könnte ich vielleicht etwas beisteuern«, unterbricht Chris seine Gedanken.

»Ja. Wir sollten sehen, dass wir Ludger finden, bevor wir voreilige Schlüsse ziehen, wer hier lügt und warum.« Er hält Chris' Blick stand. »Fahren wir zu Lehmkühler, mal sehen, was er will.«

KAPITEL 39

Dienstag, 20.3., zur Abendstunde

WÄHREND DER KURZEN FAHRT IN die Ernst-Ludwig-Straße schweigen sie. Chris braucht noch etwas Zeit mit der neuen Situation klarzukommen, in der Stimmung mit dem Staatsanwalt zu reden, passt ihm nicht. Er versteht Jakes Entscheidungen nicht und hätte gerne Erklärungen. Doch dazu müsste er Fragen stellen, bevor er beim Staatsanwalt etwas Falsches sagt.

Kaum hat er den Wagen geparkt, steigt Jake aus und betritt zielstrebig das Gebäude der Staatsanwaltschaft. Drinnen sprintet er, immer zwei Stufen auf einmal nehmend, die Treppe hinauf.

»Warte kurz, Jake. Das mit Frau Wegener solltest du Lehmkühler sagen.« Stoppt Chris ihn.

Jake bleibt stehen und dreht sich zu ihm um. Sein Gesicht sprüht nicht gerade vor Freude, im Gegenteil. »Was, das?«

»Na, dass du sie kennst.«

»Dafür gibt es keinen Grund. Ich kenne sie, ja. Aber mehr ist da nicht.«

»Na ja, sie war mit beiden Opfern bekannt. Im Moment ist sie die einzige Verbindung zwischen den beiden, die wir haben. Und sie hat uns bezüglich des Kontakts zu ihrem Ex angelogen.«

»Jemand hat gelogen, ja. Aber wieso sollte sie uns von ihrem Ex erzählen und uns dann anlügen. Ich tippe darauf, dass Ludger seine Neue belogen hat, um einen Grund zu haben nach Mainz zu fahren.«

»Möglich. Auf alle Fälle müssen wir Frau Wegener noch einmal befragen. Und zwar ganz offiziell.«

»Ja, klar.«

Jakes Antwort klingt nicht überzeugt, außerdem weicht er seinem Blick aus und hält die Arme verschränkt.

»Gut, ich will nur sicher gehen, dass du mich dabei nicht ausschließt.« Er will weitergehen, doch jetzt hält Jake ihn auf. »Was genau willst du damit sagen?«

»Dass du keine halb privaten Gespräche mit ihr führen sollst.«
»Tue ich nicht. Wie kommst du darauf?«
»Ich wollte es nur deutlich machen.«
»Du solltest nicht von dir auf mich schließen.«
Bevor Chris antworten kann, geht Jake weiter.
Scheiße. Er schließt die Augen. Das hat gesessen. So hat er sich die Zusammenarbeit nicht vorgestellt.

Sandra hat ihm immer wieder vorgeworfen, unsensibel zu sein. Aber das Letzte, was er jetzt gebrauchen kann, ist ein Partner, der den Fall an die Wand fährt. Er folgt Jake, der oben auf dem Treppenabsatz wartet.

»Wie kommst du darauf, dass ich dich ausschließe?«
»Lass gut sein, Jake.«
»Nein, sag schon. Wie kommst du darauf? Wenn ich etwas verheimlichen wollte, hätte ich dir nichts gesagt.«
»Okay.«
»Okay?«

Eine Frau kommt die Treppen herunter. »Hallo«, grüßt sie die beiden und schlüpft zwischen ihnen hindurch. Chris nutzt die Unterbrechung und läuft weiter zum Büro des Staatsanwalts. Mit dem Klopfen wartet er gerade so lang, bis Jake ihn eingeholt hat.

»Herein.«

Er öffnet die Tür und betritt als erster den Raum.
Zeit, die Hierarchie neu zu mischen, Dienstgrad hin oder her.

»Herr Muth? Ah, Herr Imhof. Setzen Sie sich. Ich bin gespannt, was es Neues gibt in dem Fall. Hat Herr Kalma Licht ins Dunkel gebracht?«

Der Staatsanwalt klappt seinen Laptop zu. Der Duft von kaltem Kaffee wabert durch die abgestandene Luft im Büro. Sie setzen sich auf die Besucherstühle, die an Ungemütlichkeit nicht zu übertreffen sind. Insgesamt passt die altbackene Einrichtung nicht zu dem gepflegten Aussehen des Staatsanwalts. Oft war er noch nicht hier, doch jedes Mal fühlt er sich an das Büro des Direx während seiner Oberstufenzeit erinnert. Dort hat er sich öfters einfinden müssen und genau die Gefühle von damals keimen gerade auf. Irgendwer hatte etwas ausgefressen und er wurde als Schuldiger ausgemacht.

Er schaut kurz zu Jake, er kann dessen Wut riechen. Besser sie hätten die Diskussion weitergeführt, statt in der momentanen Verstimmung dem Staatsanwalt Bericht zu erstatten.

Da Jake keine Anstalten macht, die Frage zu beantworten, startet er: »Wir haben ein ziemlich klares Bild von der, ich sage mal, ›Dienstleistung‹, die Herr Jung angeboten hat.« Mit wenigen Worten umreißt er die Aussage.

»Und welche Schlüsse ziehen Sie daraus? Wird es notwendig sein weitere Kontakte zu befragen?«

Wieder antwortet er, obwohl Lehmkühler Jake anschaut.

»Bisher haben wir keine Beweise dafür, dass Herr Jung sein Wissen auf irgendeine Weise ausgenutzt hat. Allerdings können wir nicht ausschließen, dass er Geld oder Gefälligkeiten für seine Vermittlung genommen hat. Wir gehen davon aus, dass er seine Wohnung als Stundenhotel vermietet hat. Dem sollten wir nachgehen. Die Einnahmen daraus, hat er sicher nicht versteuert.«

»Ja, ja. Das wäre dann aber ein Fall für die Sitte und die Steuerfahndung. Mir ist wichtig, zu wissen, ob Sie in diese Richtung bezüglich der Tötungsdelikte ermitteln. Das schließe ich dann mal aus.« Kurz hält Lehmkühler inne, wartet auf Widerspruch. Als sie keine Einwände erheben, fährt er fort: »Sehr schön. Welche weiteren Spuren verfolgen Sie?«

»Wir haben heute zwei Frauen überprüft, die mit beiden Opfern in Kontakt standen. Eine Spur führt zu einem gewalttätigen Ex-Ehemann. Der ist seit Samstag hier in Mainz«, antwortet Chris.

»Herr Jung wurde aber früher getötet.«

»Ja, aber der Ex wohnt in der Nähe von Heidelberg. Mit dem Auto wäre er schnell hier gewesen«, erklärt er. Damit stützt er Jakes Annahme, die ihm nicht so abwegig vorkommt, wie er behauptet hat. *Aber Ina ist damit nicht aus dem Spiel, Jake.*

»Verstehe. Und wann vernehmen Sie ihn?«

»Wir konnten ihn bisher noch nicht finden. Wir überprüfen jetzt alle Hotels und schauen, ob sich etwas ergibt.« Er wirft Jake einen Blick zu, der stumm neben ihm sitzt.

»Dann besteht noch die Möglichkeit, dass Frau Ina Wegener mehr damit zu tun hat. Sie hat für eine Tatzeit kein Alibi und das andere müssen wir noch überprüfen. Eine Freundin war über Nacht bei ihr, hat aber im Gästezimmer geschlafen. Außerdem hat sie bezüglich des letzten Kontakts zu ihrem Ex-Mann gelogen.«

Jake richtet sich in seinem Stuhl auf.

»Sie sind da anderer Meinung, Herr Imhof?«

»Ich halte es für unwahrscheinlich, dass Frau Wegener, die Morde begangen hat. Aber selbstverständlich werden wir dem auf den Grund gehen. Ich halte es für wahrscheinlicher, dass sie in Gefahr ist.«

»Ach was?«, entfährt es Chris. *Das sind ganz neue Töne.*

»Scheint, Sie verfolgen unterschiedliche Ansätze.« Lehmkühlers Lippen zucken belustigt.

»Nein, natürlich nicht.« Jake spricht ruhig, doch Chris sieht, wie sich seine Hand um die Stuhllehne krallt. Zeit, den Mund zu halten.

»Frau Wegener hat Angst vor ihrem Ex-Ehemann. Sie hatte lange keinen Kontakt, er saß wegen Totschlag im Gefängnis und ist seit einem Jahr draußen. Kurz vor Weihnachten meldete er sich bei ihr, weil er sie treffen wollte, das hat sie nach ihrer Aussage verweigert. Jetzt ist er nach Mainz gekommen. Selbst wenn er nicht der Mörder ist, könnte er trotzdem ihr gegenüber gewalttätig werden.«

»Hm.« Der Staatsanwalt reibt sein Kinn, schaut Chris herausfordernd an, wartet auf seinen Einspruch. Doch er hüllt sich in Schweigen. Den Gefallen tut er ihm nicht, seinem Partner in den Rücken zu fallen.

»Es wäre sinnvoll, Frau Wegener Personenschutz zu geben«, schlägt Jake vor.

Mühsam kann Chris sich beherrschen, nicht laut zu schnaufen, presst die Lippen fest aufeinander.

»Also, Herr Imhof, wenn wir jede Frau vor ihrem gewalttätigen Ehemann Personenschutz geben würden, müssten wir alle rund um die Uhr arbeiten und das würde nicht reichen.«

»Herr Wegener ist extra nach Mainz gekommen …«

»Vielleicht will er sich nur bei ihr entschuldigen. Sagen Sie ihr, sie soll jeden Kontakt vermeiden und Ihnen Bescheid geben, falls er sich meldet. Mehr können wir nicht tun. Gehen Sie davon aus, dass die beiden Taten im Zusammenhang stehen?«

»Wir warten noch auf das Ergebnis von Doktor an de Beecke, die Todesursache ist nicht klar, allerdings wurden beide Opfer …«

»Ja, sie hat mich persönlich informiert. Schauen Sie zu, dass Sie handfeste Ergebnisse bekommen. Ich werde das LKA einschalten, sobald wir einen Serienmörder vermuten.«

»Das wird nicht notwendig sein. Wir arbeiten mit Hochdruck.«

»Das erwarte ich auch, Herr Imhof. Sonst noch etwas?«

»Nein.« Jake steht auf und geht zur Tür.

Chris folgt ihm. Scheint, als würde mittlerweile jeder machen, was er will. Wieder funkt Maja dazwischen und spricht hinter ihrem Rücken mit dem Staatsanwalt und Jake fällt dazu nichts ein. Sie sollten dringend ein klärendes Gespräch führen, sonst landet der Fall beim LKA. An der Treppe holt er seinen Partner ein.

»Glaubst du ernsthaft, dass Frau Wegener in Gefahr ist?«

»Bis wir nicht wissen, warum ihr Ex nach Mainz gekommen ist, können wir das nicht ausschließen.«

Darauf antwortet er nicht, fragt sich, wer, vor wem geschützt werden muss. Wobei Personenschutz einer Observation gleich kommt. Mit dem Gedanken kann er sich anfreunden. Soll Jake den Staatsanwalt doch damit nerven.

Gemeinsam laufen sie die Treppen hinunter. Draußen schlägt Chris den Weg zum Parkplatz ein. Nur am Rande bekommt er mit, dass Jake in die andere Richtung geht.

KAPITEL 40
Dienstag, 20.3., zum Abendgeläut

JAKE HÄLT KURZ INNE, VERSUCHT seinen Kopf zu leeren, den Ärger und die Sorgen sortiert zu bekommen. Er ist sauer. Auf Chris. Auf Lehmkühler. Und ganz besonders auf sich selbst. Hätte er nur gleich am Montag mit Chris gesprochen, am besten sofort nach seinem Telefonat mit Ina.

Er schreib Chris eine Kurznachricht:

> Will noch etwas besorgen, gehe zu Fuß zurück. Schönen Feierabend.

Er überquert die Kaiserstraße. Die Christuskirche lässt er rechts liegen, umrundet eine Gruppe Touristen, die auf die volle Stunde und das Glockenspiel warten, das gleich einsetzt.

Jake bleibt in einiger Entfernung stehen und lauscht. Für so etwas nimmt er sich viel zu selten Zeit.

Warum hadert er mit der verfahrenen Situation um Ina? Eigentlich hat er mit ihr geklärt, den privaten Kontakt ruhen zu lassen. Wenn der Fall gelöst ist, können sie sich in aller Ruhe kennenlernen. Das sollte kein Problem sein. Sollte. Aber ihn treibt etwas an. Mit dem Verzicht auf den Urlaub und nicht zum Grab zu fahren, hat er der Vergangenheit den Rücken gekehrt. Und dann taucht Ina auf. Ist sie sein Halt im hier und jetzt, glaubt er unterbewusst, wenn er sie verliert, wieder in die Vergangenheit zu triften? Er setzt seinen Weg zurück ins Präsidium fort. Der Glockenklang begleitet ihn bis zur Leibnizstraße hinunter, in die er einbiegt. Allmählich klären sich seine Gedanken. Übrig bleibt die Angst um Ina. Er sieht in ihrem Ex-Mann eine echte Bedrohung. *Es muss eine Lösung her!*

Zurück im Präsidium entscheidet sich Jake gegen den Aufzug. Er braucht Zeit, bis er ins Büro zurückgeht, hofft darauf, Chris nicht mehr anzutreffen. Sein Blick wandert über die schmutzige Farbe der Wände im Treppenhaus. An einigen Stellen gibt es Schmierereien, sinnfreien Sprüche an die Nachwelt. Wieder einmal fragt sich Jake, wer sie hinterlassen hat. Schließlich dürfen sich Besucher nicht allein im Gebäude bewegen. Aber es gibt immer Mittel und Wege. *Richtig!* Jake nickt der plötzlichen Eingebung zu. *Genau, es gibt immer Mittel und Wege.*

Er sprintet die Stufen hinunter ins Erdgeschoss, zu den Kollegen von der Streife. Dort herrscht ein reges Treiben. Die meisten kennt er vom Sehen, er schlendert an der Kaffeeküche vorbei, wirft einen kurzen Blick hinein.

»Hi Jake, hältst du Ausschau nach den neuen Polizeianwärterinnen?«

Vor ihm steht Max mit einer Tasse in der Hand. Er überragt Jake um eine Handbreit. Von Anfang an war ihm Max sympathisch gewesen. Die gleiche Art von Humor verbindet sie, die andere oft als beißende Ironie verstehen.

»Nein, eigentlich nach dir.«

»Ach, was. Dann lass mal hören. Einen Kaffee darf ich mir aber noch gönnen oder müssen wir gleich los, die Welt retten?«

Max wartet die Antwort nicht ab und betritt die Küche.

Auf keinen Fall will Jake inmitten der anderen Kollegen sein Anliegen vorbringen.

»Kaffee und Zigarette, dafür reicht es immer«, sagt er deshalb und lehnt sich an den Türrahmen.

Max dreht sich zu ihm um, während der Kaffee in die Tasse läuft und zieht die Brauen hoch.

»Du rauchst?« Es dauert einen Moment, dann kapiert er Jakes versteckten Hinweis.

»Okay. Gehen wir raus«, schlägt Max vor und reicht ihm den Kaffee.

Draußen steckt sich Max eine Zigarette an. »Was gibt es denn Geheimes?«

»Ich brauche einen Wagen als Personenschutz.«

»Ah, die Zustimmung wird nachgereicht?«

»Sagen wir so, die bekomme ich erst, wenn es zu spät ist.«

»Ist zum Kotzen mit den Paragrafenreitern. Die haben keine Vorstellung vom wahren Leben da draußen.«

Max nimmt einen tiefen Zug. »Und, wenn was schief geht, sind am

Ende wir die Dummen.« Den Qualm bläst er aus den Nasenlöchern heraus, was ihn wie einen wütenden Drachen aussehen lässt. »Von wann bis wann brauchst du jemanden, wo und für wen?«

Jake atmet auf. So leicht hatte er sich das nicht vorgestellt. Er nennt Inas Adresse. »Wenn möglich ab sofort, wir haben sie nicht informiert, weil es nicht offiziell ist. Sie ist sich der Gefahr nicht bewusst. Wir sind bereits auf der Suche nach ihrem Ex-Mann, es sollte also nicht allzu lange sein. Bis maximal morgen Abend.«

»Okay, hast du Fotos?«

»Ja, von ihm kein Aktuelles, aber er hat ein paar Jahre gesessen. Ich schicke es dir gleich.«

»Gut, falls ein Großeinsatz reinkommt, geben wir dir Bescheid, das geht vor.«

Max zieht an seiner Zigarette. »Und sonst? Wie schlägt sich Chris Muth?«

»In Ordnung, zieht die richtigen Schlüsse.«

»Ein paar von den Jungs wetten schon, wann er wieder mit Maja in die Kiste steigt. Bei der scheint er ein gutes Händchen zu haben. Sonst schafft es keiner bei ihr zu landen.«

Darauf zuckt Jake mit den Schultern.

Max wartet einen Moment und meint dann: »Na ja, sind nur Gerüchte, ich bin nicht dabei gewesen. Ich schick gleichen einen Wagen hin, sobald ich die Daten von dir bekomme.«

»Super. Danke für eure Unterstützung. Ich weiß das zu schätzen.«

»Dafür sind Kollegen da.«

Jake geht zurück ins Präsidium, während sich Max noch eine Zigarette anzündet.

Im dritten Stock bleibt Jake stehen, schaut aus dem Fenster, sieht die Reflexion seines Gesichts, nicht die Welt jenseits des Glases. Allmählich wird ihm bewusst, wie sehr er sich um Ina sorgt. Und zwar nicht als Polizist, das gesteht er sich ein, und auch, dass das nicht gut ist.

Und dazu noch Gerüchte um eine Affäre zwischen Chris und Maja. Klar, die unerlaubten Abfragen im Polizeiregister ist eine andere Hausnummer. Nur lenken die Spannungen mit Maja ihn vom Fall ab.

Mit einem Seufzer geht er weiter. Sie müssen sehen, wie sie mit den Ermittlungen weiterkommen, allem anderen wird er sich widmen, wenn Zeit übrig bleibt. Oberste Priorität ist, Inas Ex aufzuspüren und herauszufinden, was er in Mainz will. Dann kann er die nicht genehmigte Überwachung aussetzen. Die bereitet ihm nämlich auch Kopfschmerzen.

Im Büro brennt kein Licht und auch nebenan bei Britta ist alles dunkel. Er startet seinen Computer und ruft die Akte von Ludger Wegener auf. Das aktuellste Foto schickt er an Max, dann vertieft er sich in die Unterlagen.

Die Angaben über die Kneipenschlägerei überfliegt er, den Teil über die Ermittlungen wegen häuslicher Gewalt liest er genauer. Die Kollegen haben Ina mehrmals befragt, trotzdem hat sie beharrlich über die Gewalttätigkeiten ihres Ehemanns geschwiegen. Das typische Verhalten einer Ehefrau, die misshandelt wird.

So hätte er Ina nicht eingeschätzt. Die räumliche Trennung von ihrem Mann, scheint sie sehr verändert zu haben. Sie hat einer ärztlichen Untersuchung zugestimmt, die Hämatome in verschiedenen Stadien und verheilte Knochenbrüche zutage gebracht haben. In der Einschätzung der Psychologin steht, dass sich die Patientin daran klammert, dass ihr Mann ins Gefängnis kommt.

Was hat es mit ihr gemacht, als er sich plötzlich gemeldet hat? Und scheinbar zurück in ihr Leben wollte?

Arme Ina! Jake fährt sich mit beiden Händen durch die Haare und starrt hinaus in die Nacht. Sein Handy piepst. Eine Nachricht von Max.

Foto von Frau Wegener kommt noch?

Er öffnet die Anhänge in der Akte und betrachtet mit stummer Wut die Fotos von Ina. Nichts daran erinnert an die lebenslustige Frau, die er kennt. Kurzentschlossen schickt er Max ein Foto, das er beim Spaziergang gemacht hat.

Danke. Privates Foto?

Ja

Verstehe

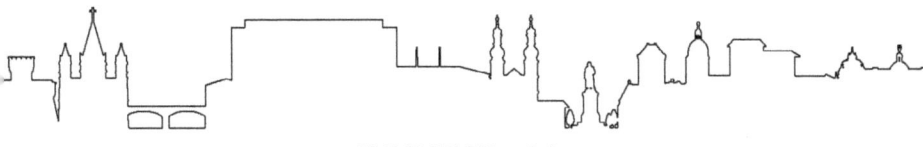

KAPITEL 41
Mittwoch, 21.3., vor der Dämmerung

JAKE SCHLÄFT UNRUHIG. VORM SCHLAFEN ist er am Rhein entlang bis nach Kastel spaziert. Die Graffiti unter der Brücke erinnerten ihn schmerzlich an Ina. Erst ein paar Tage ist das Treffen mit ihr her, doch in unendliche Ferne gerückt.

Er träumt von ihr. Sie tollt mit Tobi über den Rasen, neckt Jake, ob er sie jetzt festnehmen müsse, wegen des Schildes ›Bitte die Wege nicht verlassen‹. Dann wird ihr lachendes Gesicht von dem Foto aus der Akte ihres Ex überlagert. Die ängstlichen Augen, die dunklen Ringe darunter.

Erneut wacht er auf, starrt an die Decke, dann zum Fenster hinaus. Die Lichter am Mainzer Ufer gegenüber spiegeln sich in den schwarzen Fluten des Rheins. Wie kleine Irrlichter hüpfen sie auf den Wellen, weisen ihm den Weg. Kurzentschlossen springt er aus dem Bett, gönnt sich eine schnelle Dusche. Den Kaffee zum Munterwerden füllt er in einen Thermobecher.

Morgens um fünf ist die Fahrt von einer zur anderen Landeshauptstadt entspannt. Jake braucht nicht einmal fünfzehn Minuten bis zu Inas Adresse. Er parkt direkt hinter dem Streifenwagen und geht zu den Kollegen.

»Guten Morgen«, begrüßt er sie durch das geöffnete Beifahrerfenster.

»Guten Morgen. Sag' nur, ihr habt den Ehemann gefunden und wir können abziehen?«, fragt der Fahrer, den Jake vom Sehen kennt.

»Leider nein.« Auf dem Armaturenbrett liegen Ausdrucke der Fotos, die er Max geschickt hat. Das von Ludger verdeckt das von Ina zum größten Teil. Im fahlen Licht der Straßenlaterne kann er ihr strahlendes Lächeln nur erahnen, als wäre es durch die Nähe zu ihrem Ex verloschen.

»Bei uns gibt es nichts Spannendes zu vermelden. Frau Wegener war eben mit dem Hund draußen und hat sich Brötchen fürs Frühstück geholt. Uns hat sie Kaffee und Croissants gebracht. Ihr ist klar, dass wir wegen ihr hier sind.«

Jake reibt sich am Kinn, die Bartstoppeln kratzen. Ans Rasieren hat er nicht gedacht.

»Okay, den Rest der Schicht übernehme ich und danke für euren Einsatz.«

»Kein Thema.«

Er geht zurück zu seinem Wagen. Als er den Deckel des Thermobechers öffnet, verbreitet sich ein angenehmer Kaffeeduft. Er nippt erst, die Temperatur ist genau richtig. Genüsslich trinkt er und sein Körper reagiert dankbar auf den Koffeinschub. Die bleierne Schwere verflüchtigt sich, der Nebel in seinen Gehirnwindungen verzieht sich und sein Magen knurrt. Es wäre clever gewesen, sich Essen zu holen, bevor er die Kollegen weggeschickt hat. Der Bäcker muss in der Nähe sein. Aber um nichts auf der Welt wird er seinen Beobachtungsplatz aufgeben. Die Entscheidung quittiert sein Magen mit einem erneuten Knurren.

Jake schüttet Kaffee nach, der plötzlich bitter schmeckt. Seine letzte Mahlzeit liegt Stunden zurück. Vor dem Abendspaziergang hat er Hunger verspürt, aber das Essen auf später verschoben. Danach war sein Kopf voll mit Gedanken um Ina gewesen.

Ina!

Wenn sie über den Streifenwagen Bescheid weiß, sollte er bald mit ihr reden. Vielleicht kann er sie überzeugen, um Personenschutz zu bitten, und damit Lehmkühler in Zugzwang bringen. In dem Mehrparteienhaus brennt hinter einem Fenster Licht. Im zweiten Stock rechts. *Ob das Inas Wohnung ist?* Jake steigt aus und überprüft die Klingelschilder. Wenn die Anordnung der der Wohnungen entspricht, sollte es Inas sein. Er überlegt. *Ob ein Besuch heute Morgen als persönlicher Kontakt zählt?* Soll er ohne Chris zu Ina gehen? Aber der weiß nichts von der Aktion.

Den Finger auf dem Klingelknopf sammelt er seine Gedanken. Wie wird sie reagieren, wenn er sie so früh mit einem Besuch überrascht? Egal, er wird es gleich herausfinden. Dem Klingeln antwortet ein leises Kläffen aus den Tiefen des Hauses, das plötzlich laut aus der Gegensprechanlage dröhnt.

»Ja?« Ina schreit, um Tobi zu übertönen.

»Jake Imhof. Darf ich reinkommen?«

Keine Antwort, das Bellen abgeschnitten, nur das leise Echo aus dem Haus ist zu hören. Dann summt der Türöffner.

Er sprintet die Treppe hinauf. Am oberen Absatz erwartet ihn Tobi, schwanzwedelnd und jaulend. Mit Streicheleinheiten begrüßt er ihn, nimmt ihn hoch und dreht sich zur Wohnungstür. Dort steht Ina, im Türspalt, die Hände fest am Türrahmen. Keine einladende Geste, die Lippen schmal. Ein Blick reicht ihm, um zu wissen, dass sie Tobis Freude über seinen Besuch nicht teilt. Mit einem Lächeln versucht er, das Eis zu brechen. »Guten Morgen. Ich habe gesehen, dass bei dir Licht brennt.«

»Ah, oder haben dir deine Kollegen gesagt, dass ich heute schon unterwegs war. Sicher notieren sie jeden meiner Schritte.«

»Darf ich kurz reinkommen? Wir sollten nicht hier im Treppenhaus reden.«

Ein knappes Nicken, sie tritt zur Seite. In der Wohnung zappelt Tobi solange, bis Jake ihn runterlässt. Am Boden flitzt er erst um sie herum und dann voraus in die Küche. Brav legt er sich in sein Körbchen unter dem Fenster. Ina setzt sich auf einen der Barhocker vor dem Board an der Wand, für einen Tisch ist in der Küche kein Platz. Über den Rand ihrer Kaffeetasse taxiert sie ihn, keine Fragen, kein Small Talk, einfaches Warten. Er kann es ihr nicht verdenken, weshalb sollte sie es ihm einfach machen?

In die Stille hinein grummelt sein Magen. Tobi spitzt die Ohren, knurrt leise. Hinter Inas Tasse erscheint ein breites Grinsen, dem folgt ein haltloses Lachen. Sie schiebt ihm die Bäckertüte hin. Dann füllt sie eine Tasse mit Kaffee und reicht sie ihm. »Schwarz mit etwas Zucker, richtig?«

»Ja, danke.«

Aus dem Kühlschrank holt sie Butter.

»Möchtest du Marmelade oder lieber Fleischwurst?«

Sofort kommt Tobi angestürmt und springt an Ina hoch.

»Hast du die für Tobi gekauft?«

»Ja, für den Hundeplatz. Seine Erziehung ist noch nicht abgeschlossen. Aber er teilt gern mit dir.«

Tobis Jaulen klingt nicht nach Zustimmung, doch Jake meint: »Dann gerne.«

Ina schneidet ein großes Stück Wurst ab und reicht es ihm mit Teller und Besteck. Freudig trippelt Tobi zurück und setzt sich voller Erwartung vor Ina. Jake spürt, wie die Anspannung von ihm abfällt und die Zuversicht, dass sich alles regeln wird, macht sich breit.

»Nein, du bekommst nichts. Du bellst, jaulst, machst, was du willst, und wirfst dich dann auch noch fremden Männern vor die Füße.«

Bei dem Wort *fremden* zuckt Jake zusammen. Als Tobi kapiert, dass für ihn nichts abfällt, jault er enttäuscht auf und Jake würde am liebsten einstimmen. Ina schenkt sich Kaffee nach, während er sein Brötchen schmiert. Tobi ändert seine Taktik und setzt sich vor ihn, winselt leise.

»Ja, suche dir nur ein neues Herrchen, Jake glaubt nämlich, dass ich böse bin, und wird mich bald einsperren.«

Dabei schaut sie nicht Tobi, sondern ihn an.

»Wie kommst du denn darauf?« Vor Schreck vergisst er, in sein Brötchen zu beißen.

»Glaubst du, ich wüsste nicht, weshalb deine Kollegen vor der Tür stehen?«

»Zu deinem Schutz.«

Ina öffnet den Mund und klappt ihn wieder zu. Dann ein gepresstes: »Ach, so.«

Hat sie wirklich gedacht, sie würde überwacht, weil sie unter Verdacht steht?

»Wegen Ludger?«, fragt sie nach einer Weile. »Habt ihr ihn noch nicht erreicht?«

»Nein, wir haben ihm auf die Mailbox gesprochen, aber er ruft nicht zurück.«

»Würde mich wundern, wenn er es tut. Bei mir hat er sich auch nicht mehr gemeldet.«

»Ina, ich bin mehr oder weniger beruflich hier. Ich habe Personenschutz für dich beantragt, aber noch will die Staatsanwaltschaft den Antrag nicht genehmigen. Wenn du selbst anfragen würdest, die Situation als bedrohlich schilderst, könnte das den Vorgang beschleunigen. So lange, bis wir Ludger gesprochen haben und wissen, was er von dir will. Seine Freundin gibt ihm ein Alibi ...«

»Er hat eine Freundin?« Ina beißt auf die Unterlippe, die Tasse ans Kinn gedrückt.

»Ja, hat er dir das nicht erzählt?«

»Wir haben nicht telefoniert, er hat nur Kurznachrichten geschrieben und mehr oder weniger Forderungen gestellt. Ich wäre es ihm schuldig, ich soll ihm eine Chance geben, ein neues Leben zu beginnen. So was, ich habe es auf mich bezogen, also ... Ach, ich weiß nicht.«

Jake lässt ihr Zeit, um den Gedanken zu sortieren.

»Scheint, als hätte er wirklich nur reinen Tisch machen wollen, um sein altes Leben abzuschließen und ein neues beginnen zu können. Dann ist meine Angst völlig ...«

»Würdest du mich eure Nachrichten lesen lassen?«

Kurz zögert Ina, dann öffnet sie den Chat im Handy und reicht es ihm.

»Deine letzte Nachricht wurde gelöscht«, bemerkt Jake.

»Echt. Zeig mal.«

> ⌀ *Du hast diese Nachricht gelöscht.*

Ina zieht die Stirn kraus. »Ich kann mich nicht erinnern, geantwortet zu haben, und schon gar nicht, dass ich sie gelöscht habe. Ich stand neben mir. Vielleicht habe ich etwas geschrieben wie ›verpiss dich‹ und dann schnell gelöscht.«

»Schon gut, wir können alles bei deinem Provider anfragen. Wenn du deine Zustimmung gibst, geht es schneller.«

»Ich dachte, die dürfen das nicht speichern.«

»Doch, aber nicht langfristig.«

»Ja, also, wenn es hilft, dann klar.«

»Danke, das beschleunigt die Anfrage.« Er vertieft sich wieder in die Nachrichten. Da steht nichts von einem Treffen. Er gibt Ina Recht, die klingen nicht, als würde er um Entschuldigung bitten wollen.

»Und? Was meinst du? Klingt er für dich gefährlich?«

Inas Augen wirken unnatürlich groß über der Kaffeetasse.

»Schwer zu sagen. Er droht nicht, nicht direkt, ist aber sehr fordernd.«
Er schiebt ihr das Handy über den Tisch zu, lässt seine Hand darauf liegen. Automatisch greift sie danach. Ihre Hände berühren sich.

»Du bist beruflich da?« Inas Augen weiten sich etwas.

»Ja. Leider.« Seine Finger streifen sanft ihre Hand, bevor er sie wegzieht. »Ich muss jetzt gehen.«

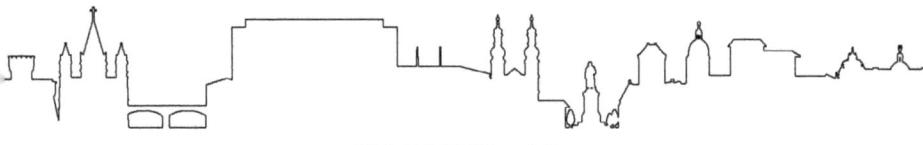

KAPITEL 42

Mittwoch, 21.3., in aller Frühe

Als Chris am frühen Morgen aus dem Aufzug aussteigt, fällt sein Blick sofort auf die angelehnte Bürotür. *Hat Jake vergessen, die zuzumachen?* Normalerweise halten sie die immer geschlossen, nur die Zwischentür zu Brittas Büro bleibt offen.

Beim Näherkommen hört er von drinnen Geräusche. Ein Kribbeln im Nacken lässt ihn vorsichtig werden. Er verharrt vorm Büro, lauscht. Der Duft eines Parfüms steigt ihm in die Nase. Dann die Erkenntnis, ein Lächeln stiehlt sich auf seine Lippen. Er betritt den Raum.

»Mensch, Kathrin. Hast du mich erschreckt.«

Die Angesprochene fährt herum, Papiere fallen zu Boden.

»Fragt sich nur, wer hier wen erschreckt.« Sie lächelt ihm zu, eine leichte Röte überzieht ihre Wangen.

Chris geht zu ihr, hebt die Blätter auf.

»Suchst du etwas Bestimmtes oder wolltest du nur unsere Kaffeebestellung aufnehmen?«

»Kaffee habe ich mitgebracht.« Sie deutet auf den Pappbecher auf seinem Schreibtisch. »Außerdem soll ich die Unterlagen über die ›Gefälligkeiten‹ von Herrn Jung abholen.«

»Sagt wer?«

»Staatsanwalt Lehmkühler. Ich soll sie ihm schnellstmöglich bringen, weil er euch nicht erreichen konnte.«

Sie zuckt mit den Schultern. »Ich dachte, ihr wüsstet Bescheid und hab geschaut, ob ihr sie bereitgelegt habt.«

»Er hat gestern erwähnt, dass wir möglicherweise die Sachen an die Sitte abgeben sollen. Typisch für ihn.«

»Warte, ich hab hier eine Aufstellung mit Namen, den Rest stellen wir ihm zusammen.«

»Okay, tut mir leid, dachte es wäre geklärt. Sonst ...«

»Kein Ding. Wir haben keine Geheimnisse.«

»Nein?« Kathrin lächelt ihn an, drückt sich an ihm vorbei und wirft einen Blick auf das Whiteboard. »Ina Wegener, ist sie eine Verdächtige?«

»Sie oder ihr Ehemann.« Chris stellt sich neben sie. Ina Wegener und Peggy Lehmann, beide Namen stehen auf der linken und rechten Seite untereinander. »Wie kommst du gerade auf sie?«

Kathrin sieht ihn erstaunt an. »Na, weil wir eine Streife vor ihrem Haus haben.«

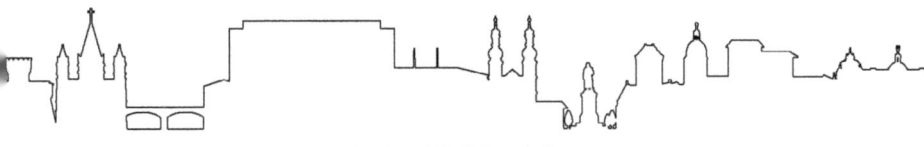

KAPITEL 43

Mittwoch, 21.3., Morgenstunde

CHRIS KOCHT VOR WUT. ER kann sich nicht darauf konzentrieren, die E-Mails von gestern zu lesen. Er lauscht auf jeden Schritt im Flur, ob Jake endlich gedenkt, ins Büro zu kommen. *Wer weiß, welche Sonderaktionen er noch erledigen muss.* Vor einer halben Stunde hat er sich bei Jake entschuldigen wollen, um die Ermittlung und die Entscheidung über seine Zukunft nicht weiter zu gefährden. Doch sich über die klare Anweisung des Staatsanwalts hinwegzusetzen, ist nicht tragbar. Selbst, wenn der seine Meinung plötzlich geändert hätte, wovon Chris nicht ausgeht, wäre es aus seiner Sicht richtig gewesen, ihn sofort zu informieren.

Zwanzig Minuten später taucht Jake auf. »Was gibt es Neues?«

Klar. Erst einmal auf harmlos machen. Doch damit kommst du nicht durch, denkt Chris. »Sag du mir, was es Neues gibt. Offensichtlich bin ich derjenige, der die Ermittlungen nur am Rande mitbekommt.« Er steht auf, verschränkt die Arme.

»Ach, ist das so? Und wie kommst du darauf?« Unbeeindruckt setzt sich Jake an seinen Schreibtisch und fährt den Computer hoch.

»Ich habe bei den Kollegen von der Streife angerufen, um mir den aktuellen Stand unserer Personenüberwachung von Ina Wegener, von der ich auch nur so nebenbei erfahren habe, zu besorgen. Da lachen sich die Kollegen schlapp, weil mein Partner doch gerade selbst observiert und ob er mir nicht die nötigen Details erzählt.«

»Bevor ich antworte, was wurmt dich wirklich? Dass ich dich nicht zeitnah informiert habe oder dass die Kollegen dich auslachen?«

»Was spielt das für eine Rolle? Verändert sich die Wahrheit dadurch?«, braust er auf. Klar steht er wie ein Depp vor den Kollegen da.

»Nein, bevor ich dir antworte, will ich wissen, von welcher Seite du die Wahrheit betrachtest, das macht den Unterschied.«

»Hey, Jake. Ich kenne die ganzen Psychotricks, mit denen man

Zeugen und Verdächtige aus der Reserve locken kann. Ich bin auch bei der Kripo, schon vergessen?« Er schiebt seinen Bürostuhl mit voller Wucht an den Schreibtisch.

»Dann solltest du wissen, dass es oberstes Gebot ist, Fakten zu sammeln. Und nicht durch verzerrtes Zuhören und Interpretieren des Gesagten, dem Gegenüber die eigenen vorgefertigten Worte in den Mund zu legen.«

Alles an Chris verkrampft sich. *Wieso schaffen es immer alle, die Wahrheit so zu verdrehen, dass ich mich schuldig fühle?* In seiner Kindheit waren es seine Schwestern gewesen, in der Schule wurde er schnell zum Buhmann für alles. *Und Sandra? Oh ja, sie ist die Meisterin darin.*

Und jetzt auch Jake. Er spürt dessen Blick, einen Moment überlegt er und schaltet zwei Gänge zurück. Hier geht es um die Arbeit.

»Okay, wann genau hat Lehmkühler denn zugestimmt, Frau Wegener Schutz zu gewähren?«

Jakes Gesichtsausdruck reicht, um die Wahrheit zu erraten.

»Gar nicht. Das dachte ich mir. Jake, das stinkt zum Himmel, damit kommst du nie durch.«

»Lass das meine Sorge sein. Ich mische mich auch nicht bei dir und Maja ein.

Okay, damit wäre das auch geklärt. Chris beißt sich auf die Lippen. *Soll er machen was er will, Hauptsache er hält mich da raus.*

»Weißt du, wie weit Britta gestern damit gekommen ist?«

»Sie hat bei allen Pensionen und billigeren Hotels angefragt, auch in Vororten und Wiesbaden. Ist eben alles etwas zäh am Telefon, die Angestellten berufen sich auf den Datenschutz.«

»Gut. Ich mache eine Abfrage für Frau Wegeners Handy. Sie gibt ihre Zustimmung für den Chat mit ihrem Ex-Mann.«

»Du warst bei ihr?« Chris stöhnt auf. *Sieht er nicht, wie dünn das Eis ist, auf dem er sich bewegt?*

»Sie hat die Kollegen gesehen und ihnen Kaffee gebracht, da musste ich sie über die Maßnahme informieren. Apropos Kaffee! Hast du mir den hingestellt?«

»Nein, das war Kathrin.

»Ach, was.«

Chris verkneift sich weitere Erklärungen. Die Frage nach Kathrins übermäßigem Interesse hat er auf ihr Bestreben, als Polizistin voranzukommen, geschoben. Nicht auf sich. Er braucht nicht noch mehr Aufmerksamkeit.

»Sie war kurz hier, weil sie die Unterlagen über Herrn Jungs Vermittlungsdienst abholen wollte. Lehmkühler hat sie angefordert.«

»Ach. Und wer hält jetzt Informationen zurück?«

Bevor er etwas erwidern kann, bessert Jake nach: »Sollte ein Scherz sein.«

Chris nickt versöhnlich, sie sollten ihre Aufmerksamkeit auf den Fall lenken.

»Ich wollte dich über die Schutzmaßnahme schon noch einweihen. Ich hatte die vage Hoffnung, wir würden ihren Ex schnell finden. Du hattest in den letzten Monaten genug Ärger, da wollte ich dich raushalten.«

Wieder nickt er, doch die unterschwellige Wut wird nicht so leicht verrauchen. Jakes Argument ist einleuchtend, aber er hat auch aus Eigennutz gehandelt.

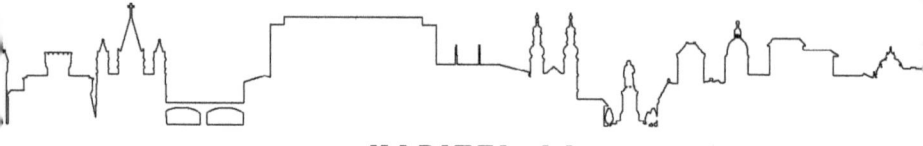

KAPITEL 44
Mittwoch, 21.3., am Vormittag

Manche Ermittlungstage zerfliessen wie Asphalt in der Sonnenglut. Du denkst an nichts Böses, gehst munter drauf los und steckst plötzlich in der zähen Masse fest. Selbst ein Schritt zur Seite macht die Sache nicht besser. Egal, wohin du trittst, kein Vorankommen. Du weißt, du musst in Bewegung bleiben, weil du sonst bald knöcheltief feststeckst. *Genau so ein Tag ist heute*, denkt Jake. Vielleicht liegt es auch an der trügerischen Ruhe nach ihrer Auseinandersetzung. Seitdem arbeiten sie mit Volldampf daran, Ludger zu finden.

Zum gefühlt hundertsten Mal spult Chris seinen Spruch ab: »Wir befinden uns in einer polizeilichen Ermittlung ... ja, ich verstehe, dass Sie am Telefon ... wir schicken gerne Kollegen ... ja, ich verstehe, dass Sie die Polizei lieber nicht ...«

›Ich mache Kaffee‹, signalisiert Jake ihm mit der erhobenen Tasse. Chris zeigt den Daumen hoch und reicht ihm seine leere zum Nachfüllen.

Oberflächlich hat sich ihre Beziehung eingerenkt. Doch er ist sich nicht sicher, wie es in Chris aussieht. Die Wut auf seine Ex-Frau spiegelt sich in seinem Verhalten. Wie ein angeschossener Eber hält er alles für eine Gefahr. Schlägt wild um sich und trifft dabei Freund und Feind gleichermaßen.

Die Bürotür öffnet sich und mit Paul strömt gute Laune herein. »Falls eurem Tag noch eine gute Nachricht fehlt, ich habe da eine.« Statt gleich mit der Sprache rauszurücken, wartet er auf eine ausdrückliche Einladung.

»Lass hören, der Tag hat eine Wendung zum Guten verdient«, tut Jake ihm den Gefallen.

»Ich habe endlich eine Antwort aus Mailand bekommen. Die Tücher waren eine Sonderanfertigung. Die lagen jahrelang als Ladenhüter rum. Leider konnten sie den ursprünglichen Besteller nicht mehr ermitteln. Den Restbestand hat ein Jan Reimer aufgekauft.

Gerade legt Chris den Hörer auf. »Wie war der Name?«
»Jan Reimer.«
Chris tippt den Namen ein. »Wie lautet der Lieferort?«
»Bad Godesberg.«
»Okay, hier haben wir einen. Jan Reimer, geboren 1992. Mist, gestorben 2013.«
»Die Lieferung ist Ende 2011 verschickt worden.«
Paul schaut Chris über die Schulter. »Die Adresse passt. Dann kann er nicht der Täter sein.«
»Dann müssen wir die Erben finden.«
Jake fährt sich mit der Hand durchs Gesicht. »Wäre zu einfach gewesen.«
»Ich schreib das Nachlassgericht gleich an.«
Jake wendet sich der Kaffeemaschine zu. Da kommt Britta aus ihrem Büro herüber.
»Stopp, keiner verlässt den Raum: Wir haben ihn.«
»Wen jetzt.« Jake schaut sie erstaunt an.
»Na, Ludger Wegener! Wen sonst? Hier ist die Adresse des Hotels.«
»Danke. Wir fahren sofort hin.«
»Ja, ihr solltet sofort hinfahren, denn die sind kurz davor, ins Zimmer zu gehen. Seit zwei Tagen hängt das ›Bitte nicht stören‹-Schild draußen und er hat nur bis heute gebucht.«

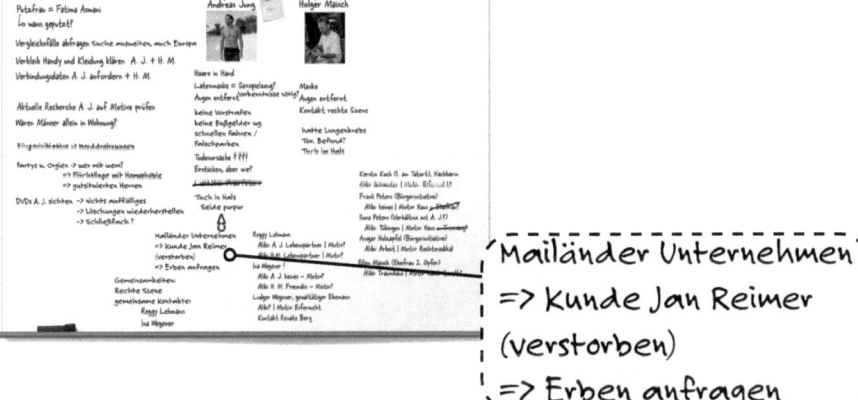

24. März, fünf Jahre zuvor

Kannst du dich an die Aufregung der Neuen erinnern? Mein erstes Mal hat sich verflüchtigt, vermischt mit den vielen anderen danach. Aber die Freude der Neuen war immer die gleiche, wenn uns potenzielle Eltern besuchten. Sie kannten nicht die Bedeutung der roten Tücher, die so adrett in den Jacketts der Männer steckten oder lose um den Hals der Frauen geknüpft waren. Als Kind kam es mir nie seltsam vor, dass sie als Paar auftauchten. Da machte es Sinn, weil der vordergründige Anlass ihres Besuchs das Gründen einer Familie war. Schließlich musste alles seine Richtigkeit haben – nach außen hin. Später habe ich mich gefragt, wie sich die Paare gefunden haben. Heute, im Darknet, findet jeder Gesinnungsgenossen ohne Gefahr zu laufen, entdeckt zu werden. Doch wie haben sie es damals angestellt? Riechen sie einander, wie Tiere ihre Herde erschnüffeln?

KAPITEL 45
Mittwoch, 21.3., später Vormittag

»Die haben um die Ecke eine Tiefgaragenzufahrt.« Kaum hat Chris es ausgesprochen, hält er die Luft an. Zum Glück befolgt Jake seinen Rat, ohne nachzufragen. An der Rezeption erwartet sie der Geschäftsführer des Hotels. Chris stellt sie vor und zückt seinen Dienstausweis, da winkt der Hotelangestellte ab. »Guten Tag, ich bin der Manager. Alberts. Lassen Sie stecken. Ich möchte so wenig Aufsehen wie möglich. Gehen wir gleich hinauf. Wir haben vorhin angeklopft und keine Antwort bekommen. Sein Auto steht in der Garage, er kann allerdings zu Fuß unterwegs sein.«

Herr Alberts dirigiert ihn und Jake zu den Aufzügen. Erst als sich die Tür schließt, fragt er: »Warum suchen Sie nach Herrn Wegener?«

»Wir wollen ihn befragen. Hat er erwähnt, warum er nach Mainz gekommen ist?«

»Nein, soweit ich es beurteilen kann, ist er nicht sehr gesprächig. Er hat am Samstag um 17:20 Uhr eingecheckt. Er wollte vier Nächte bleiben. Vorgestern Morgen hing das ›Nicht stören‹-Schild an der Tür. Das ist nicht ungewöhnlich. Viele Gäste möchten ausschlafen oder verzichten auf den Roomservice, weil es ihnen unangenehm ist, wenn jemand ... nun ... ihre Sachen aufräumt.«

Die Aufzugstür öffnet sich.

»Hier entlang, meine Herren. Herr Wegener hat Zimmer Nr. 317.«

Der Flur liegt vor ihnen in dem typisch diffusen Licht. Die Lampen scheinen tagsüber das Tageslicht aufzusaugen, um es des Nachts abzusondern.

Zwei Zimmermädchen stehen neben einer geöffneten Tür, starren die drei Männer an. Ein zweistimmiges »Guten Morgen« ertönt, als sie an ihnen vorbeilaufen. Zimmer 311, 315, 317.

Das rote Türschild ›Bitte nicht stören‹ bewegt sich leicht vom Luftzug. Winkt sie herein, weist ihnen den Weg. Noch etwas anderes fordert seine Aufmerksamkeit. Er sucht Jakes Blick, der nickt auf die stumme Frage. *Er riecht es auch.*

Der erste Duft des Todes riecht nicht abstoßend, eher süß, fast verführerisch, betörend. Die meisten empfinden ihn, wenn sie ihn nicht kennen, als angenehm. Anders, speziell, exotisch. Erst, wenn ihnen bewusst wird, was den Geruch verursacht, ändert sich die Wahrnehmung. Durch das sich zersetzende Fleisch, die Verwesung, bekommt der Geruch ein Bild, einen Namen, die Synapsen verknüpfen sich neu und am Ende der Gleichung steht Ekel.

Der Geschäftsführer hält die Karte an die Tür. Ein leises Surren, die Diode leuchtet Grün.

Sie sind willkommen, das Zimmer will ihnen sein Geheimnis preisgeben.

Chris begleitet den Geschäftsführer ein Stück den Gang hinunter. »Sie bleiben draußen. Halten Sie bitte Abstand und lassen Sie vorerst niemanden durch den Flur laufen. Danke.«

Dann folgt er Jake ins Zimmer. Der deutet auf den offenen Sicherheitsbügel an der Tür. Also ist der Raum nicht von innen verriegelt gewesen.

Drinnen wird der Geruch deutlicher, er hat Zeit gehabt, sich in jede Ritze zu setzen und nach und nach zu wachsen, aufzublühen. Zwei Schritte, dann haben sie freie Sicht auf das Bett. Ein menschlicher Körper liegt bäuchlings dort, eingewickelt in Plastikfolie. Das ist neu.

Chris greift zum Handy. »Britta?« Kurz versorgt er sie mit den bisherigen Details und bittet dann: »Wir brauchen die KTU im Hotel und frag Maja, ob sie kommen kann, falls sie nicht sowieso Dienst hat. Danke.«

Jake beugt sich über den Körper, dreht ihn auf die Seite.

»Und, ist es Ludger?«, fragt Chris, ohne näher zu kommen, nur keine unnötigen Spuren legen oder verwischen.

»Schwer zu sagen. Die Folie ist zu dicht. Es scheint, als wäre der Kopf mehrmals umwickelt worden.«

»Vielleicht doch ein anderer Täter?«

»Möglich.«

Jake geht in die Hocke und schaut unters Bett.

»Die Augen liegen hier und sind Richtung Ausgang ausgerichtet.«

»Also fünfzig/fünfzig Chance, beides haben wir nicht an die Medien weitergegeben. Mit der Fußspitze schiebt Chris die Tür zum Bad auf und wirft einen Blick hinein. Dort stehen ein paar Kosmetikartikel herum, nichts Ungewöhnliches.

»Warten wir draußen.« Jake schiebt sich an ihm vorbei, drückt die Klinke mit dem Ellenbogen herunter und zieht das Türblatt mit dem Ärmel auf. Kaum stehen sie im Flur, kommt der Geschäftsführer angerannt. Im Hintergrund tuscheln die Zimmermädchen und ein junges Paar hat sich zu ihnen gesellt, sichtlich genervt, von dem Umstand, nicht in ihr Zimmer zu können. Wenn sie etwas von dem Leichenfund mitbekommen, werden sie sicher abreisen wollen.

»Meine Herren, können wir den Flur freigeben?«

»Sie sollten versuchen, die Gäste auf andere Zimmer zu verteilen, Herr Alberts. Auch wenn wir den Flur schnell freigeben können, werden wir mit diesem Zimmer länger brauchen. Es ist sicher in Ihrem Sinn, wenn Ihre Gäste wenig mitbekommen«, erklärt Chris ihm.

»Ja, ja, natürlich. Ist Herr Wegener ... ist er tot?«

Bei dem Gestank sollte sich die Frage erübrigen.

»Wir haben eine Leiche und wir gehen von einem gewaltsamen Tod aus. Mehr kann ich Ihnen nicht sagen. Bitte besorgen Sie uns die Namen der Kollegen, die mit Herrn Wegener in Kontakt waren, Anmeldung, Frühstück und so weiter.

»Haben Sie Überwachungskameras?«, fragt Jake.

»Ja, in der Tiefgarage und bei den Aufzügen.«

»Gut, die Aufnahmen brauchen wir. Herr Muth begleitet Sie. Ich warte hier, bis die Kollegen kommen.«

Er nickt Jake zu und folgt dem Geschäftsführer.

Er kann nur hoffen, dass Jake keine Alleingänge startet und Frau Wegener über das Ableben ihres Ehemanns vorab informiert – ohne ihn. Er möchte gar nicht daran denken. Und sich nicht ausmalen, was er dann macht.

»Dürfen wir jetzt in unser Zimmer?«, fragt der junge Mann, als sie näherkommen.

»Da müssen Sie sich leider noch etwas gedulden.«

»Das darf ja wohl nicht wahr sein. Wir haben eine Schifffahrt gebucht. Wir brauchen unsere Sachen«, empört sich die Frau.

»Es tut mir außerordentlich leid«, erklärt Herr Alberts, »kommen Sie mit in die Lobby, dann schauen wir weiter. Ich kann Ihre Tickets umtauschen. Und für heute finden wir ein interessantes Ersatzprogramm.«

Sehr geschäftstüchtig, denkt Chris. Er lässt den Monolog des Geschäftsführers über die Sehenswürdigkeiten, die es in Mainz und Umgebung zu erkunden gibt, an sich vorbeirauschen.

Kein Bedauern über die Gewalttat, die unter seinem Dach verübt wurde. Erstaunlich, wie schnell Menschen Ereignisse verdrängen können, wegschieben, sich scheinbar wichtigeren Dingen zuwenden. Die Bedeutung des Todes verblasst, wird weggescheucht wie eine lästige Fliege.

KAPITEL 46
Mittwoch, 21.3., kurz vor Mittag

Jake schaut seinem Partner und den anderen hinterher, wartet, bis sie im Aufzug verschwinden. Er geht von Tür zu Tür, prüft, ob sich jemand im Zimmer befindet. Niemand reagiert auf sein Klopfen. Kein Langschläfer, das ist gut.

Er postiert sich vor Zimmer 317 und holt sein Handy hervor. Aus seinen Kontakten wählt er die Nummer von Max.

»Hey, Max. Wir haben vermutlich Ludger Wegener gefunden – tot. Könnt ihr den Wagen bei Frau Wegener noch bis zum Ende der Schicht belassen? Wenn die Streife plötzlich weg ist ...«

»Schon gut, ich verstehe. Du möchtest ihr gerne persönlich überbringen, dass ihr Ex das Zeitliche gesegnet hat.«

»Ja, im Rahmen meiner Funktion als Kommissar, richtig. Danke.«

»Immer wieder gern, Jake. Und vor mir brauchst du dich nicht zu rechtfertigen.«

Ein Moment hält Jake das Handy in der Hand, steckt es dann weg, um es gleich wieder herauszuholen. Mit zwei Klicks öffnet er Inas Kontaktdaten, betrachtet das Profilbild. Der Tod ihres Ex-Manns verändert einiges. Wie Chris schon bemerkt hat, könnte es sich um einen anderen Mörder handeln. Bisher war es dem Täter egal, ob die Opfer gefunden wurden. Im Gegenteil, die offene Wohnungstür und die laute Musik haben das schnelle Auffinden der Leichen beschleunigt oder wesentlich beeinflusst.

Das Fehlen der Kopfmaske kann ein Indiz sein, dass ein Nachahmungstäter am Werk ist. Wenn jetzt auch noch das Tuch fehlt ... Aber die Augen unterm Bett lassen anderes vermuten.

Egal, wie er es dreht, für die ersten Taten bleibt nur Ina als Verdächtige übrig. Was nicht sein kann. Nicht sein darf. Der Gong des Aufzugs lenkt ihn ab. Heraus strömen die Kollegen der KTU. Allen voran Paul.

»Hättet ihr den Toten nicht nach meiner Mittagspause melden

können? Man könnte fast meinen, ihr wollt mich auf Diät setzen.« Paul grinst ihn an. »Ist er da drin?«

»Ja, könnte zu den beiden anderen passen. Allerdings fehlt die Maske, dafür ist er komplett in Plastik gehüllt.«

»Na, das soll sich der Doc anschauen.«

Jake zieht die Stirn kraus.

»Habt ihr Maja nicht erreicht?«

»Britta hat sie angerufen, aber sie meinte, dass sie erst gegen zwei kommen kann und wir sollen einen Kollegen bitten, es zu übernehmen.«

»Okay.« Er hält die Schlüsselkarte an das Türschloss und geht zur Seite, damit Paul und sein Team beginnen können. Die unberechenbaren Entscheidungen von Maja nerven gewaltig. Auch, wenn sie keinen Bereitschaftsdienst hat, legt sie sonst großen Wert darauf, alles in der eigenen Hand zu haben, und delegiert nicht gerne. Genau damit eckt sie öfter an, was kein Grund für sie ist, das zu ändern. Hat sie wirklich Termindruck oder liegt es an Chris?

Zeit, das zu klären! Er geht zum Ende des Flurs und zückt sein Handy.

»Hallo, Jake, es ist gerade schlecht.« Majas Stimme gleicht einem Zischen.

»Mag ja sein. Ich habe hier eine Leiche, bei der es sich um das dritte Opfer desselben Täters handeln könnte. Da du die anderen zwei …«

»Jake, wie du sagst, du hast eine Leiche, die wird nicht weglaufen. Sag dem Kollegen, er soll etwas Blut entnehmen für die Tests auf Drogen und Medikamente. Und dann bringt ihr mir die Leiche her. Vertraue einfach darauf, dass die Kollegen alles richtig machen. Das tue ich auch. Ich bin nicht unersetzlich.«

»Oh, nein. Sicher nicht.« Er weiß nicht, woher seine Wut kommt.

»Jake, können wir das bitte später bereden?« Maja spricht leise, gehetzt.

»Vielleicht sollten wir uns einen anderen Experten holen. Konntest du die Todesart mittlerweile bestimmen? Das würde uns bei den Ermittlungen sicher weiterhelfen.«

»Wie gesagt, ich bespreche mich mit Kollegen.«

»Das hast du schon vor drei Tagen gesagt.«

»Ja, und ich bin gerade dabei, wenn du …«

»Fein, dann seht zu, dass ihr Ergebnisse bringt. Wenn die Staatsanwaltschaft auch nur einen Hauch von Serienkiller verspürt, sind wir den Fall los, dann wird das LKA eingeschaltet.«

»Ach, von da weht der Wind. Das sind deine Sorgen. Darum kann ich mich nicht kümmern. Ich liefere Ergebnisse, wenn ich sie habe, ich denke mir die nicht aus. Ob ich die dir oder den Kollegen gebe, ist mir egal. Und jetzt lass mich weitermachen.«

Er setzt zu einer Erwiderung an, doch sie hat das Telefonat beendet. Behutsam lässt er die Luft aus seinen Lungen strömen, versucht, die Anspannung zu lösen. Ein tiefer Atemzug, bis zehn zählen, auf zwölf ausatmen. Erst als er es eben ausgesprochen hat, ist ihm bewusst geworden, dass er Angst davor hat, den Fall abgeben zu müssen. Sie müssen so lange wie möglich offenlassen, ob die Tat zu den anderen beiden passt. Nur, wer kann Ludgers Mörder sein, eine Gelegenheitstat an einem Ortsfremden? Der Grund, warum er hergekommen ist, und die einzige Person, die er hier kennt, ist Ina.

»Jake«, reißt Chris ihn aus den Gedanken. »Wir haben die Überwachungsvideos.« Er schwenkt einen Beweismittelbeutel. Als er vor ihm steht, zieht Chris beide Brauen hoch. »Oha. Du siehst wie ausgekotzt aus. Was ist passiert? Magst du keine abgepackten Leichen?«

»Maja zickt rum. Sie hat gerade etwas ganz Wichtiges zu tun.«

»Ich bin froh, wenn sie nicht hier herumscharwenzelt, da werden die Jungs nur abgelenkt.«

»Na ja. Eigentlich bist du der Einzige, der sich von ihr ablenken lässt.«

Sie gehen zurück zum Tatort. Vor der Zimmertür steht eine uniformierte Kollegin mit den Rücken zu ihnen, die langen roten Haare zum Zopf geflochten, reichen bis zur Taille.

Jake flüstert Chris zu: »Scheint, als wäre deine neue Ablenkung da?« Und laut: »Hallo Kathrin.«

Die Angesprochene dreht sich um. »Hallo. Fertig mit der Geheimbesprechung? Paul wollte euch etwas zeigen.«

»Sollen wir reinkommen?«, ruft Jake durch die offene Tür.

»Nein, wartet, ich komme raus. Ich habe genug Spuren, da brauche ich nicht noch eure.«

Von Pauls Gesicht rinnt Schweiß. Die Frühlingssonne heizt den Raum ordentlich auf.

»Hier, das Handy des Toten.«

»Also hat es der Täter diesmal nicht mitgenommen?« Er nimmt den Asservatenumschlag entgegen.

»Wir haben es im Safe gefunden. Da ist der Täter nicht drangekommen.«

»Und wie habt ihr den so schnell geöffnet?«

»Zimmernummer und die Null. Ist einfallsreicher als 1234 oder 9999. Der Akku ist leer. Fingerabdrücke haben wir genommen. Ihr könnt es mitnehmen und schauen, ob ihr nach dem Laden an die Daten kommt. Könnte mit Pin geschützt sein.«

Chris zeigt Paul die Überwachungsvideos. »Die werden wir mitnehmen und sichten, hier stehen wir nur im Weg rum.«

»Oh, ja, macht ihr nur, ich habe mir in den letzten Tagen genug Filme angeschaut.«

»Habt ihr sonst noch etwas für uns?«, fragt Jake.

»Nein, der Rest folgt.«

»Ach, Maja möchte die Leiche möglichst unberührt.« Mit wenigen Worten gibt er ihre Wünsche weiter. »Sorgst du dafür?«

»Mach ich. Aber warum hat Maja denn keine Zeit für unser drittes Serienopfer? Was gibt es da Wichtigeres?«

»Nein, aber mir ist es recht. Je länger wir in drei Tötungsdelikten ermitteln, desto länger können wir das LKA außenvorlassen.«

»Aha, daher weht der Wind. Dann suchen wir mal nach Unterschieden zu den Vorherigen. Wobei ich euch da wenig Hoffnung machen kann.«

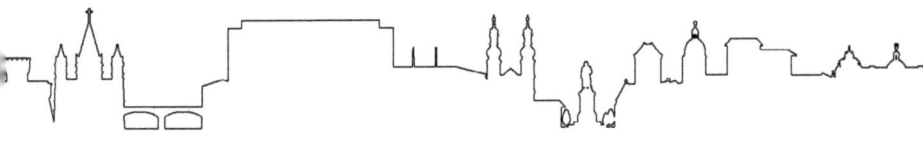

KAPITEL 47
Mittwoch, 21.3., am Nachmittag

Bevor sie zurück ins Präsidium fahren, halten sie an einem Imbiss. Chris schweigt und auch Jake macht keine Anstalten Konversation zu machen. Das Nicht-Reden hat nichts Gutes. Es hängt in der Luft, saugt Chris in sich auf. Erst beim Essen entspannt er sich nach und nach. Mit jedem Bissen schluckt er mehr von der Frage ›Wie gehen wir mit Frau Wegener und miteinander um?‹ hinunter, bis nur ein bitterer Beigeschmack übrigbleibt. Eine Stimme rät ihm, darauf zu vertrauen, dass sein Partner weiß, was er tut. Eine andere, weitaus mächtigere, warnt davor, den Fall in den Sand zu setzen.

Kaum betreten sie ihr Büro, ruft Britta von nebenan: »Und, haben wir einen Serienkiller?«

Er überlässt Jake die Antwort, der den Kopf schüttelt.

»Das können wir zum derzeitigen Stand der Ermittlungen noch nicht mit Sicherheit beantworten.«

Britta kommt zu ihnen herein. »Hast du einen Clown gefrühstückt?«

»Nein, aber du stellst die falschen Fragen. Das Wort Serienkiller ist ab sofort tabu in diesen Räumen. Lehmkühler wartet nur darauf, dass LKA einzuschalten. Offensichtlich will er lieber mit denen als mit uns zusammenarbeiten.«

»Okay, verstanden. Als Mitglied des Teams darf ich dann trotzdem erfahren, ob wir es mit einem ›Du weißt schon, was ich meine‹ zu tun haben?«

Chris lacht, wenigstens eine, die sich nicht die Laune vermiesen lässt.

»Das muss sich noch zeigen.«

Ihm wäre es egal, wenn die Kollegen des LKA die Leitung übernehmen würden. Dass Jake den Fall nicht aus der Hand geben und sich nicht in die Karten schauen lassen will, ist seine Sache. *Wer weiß, was er sonst noch verheimlicht?*

Er geht ans Whiteboard und Britta stellt sich neben ihn. Jake hat unter die Namen von Herrn und Frau Wegener Fotos gehängt. Das von ihr sieht nach einem privaten Schnappschuss aus.

»Bisher konnte das Opfer nicht hundertprozentig identifiziert werden«, teilt er ihr mit.

»Doch«, unterbricht ihn Britta, »Paul hat uns ein Foto mit einem Tattoo geschickt, das stimmt mit dem in unserer Akte von Herr Wegener überein.«

»Sehr schön.«

Chris vermerkt über dem Foto:

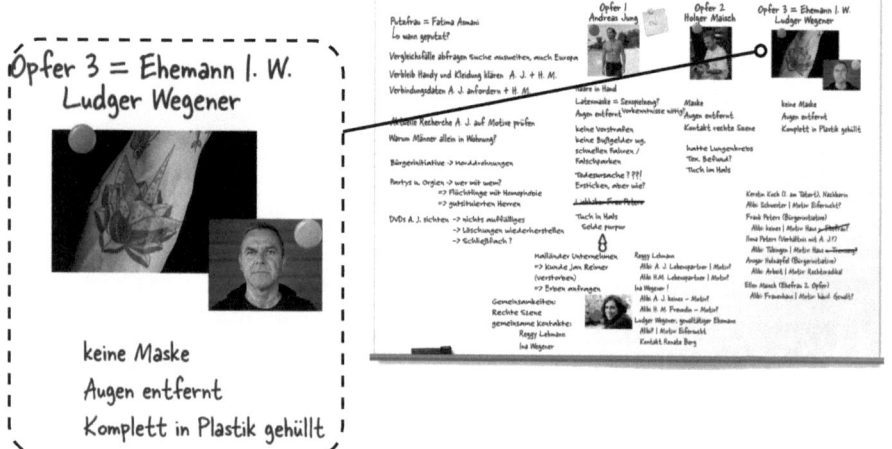

»Abartig«, entfährt es Britta und er gibt ihr recht. Ein Körper komplett in Folie zu hüllen, dauerte nicht nur einige Zeit, sondern man kommt der Leiche sehr nahe.

»Ach, der Provider von Ina Wegener hat geantwortet, sie schicken die Unterlagen in zwei Wochen. Ich habe denen mal ordentlich Dampf gemacht. Sie versuchen sie uns bis Ende der Woche zu schicken«, berichtet Britta weiter.

»Danke, die brauchen wir jetzt nötiger denn je.« Jake steht am Fenster mit dem Rücken zu ihnen.

»Apropos Handy.« Chris holt Ludgers Handy aus der Tasche. »Das sollten wir dringend laden und die Daumen drücken, dass es keinen Pin hat.«

»Hat er mit Sicherheit. Ich rufe die Kollegen in Heidelberg an, damit sie Frau Berg über den Tod ihres Lebensgefährten in Kenntnis setzen. Die sollen fragen, ob sie Zugriff auf Pin und Puk hat, ansonsten muss einer von Pauls Leuten ran. Der Täter muss sich mit den Opfern übers Handy verständigt haben, sonst würde es keinen Sinn machen, die mitzunehmen.«

»Soll ich alle Protokolle anfordern? Das sind Berge von Dateien, die wir überprüfen müssten. Da brauche ich Unterstützung«, bemerkt Britta. »Bisher habe ich keine Hinweise auf ein Schließfach von Herrn Jung, wo er die geheimen Mitschnitte versteckt haben könnte. Bei Herrn Maischs Handy haben wir nur die beiden Kontakte Frau Wegener und Frau Lehmann gefunden. Wenn Frau Lehmann keinen Kontakt zu Opfer Nummer drei hatte, bleibt nur Frau Wegener, richtig?«

»Genau«, stimmt er zu. Endlich jemand, der die gleichen Schlüsse zieht wie er.

»Wir warten ab, was wir auf seinem Handy finden«, entscheidet Jake mit einem, für sein Empfinden, sehr bestimmten Unterton. Brittas fragender Blick bestätigt ihn. Doch er zuckt nur mit den Schultern.

Stattdessen fragt er: »Wir haben Überwachungsvideos. Kannst du dir welche vornehmen?«

»Klar, sollen wir den Schnelldurchlauf zusammen anschauen? Das ist effektiver, wenn nicht viel passiert.«

»Hört sich vernünftig an.«

Gemeinsam gehen sie in Brittas Büro. So entkommt er Jakes schlechter Laune.

Britta diktiert ihm die Anfang- und Endzeiten der Aufzeichnung, sobald jemand über den Flur oder durch die Tiefgarage läuft. Den Check in Normalzeit übernimmt Jake. Bis auf die monotonen Angaben arbeiten sie ruhig. Fast eine normale Büroatmosphäre und doch spürt er ein Knistern in der Luft, die Möglichkeit, den vielen losen Fäden endlich eine sinnvolle Reihenfolge zu geben.

Plötzlich ruft Britta: »Was ist das denn für eine?«

Sie drückt die Pausetaste und Jake kommt aus dem Nachbarbüro herüber. Das Standbild zeigt eine blonde Frau. Der knöchellange Mantel verhüllt ihre Gestalt.

»Was meinst du?«, fragt er.

»Na ja, sie kam aus dem Treppenhaus und nicht aus dem Aufzug. Sie schaut umher, sie weiß nicht, in welche Richtung sie muss, und obwohl der Flur dunkel ist, behält sie die Sonnenbrille an.«

»Hm, lass mal weiterlaufen«, meint Jake. »Ludgers Zimmertür ist hier. Wartet.«

Er holt einen Ausdruck von nebenan. »Das ist er, als er das Zimmer betritt.«

Chris drückt erneut die Pausetaste, das Bild läuft in normaler Geschwindigkeit weiter. Die Blondine schreitet den Flur entlang, an den leichten Kopfbewegungen sieht man, dass sie die Türnummern auf beiden Seiten checkt. Im Halbdunkel kaum zu erkennen, bleibt sie stehen und klopft an eine Tür. Wieder friert er die Aufnahme ein, sie beugen sich über den Ausdruck, vergleichen mit dem Standbild. Die Luft dicht, zum Schneiden.

»Bingo.« Britta traut sich als erste, ein Statement abzugeben.

»Wenn die Tatzeit passt, ist das unsere Mörderin. War Ludger zu der Zeit in seinem Zimmer? Ich habe mir Montag um 10:00 Uhr notiert.« Jake zeigt auf seinen Block.

»Das können wir noch mal prüfen. Danach war viel los, die sind alle vom Frühstück hochgekommen. Um die Mittagszeit wurde es ruhiger, bis sie um 12:52 Uhr auftaucht.«

»Schauen wir mal, wann sie wieder rausgekommen ist«, schlägt er vor und betätigt die Pausetaste.

Die Frau drückt die Tür auf, die wohl nur angelehnt war, und verschwindet im Zimmer. Einige Zeit passiert nichts. Um 13:17 Uhr läuft eine Familie durch den Flur. Sie spaßen miteinander, nicht wissend, dass keine fünf Meter von ihnen entfernt gerade ein Mensch ermordet wird. Und unbeeindruckt leuchten die Lampen im Flur, geben nichts Preis von dem, was in den Zimmern geschieht.

Um 13:38 Uhr öffnet sich die Tür von Zimmer 317. Diesmal schreitet die Frau zielstrebig an den Aufzügen vorbei und verschwindet aus der Reichweite der Kamera.

»Geben wir das Band an Paul, der soll schauen, ob er ein brauchbares Bild von ihr bekommt. Bevor wir nicht die Tatzeit haben, sollten wir mit dem Sichten der Bänder weitermachen, nicht, dass wir etwas übersehen. Und wir suchen sie auf den Bändern aus der Tiefgarage.«

Jake wird von Brittas Telefon unterbrochen. Sie nimmt ab.

»Guten Tag, Vogelsang, K11.«

»Okay, ich gebe Ihnen den leitenden Kommissar, Herrn Imhof.« Sie reicht Jake den Hörer.

»Ja? Super, ja ich schreibe mit.«

»Sind die Kollegen aus Heidelberg«, flüstert Britta ihm zu.

So sehr Chris die Ohren spitzt, er kann die Gegenseite nicht verstehen.

»Danke. Kommt Frau Berg zur Identifizierung von Herrn Wegener ... Verstehe. ... Gut. ... Bis dann.«

Jake reißt den Zettel vom Block ab und reicht ihn Chris.

»Hier ist der Pin von Herrn Wegeners Handy.«

Rasch holt er das Handy und schaltet es ein. Es dauert ewig, bis das Betriebssystem startet. Endlich die Aufforderung den Pin einzugeben. Er kann seine Spannung kaum unterdrücken, die beiden anderen hängen an seinen Fingern. Entdecken sie gleich die Beweise für Frau Wegeners Schuld oder wird sie entlastet? Bevor er die Messenger App öffnet, wählt er das Handy ins WLAN des Polizeipräsidiums ein.

»So, hier haben wir den Chat mit Frau Wegener. Er hat sie unter ›Sexy Exy‹ abgespeichert.«

»Macho«, kommentiert Britta und auch Jake schüttelt den Kopf.

Ihre letzte Nachricht lautet:

> Hi Ludger, ich bin es, Ina. Ich schicke dir gleich meine neue Nummer. Diese nutze ich nur noch sporadisch. Sorry für die späte Rückmeldung.

Chris schaut auf, das klingt nach einem klaren Beweis für Frau Wegeners Lügen.

»Aber sie hat keine neue Nummer. Den Chat hat sie mir auf ihrem Handy gezeigt.«

Auf die Bemerkung geht er nicht ein. Er öffnet den Chat mit der neuen Nummer und überfliegt die wenigen Kurznachrichten.

»Sie haben sich zu dem Treffen in Mainz verabredet, Tag und Uhrzeit passen zum Überwachungsvideo,« erklärt er und liest vor:

Ich hole dich im Zimmer ab, habe keine Lust unten rumzustehen.

»Sieht aus, als hätte er etwas anderes als den Tod erwartet.«

Auf den Kommentar erntet er ein Kopfschütteln von Britta. Jake lehnt am Schreibtisch, von ihnen abgewandt, Richtung Fenster.

»Ich lade Frau Wegener zu einer weiteren Befragung ein.« Er lässt Jake Zeit, mit der neuen Situation klarzukommen. Als Britta von einem zum anderen schaut und Anstalten macht, etwas zu sagen, legt er ihr die Hand auf die Schulter und schüttelt den Kopf.

Nach einer Weile meint er: »Jake, aufgrund der Sachlage sollten wir sie mit einem Streifenwagen abholen lassen.«

»Sie weiß nicht, dass Ludger tot ist«, sagt Jake.

»Wenn sie unschuldig ist, nicht. Dass wir eine Leiche gefunden haben, dürfte aber mittlerweile in den Lokalnachrichten kommen. Vielleicht auch landesweit.«

»Gut, dann holen wir sie ab«, schlägt Jake vor.

Er dreht sich zu ihnen. Sein Gesichtsausdruck seltsam leer, entrückt. So, als würde er versuchen, die Enttäuschung auszusperren. Plötzlich verspürt Chris keine Genugtuung mehr, obwohl er mit seiner Einschätzung recht behalten hat.

»Jake, du solltest jeden Kontakt mit Frau Wegener vermeiden.«

»Könnt ihr mir bitte sagen, was los ist?«, fragt Britta.

Berechtigte Bitte, er wartet, ob Jake eine Erklärung abgibt, doch der dreht sich wieder zum Fenster.

»Jake kennt Frau Wegener persönlich, zwar erst seit ein paar Tagen, trotzdem sollten wir kein Risiko eingehen.«

»Solange wir sie als Zeugin behandeln, ist es kein Problem. Mein Vorschlag, wir fahren zu ihr, sagen ihr, dass ihr Ex tot ist und wir sie noch einmal befragen müssen. Dann können wir im privaten Umfeld sehen, wie sie reagiert. Falls es notwendig ist, sie hier im Präsidium zu verhören, übernehmt Britta und du die Vernehmung.«

Auch wenn Chris die Vorgehensweise nicht gefällt, ist er bereit, auf den Kompromiss einzugehen und nickt.

»Hört sich nach einem guten Plan an«, meint auch Britta.

Putzfrau = Fatima Asmani
└> wann geputzt?

Vergleichsfälle abfragen Suche ausweiten, auch Europa

Verbleib Handy und Kleidung klären A. J. + H. M.

Verbindungsdaten A. J. anfordern + H. M.

Aktuelle Recherche A. J. auf Motive prüfen

Warum Männer allein in Wohnung?

Bürgerinitiative -> Morddrohungen

Partys u. Orgien -> wer mit wem?
=> Flüchtlinge mit Homophobie
=> gutsituierten Herren

DVDs A. J. sichten -> nichts auffälliges
-> Löschungen wiederherstellen
-> Schließfach?

Mailänder Unternehme
=> Kunde Jan Reimer
(verstorben)
=> Erben anfragen

Gemeinsamkeiten:
Rechte Szene
gemeinsame Kontakte:
Reggy Lehmann
Ina Wegener

Opfe
Andrea

Haare in Hand
Latexmaske =
Augen entfer

keine Vorst
keine Bußge
schnellen Fa
Falschparke

Todesursac
Ersticken, a

~~Liebhaber F~~

Tuch in Hal
Seide pur

Opfer 2
Holger Maisch

Opfer 3 = Ehemann I. W.
Ludger Wegener

lzeug?
ntnisse nötig?

Maske
Augen entfernt
Kontakt rechte Szene

hatte Lungenkrebs
Tox. Befund?
Tuch im Hals

keine Maske
Augen entfernt
Komplett in Plastik gehüllt

?

ggy Lehmann
Alibi: A. J. Lebenspartner | Motiv?
Alibi H.M. Lebenspartner | Motiv?
a Wegener !
Alibi A. J. keines – Motiv?
Alibi H. M. Freundin – Motiv?
dger Wegener, gewalttätiger Ehemann
Alibi? | Motiv: Eifersucht
Kontakt Renate Berg

Kerstin Koch (I. am Tatort), Nachbarin
Alibi: Schwester | Motiv: Eifersucht?
Frank Peters (Bürgerinitiative)
  Alibi: keines | Motiv: Haus u. ~~Ehefrau~~?
Ilona Peters (Verhältnis mit A. J.?)
  Alibi: Tübingen | Motiv: Haus ~~Trennung~~?
Ansgar Holzapfel (Bürgerinitiative)
  Alibi: Arbeit | Motiv: Rechtsradikal
Ellen Maisch (Ehefrau 2. Opfer)
  Alibi: Frauenhaus | Motiv: häusl. Gewalt?

KAPITEL 48
Mittwoch, 21.3., am späten Nachmittag

JAKE DRÜCKT INAS KLINGEL. Durch das geöffnete Fenster hört er den schrillen Summton und das vertraute Bellen von Tobi. Chris legt die Hand auf die Türklinke, als wollte er klar machen, wer von ihnen beiden die Führung übernimmt.

»Ja, bitte?«

»Hallo Ina, hier ist Jake. Wir ...«

»Hi, wie schön. Komm rauf.« Schon ertönt der Türsummer. Seine Kehle wird trocken. Kein guter Start. Oben vor der Wohnung steht Ina, drinnen winselt Tobi.

»Oh, du hast Besuch mitgebracht«, fragt sie, als sie Chris erblickt.

»Ja, entschuldigen Sie, wenn wir uns nicht offiziell angekündigt haben. Es gibt neue Aspekte, die wir mit Ihnen teilen möchten, Frau Wegener.« Chris stellt sich direkt vor Ina, sodass er Jake den Blick versperrt.

»Bitte, kommen Sie rein. Ich beruhige nur kurz meinen Hund.«

Er folgt Chris in die Wohnung, erst jetzt hört er die leise Musik aus dem Wohnzimmer. Im Flur steht eine Kiste mit Stiefmütterchen, die wohl für die Balkonkästen gedacht sind. Die Nachmittagssonne flutet durch das große Fenster im Wohnzimmer, verstärkt die beruhigende Wirkung der hellgelben Wände. Viel stärker als draußen spürt er hier drinnen den Frühling. Am liebsten würde Jake vorschlagen, sofort ins Präsidium zu fahren. Weg von diesem besonderen Ort, bevor sie ihn mit Tod und falschen Anschuldigungen besudeln.

»Frau Wegener, wir müssen Ihnen die traurige Mitteilung machen, dass Ihr Ex-Mann tot ist.«

»Oh.« Ina setzt sich auf die Couch, Tobi springt neben sie und winselt. Automatisch krault sie ihn hinterm Ohr.

»Er wurde getötet. Wir gehen davon aus, dass die Tötung im Zusammenhang mit denen an Andreas Jung und Holger Maisch steht.«

»Aha.« Ina streichelt ihren Hund und schweigt.

»Wir können die Tatzeit relativ gut eingrenzen. Wo waren Sie am Montag zwischen 12:00 und 14:00 Uhr?«

Jake fängt ihren Blick auf. Um 13:30 Uhr hatte sie ihm eine Kurzmitteilung geschickt und ihm zum Spazieren gehen eingeladen. Wenn sie die Täterin wäre, hätte sie während der Tatzeit die Nachricht an ihn geschrieben.

»Am Montag. Ich arbeite montags bis 12:00 Uhr, danach war ich hier und habe einen Mittagsschlaf gehalten, etwa bis halb zwei. Dann habe ich eine Kleinigkeit gekocht.«

»Kann das jemand bezeugen?«

»Nein. Um zwanzig nach zwölf habe ich meinen Hund bei der Nachbarin abgeholt. Sonst hatte ich während der Zeit keinen Kontakt.«

»Frau Wegener, da Sie kein Alibi für die Tatzeit haben, stehen Sie unter dringendem Tatverdacht.«

Ina schüttelt den Kopf. »Hören Sie, Herr Muth. Es gibt unzählige Menschen, die um diese Zeit genau wie ich alleine irgendwo waren. Mit all diesen habe ich noch eins gemeinsam – wir haben alle kein Motiv.«

»Aber nicht alle haben Ihren Mann gekannt und soweit wir wissen, waren nur Sie mit ihm zur Tatzeit verabredet.«

»Ach, das hat Ihnen seine Freundin erzählt! Aus welchem Grund glauben Sie ihr mehr als mir?«

Er weicht Chris' Seitenblick aus. Beißt sich im Nachhinein auf die Zunge, die Info hat Ina von ihm.

Chris fährt mit der Befragung fort: »Wir haben den Chatverlauf zwischen Ihnen beiden, den Chat beider Handys.«

»Ja und? Ich habe – Ihrem Kollegen mein Handy freiwillig gezeigt. Da steht nichts von einer Verabredung und ich habe nicht mit ihm telefoniert, das können Sie gerne überprüfen, falls Sie es nicht schon haben.« Sie verschränkt die Arme, reckt das Kinn vor. Worauf Tobi sie zweimal mit seiner Schnauze anstupst. Weil sie nicht reagiert, springt er von der Couch und setzt sich vor Jake.

»Ja, richtig. Es gibt aber einen weiteren Chat mit Ihnen und Ihrem Ex-Mann.«

Kurz zucken Inas Augenlider. »Nein.«

»Laut Herrn Imhof wurde die letzte Nachricht auf Ihrem Handy gelöscht. In dieser haben Sie Ihrem Ex-Mann eine neue Mobilnummer mitgeteilt.«

»Das stimmt einfach nicht. Ich habe kein zweites Handy.«

Ihrem hilfesuchenden Blick hält Jake nicht stand, weicht ihm aus.

»Sie sollten sich überlegen, uns die Wahrheit zu sagen. Selbst wenn Sie so clever waren, sich eines im Ausland zu besorgen, früher oder später bekommen wir heraus, wer die SIM-Karte gekauft hat.«

»Ich ...«

Das Piepsen seines Handys unterbricht Ina. In seinen Einstellungen sind nur die Nummern der Abteilung nicht auf lautlos gestellt. Deshalb zückt er es und liest Brittas Nachricht.

> Die zweite Nummer von Ina Wegener ist auch bei Herrn Maisch gespeichert – nicht bei Herrn Jung.

Kurz schließt er die Augen, bläst die Luft mit einem Stoß aus, der wie ein Seufzer klingt. Das darf nicht wahr sein. Dafür gibt es sicher eine Erklärung. Er räuspert sich, bekommt seine Kehle nicht frei, deshalb reicht er Chris sein Handy.

Der liest und sagt dann: »Frau Wegener, es gibt neue Erkenntnisse, die Sie weiter belasten. Würden Sie uns bitte auf das Präsidium begleiten?«

KAPITEL 49

Mittwoch, 21.3., sehr später Nachmittag

»Frau Wegener, das ist Kriminaloberkommissarin Britta Vogelsang. Sie wird dem Verhör beiwohnen.« Chris versucht, in Frau Wegeners Gesicht zu lesen. Doch seit dem Moment, in dem ihr bewusst wurde, dass sie sie für die Täterin halten, trägt sie die Maske der Gleichgültigkeit. Distanziert hat sie darum gebeten, ihren Hund zur Nachbarin bringen zu dürfen. Während der Fahrt ins Präsidium hat eisiges Schweigen geherrscht, begleitet von der Hilflosigkeit, die Jake umgeben hat. Den hat sie die ganze Zeit ignoriert, weshalb er wohl gleich nach ihrer Ankunft im Präsidium im Erdgeschoß geblieben ist.

»Sie verzichten auf Rechtsbeistand?«

»Ja.«

»Gut. Kennen Sie diese Nummern?«

Er schiebt Ina das Wortprotokoll hin, bewusst verdeckt er nicht den Chat.

Ein kurzer Blick ihrerseits. »Die Obere ist die von Ludger, die andere kenne ich nicht.«

»Sicher?«

»Ja.«

Er schiebt das Blatt näher zu ihr.

»Schauen Sie bitte genau hin, man hat ja nicht immer alle Nummern so genau im Kopf.«

Ina fixiert ihn, ohne den Blick zu senken. »Ich kenne die zweite Nummer sicher nicht. Wenn Sie möchten, dass ich den Chat lese, sagen Sie es.«

»Gut.« Er legt ihr ein anderes Blatt hin.

»Hier ist das Protokoll mit Ihrer offiziellen Handynummer.«

»Offiziellen? Ich habe nur diese Nummer.« Wieder schaut sie ihn an, ignoriert das Blatt.

»Nun, ich dachte, es würde Sie interessieren, was Sie Ihrem Ex-Mann geschrieben haben. Schließlich haben Sie meinem Kollegen gesagt, dass Sie sich nicht erinnern können.«

Sie zieht das Blatt näher, schaut darauf.

»Dort steht«, liest er nach einer Weile vor, »Hi Ludger, ich bin es, Ina. Ich schicke dir gleich meine neue Nummer. Diese nutze ich nur noch sporadisch. Sorry für die späte Rückmeldung.‹ Können Sie sich nun daran erinnern, die Nachricht geschrieben zu haben?«

»Nein.«

»Wie soll die Nachricht sonst von Ihrem Handy aus geschrieben worden sein?«

»Keine Ahnung. Sie haben sicher Technikfreaks, die so etwas herausfinden können. Ich habe weder diese Nachricht noch die andere geschrieben. Es dürfte doch kein Problem sein, herauszufinden, wem diese Nummer gehört.«

Sie scheint sich ihrer Sache sicher zu sein oder sie kann gut bluffen. Mit ruhiger Stimme lenkt Britta die Aufmerksamkeit auf sich. »Haben Sie Ihr Handy denn an dem fraglichen Tag verlegt oder irgendwo vergessen?«

»Nein.«

Es klopft, Jake schaut herein. »Kannst du kurz kommen?«

Chris geht hinaus vor die Tür.

»Wir haben Antwort von dem Provider der Zweitnummer. Die SIM ist eine Prepaidkarte und wurde vor dem 1. Juli 2017 gekauft. Es gibt also keine Registrierung.«

»Mist. Dann haben wir noch die Nachricht von ihrem Handy.«

»Das reicht nicht aus. Du weißt, wie anfällig Messenger-Apps sind. Es könnte gehackt worden sein.«

»Das heißt, wir lassen sie nach Hause gehen?«

»Wenn sie kein Geständnis abgelegt hat, ja.«

Es gäbe die Möglichkeit, den Hinweis beiseitezuschieben und mit dem Verhör weiterzumachen. Dem Vorschlag würde Jake sicher nicht zustimmen. Chris reißt die Tür zum Vernehmungsraum auf. »Sie können jetzt gehen, Frau Wegener. Bitte halten Sie sich zu unserer Verfügung.«

Chris braucht einen Moment Zeit, bevor er das gemeinsame Büro betritt. Jake hat sich zurückgezogen, bevor Frau Wegener aus dem Verhörraum gekommen ist. Deshalb hat er sie nach unten gebracht. Wieder hat sie geschwiegen. Keine Frage, was zu ihrer Entlastung geführt hat. Meistens gieren Verdächtige danach, mehr zu erfahren. Nur die Täter halten eher den Mund, wissen, wie schmal der Grat ist, auf dem sie sich bewegen. Jedes Wort kann sie verraten, deshalb gehen sie damit sparsam um. Bei Frau Wegener könnte das Schweigen auch daher rühren, dass sie sich auf Jake als Informanten verlässt.

Es wird Zeit einige Dinge zu klären. Er betritt das Büro. Jake hantiert an der Kaffeemaschine. »Willst du auch einen Kaffee?«

»Nein, ich will endlich die ganze Wahrheit.«

»Das ist ein guter Ansatz für eine erfolgreiche Ermittlung.«

»Von dir, Jake.« Er schnauft, bläst die aufgestaute Luft mit einem Stoß hinaus.

Jake dreht sich zu ihn um und lehnt sich an das Sideboard. Während er im Büro auf und ab läuft. Jakes Ruhe nervt ihn.

»Was hast du Frau Wegener über die Ermittlungen erzählt?«

»Nichts.«

»Ach, und woher wusste sie von der neuen Freundin ihres Ex? Ja, wohl nicht von ihm, weil sie ja behauptet, keinen Kontakt zu ihm gehabt zu haben und in dem Chat steht nichts darüber.«

»Richtig, das weiß sie von mir. Ich habe ihr das im Rahmen unserer Ermittlung mitgeteilt.«

»Jake, hast du dir mal überlegt, dass sie das Treffen mit dir bewusst herbeigeführt haben könnte? Schließlich war dein Bild in der Zeitung. Sie kann dir abends gefolgt sein und so deinen Wohnort rausgefunden haben.«

»Dann hat sie mich verfolgt und am Rheinufer gestellt? Also, Chris, merkst du nicht, wie abgefahren das klingt?«

Für ihn klingt das nach einer Frau, die genug kriminelle Energie hat, drei Männer wie eine Schwarze Witwe zu ermorden.

24. März, fünf Jahre zuvor

Ich habe mich bemüht. Ehrlich bemüht, alles zu vergessen. Doch meine Erinnerungen sind wie Treibsand. Je mehr ich versuche, ihnen zu entkommen, desto mehr nehmen sie mich gefangen, ziehen mich tiefer hinein.

Wenn ich spielende Kinder sehe, die unbeschwert lachen, umherjagen, mit leuchtenden Augen die Welt erkunden, frage ich mich, ob wir jemals so waren. Die Antwort lautet ja. Ja, denn wir mussten den Schein wahren. Wir lernten, dieses Leben, dieses äußere Leben, anzulegen. Wie einen Wintermantel, der uns vor Kälte schützen soll, bedeckten wir damit unsere blanken Seelen.

Auch wenn ich die Erinnerungen hätte abstreifen können wie du, würde mich der Gedanke, dass sie damit ungestraft durchkommen, weiter peinigen. Wenn es wenigstens Anzeichen gäbe, dass ihr Gewissen sie plagt. Doch dass sie dieses nicht drückt, ist gewiss. Eingelullt in ihre Scheinheiligkeit, in ihren Ruf des »Gut-Menschen« ist kein Platz für Reue. Sie tun so viel für die Allgemeinheit, da dürfen sie ein bisschen Dankbarkeit, Entlohnung erwarten.

In ihren Augen sind wir Nichts. Wir stehen am Rande der Gesellschaft, weit ab vom Tellerrand, den sie je nach Nasenlänge nicht erfassen und schon gar nicht darüber hinaus sehen. Wir sind auf uns gestellt. Nein, jeder auf sich.

KAPITEL 50

Donnerstag, 22.3., zur Morgenstunde

Jake stoppt seinen Wagen und lässt Chris einsteigen. Erst am späten Abend hat Maja den Termin für die Leichenöffnung von Herrn Wegener geschickt. Deshalb hat er Chris angeboten, ihn von zu Hause abzuholen, statt sich im Präsidium zu treffen und von dort zu starten. Schließlich liegt 7:30 Uhr vor ihrem normalen Arbeitsbeginn, was Maja sicher weiß. Doch er möchte gar nicht fragen, ob da eine Taktik dahinter steckt oder ihr Terminkalender einfach zu voll ist. Und er ist der Letzte, der jemanden wegen privater Angelegenheiten während der Ermittlungen Vorwürfe macht.

»Möchtest du Kaffee? Ich dachte, so früh am Morgen kann der nicht schaden.« Chris stellt einen Becher in die Mittelkonsole. Ein Friedensangebot?

»Klar, Koffein ist immer willkommen. Danke.«

Die Fahrt zur Rechtsmedizin dauert am Morgen mehr als einen Kaffee lang und die Nacht steckt ihm noch in den Knochen. Nachdem ihm Chris so deutlich sein Fehlverhalten angekreidet hat, hat er nicht einzuschlafen können.

Wie kann Chris glauben, dass er wichtige Informationen an eine Zeugin oder Verdächtige weitergeben würde? Zigmal ist er das Gespräch mit Ina in der Erinnerung durchgegangen. Und ist zu dem eindeutigen Schluss gekommen: Er muss sich keine Vorwürfe machen. Sein Bauchgefühl spricht gegen Ina als Täterin. Doch kann er dem trauen? Die Gefühle für Ina gehen weit über Sympathie hinaus, wenn er ehrlich zu sich ist. Kurz nach 2:00 Uhr hat er beschlossen, Ina weiter zu überwachen. Wenn es noch eine Tötung geben sollte, kann er ihr ein Alibi geben oder einen weiteren verhindern. So sieht sein Plan aus. Das Bauchgrummeln, weil er damit die Abmachung mit Chris bricht, ignoriert er. Den Rest der Nacht hat er im Wagen vor Inas Wohnhaus verbracht.

Schnell schüttet er den Rest Kaffee in die Kehle und parkt den Wagen vor der Rechtsmedizin.

Der neonhelle Gang wirft das Echo ihrer Schritte in die Stille, macht ihr Schweigen fühlbar. Erst als sie den Untersuchungsraum betreten, verflüchtigt sich die bedrückende Atmosphäre. Hier herrscht reges Treiben, trotz der frühen Stunde wird bereits gearbeitet. Maja erklärt einem Mann die Inhalte der einzelnen Schränke.

»Guten Morgen.« Kurz schaut sie auf.

Ihr Aussehen wirkt auf ihn heute wenig aufgeräumt. Ihre Hände stehen nicht still. Wenn sie nicht gerade einen Gegenstand darin hält, streicht sie nicht vorhandene Knitter aus ihrem Kittel. Ob sie sich seine Anmerkungen gestern zu Herzen genommen hat?

Der Fall scheint allen an die Nieren zu gehen. Er nimmt sich vor, Maja pfleglich zu behandeln. Sie sind ein Team, das nur gemeinsam erfolgreich sein kann. »Guten Morgen. Ich sehe, ihr seid schon fleißig.«

Seine Bemerkung lässt Maja innehalten. »Ja, wir wollten gerade mit der äußeren Leichenschau anfangen.«

Maja zieht ihre Handschuhe aus und stellt die Herren einander vor.

»Herr Doktor Mann, darf ich Ihnen die Ermittler Imhof und Muth vorstellen?«

Der Angesprochene dreht sich gemächlich um, kann sich schwer von den Gegenständen in dem geöffneten Schränken trennen. Auch er trägt Handschuhe. Seine Hände hält er auf Höhe des Bauchs, als würde er einen unsichtbaren Schuhkarton vor sich hertragen. Er bleibt zwei Meter vor den Ermittlern stehen, richtet sich frontal zu ihnen aus. »Kriminalhauptkommissar Jakob Imhof, geschieden.«

Jake überspielt seine Verwunderung und reicht ihm die Hand. »Richtig. Guten Morgen.«

Statt die Begrüßung zu erwidern, wendet sich Doktor Mann an Chris.

»Kriminaloberkommissar Christoph Muth, getrennt lebend.« Dann dreht er sich zu Maja, als würde er ihr das Wort erteilen.

»Ich habe meinem Kollegen alle genannt, mit denen ich momentan an einem Fall arbeite«, erklärt Maja. Ihr Gesicht wirkt angespannt. »Doktor Mann wird mir die nächsten Tage assistieren.«

Merkwürdiger Typ. Jake mustert Majas Assistenten von der Seite.

»Die Todeszeit konnte ich leider nicht exakt ermitteln. Ich würde sagen, im Laufe des Montags. Durch die Plastikfolie war der Sauerstoff, der für die Zersetzung benötigt wird, ausgeschlossen. Äußerlich konnte ich keine Hinweise auf die Todesursache feststellen.«

»Was ist mit dem Seidentuch?« Er konzentriert sich auf Majas Ausführungen, obwohl der stoisch auf die Leiche starrende Doktor Mann ihn in seinen Bann zieht.

»Da schauen wir jetzt nach.«

Geschafft! Jake zieht die Einmalhandschuhe aus, wirft sie in den Eimer, den Maja für ihn offen hält. Eine unbedachte Bemerkung über Sportlerherzen vor einer Stunde, hat ihm einen ausführlichen Bericht von Herrn Doktor Mann eingebracht. Währenddessen er ihm das Herz des Opfers in beide Hände gelegt hat.

»Soweit ich es beurteilen kann, haben wir es mit dem gleichen Täter zu tun«, resümiert Jake die Obduktion.

Maja zuckt mit den Schultern. »Falls niemand Details ausgeplaudert hat, würde ich dir zustimmen.«

Er weicht Chris' Blick aus, der ihn sofort anvisiert. Von ihm hat Ina keine dahingehenden Infos bekommen. Entlastet sie das als Täterin oder spricht es für sie?

»Vielleicht hilft uns das Bild von der Überwachungskamera weiter«, versucht er abzulenken.

»Welche Überwachungskamera?« Maja dreht sich zu ihm.

»Im Hotel bei den Aufzügen. Paul ist gerade dabei es für uns aufzubereiten.«

»Dann können Sie den Fall bald abschließen. Das höre ich gerne.« Doktor Mann steht weiter vor der Leiche, als würde er darauf warten, dass sie mit ihm spricht.

»Ja, das würden wir auch begrüßen.« Nur mühsam kann er sich von ihm losreißen. Gerne würde er den Mediziner im Kreis drehen, wie früher beim Blinde Kuh spielen, um zu sehen, ob er sich zielstrebig, wie ein Kompass wieder zur Leiche ausrichten würde.

»Ich schreibe den Bericht noch vor der Mittagspause und schicke ihn euch – gerne auch als E-Mail. Jetzt müsste ich noch einige Dinge mit Herrn Doktor Mann besprechen.«

KAPITEL 51

Donnerstag, 22.3., zur Mittagsstunde

CHRIS BETRACHTET DAS FOTO DER Überwachungskamera. »Na ja, als Fahndungsfoto taugt es nicht.«

Jake steht neben ihm. »Sieht aus, als hätte sie einen Schutz für die Zähne an. So einen wie ihn Eishockeyspieler tragen. Die Mundpartie wirkt dadurch deformiert und den Rest des Gesichts verdecken Brille und Haare.«

»Paul hat uns die ungefähre Größe errechnet und die Statur ist schlank. Es könnte auch ein femininer Mann sein, schreibt er.« Er legt den Bericht auf den Schreibtisch, wartet, bis sich Jake setzt. »Und? Schließt du Frau Wegener weiter als Täterin aus? Größe und Statur stimmen.«

Jake bleibt die Antwort schuldig. Und Chris beißt sich auf die Zunge und unterlässt weitere Kommentare. Am liebsten hätte er ihr beim Verhör gestern ordentlich auf den Zahn gefühlt. Jake musste doch sehen, sie war die einzige Verbindung zwischen allen. Ihr Alibi ist zwar von der Freundin bestätigt worden, aber Frau Wegener hätte sich leicht raus schleichen können. Denn die Freundin hat zugegeben, ziemlich viel getrunken zu haben.

»Hat das Bewegungsprofil der Handys etwas ergeben?«, unterbricht Jake seine Gedanken.

Er zieht die Unterlagen hervor, obwohl er das Ergebnis kennt und liest ab. »Frau Wegeners Handy war zum Tatzeitpunkt immer im Umkreis ihrer Wohnung eingeloggt, was den ersten Tatort mit einschließt. Das zweite Handy ist meistens ausgeschaltet, zu den Tatzeiten war es immer im Umkreis des Tatorts an und alle anderen Onlinezeiten waren in der Nähe von Frau Wegeners Wohnung.«

»Was die komplette Altstadt mit einbezieht.«

»Richtig.« Er beobachtet Jake, der eine Büroklammer auseinanderzieht und zurück in die Originalform biegt, was leidlich gelingt.

»Das reicht uns nicht für eine Festnahme. Solange wir das Handy nicht finden und dem Mörder zuordnen können, haben wir nichts in der Hand. Lassen wir es überwachen?«

»Ja, sobald es angeschaltet wird, bekommen wir Bescheid.«

»Dann sollten wir weiter die alten Fälle durchgehen und hoffen, dass der Mörder einen Fehler macht.«

KAPITEL 52
Donnerstag, 22.3., später Feierabend

Jake steht vorm Präsidium auf dem Valenciaplatz und legt den Kopf in den Nacken, kreist die Schultern, versucht, die verhärteten Muskeln zu entspannen. Tribute an den langen Bürotag. In ein paar Tagen wird die Uhr vorgestellt, dann wäre es jetzt noch hell.

Obwohl er digitale Akten gewälzt hat, fühlt sich seine Kehle trocken an, als hätte sich Papierstaub darauf abgesetzt, das schreit nach einem Feierabendbier. Alte Gewohnheiten legt man nicht leicht ab. Wenn der Frühling aus allen Ecken sprießt und das Leben ruft, hängt man sie wie einen Wintermantel an die Garderobe und sie werden verdrängt. Bis sich eines Tages die Kälte ausbreitet. Man sich bewusst wird, dass etwas fehlt, dass es eine Lücke gibt, die gefüllt werden will.

Allerdings hat er die Gewohnheit bereits abgestreift, bevor er sich nach Mainz versetzen lassen hat. Menschen, die aus Langeweile Alkohol trinken, sind ihm zuwider. Weil die Grenze aus Genuss und Verlangen eine fließende ist, die man schnell überschreitet, und die Tür zurück keine Klinke hat. Am Anfang fragten die Kollegen ihn, ob er mit zur Kneipe um die Ecke kommt. Da seine Antwort immer aus einem kurzen Nein, ohne Aussicht auf Änderung, bestand, fragen sie nicht mehr.

Heute sehnt er sich nach dem sinnvertreibenden Geschmack eines kühlen Bieres genauso wie nach den lockeren, an Oberfläche treibenden Thekengesprächen. Sich die Probleme anderer anzuhören, und sich einzugestehen, dass die eigenen nicht mithalten können.

»Bist du schon so verzweifelt, dass du die Lösung des Falls in den Sternen suchst?« Erst jetzt bemerkt er Max neben sich.

»Nein, ganz so schlimm ist es nicht. Wir haben alte Fälle gewälzt, ob wir dort etwas Brauchbares finden.«

»Und? Habt ihr?«

»Chris sitzt noch dran. Wir haben ein paar, die ins Muster passen könnten. Er will sich tiefer einarbeiten.«

»Na, er ist jung und muss sich seine Sporen verdienen.«
Max lacht und Jake ist sich sicher, dass es diesmal keine Anspielung sein soll.
»Wir dagegen können uns ab und an auf unseren Lorbeeren ausruhen. Ich habe lange nicht mehr gefragt, aber wie wäre es mit einem Bierchen?«
Er nickt. »Das wäre genau das Richtige.«

Aus dem einen Bierchen sind drei geworden, alkoholfreie, weil er fit sein will, für seine Nachtaktion. Jetzt fühlt er sich von der Last auf seinem Gemüt befreit. Das Gespräch mit Max hat einiges gelöst, obwohl sie über allgemeine Probleme der Polizeiarbeit geredet haben bis hin zu den Eskapaden von Max' Teenager-Töchtern. Nicht ein Wort über den aktuellen Fall haben sie gewechselt. Die Lösung für seinen Konflikt muss er alleine finden. Kollegen zu involvieren, bringt nur neuen Ärger. In Gedanken greift er nach seinem Handy, bevor er den Wagen startet.
Eine neue Nachricht – von Ina:

> Mir geht das zweite Handy nicht aus dem Kopf. Wie kann das sein? Hast du Zeit?

Hat sie vor zwanzig Minuten geschrieben.

> Ja, passt es dir gleich?

Er spürt, wie der Rest der Schwere des Tages von ihm abfällt und sich Zuversicht breit macht, das Richtige zu tun. Würde sie ihn einladen, wenn sie die Täterin ist? Da müsste sie doch Angst haben, dass er Beweise findet. Im Gegenteil, sie möchte mit ihm gemeinsam das Rätsel des zweiten Handys lösen. Und einen Teil der Nacht in ihrer Wohnung zu verbringen, ist gemütlicher, als bis zum Morgengrauen in seinem Wagen davor zu wachen.

Ina erwartet ihn zusammen mit Tobi unten auf der Straße. Sie winkt ihm zu und ihr Lächeln berührt ihn. Nach der überschwänglichen Begrüßung von Tobi, der winselt und an ihm hochspringt, bis er sich bückt und ihn ausgiebig krault, haucht Ina Jake einen Kuss auf die Wange.

»Danke, dass du gekommen bist. Ich überlege den ganzen Tag, wie ich mit der Situation umgehen soll.«

Aus der Nähe sieht er die Sorgen in ihren Augen treiben wie Gewitterwolken.

»Ich bin kurz davor, mir einen Anwalt zu suchen. Ihr könnt nicht allen Ernstes glauben, dass ich eine Mörderin bin.«

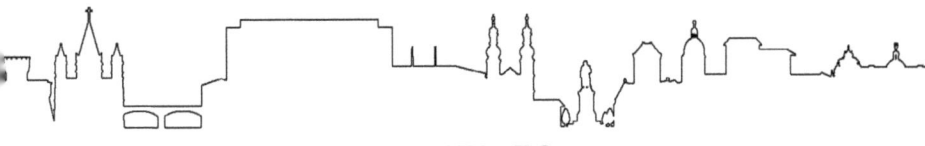

KAPITEL 53

Donnerstag, 22.3., kurz vor Feierabend

CHRIS NIPPT AM HEISSEN KAFFEE, ohne den Blick vom Bildschirm zu nehmen. Die Lösung liegt vor ihm. Hätte er die Akten in Papier vor sich liegen, er könnte die richtigen heraus riechen. Er schließt die Augen, lauscht auf die Stille des leeren Büros, bis hinaus auf den verwaisten Flur. Nichts. Er öffnet die nächste Aktendatei, ein abgeschlossener Fall, weil der Täter Suizid begangen hat.

Da reißt du dir Tage oder Wochen den Hintern auf, kannst endlich den Kreis der Verdächtigen auf einige wenige oder sogar einen eingrenzen und dann Suizid, überlegt Chris resigniert.

Da stutzt er. So ähnlich war es bei dem Fall vorhin gewesen. Und eine der ersten Fallakten hat er, wegen Vermerks ›Suizid des Täters‹ nicht durchgelesen. Er gibt in der Suchmaske ›Täter‹ und ›Suizid‹ ein. Die Suche zeigt fünf Seiten an. Er sortiert nach Jahr, Stadt und Aktenzeichen. Scrollt und klickt sich durch die Seiten. Ein Kribbeln im Nacken. Der blasse Schein eines Musters. Chris druckt die Suche aus, markiert und umkreist die Fälle, die örtlich und zeitlich beieinanderliegen und checkt die Details. Chris streicht über seinen Schmierzettel, druckt die Deckblätter der betreffenden Akten aus und sortiert chronologisch.

Seit fünf Jahren in der Fastenzeit jeweils zwei Tötungsdelikte, letztes Jahr sogar drei, die durch den Suizid des Täters abgeschlossen wurden. Im Abschiedsbrief, der übers Handy an mehrere Kontakte geschickt wurde, das Geständnis. Die Akten wurden, nachdem klar war, dass sie zusammengehören, nicht zusammengefasst. Die Kollegen hatten mehrere Wochen lang keine Anhaltspunkte gefunden und hatten sich nicht die Mühe gemacht zu klären, warum die Opfer ausgewählt worden waren. Ihnen reichte das Offensichtliche – der Abschiedsbrief.

Chris öffnet das Fenster. Die kalte Nachtluft bringt einen Hauch von Frühling herein, die Frische belebt Chris. Sein Körper schreit nach Ruhe, nur sein Kopf arbeitet auf Hochtouren. Das kann die Lösung sein, muss es sein. Also doch ein Serientäter. Wenn er jetzt seine Ermittlungsergebnisse teilt, wandert der Fall zum LKA.

Erst will er sich ganz sicher sein. Er reibt seinen Nacken, das Kribbeln wird stärker, strömt in seine Hand, den Arm. *Auf geht's*, feuert er sich an. Die Fälle aus dem letzten Jahr sind aufschlussreicher. Ein Kollege hat die Akten verknüpft. Einen der Fälle hat Jake markiert, etwas darin war ihm aufgefallen. Chris scrollt durch die Seiten, da ›Das Opfer ist in der Singleszene unterwegs, wurde zur Tötung des ersten Opfer vernommen‹.

›Singleszene‹ ist das Wort, über das Jake gestolpert ist. Chris nimmt sich den Abschlusskommentar des Kollegen vor. Vorangestellt der Wortlaut des Geständnisses:

›Mein Gewissen ließ mich nicht los, bis ich der Gerechtigkeit Genüge getan habe. Die Schuld der Taten lastet nun auf mir. Dies ist der einzige Weg, mich reinzuwaschen.‹

Gefolgt von den Namen der drei Opfer. Danach die Erklärungen des Kollegen, wie der Täter zu den Opfern stand. Er hat sich die Mühe gemacht, durch weitere Befragungen und die Bewegungsprotokolle der Handys zu untermauern, dass es sich bei ihm tatsächlich um den Täter handelt. Anhand der Zeugenaussagen und der Ermittlungsergebnisse, schloss er darauf, dass alle Opfer gewalttätig gegenüber Frauen, Kindern und anderen Schutzbefohlenen gewesen waren.

Bingo, Chris lehnt sich zurück, *der Mörder hat sich große Mühe gemacht, ein Bauernopfer auszuwählen, und dieses getötet, bevor die Polizei zu viele Beweise sammeln konnte. Dazu brauchte er Informationen zu den Ermittlungen.*

Chris stellt sich vors Whiteboard und nimmt Inas Foto ab. Wenn sie nicht die Videoaufnahmen im Hotel hätten und die Tatzeit genau eingrenzen könnten, hätte Jake ihr ein Alibi gegeben. Zumindest für einen großen Teil des Nachmittags.

Bleibt die Frage, soll er Jake gleich informieren? Der würde zielsicher alle wackeligen Punkte in Chris' Theorie finden und fordern, erst die Kollegen zu bitten, die älteren Fälle nach dem Muster zu überprüfen. Darüber würden Tage vergehen.

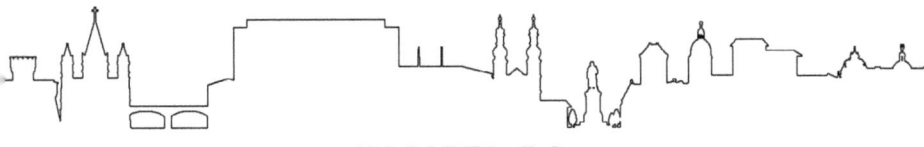

KAPITEL 54

Donnerstag, 22.3., später Abend

Ina hat für Jake Abendessen gemacht, nichts Aufwendiges: Kartoffelsalat und Würstchen. Während des Essens und danach waren ihre Gespräche um Nebensächlichkeiten gekreist. Alle Themen, die in Richtung des Falls hätten führen können, haben sie in stummer Absprache vermieden.

Das Schnarchen von Tobi, der zusammengerollt auf Jakes Jacke liegt, untermalt die Gesprächspause. Alle Nettigkeiten sind ausgetauscht, alle Anekdoten über die eigenen kleinen Macken erzählt. Die Präsenz des Falls lässt sich nicht länger leugnen, schafft sich allmählich Platz.

»Es ist bewundernswert, wie du es geschafft hast, dich von deinem gewalttätigen Mann zu lösen«, wagt er einen ersten Schritt zum gegenwärtigen Problem.

»Na ja, er war im Gefängnis.« Ina, im Sessel gegenüber, umschlingt ihre hochgezogenen Beine.

»Du hättest ihn dort besuchen können. Viele Frauen halten an ihren gewalttätigen Männern fest. Vielleicht weil es die einzige Konstante in ihrem Leben ist. Wir als Polizisten stehen dem machtlos gegenüber. Sich zu wehren, der Mut, sich zu befreien, das fehlt vielen.«

»Hätte Ludger nicht diesen anderen Mann ... Das hört sich schlimm an, aber dessen Tod hat mir das Leben gerettet. Ich hatte so viel Wut in mir, doch ich hätte eher mir etwas angetan als Ludger.«

»Und das Gefühl kam zurück, als er sich bei dir gemeldet hat?«

»Ja, ich habe mich wieder klein, verletzlich gefühlt.«

Ihr Kopf senkt sich auf ihre Knie, der Blick schweift zum Fenster, hinaus in die Schwärze der Nacht. Das Licht der Deckenstrahler verstärkt die Düsternis vor den Wohnungsfenstern. Den Drang, sie in die Arme zu nehmen, wird unerträglich. Er mahnt sich zur Vernunft, Berufliches und Privates darf sich nicht noch mehr vermischen. Sobald der Fall geschlossen ist, können sie einen Anfang wagen.

»Hast du deswegen nicht geantwortet?« Jake spricht behutsam, leise. Zu leise, Ina reagiert nicht. »Ina?«

Ihr Blick wandert zu ihm, ein fester Blick, ein Blinzeln. »Möchtest du etwas trinken?« Sie streckt sich.

»Nein, danke. Ich kann sehr gut nachfühlen, wie es ist, an einen Menschen gebunden zu sein, den eigenen Gefühlen ausgeliefert, alles Rationelle verschwindet. Es gibt Momente, da sieht man sich selbst unaufhaltsam auf den Abgrund hinsteuern und tut nichts. Die Katastrophe fest im Blick, macht man weiter. Jede Hilfe, jede Chance, den Kurs zu ändern, wird ignoriert – nein, nicht wahrgenommen.«

»Deine Eltern?« Ina kuschelt sich in den Sessel, den Kopf aufrecht, bereit weiter zuzuhören.

»Nein, meine Ex-Frau.«

Ina nickt, sie kann nicht wissen, dass er geschieden ist, ein Umstand, den er gerne verdrängt, für ihn ist seine Frau gestorben.

»Sie ist Alkoholikerin. Lange Zeit verschloss ich die Augen davor, obwohl es Anzeichen gab. Nicht, dass sie lallend und schwankend herumläuft. Im Gegenteil, als Spiegeltrinkerin merkt man ihr nichts an, solange sie einen bestimmten Promillepegel erreicht und aufrecht erhält. Wie rasant sich ihr täglicher Bedarf erhöht hat, habe ich nicht wahrhaben wollen. Wahrscheinlich wollte ich die Veränderung nicht sehen, als würde ich in einem Spiegelkabinett leben, mein Verstand hat geleugnet, dass das was ich sah, der Realität entspricht.«

Jake schenkt sich Wasser nach, dem Rotwein weicht er aus. »Irgendwann war ihr alleine zu trinken nicht mehr genug. Sie suchte die Abwechslung, wollte immer Party, Rummel haben. Sobald ich zu Hause war, ging sie. Wurde wütend und zuletzt handgreiflich, wenn ich Überstunden machen musste und sie ihre Verabredungen nicht einhalten konnte.«

Er spürt Inas Frage, bevor sie spricht. »Warum hat sie gewartet, bis du zu Hause warst?«

Eine berechtigte Frage. Dieses Detail verschweigt er lieber, besonders gegenüber Frauen. »Wir hatten eine kleine Tochter.«

Das *hatten* kratzt im Hals. Der altbekannte Schmerz überrollt ihn. »Ich habe versucht, meiner Frau zu helfen, wollte zur Familienberatung.

Doch sie hat geleugnet, dass es Probleme gibt. Sie hat sich ihr Leben schön getrunken. Da hatte ich einen festen Platz, sollte den Mund halten. Meine Aufgabe bestand darin, das Karussell des Lebens am Laufen zu halten. So schnell, dass einem nicht schwindelig wird, aber nie langsam genug zum Aussteigen.«

Inas Gesicht liegt im Schatten, sie regt sich nicht, doch er spürt ihr ehrliches Interesse.

»Dann habe ich sie mit einem Kerl in unserem Bett erwischt. Da habe ich mein Zeug gepackt und bin in eine Pension gezogen. Ich brauchte Abstand, wollte die Scherben neu sortieren. Die Entscheidung, ohne sie weiterzumachen und die Kleine zu mir zu nehmen, hatte ich schon getroffen. Nur die Umsetzung ... damit habe ich mir zu viel Zeit gelassen.«

Ina beugt sich vor, greift nach dem Wasserglas. Ihre Augen spiegeln seine Trauer.

»Was ist passiert?« Mehr der Hauch einer Bitte, weiterzureden als eine Frage.

»Sie hat unsere Kleine geliebt, sie hätte sie nie alleine zu Hause gelassen. Das hätte ich wissen müssen. Doch die Sucht war zu stark. Bei einem Discounter gab es ein Angebot, ihre Lieblingsmarke Wodka, da konnte sie nicht widerstehen. Sie hatte die maximale Abgabemenge gekauft und noch auf dem Parkplatz eine Flasche zur Hälfte getrunken. Auf dem Rückweg ist ihr Wagen von der Fahrbahn abgekommen und gegen einen Baum geprallt. Dem Einzigen auf der Strecke.«

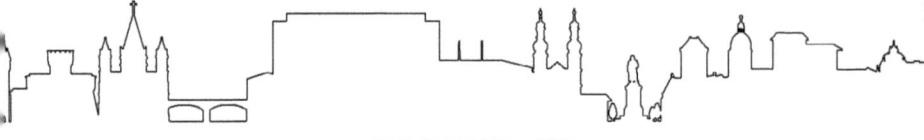

KAPITEL 55
Donnerstag, 22.3., zu nachtschlafender Zeit

Nach der dritten Kneipe dämmert es Chris langsam, wie die Singleszene heutzutage funktioniert. Keine tollen Aussichten. Obwohl klar sein sollte, dass er heute nicht auf der Suche ist, wird er von Frauen wie von Männern taxiert. Was er als unangenehm empfindet. Die meisten sind in Gruppen unterwegs, die meisten gleichgeschlechtlich, selten gemischte Cliquen.

Er steht an der Bar und hält an seinem alkoholfreien Bier das Etikett zu. Seine Strategie, in Polizeimanier jedem Gast Inas Bild unter die Nase zu halten, hat er überdenken müssen. Spätestens bei der vierten Person gab es keine Antwort mehr, als hätten sich alle gegen ihn verschworen. Jetzt fragt er nur noch den Barkeeper und die Bedienungen und lässt sich Gäste zeigen, die mit Ina gesehen worden sind und fragt diese gezielt.

Einen Fahndungserfolg kann er verzeichnen: Sie ist bekannt, bei den meisten mit Namen, bei Männern und Frauen gleichermaßen. Wenn die Lösung in der Singleszene zu finden ist, musste Ina in irgendeiner Weise mit drin hängen. Auch wenn Jake etwas anderes behaupten wird.

»Warum fragst du nach Ina? Hat sie dich abserviert?«

Chris dreht sich zu der Blondine an seiner Seite. Sie fächert sich mit einem Bierdeckel Luft zu. Ihr Parfüm steigt ihm in die Nase, bringt ihn zum Lächeln. Der erdige Geruch erinnert an den Dunst im Wald nach einem Gewitterschauer. Was nicht zu ihren auffällig geschminkten Augen und Lippen passt. »Nein, ein Freund hat mich beauftragt, sie zu finden, um ihr etwas auszurichten.«

»Okay.«

»Klingt wie eine Ausrede, ich weiß, aber die Wahrheit ist halt manchmal abgefahren.«

Sie lacht, begleitet von einem gekonnten Augenaufschlag. »Stimmt. Ein bisschen was könnte ich dir von ihr erzählen, wenn ich nicht so durstig wäre.«

»Das soll kein Hinderungsgrund sein.« Er hebt die Hand, sofort stellt der Barkeeper ihr einen Cocktail hin, den er gerade gemischt hat. »Wie immer, Sammy?«

Die Angesprochene nickt.

»Macht dann 8,90 Euro.«

Chris zieht einen Zehn-Euroschein aus der Tasche und legt ihn auf die Bar.

»Stimmt so«, sagt Sammy bevor sie den ersten Schluck nimmt und zwinkert dem Barkeeper zu.

Dann richtet sie ihre ganze Aufmerksamkeit auf Chris. »Ina ist eine Liebe. Alle mögen sie und sie ist nicht auf Abenteuer aus. Na ja, zumindest gibt sie sich nicht mit denen ab, die auf Trophäenjagd sind.«

Chris prostet ihr zu, vermeidet es, weitere Fragen zu stellen. Obwohl ihn auch interessieren würde, ob Sammy auf der Jagd ist und warum sie ihn angesprochen hat.

»Sie geht meistens allein nach Hause. Was man von den wenigsten Frauen hier behaupten kann.« Sie lacht kokett und lehnt sich an Chris. »Die Dichte an Männern, die darauf stehen, nicht gleich zum Zug zu kommen, ist nicht hoch. Zumindest nicht in den einschlägigen Clubs. Und wie sieht es mit dir aus?«

Der Schluck Bier bleibt auf halbem Weg stecken. Mit einem Räuspern gelingt es ihm, den Vorgang abzuschließen. »Ich, ähm …« Chris sortiert seine Gedanken. Will er gleich zur Sache kommen?

»Heute habe ich eine Mission.« Vielleicht sollte er sich nach Abschluss des Falls ins volle Leben werfen und die Zeit der Trauer über die Trennung hinter sich lassen. »Könnte sein, dass ich die nächsten Wochen in eigener Sache unterwegs bin.«

Über den Rand ihres Glases betrachtet sie ihn. »Darauf kann ich warten.«

»Willst du noch einen?«, fragt Chris, um die Pause zu füllen.

»Klar, dann erzähle ich weiter über Ina. Scheint ja das Einzige zu sein, was dich interessiert.«

»Sorry, Sammy, nimm es bitte nicht persönlich.« Chris lässt seinen Blick über sie gleiten, vom Scheitel bis zu ihren High Heels hinunter. Er bemerkt, wie sie sich aufrichtet, ein klein wenig ihren Busen nach vorne schiebt. Sie liegt eindeutig unter der Mindestgröße der Täterin.

»Nö, den Schuh ziehe ich mir nicht an. Also deine Ina hat eine Freundin. Sie sind oft gemeinsam unterwegs, meistens in einem Club im Zollhafen. Die beiden sind bei den Männern gut bekannt, weil sie gerne tanzen und flirten, aber mehr gibt es nicht. Kaum einer, der nicht versucht, das Eis zu brechen.«

Chris wirft einen unauffälligen Blick auf sein Smartphone. Den Club könnte er schaffen, bevor sein Akku vollends leer ist.

KAPITEL 56

Donnerstag, 22.3., kurz vor Mitternacht

Jake hört Ina in der Küche werkeln. Er steht am offenen Fenster, tauscht die verbrauchte, mit seinen Erinnerungen überladene Luft, gegen frische, kalte aus. Tobi regt sich im Traum, sein Schwanz klopft zweimal auf die Couch, dann rollt er ihn ein und ein regelmäßiges Schnaufen setzt ein.

Der Welpe seiner Tochter war nicht sofort gestorben. Jake hatte im Polizeifunk von dem Verkehrsunfall gehört und war, einer Eingebung folgend, hingefahren. Als er an der Unfallstelle eintraf, hatten die Sanitäter den Körper seiner Tochter nur teilweise bedeckt. Ihr Hund war an sie heran gerobbt und hatte sich an sie gedrückt, suchte die schwindende Wärme ihres Körpers. Jake kniete sich daneben, streichelte das blutgetränkte Fell des Welpen, wagte es nicht, seine Tochter zu berühren. Er hatte den flatternden Herzschlag des Tieres gefühlt und sich gewünscht, dass es der seiner Kleinen wäre.

»Brauchst du noch etwas?«

Er dreht sich zu Ina um, sie steht im Türrahmen.

»Nein, ich wollte nur etwas lüften.«

»Gute Idee.« Sie kuschelt sich wieder in ihrem Sessel unter die Decke. »Danke für dein Vertrauen, mir von deiner Familie zu erzählen.«

»Ich denke, es ist bei dir gut aufgehoben.« Er schließt das Fenster, sortiert seine Gedanken. »Wegen deines Handys.«

»Oh, ja. Kann es sein, dass das jemand gehackt hat? Ich kann es mir nicht erklären. Ich bin doch nicht dement und vergesse, was ich gemacht habe.«

»Klar können Handys gehackt werden, wenn man das notwendige Wissen hat und du keine Vorkehrungen getroffen hast. Hast du dein Handy immer bei dir? Kann es eine Nachbarin, ein Paketdienst genommen haben, während sie in deiner Wohnung waren?«

»Ich habe mein Handy entweder in der Hosentasche oder in meiner

Tasche beim Geldbeutel. Und in meiner Wohnung war niemand, dem ich nicht vertraue.«

»Ina, das spielt keine Rolle, wie gut du jemanden kennst oder so etwas zutraust. Ob jemand genügend kriminelle Energie hat, ist meine Sache herauszufinden. Schreib bitte alle auf, die die Gelegenheit hatten, zu der betreffenden Zeit an dein Handy zu kommen.«

Einen Moment funkelt sie ihn böse an, dann holt sie im Flur Papier und Stift.

»Im Büro zum Beispiel: Lässt du dein Handy auf dem Schreibtisch liegen, wenn du zur Toilette gehst? Dein Chef, deine liebste Kollegin, ein kleiner Augenblick reicht, um die Nachricht zu tippen.«

»Ich weiß nicht genau, wo ich zu der Uhrzeit war. An dem Tag habe ich nachmittags gearbeitet, ausgerechnet. Und danach bin ich gleich in die Altstadt gegangen. An die Zeiten kann ich mich nicht erinnern. Ina beginnt zögerlich, nach und nach fallen ihr Namen ein.

»Verdammt, aber die sind alle völlig unverdächtig. Zum Teil wissen die nicht einmal, dass ich einen Ex-Mann habe. Ich mache Sternchen hinter die Namen, dann kannst du die zuerst überprüfen.« Beim letzten Wort schaut sie auf und schüttelt den Kopf. »Ich kann nicht glauben, was gerade passiert. Das ist alles surreal.« Sie klopft mit dem Stift auf das Blatt. »Oh Mann.« Ina starrt zum Boden, lässt den Stift sinken, ein leichtes Kopfschütteln folgt.

Jake wartet, um den Gedankenfetzen nicht zu vertreiben.

»Ich habe meiner Freundin Eve mein Handy zum Telefonieren geliehen. Sie hat sich vorher sehr für Ludger und unsere Ehe interessiert. Sie kennt meinen ganzen Leidensweg. Und ich habe ihr erzählt, dass er sich bei mir gemeldet hat.«

»Kennst du sie schon lange?«

»Na ja, wir sind uns ein paar Mal über den Weg gelaufen. Letztes Jahr auf dem Weihnachtsmarkt zum ersten Mal, wir sind zusammen in eine Kneipe, weil es so kalt war. Und danach immer öfter in Singletreffs. Sie ist superlieb und einfühlsam, sie hat mich bestärkt, mit Andreas Schluss zu machen.«

»Und warum wollte sie dein Handy?«

»Bei ihr war der Akku leer und sie wollte sich ein Taxi rufen. Sie ist dann zur Theke und hat nach der Rufnummer gefragt. Ich weiß noch, dass ich dachte, die hätten ihr sicher eins gerufen.«

»Das heißt, sie hatte zur betreffenden Zeit dein Handy?«

»Ich bin nicht sicher, Jake. Das kann auch an einem anderen Tag gewesen sein und die Anrufliste lösche ich regelmäßig. Aber Eve bringt doch keine Männer um. Sie hatte auch keinen Kontakt zu Andy, sicher nicht. Sie kennt nicht mal seine Kolumne.«

»Hast du ihr auch von deinem Erlebnis mit Holger erzählt?«

»Nein, aber sie war an dem Abend dabei. Zumindest hat sie mich später gefragt, was ich mit dem zu schaffen hätte, der wäre so gar nicht meine Liga.«

»Kennst du ihren Nachnamen? Ihre Adresse?«

»Nein, wir verabreden uns über Messengerdienste. Wir sind gemeinsam in Clubs, Cafés unterwegs. Wir besuchen uns nicht gegenseitig.«

»Hast du Fotos?«

»Nein, sie hält nichts von Selfies und von posten ›wo man was gerade tut‹ schon gar nicht.«

»Schreib mir ihre Nummer auf.« Jake schaut auf seine Uhr. »Schade, dass es schon so spät ist, du musst gleich morgen ins Präsidium kommen, um ein Phantombild anfertigen zu lassen. Kannst du sie mir beschreiben?«

»Ja. Sie hat meine Größe, trägt gerne hohe Absätze. Äh. Sie ist schlank, hat eine tolle Figur, die sie entsprechend mit ihrer Kleidung betont. Aber nie aufreizend. Sie hat blondes langes Haar, das sie fast immer zum Pferdeschwanz oder Dutt frisiert.« Ina zieht die Decke fester um sich. »Sonst wüsste ich nicht, was noch an ihrem Äußeren erwähnenswert wäre.«

Er sieht ihr an, dass sie über etwas nachdenkt. Einen Moment wartet er und sagt dann leise: »Alles kann uns helfen, auch wenn es dir unwichtig vorkommt.«

»Eve ist eine tolle Frau. Nur manchmal ... ich kann es nicht richtig in Worte passen. Ich hatte ein paar Mal ein seltsames Gefühl in ihrer Gegenwart. Sie war kurz wie ausgewechselt. Mitten im Gespräch und dann hat sie immer diesen seltsamen Satz rausgehauen. Ich glaube, es ist ein Bibelvers. ›Wer Verfehlung zudeckt, stiftet Freundschaft; wer aber eine Sache aufrührt, der macht Freunde uneins.‹ Aber, das macht doch niemanden zu einem Mörder?«

Jake springt auf. »Nein, das nicht.«

»Was ist los?« Ina schaut ihn erschrocken an.

»Den Spruch habe ich so ähnlich vor Kurzem gehört und deine Beschreibung passt! Entschuldige, aber ich muss sofort los.«

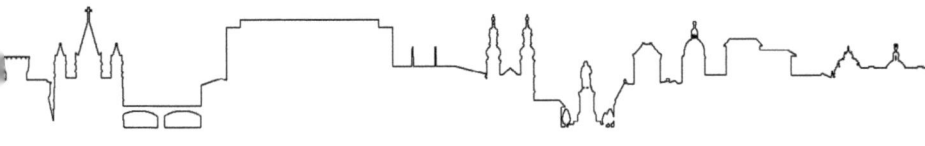

KAPITEL 57
Freitag, 23.3., zur Geisterstunde

Keine fünfzehn Minuten später kommt Jake im rechtsmedizinischen Institut an. Um Mitternacht verströmt das Gebäude eine besonders beklemmende Atmosphäre. Der Hall seiner Schritte durchbricht die Stille und könnte Tote wecken, von denen es hier einige gibt. Jake hat darauf verzichtet, das Deckenlicht anzuschalten, die Notbeleuchtung reicht ihm und das Licht über der Tür am Ende des Gangs zieht ihn an. Inas Beschreibung von Eve passt auf Maja und dieser Spruch, das kann kein Zufall sein. *Doch welches Motiv soll sie haben?*

Jake legt seine Hand auf die Klinke der Tür, kurz lauscht er, doch die Sicherheitstür schließt alle Geräusche dahinter ein. Dann öffnet er sie. Auch hier brennt nur die Notbeleuchtung. Das Erste, was der Raum ihm offenbart, ist Musik. Ein Geigensolo schraubt sich durch die Luft, klingt in der Szenerie der blank geputzten Edelstahltische befremdlich. Mit dem Rücken zu ihm, steht Doktor Mann und dirigiert mit einem Skalpell das unsichtbare Orchester. Von Maja keine Spur.

Jake schaltet das Licht an. »Herr Doktor Mann, darf ich Sie kurz stören? Sind Sie allein?«

Der Angesprochene legt das Skalpell weg, eine Handbewegung, und die Musik verstummt. Er dreht sich nicht um, bleibt bewegungslos stehen.

»Haben Sie mich gehört? Ist alles in Ordnung?« Er bewegt sich seitwärts, weg von der Tür, sucht den Raum ab, ob er Maja entdeckt.

»Herr Kriminalhauptkommissar Imhof, gut dass Sie kommen.« Die Stimme klingt monoton, emotionslos.

»Ja? Was gibt es?«, fragt er.

»Ich habe mir die drei Toten noch einmal genau angeschaut.« Doktor Mann geht zu dem Sideboard und holt ein Klemmbrett, blättert durch die Papiere. »Genau, hier.«

Außer ihnen beiden scheint niemand im Raum zu sein. Jake folgt Doktor Mann und schaut ihm über die Schulter. Das Papier ist eng beschrieben, die Handschrift kann er nicht entziffern, die Buchstaben mikroskopisch klein.

Doktor Mann macht zwei Schritte zur Seite, weg von ihm. »Ich habe an allen drei Leichen ein Hämatom gefunden. Sehr unauffällig, deshalb hat es Kollegin an de Beecke vielleicht nicht bemerkt. Aber die Stelle ist bei allen dreien gleich.«

»Können Sie mir einfach nur schnell Ihre Schlussfolgerungen mitteilen? Ich habe wirklich wenig Zeit.«

Der Rechtsmediziner runzelt die Stirn, schlägt die Blätter um und drückt das Klemmbrett an sich. »Ich dachte, Ihnen fehlt noch die Todesursache.«

»Ja, hängt es damit zusammen? Wie?«

»Es gibt einen sogenannten Todesgriff. Diesen auszuüben, bedarf es umfangreicher Kenntnisse oder ausreichend Übung. Aufgrund der Lage des Hämatoms, gehe ich davon aus, dass den Opfern die Blutzufuhr zum Gehirn abgedrückt wurde. Es reicht eine einfache Umarmung. Dabei den Finger an der richtigen Stelle mit etwas Druck. Und bevor das Opfer diesen als unangenehm empfindet, fällt es in Ohnmacht und einige Sekunden später führt die Berührung zum Tod.«

»So einfach?«

»Ja, eine sehr effektive und unspektakuläre Art zu töten. Es bedarf allerdings unmittelbare Nähe zum Opfer.«

»Und mit den Vorkenntnissen braucht man dazu keinen großen Kraftaufwand?«

»Richtig. Die ideale Tötungsart für Frauen, die Gewalt durch eine vertraute Person erfahren. Leider sind die Kenntnisse kaum verbreitet und werden in Selbstverteidigungskursen nicht beigebracht, um Missbrauch zu verhindern. Ein Paradoxon, weil der Griff dagegen schützen würde.«

Jake kann den Ausführungen nicht folgen. Er muss Maja finden. »Haben Sie Ihre Kollegin über Ihre Erkenntnis informiert? Und vor allem, wissen Sie, wo sie ist?«

»Frau Doktor an de Beecke?«

»Ja, Mann! Ich suche sie.«

»Hier?«

»Ja, hier. Sie hat die Angewohnheit, spät zu arbeiten. Ist ja nicht ungewöhnlich für Rechtsmediziner, sonst wären Sie nicht hier. Sie sollten übrigens abschließen, wenn Sie alleine hier sind und Sie keinen Besuch wünschen.«

»Darauf werde ich in Zukunft achten. Danke für den Hinweis.«

»Und? Wo ist nun Ihre Kollegin?«

»Frau Doktor an de Beecke werden Sie hier nicht antreffen.«

»Wo denn sonst?«

»Das hat sie mir nicht gesagt.«

»Wissen Sie denn, wann sie wieder herkommt?«

»Ich vermute nie mehr.«

»Wie? Nie?« Die Bemerkung erschließt sich Jake nicht. Bis ihm nach und nach die Tragweite bewusst wird und seine letzten Zweifel an ihrer Schuld zur Seite gefegt werden.

Maja ist auf der Flucht.

Er überbrückt die kurze Distanz zu Doktor Mann. »Jetzt sagen Sie mir in kurzen klaren Sätzen, was Sie wissen. Ich habe keine Zeit für Rätsel.« *Wieso meldet dieser seltsame Kauz nicht, wenn Maja sich aus dem Staub macht?*

»Frau Doktor an de Beecke hatte gestern ihren letzten Tag im Institut. Ihre Vorgesetzten dachten wohl, dass sie ihren befristeten Vertrag verlängert, und haben sich nicht rechtzeitig um eine Nachfolge gekümmert. Deshalb wurde ich als Interimslösung hierher berufen.«

»Ihr Vertrag ist ausgelaufen? Sie kommt nicht wieder zurück?«

»Das entzieht sich meiner Kenntnis. Aber sicher nicht zum Arbeiten.«

»Wieso wussten wir das nicht?«

»Auch das entzieht sich meiner Kenntnis. Haben Sie sie danach gefragt?«

Jake greift in seine Hosentasche. Nichts. Sein Handy steckt in seiner Jacke und die liegt im Auto. Nein, es steckt in der Jacke, die er bei Ina vergessen hat.

Jake sitzt am Schreibtisch und versucht, im Internet etwas über Maja zu erfahren. Die Fahndung nach ihr läuft. Die Kollegen wollen dafür ein Foto von ihr. Die Tatortfotos der Fälle hat er bereits durchforstet, auf keinem ist sie deutlich zu sehen, das spricht dafür, dass sie etwas zu verbergen hat. Sie muss darauf geachtet haben, nicht im Bild zu sein. Denn die Kollegen fotografieren dauernd, egal, wer wo steht. Von Maja gibt es nur Rückenansichten.

Ihm wird klar, wie wenig er über sie weiß. Nicht einmal, wo sie vorher gearbeitet oder wo sie studiert hat, fällt ihm ein. Vielleicht weiß Chris mehr.

Dem hat er eine E-Mail geschrieben, in der Hoffnung, dass er eine Benachrichtigung aufs Handy bekommt. Obwohl er ihm geraten hat, möglichst viel Schlaf zu bekommen, hofft er auf eine Rückmeldung, sobald er die Information über Maja erhält.

Jake trommelt auf den Schreibtisch. Die Frage nach dem Motiv lässt ihn nicht los. Mit beiden Händen fährt er sich durchs Gesicht. Dass ausgerechnet Maja eine Bekannte von Ina ist. Klar, sie kann es so eingerichtet haben. *Wollte sie Ina schützen? Warum?*

Es hat keinen Sinn, er findet kein Foto von ihr. Dann müssen die Kollegen eingesetzt werden, die sie kennen. Das sollten einige sein. An ihrer Privatadresse wurde sie nicht angetroffen. Die Wohnung hat nicht verlassen ausgesehen, deshalb wird sie überwacht. Ihr Handy liegt dort, so können sie sie nicht orten. Ihr Auto ist zur Fahndung ausgeschrieben.

Er hat den Kollegen eingeschärft, sofort zu melden, wenn sich das Handy, mit dem zu Ludger Wegener Kontakt gehalten wurde, eingeschaltet wird.

Hier kann er nichts mehr ausrichten. Er schaltet den Computer aus und läuft runter in die Leitstelle, um alle eingehenden Meldungen gleich mitzubekommen.

»Du kannst dich gar nicht mehr von uns losreißen?«, begrüßt ihn Max.

»Und du hast schon wieder Dienst?«

»Ja, dank deines Sondereinsatzes fällt mein Feierabend aus.«

Er klopft Max auf die Schulter. »Sorry.«

»Bist du dir sicher, dass Maja die Täterin ist?« Max zieht ihn zurück in den Flur.

»Ich kann es auch nicht glauben, aber es passt alles zusammen. Besonders, dass sie so spurlos verschwunden ist. Wieso sollte sie ihr Handy zu Hause lassen? Sie muss geahnt haben, dass wir ihr auf der Spur sind.«

»Okay, dann lass uns mal machen«, meint Max, »sieh zu, dass du eine Mütze Schlaf bekommst, wir werden sie dingfest machen.«

Schon will er ablehnen, da merkt er eine Schwere auf sich lasten, die ihn kurz die Augen schließen lässt. Es macht keinen Sinn, bei der Fahndung mitzumachen, die Kollegen wissen, was zu tun ist. In knapp vier Stunden muss er wieder im Büro sein.

»Ihr meldet euch sofort, wenn ihr eine Spur von ihr habt. Auf dem Festnetz bitte.«

»Klar, versprochen.« Max grinst ihn an. »Du bist stehend k. o. Mach, dass du ins Bett kommst. Soll dich ein Kollege fahren?«

»Nein, alles gut.« Er verabschiedet sich.

Einem Impuls folgend, fährt er zur Wohnung von Chris. In keinem der Fenster zur Straßenseite brennt Licht in der Wohnung, nicht verwunderlich um diese Uhrzeit. Auf sein Klingeln folgt keine Reaktion. Jake probiert es noch zweimal, dann fährt er weiter. Einen kleinen Umweg nimmt er noch in Kauf. Doch auch die Fenster von Inas Wohnung starren schwarzäugig in die Nacht.

Soll er klingeln? Nein, besser sie schläft sich aus. Und für ihn ist es auch besser, sich für die kommenden Ermittlungen fit zu machen, statt mit vagen Antworten weitere Fragen aufzuwerfen. Schließlich weiß die Einsatzzentrale Bescheid, dass er nur übers Festnetz erreichbar ist. Und wenn Ina versucht, ihn zu erreichen, dann klingelt es in ihrer Wohnung.

KAPITEL 58
Freitag, 23.3., in den kleinen Stunden

Chris streckt sich, die kühle Nachtluft tut ihm gut. Das Wummern des Beats dröhnt bis auf die Straße. Ein Gähnen schleicht sich an und er schüttelt sich, die Kälte kriecht seinen Nacken hinauf. Zeit, ins Bett zu kommen. Am liebsten würde er gleich nach Hause fahren. Aber der letzten Spur, dem Club im Zollhafen, will er noch nachgehen.

Zumindest aus Sicht eines Singles kann er den Abend als gelungen verbuchen. Sammy hat ihm ihre Nummer gegeben und er überlegt ernsthaft, sie anzurufen. Ihre offene Art hat etwas in ihm zum Klingen gebracht. Sie macht klare Ansagen und spricht ihre Wünsche offen aus. Genau so stellt er sich eine Partnerschaft vor. Für die Ermittlungen war es ein Schuss in den Ofen. Er checkt die E-Mails der Abteilung. Vielleicht haben Jake oder Britta etwas Interessantes gefunden, das ihm weiterhilft. Da fällt ihm eine E-Mail vom Familiengericht auf, die am späten Abend verschickt wurde. Er überfliegt den Text mit dem Bericht über die Bemühungen die Erbberechtigten von Jan Reimer zu finden und liest den letzten Satz:

›Als Erbin von Herrn Jan Reimer haben wir als seine einzige lebende Verwandte seine Schwester Maja an der Beecke ermittelt.‹

Das gibt es nicht.

Die Ankündigung einer neuen E-Mail erscheint auf dem Display – von Jake.

Gut, wir fahnden schon nach ihr. Da kann ich mir den letzten Club sparen.

Er beschließt, Jakes Rat zu folgen und nach Hause zu fahren. Da erregt ein Paar, ein Stück entfernt auf der gegenüberliegenden Straßenseite, seine Aufmerksamkeit. Er versteht nur Wortfetzen, die durch die Stille der Straße hallen. Mit einem Schritt zur Seite entfernt er sich aus dem Lichtkegel der Straßenlaterne.

Der Mann steht an der geöffneten Beifahrerseite eines Autos, die Frau mit dem Rücken zu Chris. Eine Stimme kommt ihm bekannt vor.

Nur ein paar Schritte weiter bestätigt sich seine Vermutung, der Mann ist Pierre. Chris duckt sich hinter ein geparktes Auto und schleicht sich an. Schon bald kann er einzelne Satzstücke verstehen.

»Ach, komm.«

»Ich?«

Das Timbre der Frau schwingt in einer Melodie, die ihm bekannt vorkommt.

Er späht durch die Autoscheiben, fast ist er auf Höhe der beiden.

»Hör mal, ich bin vergeben.« Das ist Pierre. Chris geht in Deckung und hält die Luft an.

»Sorry, wenn du da etwas falsch verstanden hast, aber ich suche kein Abenteuer.«

Schade, ein klarer Beweis für Pierres Untreue wäre ein willkommener Erfolg der nächtlichen Aktion gewesen. Aber er wird ihm schon noch auf dem Leim gehen.

Chris riskiert einen letzten Blick. Gerade verabschieden sich die zwei mit einer innigen Umarmung. Wobei Chris zugeben muss, dass es Pierre sichtlich unangenehm ist.

Da sieht Pierre ihn und ruft: »Chris.«

Um dann, genauso plötzlich, sackt Pierre in sich zusammen.

Chris richtet sich auf. »Hey, kann ich helfen?«

Die Frau bückt sich, ohne auf ihn zu achten. Schnell überquert er die Straße, umrundet das Auto, läuft hin.

Pierre liegt bewusstlos am Boden, die Frau beugt sich über ihn. Bevor Chris die Situation erfassen kann, springt die Frau auf und drückt sich an ihn. Ihm bleibt keine Zeit zum Ausweichen.

»Hey, was soll das?«

Da wird ihm schwarz vor Augen.

KAPITEL 59
Freitag, 23.3., im Morgendunkel

Das Klingeln des Telefons reisst Jake aus dem Schlaf. Er greift auf den Nachttisch, sucht sein Handy. Dann die Erkenntnis. Er quält sich aus dem Bett, taumelt zum Festnetzanschluss im Flur.

»Imhof.«

»Hi, Jake. Hier ist Kathrin.«

»Hi, habt ihr sie?«

Jake fühlt sich, als wäre er gerade erst ins Bett gefallen.

»Nein. Sorry, dass ich so früh anrufe. Max meint, es könnte wichtig sein.«

»Was gibt es?«

»Ich komme eben aus dem Krankenhaus. Chris wurde überfallen.«

»Was?« Jetzt ist er hellwach.

»Ich war bei einer Ruhestörung. Als wir zurück zum Wagen sind, habe ich eine Frau gesehen, vor der eine Person lag. Wir waren ein ganzes Stück weg, da sehe ich Chris über die Straße laufen. Erst sah es aus, als würde er die Frau kennen, sie haben sich umarmt, dann ist Chris in sich zusammengesackt. Als wir uns bemerkbar gemacht haben, ist die Frau weggerannt. Der Kollege ist hinter ihr her, konnte sie aber nicht stellen. Chris und der andere Mann waren bewusstlos. Die Rettung hat sie ins Krankenhaus gebracht. Ich bin bis eben dortgeblieben. Sie sind beide nicht ernstlich verletzt, aber nicht ansprechbar. Ich habe dir sofort eine Nachricht geschickt und eben erfahren, dass du dein Handy verlegt hast.«

»Ja, ich fahre gleich zu Chris.«

Kann Maja dahinter stecken? Dass eine Frau zwei Männer überwältigt, klingt nach Doktor Manns Todesgriff.

Auf dem Krankenhausflur sieht Jake Sandra. Sie diskutiert gerade mit einer Krankenschwester. »Können Sie bitte dafür sorgen, dass mein

Partner nicht im gleichen Zimmer liegt wie mein Ex-Mann. Ich habe keine Lust auch noch hier zwischen den beiden zu stehen.«

Jake kann kaum glauben, was er da hört. Hoffentlich hat Chris nicht die Nacht mit der Verfolgung des Neuen seiner Ex verbracht. Er geht in das Zimmer, das ihm Kathrin genannt hat. Darin herrscht eisiges Schweigen. Chris versucht, sich aufzurichten, als er Jake erblickt. Der Zimmernachbar dreht ihnen den Rücken zu.

»Guten Morgen.« Er tritt ans Bett seines Partners. Das Krankenhausleibchen bedeckt kaum dessen Schultern, weil er sich dauernd den Nacken reibt und hin und her rutscht. Dabei verzieht er schmerzvoll das Gesicht.

»Was ist denn passiert?«, fragt Jake.

»So genau weiß ich es nicht, meine Erinnerung ist weg. Der Arzt meint, das sind die Medikamente. Lass uns das nicht hier bereden.« Chris quält sich aus dem Bett und zieht schwerfällig seine Kleidung an, die auf dem Besucherstuhl liegt.

Draußen diskutiert Sandra noch immer mit der Schwester. Demonstrativ dreht sie sich weg, als sie die beiden erblickt. Sie suchen sich eine ruhige Ecke und Chris erzählt ihm von seinen Ermittlungen am Vorabend.

»Der Täter hat sich einen Verdächtigen ausgesucht und dessen Tod wie einen Suizid aussehen lassen. Der Abschiedsbrief mit dem Geständnis, die Taten begangen zu haben, reichte aus, die Akten zu schließen. Ich weiß, dass du das nicht hören möchtest, aber das könnte der Grund dafür sein, dass Ina sich an dich rangemacht hat, damit sie an Ermittlungsinformationen ..., du bist ja weiß wie die Wand.«

Jake greift in seine Hosentasche, leer, sein Handy ist nicht da. »Wir müssen sofort zu Ina. Komm.«

Ohne darauf zu achten, ob Chris ihm folgt, rennt Jake los.

»Warte doch.« Chris stolpert hinter ihm her. »Du hältst Ina jetzt auch für die Mörderin?«

Jake bleibt kurz stehen, schaut sich um. Etwas schnürt ihm den Hals zu. Wie konnte er so blind sein? Warum hat er nicht vorher eins und eins zusammengezählt. Es gibt einen Grund, warum alle Spuren zu Ina führen. Die Mörderin wollte es so. Ein ganzes Spinnennetz hat Maja um Ina gesponnen und Chris hat den Köder bereitwillig geschluckt.

Wenn er Ina nicht vorher begegnet wäre, hätte er auch nur auf die Fakten vertraut.

»Nein, Ina ist in Gefahr, verstehst du nicht! Sie ist unsere Hauptverdächtige – Maja ist die Mörderin. Wir fahnden bereits nach ihr.«

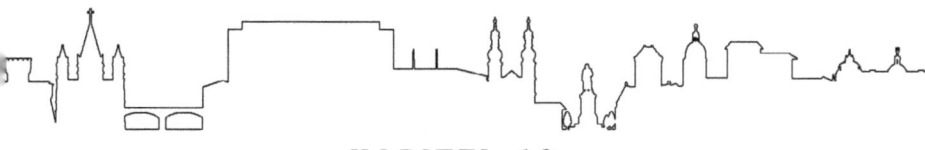

KAPITEL 60
Freitag, 23.3., zum Sonnenaufgang

Die Information sickert allmählich in Chris' Gedankengänge, während er versucht mit Jake Schritt zu halten. Maja eine Mörderin? Fetzen seiner Gespräche in den Kneipen fallen ihm ein. ›Ina hat eine Busenfreundin. Sie sind oft gemeinsam unterwegs.‹

Chris steigt in Jakes Auto. »Was soll ihr Motiv sein? Ich komme nicht mehr mit.«

»Hat sie mal erwähnt, ob sie Familie hat?«

»Ja, sie ist Vollwaise. Ihre Eltern sind früh gestorben.«

»Dann war sie vielleicht in einem Kinderheim«, mutmaßt Jake.

»Mann. Die E-Mail. Jan Reimer war Majas Bruder.« Allmählich kommen seine Erinnerungen wieder. Wenn er die E-Mail vorher gelesen hätte, hätte er sich die Tour durch die Clubs sparen können. Völlig unpassend sieht er Sammys lächelndes Gesicht vor sich, dann wäre er ihr nicht begegnet.

»Maja hat schon länger geplant zu verschwinden. Ihr Arbeitsvertrag ist ausgelaufen und sie hat nicht verlängert«, erklärt Jake weiter. »Doktor Mann ist nicht ihr Assistent, er ist ihr Nachfolger, beziehungsweise eine Interimslösung. Er hat bei der Leichenschau die Tötungsart entdeckt. Ein Todesgriff, der die Blutzufuhr zum Gehirn unterbricht und erst zur Ohnmacht und dann zum Tod führt. Es passt alles zusammen.«

»Hm. Ja.«

»Kathrin hat von einer Frau erzählt, die bei dir und Pierre stand.«

»Was?«

Jake schildert die wenigen Details, die er von Kathrin erfahren hat.

Mit geschlossenen Augen versucht Chris, sich zu erinnern. Bisher ist ihm nicht klar gewesen, dass er zusammen mit Pierre ins Krankenhaus gebracht worden ist. Er hat gedacht, das Schicksal hätte aus einer Laune heraus, seinen Zimmernachbarn ausgewählt. Erinnerungsfetzen von gestern Nacht tauchen vor seinem geistigen Auge auf.

Pierre in Begleitung auf der andern Straßenseite. Er spürt erneut den Triumph, seinen Widersacher in flagranti ertappt zu haben. »Glaubst du, es war Maja? Es ging alles zu schnell, ich hab mehr auf Pierre geachtet als auf die Frau. Dann hat sie mich plötzlich umarmt.«

»Das war der Todesgriff, von dem Doktor Mann gesprochen hat. Falls es Maja war, hat Kathrin dir das Leben gerettet. Und du Pierre.«

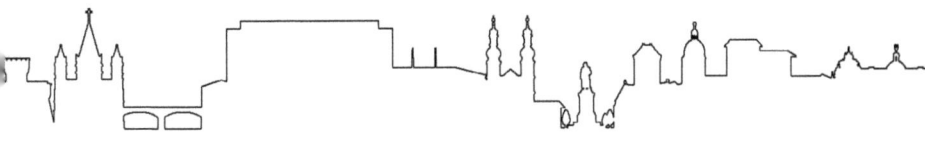

KAPITEL 61
Freitag, 23.3., früher Morgen

JAKE STELLT DEN WAGEN AUF der Grünfläche vor Inas Mietshaus ab. Sie hetzen zum Haus und drücken alle Klingeln. Die Versuche, Ina übers Festnetz oder Handy zu erreichen, sind vergebens gewesen. Er schiebt die aufkeimende Panik zur Seite. Er braucht den klaren Kopf des Ermittlers, Gefühle hindern dabei.

Endlich ertönt der Türsummer, ein Nachbar hat aufs Klingeln reagiert. Sie stürmen die Treppe hinauf. Vor Inas Wohnung lauscht er an der Tür, klingelt und klopft, doch es bleibt drinnen ruhig.

Nur die Tür gegenüber öffnet sich. »Kann ich Ihnen helfen?«

»Wir müssen dringend mit Frau Wegener sprechen. Kripo.« Er hält der älteren Dame seinen Ausweis hin.

»Oh, vielleicht ist sie mit ihrem Hund unterwegs. Dann kommt sie sicher gleich wieder.«

»Nein, wir konnten sie auch auf ihrem Handy nicht erreichen.«

»Lass uns die Tür aufbrechen«, schlägt Chris vor und untersucht die Tür auf Schwachstellen.

»Ich habe einen Zweitschlüssel. Moment.« Die Frau fingert sich durch die diversen Schlüssel an dem Bund. Er würde ihn ihr am liebsten entreißen. Hitze steigt ihm am Hals hinauf.

»Da klingelt ein Handy in der Wohnung.« Chris drückt sein Ohr ans Türblatt. »Klingt wie deins, Jake.«

»Hier ist er.« Die Frau hält einen Schlüssel hoch.

Jake schnappt ihn sich und schließt die Tür auf.

»Ina?«

Er rennt durch die Räume. Da ertönt wieder sein Klingelton, aus dem Wohnzimmer. Auf der Couch liegt Tobi auf seiner Jacke, tief schlafend. Er läuft hin, schiebt Tobi vorsichtig zur Seite und klopft die Jacke ab. Endlich findet er sein Handy, holt es hervor und Inas Profilbild lächelt ihn vom Display an. »Ina, wo bist du?«

»Bei Eve, meiner Bekannten von der ich dir gestern Nacht erzählt habe.«

»Was?« Er stellt auf Lautsprecher.

»Ich soll dir sagen, dass ihr die Straßensperren abziehen sollt. Sonst lässt sie mich nicht frei.«

»Lass mich mit ihr sprechen.«

»Nein, das will sie nicht.«

»Wo seid ihr?«

»Das darf ich nicht sagen. Ihr sollt einfach alle Straßen freigeben.« Das Gespräch wird unterbrochen.

Das darf nicht wahr sein. Warum ausgerechnet Ina?

Sein Kopf füllt sich mit Watte. Darf er kein Glück mehr vom Leben erwarten? Chris klopft ihm auf die Schultern, holt ihn zurück, er muss jetzt funktionieren.

»Sagst du den Kollegen, sie sollen Inas Handy orten, schauen, wo es zum letzten Mal eingeloggt war. Dann können wir eingrenzen ...«

Chris nickt. »Ich habe es schon weitergegeben.«

Wieder klingelt sein Handy.

»Ina?«

»Jake, versuch nicht, mich hinzuhalten.« Majas Stimme schneidet tief in seine Gedanken.

»Ich kenne eure Tricks. Ich habe nichts zu verlieren, sobald ich einen Polizisten sehe, werde ich Ina töten.« Wieder wird die Leitung unterbrochen.

Chris gibt Majas Warnung an die Einsatzzentrale weiter. »Okay, dann kommen wir zu euch.«

»Sie konnten das Handy orten«, informiert Chris ihn. »Sie ziehen die Streifen gerade aus dem Gebiet ab.«

Jake überlässt es Chris zu fahren. Er fühlt sich wie in Watte gepackt. Angefangen im Kopf, der keinen klaren Gedanken fassen kann, bis hinunter zu den Knien. Angst lastet auf ihm. Chris hat Tobi zur Nachbarin gebracht und gebeten einen Tierarzt zu kontaktieren.

Im Polizeipräsidium wartet Max auf sie. Er winkt sie zu sich. Mit einem Kaffee in der Hand steht er mit drei Kollegen vor einem Bildschirm. »Gut, dass ihr kommt.« Max reicht ihm die Tasse und dankbar trinkt Jake ein paar Schlucke.

»Sie fahren jetzt Richtung Süden, sie sind von der A 60 auf die A 61 gewechselt. Die Kollegen sind an ihnen vorbei gefahren. Frau Wegener fährt den Wagen, der Beifahrersitz ist frei. Aber es könnte sein, dass sich jemand im Fußraum auf der Rückbank versteckt. Genau können sie es nicht überprüfen, das wäre zu auffällig gewesen.«

»Das Handy ist noch an?«

»Ja.«

Jake zieht die Stirn kraus und schüttelt den Kopf. Allmählich kann er wieder klar denken. »Warum ist das Handy an? Warum hat sie es noch bei sich?«

»Tja, das frage ich mich allerdings auch. Solche Fehler macht Maja nicht, dazu kennt sie unsere Vorgehensweisen zu gut.«

Max schaut ihn an. »Wir müssen eine Entscheidung treffen.«

»Ja. Könnt ihr sie gefahrlos zum Anhalten bringen?«

»Gut, wir können einen Stau fingieren, um sie zu stoppen. Sie fahren gleich in einen Baustellenbereich. Wenn wir eine Fahrbahn blockieren, kann eines unserer Fahrzeuge einen Blick ins Innere werfen. Oder sehen, ob Frau Wegener Instruktionen erhält oder sich insgesamt auffällig verhält. Dann können wir entscheiden, ob wir zugreifen.«

»Hört sich nach einem vernünftigen Plan an. Hauptsache, ihr gefährdet niemanden.«

»Wir bringen Frau Wegener wohlbehalten zurück, keine Sorge.«

24. März, fünf Jahre zuvor

Denn selbst du stehst nicht an meiner Seite …

Alleine kann ich die Aufgabe nicht stemmen, das wird mir nun klar. Damit hat mein Leben seinen Sinn verloren. Nur der Glaube, die Hoffnung daran, dass sie sich verantworten müssen, hielt mich all die Jahre aufrecht. Jetzt wird es Zeit, meinem erbärmlichen Leben ein Ende zu setzten. Die Erinnerungen werden mit mir begraben. Und das ist gut so, denn sie sind ein Teil von mir.

Eines noch. Wenn du schon mich nicht retten konntest, es gibt so viele, die leiden und nicht so stark sind wie du. Hilf ihnen, sich aus der Gewalt zu lösen, ja erlöse sie.

Leb wohl, geliebte Schwester
Dein Jan

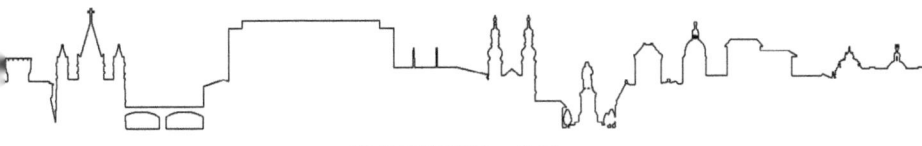

KAPITEL 62

Freitag, 23.3., am Nachmittag

»Schon seltsam, da denkt man, jemanden zu kennen und dann das.« Chris steht neben Jake in Majas Zuhause. Eine schicke Neubauwohnung mit lichtdurchfluteten Räumen. Nüchtern eingerichtet, genauso wie er es bei Maja vermutet hätte. Zusammen mit allen verfügbaren Kollegen, suchen sie unter Hochdruck nach Hinweisen, wohin Majas Flucht führen könnte. Sie selbst nehmen sich das Arbeitszimmer vor. Dort stapeln sich Akten auf dem Schreibtisch. Auf der rechten Seite zuoberst, die der drei Opfer. Er nimmt sich eine Akte aus der Mitte des Stapels. Den Namen und das Foto kann er einem der Fälle, die er gestern durchgearbeitet hat, zuordnen. Auch die Nächste passt zu den Vergleichsfällen, die er aussortiert hat. Er blättert durch weitere.

»Die kenne ich alle.« Er kann es selbst kaum glauben. So viele Tötungen und keiner hat bisher einen Zusammenhang vermutet.

Jake liest in der Akte von Ludger Wegener. »Sie hat ausführlich Buch geführt. Neben den polizeilich erfassten Straftaten hat sie auch die Information, die sie von Ina hat, aufgeschrieben.«

»Apropos Ina. Hat Max gesagt, wann sie vernehmungsfähig ist?«

»Nein, sie bringen sie in ihre Wohnung. Sie ist ziemlich mitgenommen. Zumindest konnte sie uns sagen, wo sie Maja abgesetzt hat und dass sie einen Leihwagen geordert hat. Die Kollegen sind schon bei der Autovermietung. Dann wissen wir, mit welchem Wagen Maja unterwegs ist. Für Ina haben sie eine Kollegin abgestellt, sie wollte nicht allein bleiben. Die gibt Bescheid, sobald Ina sich so weit gefasst hat, dass sie eine Aussage machen kann.«

Chris nickt. Er hätte sich Vorwürfe gemacht, wenn Ina etwas passiert wäre. Wenn er Jake gleich in seine Überlegungen eingeweiht hätte und ihnen die Taktik des Mörders klar gewesen wäre, hätten sie Ina die Entführung ersparen können.

»Dann lass uns mal schauen, ob wir einen Hinweis finden, wo Maja stecken könnte.« Er liest in der Akte von Holger Maisch. »Hier genauso, sie hat Frau Maisch mehrmals untersucht und sie bedrängt, endlich Anzeige zu erstatten. Mit seinen Kolleginnen hat sie auch gesprochen.«

»Okay, dann schauen wir, ob wir noch etwas finden. Sie muss einen Notfallplan haben. Wir sind ihr zu früh zu nahe gekommen, sonst hätte sie nichts zurückgelassen«, entscheidet Jake.

Systematisch durchforstet er die Unterlagen im Arbeitszimmer. Er öffnet eine Schreibtischschublade, schiebt die Büroutensilien zur Seite. Der Brieföffner erregt seine Aufmerksamkeit. Während die Klinge schlicht gearbeitet ist, ähnelt der obere Teil einem zylindrischen Pfeilschaft, wobei die Befiederung aus geometrischen Symbolen besteht, ähnlich wie beim Tetrisspiel.

»Schau dir den Brieföffner genau an«, bittet er Jake, der in der Nähe steht.

Jake betrachtet den Gegenstand. »Sieht seltsam aus. Der Knauf ist ziemlich unhandlich.«

»Könnte ein Safeschlüssel sein.«

Jake nickt.

»Ja, stimmt. Alle mal herhören, wir suchen einen Safe.«

Die Kollegen schwärmen aus und schnell werden sie fündig. Im Ankleidezimmer, als Sitzgelegenheit getarnt, steht ein Safe. Sie versammeln sich in dem Raum und Chris öffnet mit dem Schlüssel die Tür.

Mit der Handy-Taschenlampe leuchtet er hinein.

Obenauf liegen Mappen mit Papieren, darunter, eingeschweißt in Vakuumbeutel, Kleidungsstücke. Alles persönliche Gegenstände der Opfer, penibel mit deren Namen beschriftet. Darunter auch Andreas Jungs und Holger Maischs Kleidung und ihre Handys. Bei der Menge der Funde wird Chris schwindelig. Was hat Maja zu so vielen Taten angetrieben?

»Was ist das denn?« Er blättert in einer der Mappen, darin liegen handgeschriebene Blätter. Er überfliegt das Schreiben.

»Scheint der Abschiedsbrief von Jan Reimer zu sein.«

»Lies doch laut«, schlägt Jake vor.

Die beiden ziehen sich in die Wohnküche zurück, dem einzigen gemütlichen Raum, der genauso wenig die Maja widerspiegelt, die sie glaubten zu kennen. Chris setzt sich an den Tresen mit Blick auf die Straße, die Kräuter auf dem Fensterbrett verströmen den Duft der Toskana.

Meine Liebe,
Es ist Zeit Abschied zu nehmen. ...

KAPITEL 63

Freitag, 23.3., in der Dämmerung

»Von wann ist der Brief?«, fragt Jake als Chris fertig gelesen hat.

»Ohne Datum. Warte, ich schaue in der E-Mail des Nachlassgerichts, da steht das Todesdatum.«

Jake holt derweil ein weiteres Schriftstück aus der Mappe. »Hier ist ein Schreiben von einem Anwalt an Jan Reimer, der vor ziemlich genau fünf Jahren verschickt wurden. Er weist ihn darauf hin, dass die Anschuldigungen wegen Kindesmissbrauch zu vage wären, um die Täter zu verurteilen. Es wäre zu viel Zeit vergangen, sodass seine Aussage angezweifelt werden könnte. Die Gegenüberstellung mit den Verdächtigen könnte ebenso angezweifelt werden, da er zu jung war. Die Anschuldigungen gegen das Kinderheim wären so lange haltlos, bis seine Schwester oder ein anderer Geschädigter seine Aussage bestätigt. Hört sich für mich an, als wäre das der Auslöser für den Suizid gewesen.«

»Maja hat nie von ihrer Familie geredet. Eigentlich nie viel über die Vergangenheit. Hier, der 24. März 2013 wird als Sterbedatum angegeben.«

»Das passt hierzu, das Schreiben ist vom 20.3.2013. Der Brief des Anwalts war der Auslöser.«

Chris zeigt auf die Akte in seiner Hand. »Was steht da sonst noch?«

»Die Korrespondenz zwischen Herrn Reimer und dem Anwalt.« Er blättert durch die Seiten und liest: »Meine Schwester und ich wurden von unseren Eltern geschlagen und missbraucht und an Freunde meines Vaters vermittelt. Die Beurteilungen des Jugendamts lege ich bei. Als ich fünf und meine Schwester zwölf Jahre alt waren, kam der Betreuer vom Jugendamt regelmäßig zu uns. Aber er hat nichts unternommen. Wir haben uns natürlich nicht getraut, etwas zu sagen. Nachdem unsere Eltern durch den Brand ums Leben gekommen sind, kamen wir in ein Kinderheim.«

»Brand?«

»Warte, hier in der Beurteilung des Jugendamts steht, dass sie von einem erweiterten Suizid ausgegangen sind. Die Eltern wollten sich der Bestrafung entziehen, doch die Kinder konnten gerettet werden. Die Schwester hat dafür gesorgt, dass sie die Tabletten erbrochen haben und deshalb nicht bewusstlos waren, als der Vater das Feuer gelegt hat. Danach kamen sie in ein Kinderheim.«

»Und dann wurden sie zu Pflegeeltern vermittelt, die sie auch missbraucht haben?«

Er blättert durch die Unterlagen. »Nein, schon im Kinderheim ging der Missbrauch weiter, darauf bezieht sich sein Abschiedsbrief. Das Heim wurde vor zehn Jahren geschlossen.«

Chris stellt sich neben ihn und schaut sich die Unterlagen mit an.

»Hier sind Listen mit den Namen der Heimleitung und von Pflegeeltern, darunter zahlreiche Namen, vermutlich die der Heimkinder.«

Werden sie hier das Motiv finden? Warum sonst sollte Maja die Unterlagen in ihrem Safe aufbewahren? Wem ist sie auf der Spur gewesen und warum hat sie nicht die Polizei eingeschaltet?

»Glaubst du, dass unsere Toten etwas damit zu tun haben?«, fragt Chris ihn.

»In dem Brief gibt ihr Bruder ihr den Auftrag, die Opfer zu schützen. Ich vermute, sie hat nach neuen Opfern gesucht und diese durch die Tötung der Täter befreit. Dafür sprechen auch die ausführlichen Akten, die wir hier haben. Dort finden wir die Gründe für jede einzelne Tat.«

Jake greift zu einem Stapel Blätter, den er zur Seite gelegt hat. »Was mich mehr beunruhigt, sind diese Unterlagen über die damaligen Täter. Ein großer Teil ist bereits verstorben, wenn das Kreuz mit Datum für den Todestag steht. Aber nicht alle. Was, wenn Maja geplant hat, auch die in naher Zukunft zu töten. Wir müssen die Daten der möglichen Personen überprüfen und die lokale Polizei informieren.«

»Glaubst du wirklich, dass Maja zum Racheengel mutiert ist? Bisher hat sie alles darangesetzt, nicht überführt zu werden«, fragt Chris.

»Ehrlich gesagt, kann ich mir alles vorstellen. Sie hat bisher die Taten genau geplant und die Opfer ausgesucht. Die Spuren gezielt auf jemand anderen geleitet und die Leute in den Suizid getrieben oder selbst Hand angelegt.«

»Dann hat sie den Tod von Unschuldigen in Kauf genommen, um ihrer Rache nachzukommen.«

»Denen wirft sie vor, die Augen geschlossen und den Mund nicht aufgemacht zu haben, sodass die Täter weitermachen konnten. Ähnlich der Vorwürfe ihres Bruders an sie.«

»Dass sie die Tücher im Rachen versteckt hat und die Verstümmelungen der Augen sind neu. Sie muss etwas entdeckt haben, was sie darauf gebracht hat. Oder sie wollte auf etwas aufmerksam machen.«

»Sie hätte ihre Unterlagen auch einfach an die Polizei übergeben können.«

»Vielleicht hat sie keinem getraut. Es gibt immer wieder Fälle, bei denen Beweismittel verschwinden.«

Chris nickt. »Könnte es sein, dass sie uns bewusst auf ihre Spur geführt hat? Weil sie uns zutraut, der Sache auf den Grund zu gehen.«

»Möglich, daran habe ich auch schon gedacht. Die Antwort liegt irgendwo hier.«

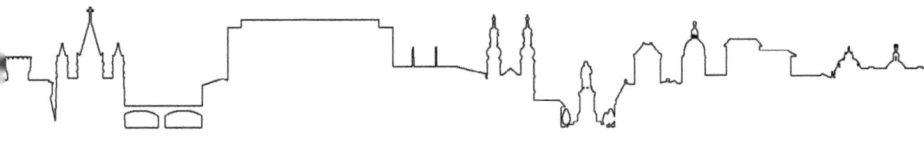

KAPITEL 64
Freitag, 23.3., am Abend

JAKE REIBT SICH DIE AUGEN und streckt sich. Zusammen mit Chris, Britta und zwei weiteren Kollegen quälen sie sich seit Stunden durch die Berge von Unterlagen, die sie in Majas Wohnung sichergestellt haben. Unglaublich, wie viele Hinweise und Informationen die Geschwister an de Beecke zusammengetragen haben. Wenn alle aufgeführten Kinder missbraucht wurden, ist es unfassbar, dass nie etwas an die Öffentlichkeit gedrungen ist. Ein kleiner Tropfen hätte gereicht, um das Fass zum Überlaufen zu bringen, um eine Welle auszulösen, die alle Beteiligten entlarvt hätte. Er greift zum nächsten Hefter. »Hier wurden einige Seiten herausgerissen.« Sofort schlägt sein Jagdinstinkt an. Er liest den Namen auf dem Aktendeckel vor: »Volker Blümel.«

Chris tippt den Namen in den Computer. »Hast du sonst noch etwas für mich?«

»Hier ist ein Bericht aus der Allgemeinen Zeitung Ludwigshafen. Der Bauunternehmer Blümel wurde geehrt, weil er den Bau einer Kindertagesstätte finanziell unterstützt hat.«

»Dann muss es der hier sein. Dem Geburtsjahr nach zu urteilen, handelt es sich eher um einen Täter als um ein Opfer.«

Jake umrundet den Schreibtisch und schaut Chris über die Schulter.

»Das darf nicht wahr sein, hier.« Mit dem Finger zeigt Chris auf einen Eintrag in der Polizeiakte. »Es gab eine Ermittlung gegen ihn, weil ein Junge angegeben hat, dass er mehrmals gezwungen wurde, ihm beim Onanieren zuzuschauen, und hat ihn aufgefordert seine Erektion anzufassen! Das war vor fünf Jahren.«

»Und die Anzeige wurde nach drei Wochen zurückgezogen«, bemerkt Jake.

Schweigen breitet sich im Raum aus. Die anderen haben ihre Arbeit unterbrochen, starren herüber. Britta schüttelt leicht den Kopf.

»Wir müssen die zuständige Polizei unterrichten. Die sollen sofort eine Streife vor sein Haus stellen und ihn informieren.« Jake geht zurück an seinen Platz. »Machst du das?«, bittet er Chris, der weiter auf den Bildschirm starrt.

Während Chris mit der anderen Dienststelle telefoniert, liest Jake den Zeitungsbericht. Blümels gute Tat liegt nicht einmal ein Jahr zurück. Auf dem Foto scharen sich strahlende Kinder, jedes mit einem Spielzeug in der Hand, um ihn. Die Ausstattung wurde ebenfalls von ihm gespendet.

»Die Kollegen schicken eine Streife hin. So, wie es sich angehört hat, ist er sehr beliebt, ein Förderer der Stadt.«

»Kein Wunder, dass die Kinder kein Gehör finden, wenn sie sich tatsächlich trauen, etwas zu sagen«, wirft Britta ein.

Jake mustert sie. Ihre älteste Tochter hat sie vor einem halben Jahr zur Oma gemacht und Britta unterstützt die alleinerziehende Mutter, wo sie kann, was bei einem aufwendigen Fall wie diesem schwierig ist. »Du siehst müde aus und auch ihr anderen, wir machen morgen weiter«, schlägt er deshalb vor. »Chris und ich werden prüfen, ob es mehr Akten mit herausgerissenen Seiten gibt.«

»Das machen wir gemeinsam«, widerspricht Britta, »dann kommt ihr auch früher ins Bett, war für uns alle ein langer Tag.«

Die anderen nickten zustimmend und er gibt sich geschlagen.

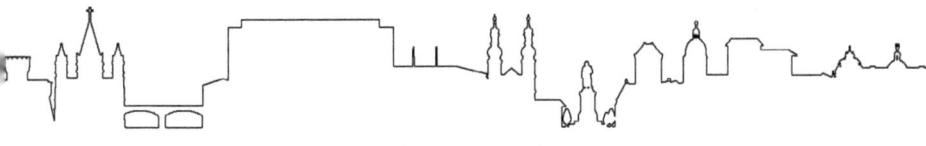

KAPITEL 65
Freitag, 23.3., am späten Abend

»Jake, ist dir aufgefallen, dass viele Namen der Kinder unterstrichen sind?« Chris zeigt ihm den Ausdruck.

»Ja, fast alle. Warum? Hast du eine Erklärung dafür?«

»Ich denke, dass die alle tot sind. Ich habe zehn überprüft, drei haben keine aktuelle Meldeadresse in Deutschland, sieben sind bereits gestorben, davon fünf durch Suizid. Bei den nicht unterstrichenen Namen habe ich drei geprüft und alle haben eine aktuelle Meldeadresse.«

»Da frage ich mich allerdings, wie Maja oder ihr Bruder an die Infos gekommen sind?«, Jake schaut ihn an.

»Stimmt, Maja hat keinen Zugriff auf unsere Systeme.«

Plötzlich erkennt er, worauf Jake hinauswill. Die Röte schießt ihm ins Gesicht.

»Kann sie deinen Zugang genutzt haben?«

Er starrt Jake an, während es in seinem Kopf arbeitet. »Deshalb hat meine private Recherche solche Wellen geschlagen. Ich bin nie auf die Idee gekommen zu fragen, wie viele Abfragen mir vorgeworfen werden. Wenn zu den paar, die ich gemacht habe, die alle dazugekommen sind, kann ich verstehen, dass das so hochgekocht wurde.«

»Hat Maja dein Passwort?«

»Na ja, das ist nicht schwer zu knacken, wenn man den Namen meiner Frau kennt.«

»Oh, Mann, Chris. Alleine dafür hast du den Verweis verdient!«

Er reibt seinen Nacken. »Das hört sich zwar wie eine lahme Ausrede an. Aber wenn ich darüber nachdenke, hat Maja mich darauf gebracht, mir die Informationen über die männlichen Kontakte meiner Frau so zu verschaffen. Zumindest darin bestärkt.«

»Sieht aus, als hätte Maja alle Strippen gezogen.«

Das Telefon klingelt.

»Muth.«

»Polizeiinspektion Ludwigshafen 1. Wir haben Informationen zur Fahndung nach Maja an de Beecke.«

»Haben Sie eine Spur von ihr?« Chris schaltet den Lautsprecher an.

»Wir haben den Wagen gefunden. Er wurde im Anwohnerparken abgestellt. Ein aufmerksamer Bürger hat sich darüber aufgeregt. Nach seinen Angaben ist die Fahrerin nicht in eines der Nachbarhäuser gegangen. Die Kollegen sind hin und haben gerade das Kennzeichen durchgegeben.«

»Die Streife soll dortbleiben, wir kommen.«

»Das geht nicht, wir haben zwei Straßen weiter einen Großeinsatz wegen eines Hausbrandes.«

KAPITEL 66

Freitag, 23.3., des Nachts

»Biegen Sie in 200 Metern rechts ab. ... In 300 Metern haben Sie Ihr Ziel erreicht.« Zuverlässig hat das Navigationssystem Jake durch die Nacht nach Ludwigsburg manövriert.

»Riecht schon nach Rauch.« Jake schaltet die Umluft im Wagen ein und biegt gemäß der Anweisung des Navis nach rechts ab. Trotz der späten Stunde versperrt eine Meute von Schaulustigen die Straße, angezogen vom blauen Blinklicht der Einsatzfahrzeuge. Zum Teil im Schlafanzug unterm Wintermantel.

Er parkt den Wagen und sie bahnen sich einen Weg durch die Menge. Der Beamte an der Absperrung wirft einen kurzen Blick auf ihre Ausweise und deutet auf eine Gruppe von drei Leuten. »Der in der Lederjacke ist der Einsatzleiter.«

»Danke.« Jake bleibt einen Moment stehen und betrachtet das Haus. Es hat nicht lange gedauert, um herauszufinden, dass der Großeinsatz der Kollegen bei der Wohnanschrift des möglichen nächsten Opfers ist.

Durch die Scheinwerfer der Feuerwehr hell erleuchtet ragt das Haus in den Nachthimmel, die Umgebung darum verschwindet in der tintenschwarzen Nacht. Die Fensterscheiben geborsten, rußige Zungen über den schwarzen Löchern. Aus dem halbzerstörten Dachstuhl steigen an verschiedenen Stellen Rauchschwaden auf. Drei Löschzüge sind im Einsatz. Eine Truppe bereitet sich gerade darauf vor, das Haus zu betreten.

»Meinst du, Maja hat den Brand gelegt?«, fragt Chris neben ihm.

»Das werden wir sicher gleich erfahren.«

»Sind Sie die Kollegen aus Mainz?«, fragt jemand hinter ihnen.

Jake dreht sich um und bemerkt den Einsatzleiter. »Ja, Jacob Imhof und das ist mein Kollege Christoph Muth.«

»Ralf Rath.«

»Haben Sie schon Erkenntnisse über den Hergang?«

»Nach Ihrem Anruf ist sofort ein Team hergefahren. Auf das Klingeln hat niemand reagiert. Der Nachbar von Gegenüber hat die Kollegen angesprochen. Er hat beobachtet, wie Herr Blümel rund zwanzig Minuten zuvor fluchtartig mit dem Wagen weggefahren ist. Der Zeuge ist sicher, dass Herr Blümel alleine im Auto saß. Hatten Sie ihn vorab selbst über die mögliche Gefahr informiert?«

»Nein, das wollten wir Ihnen überlassen, man kann nie wissen, wie jemand, auf die Nachricht in Lebensgefahr zu sein, reagiert.«

»Genau, deshalb haben wir sofort ein Team hingeschickt. Nun, wir werden sehen, ob es eine Erklärung für sein Verhalten gibt. Erreichen können wir ihn momentan nicht.«

»Und wie kam es zu dem Brand?«

»Noch während des Gesprächs mit dem Nachbarn gab es mehrere Explosionen im Haus. Bevor sich die Anwesenden darüber einigen konnten, ob es tatsächlich von dort oder von weiter weg gekommen war, konnten sie Flammen durch die geschlossenen Fenster sehen. Als die Feuerwehr eintraf, brannte das Haus lichterloh. Da müssen Brandbeschleuniger im Spiel gewesen sein. Unsere Experten ermitteln bereits. Sie können sich verschiedene Szenarien vorstellen, die eine verzögerte Entzündung des Brandmaterials ausgelöst haben. Herr Blümel ist Sprengstoffmeister, er besitzt auch ein Abbruchunternehmen. Wir können nicht ausschließen, dass sich entsprechendes Material bei ihm im Haus befindet. Genaueres erfahren wir nach der Begehung und der Auswertung des Materials. Deshalb habe ich nicht gleich ein Team hineingeschickt. Wir können nur hoffen, dass niemand drinnen war.«

»Herr Blümel ist alleinstehend?«

»Seine Frau ist vor einigen Jahren gestorben und seine Kinder kommen nur selten zu Besuch. Das Übliche.«

»Sonst gibt es keine Auffälligkeiten?«, fragt Jake beiläufig.

»Nein, er ist ein sehr angesehener Bürger der Stadt.«

»Nun, es gibt eine Akte über ihn.« Vorsichtig tastet er sich an das Thema heran.

»Wenn Sie auf die Anschuldigungen der Kinder anspielen, das waren Lügen. Volker gehört zu den Leuten, die offen auf andere zugehen und Körperkontakt suchen. Das wird schnell falsch verstanden oder aufgebauscht.«

»Es gab mehrere Vorfälle?«, fragt Jake.

»Keine Vorfälle!« Ralf Rath hebt beide Hände und zeichnet Anführungsstriche mit den Fingern in die Luft. »Das waren haltlose Anschuldigungen.« Bevor sich der Einsatzleiter in Rage reden kann, unterbricht ihn das Knacken seines Funkgeräts, eine Stimme meldet sich.

»Wir sind auf eine Leiche gestoßen. Ziemlich verkohlt.«

KAPITEL 67

Samstag, 24.3., am Nachmittag

»Ina.« Jake tritt aus dem Schatten der Unterführung.

Als sie sich zu ihm umdreht und ihm ein Lächeln zuwirft, beschleunigt sich sein Puls.

»Jake. Lauerst du mir auf?« Sie hält Tobis Leine fest, der daran zieht, um Jake gebührend zu begrüßen.

»Könnte man so sagen.« Er nähert sich zögerlich. »Wie geht es dir?«

»Gut, danke. Es tut mir leid, dass ich Maja zur Flucht verholfen habe.«

»Mach dir keine Gedanken. Du hast richtig gehandelt, bist ihren Anweisungen gefolgt. Auch als sie nicht mehr in deiner unmittelbaren Nähe war, standest du unter Schock, da handelt man nicht rational.«

Gemeinsam laufen sie Richtung Rheinufer. Tobi tollt zwischen ihnen hin und her und verheddert sich in der Leine. Das Betäubungsmittel in der Leberwurst, die Maja ihm gegeben hat, hat ihm nicht geschadet. Ina hat ein Einsehen und macht die Leine los.

»Nein, aber da war noch etwas.« Ina bleibt stehen.

»Was meinst du?«

»Maja hat mir ihr Motiv erklärt und ich kann sie gut verstehen.«

»Was hat sie dir erzählt?«, fragt Jake interessiert daran die Ermittlungsarbeiten mit Majas Erzählung abzugleichen.

»Von dem Missbrauch an ihr und ihrem Bruder. Du kannst dir nicht vorstellen, was sie erdulden mussten. Erst bei den Eltern und dann im Kinderheim. Da steckt eine ganze Organisation dahinter. Die haben alle Behörden infiltriert, da hast du keine Chance dagegen anzukommen. Daran ist ihr Bruder zerbrochen. Sie hat seinen Auftrag, die Schwachen zu beschützen, aufgenommen. Darum ist sie zur Mörderin geworden.«

»Die Schwachen beschützen. Hat sie es so ausgedrückt?«

»Ja. Sie wollte, dass ich verstehe, warum sie Ludger umgebracht hat. Ich hatte ihr erzählt, dass er mich mehrmals übel zugerichtet hat, genau wie Holger seine Frau. Davon habe ich Maja auch erzählt. Bei

Andreas weiß ich nicht, was er getan hat. Sie meinte nur, er hätte die Migranten für seine Zwecke ausgenutzt.« Ina streicht eine Haarsträhne hinters Ohr. »Glaubst du, ich habe Mitschuld? Schließlich ist sie durch mich auf ihre Opfer gekommen.«

»Nein, darüber darfst du gar nicht nachdenken. Sie trägt die Schuld. Wir haben Hinweise, dass sie nicht nur die Gewalttäter, sondern auch diejenigen getötet hat, die vor den Taten die Augen verschlossen haben. Das war der Grund, warum Maja zu dir gekommen ist.«

»Das glaube ich nicht. Zuerst, da war sie sehr wütend. Aber später im Auto, wurde sie ruhiger. Sie hat mich nicht bedroht, weißt du, sie wollte reden. Sie war nicht sauer auf mich, sondern auf deinen Kollegen Muth.«

»Auf Chris, Christoper Muth?«

»Ja, sie sagte, sie hätte gerade alle Beweise zusammen gehabt, dass der Ring der Missbrauchstäter immer noch tätig ist. Die ganze Zeit hatte sie gedacht, die hätten aufgehört, aber gerade als sie dem letzten Puzzleteil auf der Spur war, kam Chris.«

»Du meinst den Angriff auf Chris?«

»Wenn der in der Nacht meiner Entführung war, ja. Sie musste verschwinden, deshalb ist sie bei mir aufgetaucht. Ihr war klar, dass sie mich als Druckmittel benutzen konnte.«

»Dann hat sie in dieser Nacht den Entschluss gefasst, die Täter von damals zu töten?«

»Da bin ich mir nicht einmal sicher, es hat sich eher so angehört, dass sie sie zu einem Geständnis bringen will. Sie will, dass sie zur Rechenschaft gezogen werden, so waren ihre Worte.«

»Bist du dir sicher?«

»Ich habe es zumindest so verstanden. Das müsst ihr sie selbst fragen.«

»Das geht leider nicht. Maja ist tot.«

Ina bleibt stehen. Ihre Lippen bewegen sich, doch kein Laut löst sich aus ihrer Kehle. Dann ein leises: »Wie?«

»Das sind laufende Ermittlungen, ich darf nicht darüber sprechen.«

»Klar.« Ina nimmt Tobi auf den Arm und drückt ihn an sich.

Jake überlegt, *morgen wird alles in der Zeitung stehen, dann braucht Ina nur noch die richtigen Schlüsse zu ziehen, die notwendigen Informationen hat sie schon. Also, was soll's.*

»Soweit wir es rekonstruieren können, ist Maja zu einem der damaligen Täter gefahren. Ob sie gewaltsam ins Haus eingedrungen ist oder er sie reingelassen hat, wissen wir noch nicht, weil das Haus ausgebrannt ist, zusammen mit Maja. Die Leiche wurde gefesselt aufgefunden. Wir vermuten, dass der Eigentümer den Brand gelegt hat. Danach ist er untergetaucht. Wir fahnden nach ihm, haben aber noch keine Spur.«

»Verbrannt? Ist es denn sicher Maja?«

»Wir haben sie an ihrem Armband identifiziert. Der DNS-Abgleich läuft.«

»Das tut mir so leid.«

»Sie war eine Mörderin.«

»Ach, Jake. Hast du überhaupt den Hauch einer Ahnung, wie es ist, ein Opfer zu sein?«

Ohne einen weiteren Blick geht Ina weiter. Mit wenigen Schritten Abstand folgt er ihr. Plötzlich dreht sie sich um. Immer noch drückt sie Tobi an sich, der versucht, dem Klammergriff zu entkommen.

»Weißt du, wie es ist, wenn die Angst dein Leben bestimmt, nein, dein Leben Angst ist? Du versuchst, dich kleinzumachen, unsichtbar zu werden. Es gibt keinen sicheren Zufluchtsort. Also gibst du dich auf. Deine Persönlichkeit verflüssigt sich. Du bist anwesend, aber nicht da. Du bist nichts. Und genau so behandeln sie dich.«

Er berührt sanft ihre Schulter, nimmt ihr Tobi ab. »Das entschuldigt keinen Mord.«

»Mag sein. Ich wäre jetzt gerne allein.«

»Okay. Darf ich dich anrufen?«

Er setzt Tobi auf den Boden und reicht Ina die Leine.

Sie zögert einen Moment. »Ich melde mich bei dir.«

Ein kurzer Blick, dann geht sie davon.

Lange schaut er ihr hinterher. Die Kälte kriecht unter seine Jacke.

KAPITEL 68

Samstag, 24.3., Feierabend

CHRIS PACKT DIE UNTERLAGEN IN Kisten. Er hat sich freiwillig zum Aufräumen gemeldet, um den Fall für sich abzuschließen. Sein erster Fall im K11. Triumph verspürt er keinen, nicht einmal Erleichterung über den erfolgreichen Abschluss.

Jake hat ihn lobend im Bericht erwähnt. Daraufhin hat Chris mit seinem Vorgesetzten gesprochen, der seinen Versetzungsantrag unterstützt. Bis die Formalitäten erledigt sind, wird er weiterhin ans K11 ausgeliehen. Dafür schiebt er gerne Überstunden am Samstag. So vergeht die Zeit bis zu seinem Date mit Sammy heute Abend schneller.

In Gedanken versunken blättert er durch die Akten. Jetzt da Maja tot ist, können die in Ruhe von einem anderen Team gesichtet werden. Sie können die drei Fälle als geklärt abgelegen, ebenso wie die anderen Fälle. Die Mitteilungen an die betroffenen Dienststellen sind raus. Die prüfen an Hand der vorliegenden Beweise, ob die Taten von Maja begangen wurden.

Chris geht eine Bemerkung von Jake nicht aus dem Sinn. Wurde Volker Blümel vor Maja gewarnt? Alles deutet darauf hin, dass er Maja erwartet hat. Ob sie ihren Besuch angekündigt hat, um ihn aus der Reserve zu locken? Wer sonst soll ihn informiert haben? Sein Gedankenkarussell dreht sich immer wieder von vorne.

Gibt es die Organisation noch?
Wer ist der Mittelsmann? Jemand bei der Polizei?
Und wie hat der erfahren, dass Maja der Organisation auf der Spur war?

Alle an der Ermittlung Beteiligten haben sie überprüft. Auch Pierre wurde befragt, schließlich wäre er beinahe Majas viertes Opfer in Mainz geworden.

Chris schließt die Kiste, beschriftet sie und schreibt eine Notiz, weil er eine Mappe zurückhält, damit alles seine Richtigkeit hat. Die Anzahl der Akten wurde festgehalten und auch wo sie sichergestellt wurden. Die Stapel auf Majas Schreibtisch haben Jake und er alle vor Ort durchgeblättert, bevor sie ins Präsidium gebracht worden sind. Jake wäre der Name auf der Akte nicht zwingend aufgefallen, aber eine völlig leere hätte er sofort als mögliches Opfer klassifiziert und weitere Schritte eingeleitet.

Ist der Inhalt tatsächlich verschwunden? Und wenn ja, wie?

Chris öffnet den Aktendeckel mit Pierres Namen, als wolle er sich vergewissern, dass tatsächlich nichts darin ist.

Pierre hat bei der Befragung angegeben, von Maja angemacht worden zu sein. Eine sexuelle Beziehung und dass er sie vorher gekannt hat, hat er bestritten. Aber allein die Befragung hat bewirkt, dass Sandra ihn aus der Wohnung geworfen hat. Seine Kinder wohnen noch dort. Doch den Ausgang einer Trennung auf Probe kennt Chris.

Warum soll es Pierre da besser ergehen als ihm?

Er legt die Akte in seinen Schreibtisch. Vielleicht vermutet er einfach zu viel dahinter? Vielleicht braucht er Abstand, um klar darüber zu urteilen? Vielleicht haben sie die leere Akte schlicht übersehen? Aber sein Bauchgefühl einfach übergehen, kommt nicht in Frage. Die Akte wird ihn daran erinnern, dem Geheimnis nachzugehen, falls es eines gibt.

Jetzt wird es erst Zeit, die geheime Welt der Mainzer Singleszene auszuleuchten. Es wird sicher nicht einfach, die passende Frau für sich und seine Tochter zu finden.

Nachwort und Danksagung

Es war ein langer, steiniger Weg, den ich gerne gegangen bin. Denn wer mich kennt, weiß, dass ich Herausforderungen liebe. Wenn ich mich an die Grundidee des Romans erinnere und das Ergebnis resümiere, bin ich selbst erstaunt. Und frage mich, ob das Projekt mehr an mir oder ich an ihm gewachsen bin.

Begleitet und unterstützt haben mich viele, mache unbewusst, andere mit Rat und Tatendrang. Die Aufzählung wird nicht abschließend sein, weil viele Anregungen erst gedeihen durften und ich die Quelle nicht zuverlässig benennen kann. Deshalb vorab herzlichen Dank an alle, die Teil des Projekts ›Wer Verfehlung deckt‹ waren. Dieser Dank geht auch an dich, liebe Leserin und lieber Leser, denn du bist mein Motivator Geschichten zu erfinden und diese niederzuschreiben.

Professionelle Unterstützung bei meiner Recherche zur Ermittlungsarbeit habe ich mir bei der Pressestelle der Mainzer Polizei geholt. Dort wurde meine seitenlange Frageliste mit viel Geduld bearbeitet. Deshalb kommt dir in meinem Roman vielleicht das ein oder andere fremd vor, wie zum Beispiel die Trennung zwischen Kriminaldauerdienst und den Kommissariaten. Oder das Asservate nicht in Plastikbeuteln, sondern in Beweismittelumschlägen aus Paper transportiert und archiviert werden. In einigen Punkten habe ich allerdings zugunsten der Dramaturgie entschieden. Denn Ermittlungen sind nun mal eines ganz sicher, nämlich viel Arbeit und nur selten spannend. Alle Abläufe und Behauptungen liegen nahe an der Realität, aber eben nicht immer. Für Fehler und Falschangaben trage ich die Verantwortung.

Die Anfänge des Romans haben Lea Korte und ihre Coachinggruppe begleitet. Es würde mich wundern, wenn sie den Kern darin noch finden würden. Bei der Autorenwoche in Aschau wurde mein Projekt auf den Prüfstand gestellt. Unter Anleitung der wunderbaren Ulrike Karner wurde das Verhältnis meiner Protagonisten untereinander aufgestellt.

Liebe Bhavya, liebe Ines, wie ihr lesen könnt, habe ich euren Input in großen Teilen umgesetzt. Auf Anregung von Fenna, habe ich das ›zu‹ im Titel gestrichen und die Tageszeiten als Kapitel-Überschriften eingefügt.

Übersprühende Vorschläge bekam ich von Gabi Schmid, BÜCHERMACHEREI, für den Buchsatz. Diese muss ich nicht einzeln aufzuzählen, ihr haltet das Ergebnis in euren Händen. Im Lektorat wurde ich von Ursula Hahnenberg, BÜCHERMACHEREI, begleitet, die neben Plot und Spannung auch Regionales unter die Lupe nahm und wichtige Anregungen gab. Das Cover wurde von Chris Gilcher, Buchcover Design, gestaltet. Nach etlichen Vorschlägen habe ich mich für seinen ersten Entwurf (mit kleinen Änderungen) entschieden. Ich wollte mehr Mainz, er empfahl ›Spannung erzeugen‹. Die begeisterten Rückmeldungen zum Cover sprechen für seine Kompetenz.

Der Text wurde von meinen Testleserinnen und -lesern auf der Suche nach Unstimmigkeiten durchgearbeitet. Hier in zeitlicher Reihenfolge: Frank, Dunja, Marcel, Erika, Sabine, Melina und Sebastian.

An sie alle mein innigster Dank. Nicht jede Kritik war leicht zu schlucken und manche blieb zunächst als Kröte im Hals stecken. Aber wie oben erwähnt, ich liebe Herausforderungen.

Eure
Monja Luz

Die Autorin

Monja Luz lebt seit ihrer Kindheit in der Nähe von Mainz. Die Sagen und Mythen, die sich um den Rhein ranken, regten schon damals ihre Fantasie an. Ihr Debütroman ›Echo des Glücks‹ erschien 2016 im AAVAA-Verlag. Dem folgten mehrere Kurzgeschichten in Anthologien. Sie schreibt in verschiedenen Genres und gibt dabei Einblicke in das menschliche Seelenleben.

In 2018 wurde sie mit der Kurzgeschichte ›Fremde Heimat‹ zweite Siegerin bei der Aschauer Autorenwoche, 2017 und 2019 belegte sie jeweils Platz drei. Ihre Kurzgeschichte ›Hänsel und Gretel‹ stand 2019 auf der Longlist bei ›Tatort Eifel‹. Für 2022 ist eine weitere Anthologie zusammen mit den Mörderischen Schwestern e. V. in Planung und die Fortsetzung für den Mainz Krimi ist für 2023 vorgesehen.

Echo des Glücks

Monja Luz

Roman

Eine Orginal amazon-Veröffentlichung
ASIN: B08XY3D8HS